Das Grab
im
Sumpf

WEITERE TITEL VON CLARE CHASE

IN DEUTSCHER SPRACHE

Die Tote vom Moor

Der Mord am Fluss

Die Leiche im Schatten

Das Grab im Sumpf

IN ENGLISCHER SPRACHE

EVE-MALLOW-REIHE

Mystery on Hidden Lane

Mystery at Apple Tree Cottage

Mystery at Seagrave Hall

Mystery at the Old Mill

Mystery at the Abbey Hotel

Mystery at the Church

Mystery at Magpie Lodge

Mystery at Lovelace Manor

Mystery at Southwood School

Mystery at Farfield Castle

TARA-THORPE-REIHE

Murder on the Marshes

Death on the River

Death Comes to Call

Murder in the Fens

CLARE CHASE

Das Grab im Sumpf

Übersetzt von Sabine Schilasky

bookouture

Die Originalausgabe erschien 2019 unter dem Titel „Murder in the Fens"
bei Storyfire Ltd. trading as Bookouture.

Deutsche Erstausgabe herausgegeben von Bookouture, 2023
1. Auflage Juli 2023

Ein Imprint von Storyfire Ltd.
Carmelite House
50 Victoria Embankment
London EC4Y 0DZ

deutschland.bookouture.com

ISBN: 978-1-83790-453-2
eBook ISBN: 978-1-83790-452-5

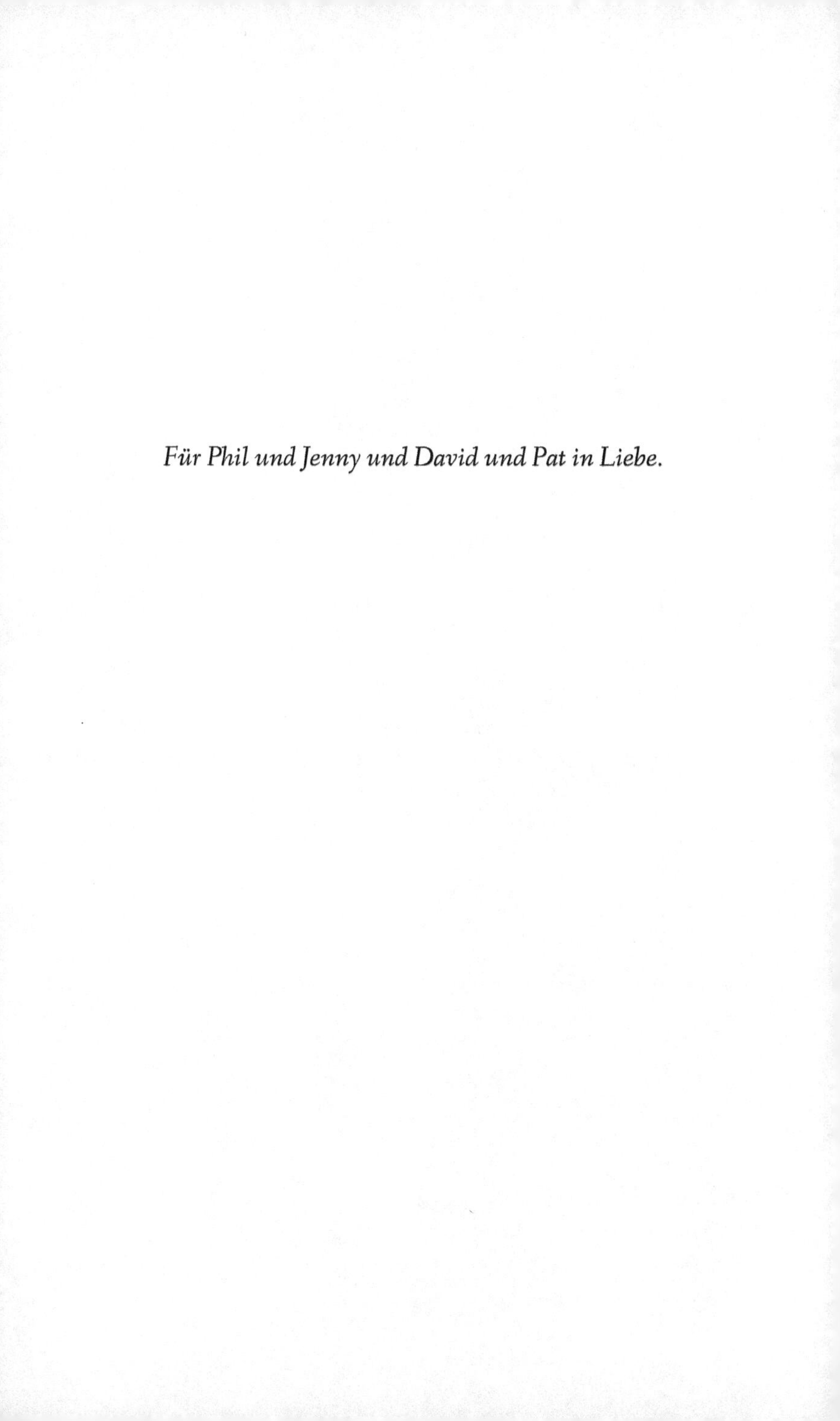

Für Phil und Jenny und David und Pat in Liebe.

KAPITEL EINS

Rachel beobachtete ihren vierjährigen Sohn Jamie, der vor ihr herlief. Die warme Septembersonne schien ihm auf den Rücken. Er wusste, wo sie waren, denn Ausflüge zu den runden Erdwällen in Wandlebury gehörten zu ihren Lieblingsunternehmungen. Man konnte sehen, dass Jamie letzte Nacht gut geschlafen hatte. Sie blickte zu ihrem Baby Fi, das in dem Tragegurt vor ihrem Bauch schlief. Um drei Uhr morgens hatte Rachel den Kampf gegen die Tränen aufgegeben. Sie sehnte sich verzweifelt danach, einmal wieder acht Stunden Schlaf zu bekommen.

Es war der letzte Tag des Monats, und trotz der milden Temperaturen spürte Rachel bereits, wie die Jahreszeit wechselte. Das Laub um sie herum begann eben erst, sein sattes Sommergrün zu verlieren und die ers
ten Sprenkel von Orange hier und da zu zeigen. Doch es war mehr als das: Etwas in der Luft verriet ihr, dass das Jahr zu Ende ging, nicht erwachte. Als sie das Waldstück um den Eisenzeitring erreichten, schwand die Sonnenwärme, und der Weg vor Rachel war von Schatten gezeichnet. Links und rechts von ihr hatten Kreuzspinnen die verwobenen Zweige mit ihren

Netzen markiert, durch die Rachel sich ihren Weg bahnte. Sie streckte eine Hand vor, um Fis Kopf zu schützen, fühlte jedoch, wie eine Spinnwebe ihr Gesicht streifte und in ihrem Haar hängen blieb.

Jamie war weiter vorgelaufen, nach unten in den breiten Graben, der vor über zweitausend Jahren angelegt worden war. Rachel folgte ihm vorsichtig. Zu schnell den Hang hinunterzusteigen, könnte Fi wecken. Bis sie unten angekommen war, rannte Jamie schon wieder oben entlang. Er war jetzt sehr weit voraus, und Rachel genoss die Ruhe, als sie ihm folgte, wobei sie ihn natürlich im Blick behielt.

Es war schön, dass dieser Weg verlassen war. Die meisten Familien blieben im Offenen, machten Picknicks in der Mitte der Ringanlage. Es war Sonntagmittag, und das Wetter hatte sie hergelockt. Mit Sandwiches und Thermoskannen voller Tee kosteten sie den Tag aus, weil es ab morgen schon wieder schlechter werden sollte.

Durch den uralten Graben zu wandern, gab Rachel das Gefühl, weit weg vom ermüdenden Alltag zu sein. Diese Anlage musste seit Jahrhunderten gleich aussehen, und für einen Moment konnte sie sich beinahe ausmalen, sie wäre in die damalige Zeit zurückversetzt worden.

Ein knackender Zweig hinter ihr bewirkte, dass sie sich ruckartig umdrehte. Fi wimmerte im Schlaf.

Dort war niemand. Es musste ein Tier oder so gewesen sein. Dennoch versetzte es Rachel in Alarmbereitschaft, und als sie sich langsam nach vorn drehte, um Fi vor weiteren plötzlichen Bewegungen zu schützen, konnte sie Jamie nicht mehr sehen.

Sie ging schneller. Wo war er? Er musste wieder nach oben gelaufen sein, nur konnte sie ihn nirgends entdecken. Sie müsste nach ihm rufen. *Verdammt.*

»Jamie!«

Wie durch ein Wunder schlief Fi weiter.

Es kam keine Antwort, deshalb stieg Rachel wieder nach

oben, um den besseren Überblick zu haben. War sie erst oben, könnte sie ihn gewiss sehen. Es bestand kein Grund zur Panik …

Sie stieg aus dem Graben und blickte ins Unterholz. Es war nicht sehr weit zur anderen Seite und der offenen Fläche.

»Jamie? Wo bist …«

Doch dann sah sie, dass er auf sie zu gelaufen kam. *Gott sei Dank.* Er war nur eine halbe Minute außer Sicht gewesen, doch ihre Erleichterung war wie eine große Welle, die sie ans Ufer trug. Sie holte tief Luft und eilte ihm zwischen Zweigen und tiefen Ästen hindurch entgegen.

»Da ist eine Frau.« Jamie runzelte die Stirn.

»Eine Frau?«

Jamie nickte. »Ich glaube, sie schläft, aber mit den Augen offen. Kann man das, Mummy?«

Rachel kroch Kälte die Arme hinauf, und die kleinen Härchen an ihrem Kopf stellten sich auf. Sie nahm fest die Hand ihres Sohnes. »Zeig mir mal.«

Noch ehe sie die Stelle erreichten, an der er gestanden hatte, bemerkte Rachel durch das Dickicht einen Teil eines Arms, blass und reglos im Schatten der Bäume.

KAPITEL ZWEI

Detective Constable Tara Thorpe spürte einen Kloß in der Kehle und schluckte. Ihre Augen brannten vor Trauer und Wut. Sie ballte die Fäuste in den Latexhandschuhen und spannte die Muskeln an, um ihre Reaktion zu bändigen.

Sie war so jung gewesen, die Frau, die in der frühherbstlichen Wärme vor ihr lag. Noch ein Teenager? Höchstens Anfang zwanzig. Blass und starr lag sie inmitten des erdigen Brauns und des Moosgrüns der Natur. In einem Baum sang eine Amsel, und um Tara herum knackten Zweige und Laub raschelte unter den Schritten des Spurensicherungsteams. Doch ansonsten war es still. Die Absperrbänder hielten die Familien, die hier ihren Sonntagsspaziergang machten, weit fern von der Fundstelle.

Es war nicht offensichtlich, wie die junge Frau gestorben war. Es könnte ein natürlicher Tod gewesen sein, aber ihr war deutlich anzusehen, dass sie am Ende Qualen gelitten hatte. Es gab Kratzspuren an ihrem Hals und Blut unter ihren Fingernägeln, doch kein Anzeichen, dass sie erdrosselt wurde. Auch ihre Fingerknöchel wirkten aufgeschürft. Was war mit ihr passiert? Ihre blauen Augen waren blutunterlaufen, und sie lag flach auf dem Rücken, der schwarze Jeansrock hochgeschoben. Die schwarzen Segeltuchschuhe erinnerten Tara an die Turnschuhe, die sie früher an ihrer Schule zum Sportunterricht tragen mussten. Am Ringfinger rechts fiel Tara ein schmaler Streifen auf, der noch heller war als ihre übrige Haut. Dort musste bis vor Kurzem ein Ring gesteckt haben. Anzeichen für einen festen Freund, der nun ein Ex war? Aber vielleicht zog sie voreilige Schlüsse.

Auf dem blauen T-Shirt stand ein Slogan. *Gleiche Rechte für andere bedeuten nicht weniger für dich. Sie sind kein Kuchen.* Sie hatte sich also interessiert – sich für eine bessere Welt eingesetzt, und sei es nur durch die Sachen, die sie anzog. Tara fand es beklemmend, dass sie ausgebremst wurde, als sie kaum eine Chance gehabt hatte, überhaupt anzufangen.

Sie blickte seitlich zu ihrem DS Max Dimity. Mit ihm war leicht auszukommen, und er hatte noch nicht lange einen höheren Dienstgrad als sie. Seine Beförderung hatte keinerlei Veränderung in ihrem Verhältnis zur Folge, auch wenn eine andere Kollegin – DS Megan Maloney – Tara freundlich darauf hingewiesen hatte, dass sie das sollte. Doch dies hier traf sie alle gleichermaßen, und Tara konnte Max ansehen, dass er mit denselben Gefühlen kämpfte wie sie. Dem Tod ins Gesicht zu blicken, fiel ihm sogar noch schwerer als den meisten anderen. Seine Frau war bei einem Autounfall ums Leben gekommen, als sie gerade erst fünfundzwanzig gewesen war. Fünf Jahre waren seitdem vergangen, die sich jedoch wie nichts anfühlen dürften, wenn man mit etwas so Gewaltigem fertig werden musste.

»Verflucht!«

Diese Äußerung verriet Tara, dass Garstin Blake, ihr DI, eingetroffen war. Als sie sich umdrehte, sah sie, dass er die Rechtsmedizinerin Agneta Larsson bei sich hatte. Ihre Schutzanzüge gaben lediglich ihre Augen frei. Agnetas waren leuchtend blau und blickten besorgt. Was Blake betraf, wirkte er, als wäre er die ganze Nacht auf gewesen – der Nebeneffekt, wenn man ein vier Monate altes Baby im Haus hatte. Allerdings könnte es auch noch andere Gründe für seinen Schlafmangel geben. In Blakes Privatleben war erheblich mehr los, als man auf den ersten Blick meinen würde. Warum zur Hölle hatte seine Frau die Schwangerschaft so lange vor ihm verheimlicht? Und warum hatte sie es der gemeinsamen Tochter Kitty vor ihm erzählt? Und schließlich: Warum hatte Blake diese Tatsachen Tara anvertraut? Sie war froh, dass sie es wusste, jedoch hatte es nicht mehr Distanz zwischen *ihnen* geschaffen ... nicht, dass da jemals irgendetwas gewesen wäre.

Agneta betrachtete die Tote, bevor sie sich neben sie hockte und vorsichtig mit der gründlicheren Untersuchung begann.

»Ach, du lieber Gott«, murmelte sie vor sich hin. »Sie wurde mit etwas geschlagen. Hier, unter dem Haar auf der linken Seite, nahe der Schläfe.«

»Könnte sie das getötet haben?« Wie immer wollte Blake eine prompte Antwort.

Agneta bedachte ihn mit einem strengen Blick. »Das muss ich genauer überprüfen, wenn ich im Addenbrooke's bin, aber mein erster Eindruck ist, dass ich es nicht sagen würde. Es hätte sie allerdings bewusstlos geschlagen, was Absicht gewesen sein könnte.«

Behutsam bewegte Agneta den Arm der Frau. »Fast alle Muskeln haben sich zusammengezogen. Ich würde schätzen, dass sie irgendwann zwischen zwei und vier heute Morgen gestorben ist.«

»Das ist sehr spät, um hier draußen zu sein, aus welchem Grund auch immer«, sagte Max.

Blake sah Agneta fragend an. »Irgendwelche Anzeichen, dass sie bewegt wurde? Wir sind hier ziemlich nahe an einer der Zufahrten. Jemand könnte ihre Leiche in einem Wagen hergebracht haben.«

Die Rechtsmedizinerin schüttelte den Kopf. »Keine, die ich sehen kann, aber auch das muss ich mir genauer anschauen.«

»Was ist mit den Malen an ihrem Hals?«

Doch Agneta blieb eisern. »Ich muss erst richtig an ihr arbeiten, Blake. Mutmaßungen lenken euch nur auf eine falsche Fährte.«

Larsson hatte recht, aber Tara konnte Blakes Drängen auch verstehen. Jede Fährte fühlte sich besser an als gar keine, wenn man es mit solch einem Leichenfund zu tun hatte.

Während sie hinsahen, beugte sich Agneta näher zu dem Rock der toten jungen Frau. Sie hatte keine Strumpfhose getragen. Tara schätzte, dass sie sich alle dasselbe fragten. Hatte der Angriff eine sexuelle Komponente gehabt? So, wie der Rock hochgeschoben war, gepaart mit den Blutergüssen an ihren Händen, schien es, als hätte sie jemanden abgewehrt.

Agneta sprach, bevor Blake, der den Mund öffnete, etwas sagen konnte. »Das kann ich euch später verraten.« Ziemlich eindrucksvolles Gedankenlesen, bedachte man, dass sie nicht einmal in seine Richtung sah. Doch Tara wusste ja, dass sie seit Jahren befreundet waren. »Hier ist aber etwas anderes.« Die Rechtsmedizinerin blickte zu ihnen und zeigte zu einer aufgesetzten Tasche auf dem Rock. Tara konnte bloß den Rand von etwas Blasspinkem sehen, das aus dem schwarzen Stoff lugte. Die Tasche war gewölbt, als wäre es reingestopft worden, wobei das Material zu zart wirkte, um solch eine Beule zu verursachen.

Blake runzelte die Stirn und sah zu einer Frau von der Spurensicherung, die auf dem Weg zu ihnen war. Die Frau hockte sich mit einer Beweismitteltüte neben Agneta und öffnete sie. Das zarte Pink entpuppte sich als Teil einer Blüte. Eine Herbstanemone: wunderschön, zart und zerdrückt.

»Hier ist noch mehr«, sagte die Frau von der Spurensicherung, die wieder nach unten schaute. »Ihre Tasche ist voll davon.«

Max runzelte die Stirn. »Könnte sie die gesammelt haben? Oder sind sie eine Art Botschaft?«

Tara merkte, wie sie eine Gänsehaut bekam. Sie tippte auf Letzteres. Wer sammelte mitten in der Nacht Anemonen? »Es gibt eine Blumensprache. Ich erinnere mich, dass ich davon mal gelesen habe. Ich recherchiere es.«

»Ich bin hergekommen, um euch zu sagen, dass wir einen schwarzen Rucksack gefunden haben«, sagte die Frau von der Spurensicherung. »Der lag drüben bei dem Baum.« Sie zeigte hin. »Wie es aussieht, gehört er der Toten. Da ist auch ein Studentenausweis drin. Sie heißt Julie Cooper – studiert am St Oswald's College. Es sieht nicht aus, als wäre irgendetwas gestohlen worden. Ihr Handy, ihr Portemonnaie, die Schlüssel ... alles noch da.«

Wieder dachte Tara an den weißen Streifen an Julie Coopers rechtem Ringfinger. Verursacht von einem Ring, den die junge Frau selbst weggeworfen hatte? Oder war er entfernt worden? Sie sprach den Gedanken aus.

»Wenn ihr Angreifer ihn genommen hat, sieht es nicht aus, als wäre Geld das Motiv gewesen«, sagte Blake. »Nicht, wenn alle anderen Wertgegenstände noch da sind.« Er sah zu den Blumen in der Beweismitteltüte. »Vielleicht hat ihr Angreifer ihn als Andenken mitgenommen.«

»Chef!« Es war Barry, einer der Uniformierten, die als Erste vor Ort gewesen waren. Er stand drüben an der Absperrung. »Anruf aus der Einsatzzentrale.«

Blake ging hin, um mit wem auch immer am anderen Ende zu reden, doch nach zwei Minuten war er zurück. »Am Empfang in der Parkside steht eine Sandra Cooper, die zum Mittag mit ihrer Tochter in deren Wohnheim verabredet war. Als sie die Tochter nicht finden konnte, bekam sie Angst.« Er war beinahe so weiß wie der Overall, den er trug. »Megan ist jetzt bei ihr. Ich fahre hin. Die Adresse, unter der Julie den Sommer verbracht hat, habe ich auch. Ihre Mutter hat sie uns gegeben.« Er wandte sich an Max. »Ich möchte, dass Tara und du hinfahrt. Die Spurensicherung ist auch auf dem Weg dorthin. Seht mal nach, was ihr da findet.«

Während Max und Tara sich gen Absperrband umdrehten, stellte sie sich vor, wie Blake die Nachricht überbrachte. Es war eine furchtbare Aufgabe, aber nichts verglichen mit dem, was Mrs Cooper durchmachen würde.

Max und sie brauchten ein paar Minuten, um sich aus ihren Overalls zu schälen. Tara hatte ihren über ein dunkelgrünes Jerseykleid gezogen, das sie getragen hatte, als der Anruf kam, und nicht weiter darüber nachgedacht. Was ihr jetzt wie ein Fehler vorkam. Sie pellte den Overall sehr vorsichtig nach unten, damit der Saum ihres Kleids auch ja wieder da landete, wo er hingehörte, ohne den Blick auf alles darunter freizugeben.

Zehn Minuten später saß sie hinterm Steuer ihres Wagens und wartete auf eine Lücke im endlosen Verkehrsstrom, damit sie vom Wandlebury Ring wegkonnte. Auf einen Moment, in dem sich die Schlange staute und sie sich irgendwie zwischen die im Kriechtempo voran rollenden Wagen drängen könnte. Schließlich sah sie ihre Chance und drängte sich vor einen blitzblanken VW, der zum Wandlebury Ring blinkte. Als Tara vor ihm einbog, sah sie ein bekanntes Gesicht durch die Windschutzscheibe: ihre frühere Kollegin Shona Kennedy von der Zeitschrift *Not Now*. War ja klar, dass sie mit ihren dreckigen kleinen Fingern so schnell nach der Story langte. Sie war der Inbegriff des Aasgeiers.

Max' sah ebenfalls hin und gleich darauf Tara an. »Sie ist es nicht wert.«

Tara zwang ihre Gedanken wieder zurück zu ihrem Auftrag und schaffte es rüber auf die gegenüberliegende Fahrspur. Dort trat sie das Gaspedal durch und raste außer Sichtweite von Kennedy.

KAPITEL DREI

Sandra Cooper hatte das Gesicht in den Händen vergraben. Blake wartete neben DS Megan Maloney. Er konnte Megan keinen Vorwurf machen – sie hatte alles richtig gemacht, gefolgt von Ratschlägen, wie sie im Buche standen. Ihre Hingabe an die Vorschriften bedeutete nur leider auch, dass sie nie als warmherzig wahrgenommen wurde. In ihrem Kopf hakte sie zweifellos alles gewissenhaft ab und konzentrierte sich sehr darauf, ja nichts zu improvisieren. Sich treu an die Vorgaben zu halten, bedeutete ohne Frage, dass sie sich nie in die Art Schwierigkeiten brachte, in die Tara sich manövrierte, und Dinge entdeckte, die übersehen wurden, weil man nicht ganz so genau hinschaute. Doch würde sie nie die unerwarteten kleinen Brocken finden, die Tara auftat, indem sie dem Instinkt vertraute, den sie als Journalistin entwickelt hatte.

Beide im Team zu haben, sollte eigentlich für das ideale Gleichgewicht sorgen. Tatsächlich verstanden sie sich nicht. Dem Himmel sei Dank für Max' beschwichtigenden Einfluss und seine Klarsicht. Und jetzt hatten sie auch noch DC Jez Fallon im Team, die neueste Bereicherung ihrer Truppe. Auf dem Papier super, und DCI Fleming liebte ihn …

Sandra Coopers Weinen ging Blake unter die Haut. Er wünschte, er könnte Megans mangelnde Wärme wettmachen. Allein mit Sandra Cooper wäre es leichter gewesen.

Die Frau schnäuzte sich in ein Taschentuch, das sie aus ihrer Jeanstasche gezogen hatte. »Ich kann nicht glauben, dass sie umgebracht wurde. Wer tut denn so was?«

Blake neigte sich ein wenig vor. »Wir wissen noch nicht genau, was passiert ist.«

»Sie haben gesagt, dass sie angegriffen wurde.«

Er nickte. »Das stimmt, aber im Moment denken wir nicht, dass es die Todesursache war. Wir müssten Ihnen bald mehr sagen können.« Nichts würde ihren Schmerz lindern, und er war sicher, dass das Nichtwissen die Hölle schlechthin sein musste. Wären die Fakten erträglicher? Er dachte an Julie Coopers zerkratzten Hals und den hochgeschobenen Rock. »Mrs Cooper, könnten Sie mir bitte sagen, um welche Zeit Sie Ihre Tochter bei ihrer Unterkunft treffen sollten?«

»Ms.« Sie sah ihn mit blutunterlaufenen, rotgeränderten Augen an. »Julies Vater war nie im Spiel.«

Dazu müsste er mehr fragen, wenn der richtige Zeitpunkt gekommen war. Warum war Julies Mutter so sicher, dass sie nie ihren Dad gesehen hatte?

»Ich sollte sie um halb zwölf bei ihrer Unterkunft abholen«, fuhr Sandra Cooper fort. »Ich habe geklingelt, und dann«, sie holte tief Luft, was in ein Schluchzen überging, »habe ich sie auf dem Handy angerufen. Aber sie ging nicht ran. Ich wusste, dass etwas nicht stimmt. Sie sollte heute zurück in ihr Wohnheim auf dem Campus ziehen, und wir wollten ihre Sachen mit meinem Wagen hinbringen.« Wieder stützte sie den Kopf in die Hände. »Ich kann das einfach nicht glauben. Die ganze Zeit denke ich, dass es ein Irrtum sein muss.«

Blake kannte diese Zweifel, hatte sie schon bei anderen erlebt. Die Hoffnung, dass alles ein verrücktes Missverständnis war. Flüchtig stellte er sich vor, in derselben Situation zu sein – wenn ihm gesagt würde, dass die siebenjährige Kitty oder die kleine Jessica tot seien. Und er merkte, wie sich alles in ihm verkrampfte. »Lassen Sie sich Zeit.« Doch zugleich drängte es. Es war unmenschlich, sie in dieser Verfassung zu befragen, nur tickte die Uhr. Einem Angreifer – wahrscheinlich einem Mörder – kam jeder vergeudete Moment zugute.

»Ist es in Ordnung, wenn wir weitermachen?«, fragte Megan. *Gut, ein sanfter Tonfall.*

Sandra Cooper nickte.

»Können Sie uns sagen, wann Sie zuletzt von Julie gehört hatten?«, fragte Blake.

»Anfang der Woche. Es muss Dienstag gewesen sein. Da habe ich sie angerufen und den Besuch heute mit ihr abgemacht.« Eine Träne lief ihr über die Wange. »Einige Zeit vor den Sommerferien hatte sie mich angerufen und gesagt, dass sie über die Ferien in Cambridge bleiben will. Sie hatte einen Teilzeitjob bei einem Projekt, das ein Professor in ihrem Fach durchführte.« Sie blinzelte. »Ich hatte mich darauf gefreut, sie wieder zu Hause zu haben, aber sie war ganz begeistert, und es hörte sich wie eine wunderbare Chance an, deshalb habe ich sie ermuntert. Und in gewisser Weise war ich froh.«

Blake sah sie fragend an.

»Ihre Lehrer hatten sie überredet, sich in Cambridge zu bewerben, und als sie das Angebot bekam, war ich es, die auf sie eingeredet hat, den Studienplatz anzunehmen. Sie war nicht so wild darauf, weil sie fand, Cambridge sei elitär und nur für bestimmte Leute. Aber ich habe ihr gesagt, wenn Leute wie sie ihre Plätze ablehnen, wird sich das nie ändern.« Ihr Blick war leer. »Es ist meine Schuld, dass sie hergekommen ist. Hätte ich sie nicht unter Druck gesetzt, wäre sie woanders hingegangen. Dann würde sie noch leben.«

»Wir kennen die genauen Todesumstände noch nicht«, sagte Blake. »Doch wie immer die sind, trifft Sie keine Schuld.

Furchtbare Dinge passieren überall im Land. Und sie sind oft vollkommen unvorhersehbar.«

Sandra Cooper schüttelte den Kopf, und neue Tränen rannen über ihr Gesicht.

»Sie sagten, dass sie über den Sommer hiergeblieben ist, um mit einem Professor zusammenzuarbeiten«, sagte Blake. »Hatte sie Ihnen Näheres erzählt? Zum Beispiel den Namen des Wissenschaftlers oder was für eine Arbeit das genau war?«

Julies Mutter runzelte die Stirn. »Sie hat erzählt, dass sie irgendwelche Forschung für den Mann macht. John hieß er, glaube ich.«

In einer Universitätsstadt wie Cambridge dürfte es viele Johns geben ...

Blake atmete tief durch. »Was war ihr Fach?«

»Human-, Sozial- und Politikwissenschaften.«

Es klang nach einer Fächerkombination, was bedeutete, dass sie gleich an mehreren Fakultäten gewesen sein dürfte. Blake kam die Stecknadel im Heuhaufen in den Sinn, doch er hoffte, dass ihre Freunde oder andere an ihrem College mehr wussten.

»Sonst hat sie Ihnen nichts über das Projekt erzählt?« Blake hasste es, nachhaken zu müssen, aber es war wichtig.

Sandra Cooper hatte die Hände vor sich auf dem Tisch so fest gefaltet, dass die Fingerknöchel weiß waren. »Ich habe nicht gefragt«, antwortete sie leise. »Und jetzt ist es zu spät.«

Mit wässrigen Augen blickte sie ihn an. »Was es auch war, sie war ganz aus dem Häuschen. Sie schien unbedingt bleiben und loslegen zu wollen. Die Welt um sie herum war ihr wichtig. Die Umwelt, soziale Gerechtigkeit, Politik – all das.«

»Und wie gefiel es ihr generell an der Uni?«, fragte Blake. »Hat sie jemals Spannungen mit Freunden oder Universitätspersonal erwähnt? Jemanden, dem sie misstraute?«

Sandra schüttelte den Kopf. »Nein, nichts.« Ihr Blick blieb leer. »Aber ich bin mir nicht sicher, ob sie sich mir anvertraut hätte. Vor einigen Monaten, als wir telefoniert haben, schien sie ziemlich still. Ich habe sie gefragt, was los ist, aber sie hat gesagt, dass ich überempfindlich bin und mir keine Sorgen machen soll. Sie hat immer Rücksicht auf meine Gefühle genommen – zu viel Rücksicht.«

»Dann hat sie Ihnen nicht sehr viel über ihre Freunde und sonstige Kontakte hier erzählt?«, fragte Megan.

Sandra Cooper legte wieder die Stirn in Falten. »Mein Eindruck war, dass sie eher ein bisschen auf Distanz zu den anderen Studenten in ihren Kursen und im Wohnheim geblieben ist. Es hat nie jemanden gegeben, an den sie sich richtig gehängt hat. Aber von einer Freundin habe ich gewusst: Bella. Sie war am selben College wie Julie – St Oswald's.« Sie überlegte. »Ehrlich gesagt habe ich sie nicht besonders gemocht; etwas an ihr störte mich, auch wenn ich nicht sagen kann, was es war oder warum. Was die Universitätsmitarbeiter angeht, habe ich am Anfang des zweiten Studienjahrs Julies Tutor kennengelernt. Ich war ein bisschen weinerlich, wie immer, wenn wir uns verabschiedet haben.« Sie stockte einen Moment lang. Zweifellos wurde ihr bewusst, dass sie nun für immer von ihrer Tochter getrennt war. »Ich habe ihm erzählt, dass ich mir Sorgen um Julie machte«, fuhr sie schließlich fort. »Er war freundlich – hat mich beruhigt, und danach ging es mir besser.«

Blake nickte. »Wissen Sie, ob Julie einen festen Freund gehabt hat?«

Ein Seufzen. »Da gab es einen Jungen, Stuart. Stuart Gilmour. Ich habe ihn Anfang des Jahres kennengelernt, als ich Julie besucht habe. Er sah gut aus, doch mir gegenüber war er ein wenig reserviert. Sie haben sich aber schon vor einer Weile getrennt. Es muss im März gewesen sein.«

In Stuarts Augen war es vielleicht nicht so lange her, dachte Blake.

»Er war auch Student, am St Bede's College, aber kennengelernt hatten sie sich auf irgendeiner Demo.«

»Hat Julie erzählt, warum sie sich getrennt haben?«

»Nicht genau. Er hat sich politisch engagiert, so wie sie, aber sie meinte, im echten Leben ging es ihm weniger um Fairplay als um Prinzipien.«

»Wissen Sie, was sie damit gemeint hat?«, fragte Megan.

Sie schüttelte den Kopf. »Nein, und ich glaube auch nicht, dass sie sich sehr zerstritten hatten. Als ich sie das letzte Mal gesehen habe, trug sie immer noch den Ring, den er ihr geschenkt hatte.«

Den Ring, der jetzt verschwunden schien. Blake warf Megan einen Blick zu. Stuart Gilmour sollten sie sich mal näher ansehen. Und wer war John, der Wissenschaftler, der hinter Julies Entscheidung gesteckt hatte, den Sommer über in Cambridge zu bleiben?

KAPITEL VIER

Tara war mit Max in Julie Coopers Sommerunterkunft. Es war ein weitläufiger viktorianischer Bau draußen in der Chesterton Road, der dem College gehörte. Viele Studenten waren bereits zurück in ihre Wohnheime gezogen, weil das neue Studienjahr begann, sodass sich das Haus halb verlassen anfühlte. Offene Zimmertüren, in denen altmodische Schlüssel steckten, standen offen und gaben den Blick in leere, düstere Zimmer frei, die auf den Putzdienst warteten. Überall, wo sie hingingen, knarrten die Bodendielen unter ihren Schritten und hallten ihre Stimmen durch die kaum möblierten Korridore. Der Van der Spurensicherung stand draußen, und wo noch Studenten waren, vernahm Tara ihr Flüstern, als sie hinter verschlossenen Türen über das redeten, was geschehen war.

Und dann hörte sie aus einem der Zimmer ein Schluchzen, gefolgt von Weinen, als versuchte die Bewohnerin sich zu fangen, bevor sie doch wieder der Kummer überwältigte. Sie hofften, jemanden sprechen zu können, der Julie gut gekannt hatte, und da hier eindeutig jemand trauerte, blieb Tara vor der Tür stehen. Sie schaute sich kurz zu Max um, der ihr mit einem

Nicken das Okay gab. Das Weinen ging erneut in Schluchzen über, und Tara klopfte leise an.

»Wer ist da?«

Tara nannte ihre Namen und die Dienstgrade. »Wir würden gern mit jemandem sprechen, der Julie näher gekannt hat.«

Einen Moment später öffnete eine junge Frau. »Ich bin Bella Chadwick. Ich kenne Julie seit unserem ersten Studienjahr.«

Tara musterte Bellas Aufzug und spürte, wie ihre Haut kribbelte. Ihre Kleidung war sehr ähnlich der, in der Julie Cooper gestorben war. T-Shirt und kurzer Jeansrock. Sie könnten beinahe Zwillinge sein, obwohl sie nicht identisch waren. Da waren deutliche Unterschiede. Die Sachen der Toten waren Tara bekannt vorgekommen – die Art, die sie selbst sich als Studentin auch irgendwo ausgesucht hätte, wo es günstig war, etwa auf dem Camden Market. Was war es an Bellas Rock, das »Designer« schrie? Der Schnitt? Die Verarbeitung? Tara war sich nicht sicher, doch ihre Mutter Lydia, die Schauspielerin, war schon hinreichend in Haute Couture vor ihr umhergeschwebt, dass Tara sie erkannte. Blake würde es verstehen – wäre er hier. Einer der vielen unerwarteten Fakten über ihn war, dass er eine Modedesignerin zur Schwester hatte. Es hatte endlich die eleganten Anzüge erklärt, die er trug, obgleich er stets ein wenig abgerissen wirkte.

Bella Chadwicks blassrosa T-Shirt fiel Tara ebenfalls auf. Es stand ein feministischer Slogan darauf, und es sah auch teuer aus. Was war das für eine Freundschaft zwischen ihr und Julie gewesen? Und wer hatte wen kopiert?

»Kommen Sie rein.« Bella trat zurück, um sie in das Zimmer mit der hohen Decke zu lassen. Sobald sie die schwere Kassettentür hinter ihnen geschlossen hatte, wurde ihr Tonfall aufgeregt. »Was glauben Sie, was ihr passiert ist? Wer könnte so etwas getan haben?«

»Wir versuchen noch, uns ein Bild zu machen.« Max sah sie freundlich an, und nach einem Moment nickte die Studentin.

»Waren Sie auch den ganzen Sommer hier?«, fragte Tara. Sie zog es stets vor, beiläufig zu beginnen. Wenn eine Befragung wie eine harmlose Unterhaltung schien, öffneten sich die meisten Menschen eher.

Wieder nickte Bella. »Ich habe im Eagle gejobbt.«

Einer der berühmtesten Pubs der Stadt; dort hatten Watson und Crick gefeiert, nachdem sie die DNA-Struktur entschlüsselt hatten. Es wurmte Tara, dass oft von ihnen gesprochen wurde, ohne dass man Rosalind Franklin erwähnte, deren Röntgenaufnahmen sie auf die richtige Spur gebracht hatten.

Bella runzelte die Stirn. »Ich hätte nach Hause fahren, dort jobben und Miete sparen können, aber das hätte bedeutet, dass ich mich drei Monate lang von meinen Eltern über meine Studienfortschritte ausfragen lasse. Und sie hätten wissen wollen, warum ich nicht die ganze Zeit lerne.«

Tara konnte nachvollziehen, dass sie genug von der elterlichen Aufsicht hatte und unabhängig sein wollte. Allerdings vermutete sie auch, dass Bellas Eltern ihre Garderobe finanzierten.

Dennoch lächelte sie. »Ja, verstehe.« Und das tat sie. War sie mit Lydia und ihrem Stiefvater Benedict länger als fünf Minuten unter einem Dach, taten sich die ersten Risse auf. *Was ihren Vater Robin anging, der gewollt hatte, dass Lydia sie abtrieb ...* »Es ist schön, wenn man in einer College-Unterkunft bleiben kann.« Tara war bekannt, dass die elegantesten Unterkünfte auf dem Campus von St Oswald's an Teilnehmer von Sommerkonferenzen vermietet wurden, die für dieses Privileg tief in die Tasche greifen durften. Bellas Zimmer hier hatte schon bessere Tage gesehen. In einer Ecke blätterte die Farbe ab, und außer Zigarettenqualm und einem Parfüm, bei dem es sich um Tiffany & Co handeln musste (der Flakon stand auf einem Regal), roch es vage muffig.

»Ja, und es war gut, dass ich ein Zimmer in demselben Haus wie Julie bekommen konnte.« Als sie den Namen ihrer Freundin aussprach, kamen ihr die Tränen.

»Haben Sie sich den Sommer über viel gesehen?«, fragte Tara.

Die junge Frau zögerte. »So oft wie möglich. Aber wir hatten natürlich beide viel zu tun.« Sie redete schnell. »Das war für Julie dasselbe wie für mich. Sie hat Geld verdient und viele Stunden gearbeitet. Ihr Job war bei Clifford's in der Innenstadt.«

Ein veganes Restaurant.

»Aber ich nehme an, Sie haben zwischen Ihren Schichten miteinander geredet, oder nicht? Wir würden gern wissen, was Julie in ihrer Freizeit gemacht hat.«

Wieder eine Pause. Was ging Bella durch den Kopf?

»Sie hat auch noch anderen Kram gemacht, deshalb haben wir uns nicht so viel gesehen, wie wir wollten.«

»Wissen Sie, was für ›anderen Kram‹?«, fragte Max. »War es mehr Arbeit?«

Bella runzelte die Stirn. »Ich war auch beschäftigt«, sagte sie nach einer Weile, »deshalb habe ich es nicht geschafft zu fragen.«

Tara glaubte ihr nicht. Bella wirkte wie eine Frau, die ihre Freundin ausfragte. War sie aus irgendeinem Grund ausgeschlossen worden?

Doch als wollte sie beweisen, dass sich die Situation ihrer Kontrolle entzogen hatte, ergänzte die Studentin: »Julie war so viel unterwegs, dass sie letzten Monat sogar eine ihrer Schichten im Clifford's verpasst hat. Die haben sie fast gefeuert, hat sie gesagt, aber eine Kollegin hat sie gedeckt und den Chefs gesagt, sie hätte sich krankgemeldet, obwohl es gar nicht stimmte.«

Das war interessant. Es gab offenbar Menschen, die sich Julie gegenüber loyal verhielten – sogar unter vorübergehenden

Arbeitskolleginnen. Aber womit hatte sie ihre Zeit verbracht? Tara vermutete, dass sie normalerweise zuverlässig gewesen war – wenn ihre Kollegin bereit war, sich ihretwegen aus dem Fenster zu lehnen.

»Haben Sie bemerkt, ob Julie hier Besucher hatte?«, fragte Max.

Bella blickte hinab zu ihrem schön geschnittenen Rock. »Ich glaube, ihr Ex, Stuart, ist einmal hier gewesen. Aber sie haben schon vor Ewigkeiten Schluss gemacht.«

»Dann waren sie noch befreundet?«

Bella sah kurz zu Tara. »Nur locker. Sie hatte mit ihm Schluss gemacht, aber er ist längst drüber weg. Julie wollte seinen Ring weiter tragen, was ich als Provokation empfand. Sie meinte, dass sie ihn mag, und warum sollte sie ihn wegwerfen, bloß weil er sich wie ein Idiot benommen hat? Und Stuart schien es nicht zu stören, also muss er das alles hinter sich gelassen haben.«

Dann hätte Bella gern mehr Zeit mit Julie verbracht – und vielleicht war sie es, die den Stil der anderen Studentin kopiert hatte –, doch sie war nicht mit allem einverstanden, was die Tote getan hatte. Und was Stuarts angebliche Überwindung der Trennung betraf, wäre er nicht der erste Mann, der seine wahren Gefühle verbarg.

»Haben Sie Julie gestern irgendwann das Haus verlassen gesehen, Bella?«, fragte Max. »Hat Sie mit Ihnen darüber geredet, was sie vorhatte?«

»Ich ...« Wieder machte sie eine Pause und zog ein Papiertuch aus einer Schachtel auf ihrem Schreibtisch, weil ihr erneut die Tränen kamen. »Ich habe zufällig mitbekommen, wie sie weggegangen ist. Da war es, glaube ich, vielleicht viertel vor neun abends?« Sie war sehr exakt, bemerkte Tara. »Ich hatte gestern die Mittagsschicht im Pub, deshalb war ich hier. Aber ich war selbst erst gerade gekommen und bin nicht raus, um mit ihr zu reden. Ich weiß nicht, wohin sie wollte. Vorher hatten wir kurz telefoniert, deshalb wusste ich, dass sie keine Zeit hat.«

Julies Zimmer war ganz oben im Haus, so weit weg von Bellas, wie es nur ging. Trotzdem schien Bella über die Beziehung ihrer Freundin mit Stuart auf dem Laufenden zu sein. Hatte Julie es ihr erzählt, oder könnte Bella auf anderem Weg an die Information gelangt sein?

Die Spurensicherung war noch beschäftigt und ging Julies Sachen durch. Überall im Zimmer der Studentin standen Kartons, und ein großer Rucksack lehnte in einer Ecke, dessen Inhalt halb heraushing. Max und Tara zogen sich Overalls und Handschuhe an, bevor sie hineingingen. Wieder einmal wünschte Tara, sie hätte sich die Zeit zum Umziehen genommen. Sie hatte mit einem ruhigen Sonntag zu Hause gerechnet und sich morgens entsprechend angezogen. Aber wenn man Bereitschaft hatte, konnte man nie sicher sein, dass man den Tag wirklich nicht losmüsste.

»Sie hatte schon gepackt«, sagte jemand von der Spurensicherung vorn an der Tür. »Alles war fertig, bis auf ihre Schlafsachen, eine Schminktasche und Waschzeug.«

Sie musste es zeitig gemacht haben, um bereit für ihre Mum zu sein. Tara schätzte, dass sie sich nahe gewesen waren. Sie schluckte. In ihrer Kindheit hatte sich hauptsächlich die Cousine ihrer Mutter, Bea, um sie gekümmert – eine treue Seele und die beste Vertretung, die man haben konnte. Unweigerlich musste Tara daran denken, wie sie sich fühlen würden, sollte einer von ihnen die andere gewaltsam genommen werden.

Da das Team schon einige Sachen ausgepackt hatte, waren kleine Hinweise auf die junge Frau auszumachen, die Julie gewesen war. Eine Räucherpfanne – man konnte sie auch noch riechen –, eine Schmuckkachel mit einem Muster, das nordafrikanisch aussah, und ein Becher mit dem Logo der Campaign for Nuclear Disarmament.

Tara bemerkte ein umgedrehtes Objekt in einer Beweismitteltüte auf einem der Tische im Zimmer. Sie ging hin, um es sich anzusehen, und die Frau von der Spurensicherung, die sie eben angesprochen hatte, folgte ihr.

»Es ist eine von diesen Guy-Fawkes-Masken, wie sie in *V wie Vendetta* benutzt werden«, sagte sie.

Tara erkannte sie. Sie hatte schon gesehen, wie Leute sie bei Protesten trugen, einschließlich einem kürzlich in der Stadt, bei dem es um Redefreiheit gegangen war. Menschen zogen sie en masse auf, um unheimlich und bedrohlich auszusehen – man konnte die Kraft ihrer Gefühle spüren, ohne ihre Identität zu kennen. Und die Maske bedeutete, dass man nicht mit ihnen so interagieren konnte, wie man es normalerweise würde. Tara war klar, dass es unlogisch war, aber es fühlte sich an, als würden sie alle anderen als Feinde hinstellen, sogar wenn sie dieselben Ideale vertraten.

Julie hatte ihre Maske noch bearbeitet. Sie – oder irgendjemand – hatte blutrote Tränen auf die Wangen gemalt, die unter den Lidern verliefen und sich bis zu dem breiten Schnurrbart verschmälerten. Die zusätzliche Dekoration wirkte. Sie musste Acrylfarbe benutzt haben – oder eine andere mit etwas Textur. Tara fröstelte.

Julie wollte die Welt zu einem besseren Ort machen, nutzte alles in ihrer Macht Stehende, um einen bleibenden Eindruck zu erzeugen. Waren ihre starken Gefühle mit denen von jemand anderem kollidiert waren – ebenso stark, aber ohne einen Funken Moral?

»Habt ihr irgendetwas gefunden, das uns einen Ansatz gibt?«, fragte Max.

Die Frau schüttelte den Kopf. »Nichts Persönliches und auch keinen Hinweis, mit wem sie sich letzte Nacht treffen wollte. Es ist ein Jammer, dass sich hier nirgends richtige Post findet. Wir haben nur eine einzige Postkarte gefunden. Aber so ist es eben heute. Hoffentlich nützt uns ihr Handy, sobald ihr darauf zugreifen könnt. Das meiste ergab nichts Besonderes ... bis auf eine komische Sache.«

Sie drehte sich um und nahm eine Beweismitteltüte von einer Kiste auf, damit Max und Tara sie sehen konnten. Sie enthielt rote Papierschnipsel.

»Jetzt erkennt man es natürlich nicht mehr, aber wir haben ein Foto gemacht, bevor wir es eingetütet haben. Das war ein Herz, das in kleine Stücke zerschnitten wurde.«

Diese Information gab Tara zu denken. Natürlich könnte es ein Geschenk von einem Freund Julies sein, und sie hatte es selbst in einem Wutanfall zerschnitten. Aber es könnte auch umgekehrt gewesen sein. War das Herz zerstört und anschließend in Fetzen als Botschaft an Julie zurückgeschickt worden? Tara dachte an die Päckchen, die sie als Teenager erhalten hatte – von einem Stalker, der nie gefasst wurde. Der erste Umschlag war an ihrem sechzehnten Geburtstag angekommen, und darin waren mehrere Handvoll toter Bienen gewesen. Einmal hatte ihr Peiniger ihr ein Schweineherz geschickt – ein anderes Mal Maden. Und als er meinte, er würde ignoriert, war es eskaliert und hatte er ihre Katze umgebracht.

Nach achtzehn Monaten hörte es endlich auf, aber bis dahin war sie zu einem anderen Menschen geworden, immerfort auf der Hut, niemandem vertrauend, ob Freund oder Feind. Ein Expolizist, Paul Kemp, hatte sie Selbstverteidigung gelehrt, wodurch sie letztlich wieder etwas Kontrolle gewann. Doch Anfang des Jahres bekam sie nach über zehn Jahren Ruhe ein neues Päckchen. Tote Bienen. Sie war sofort wieder zu ihrem verängstigten sechzehnjährigen Ich geworden. Die Nachricht bei den Bienen lautete:

Erinnerst du dich an mich? Ich bin noch hier. Wenn du mich wiederhaben willst, pfeif die Hunde zurück.

Tara hatte keine Ahnung, was es ausgelöst hatte. Seither war nichts mehr gewesen, dennoch näherte sie sich jeden Morgen mit Herzklopfen ihrer Fußmatte.

Lodernde Wut stieg in ihr auf, nicht auf ihren eigenen Peiniger, sondern bei dem Gedanken, dass jemand absichtlich Julie verunsichert hatte. Und neben dem zerfetzten Herzen könnte er auch der gewesen sein, der ihr die verwelkenden Blüten in die Tasche gestopft hatte.

Ein letzter Akt vielleicht, nachdem er sie ermordete.

KAPITEL FÜNF

Bella Chadwick stand innen hinter ihrer geschlossenen Zimmertür und lauschte. Sie hatte ihre Sachen immer noch nicht fertig gepackt. Bei allem, was passiert war, konnte sie sich nicht konzentrieren. Sie müsste es später machen und dann ein Taxi rufen, um alles zu ihrem neuen Zimmer zu transportieren.

Zuerst war sie am Fenster gewesen, um zu sehen, wann die beiden Detectives gingen, aber das war jetzt ewig her, und sie waren nicht erschienen. Der Van der Spurensicherung stand auch nach wie vor draußen. Wonach suchten die denn? Julie hatte nicht viel Kram gehabt. Sie hatte immer gemeint, Menschen seien wichtiger als Dinge. Bella hatte Julies Blick auf ihre schicke Kleidung und ihre teuren Sachen gespürt, als sie es sagte. Ihr schien nicht klar zu sein, dass niemanden Schuld traf, wenn die Eltern einem Geld gaben. Julies Mutter war nicht reich, aber langfristig wäre Julie sehr viel besser dran gewesen als Bella, hätte sie überlebt. Sie war klug, hatte sich in ihren Fächern super gemacht. In dem Punkt hakte es bei Bella.

Sie verspannte sich, denn sie hörte jemanden auf dem Flur reden. Sofort waren die Gedanken an die Zukunft weg. Die Stimmen von einem Mann und einer Frau. Könnten das die beiden Detectives sein, die bei ihr gewesen waren? Hier wimmelte es von Polizei, aber der Tonfall und die Stimmlagen klangen richtig. Zu gern würde Bella die Tür einen Spalt weit öffnen, was sie sich jedoch nicht traute. Stattdessen ging sie wieder zu ihrem Fenster und stellte sich seitlich daneben. Sie hielt die Luft an.

Einen Moment später erschienen die beiden vor dem Haus. Es waren die zwei. Und sie waren ins Gespräch vertieft, als hätten sie etwas herausgefunden.

Erst als sie in ihren Wagen stiegen, zog Bella ihr Handy aus der Rocktasche. Sie wollte nicht gestört werden, weil sie dieses Gespräch richtig hinbekommen musste. Und solange die Detectives im Haus waren, bestand die Gefahr, dass sie mit mehr Fragen zurückkehrten.

Sie holte tief Luft und wählte Stuarts Nummer. Während es klingelte, übte sie ihre Formulierungen. Wie sollte sie es ausdrücken? In welchem Ton?

Stuart, vielleicht hast du es noch nicht gehört. Hier ist eben die Polizei gewesen. Es ist nämlich etwas Furchtbares mit Julie passiert ...

Er war der Ex ihrer besten Freundin, doch jetzt könnte Julie nichts mehr wehtun. Bella musste ihm nahe sein, und schnell mitfühlend auf ihn zuzugehen, kam ihr richtig vor. Doch sie bekam keine Chance, ihre Ansprache laut zu rezitieren. Stuart nahm nicht ab. Ihr Herz hämmerte, als sie auflegte, ohne eine Nachricht zu hinterlassen.

KAPITEL SECHS

Blake hatte das neueste Update auf seinem Handy gelesen, als er von seinem Wagen zur Leichenhalle im Addenbrooke's ging. Das zerschnittene Herz könnte wichtig sein. Es schien zu den Blumen und der Art zu passen, wie Julies Kleidung verschoben gewesen war. Falls Julies Angreifer sexuell auf sie fixiert gewesen war, war er ein Ex oder ihr weniger nahe gewesen? Bella Chadwicks Bemerkungen gaben ihm zu denken; diese Sache, dass Julie immer noch den Ring von Stuart Gilmour trug. Er hatte Tara Anweisung gegeben, ihn aufzuspüren und die üblichen Hintergrundüberprüfungen vorzunehmen. Sie arbeitete mit Jez Fallon, die mit anderen Kontakten von Julie redete, einschließlich ihrer Kollegen im Restaurant, in dem sie den Sommer gejobbt hatte ... Blake runzelte kurz die Stirn, als er an den Neuzugang im Team dachte. Doch es war noch früh, und er musste dem Mann eine Chance geben. Momentan konnte er nicht sagen, was er gegen den Typen hatte, außer dass er zu gut schien, um wahr zu sein. Blake misstraute jedem, der oberflächlich zu aggressiv glänzend wirkte; seiner Erfahrung nach verbarg sich bei ihnen oft etwas darunter.

Er klopfte an Agneta Larssons Tür und hörte sie etwas

murmeln, was wahrscheinlich hieß, dass er reinkommen durfte, also ging er durch die Tür.

Seine alte Freundin sah ihn an. Sie waren mal zusammen gewesen, und es hatte gut geendet, sodass sie einander bis heute sehr mochten. Inzwischen waren sie beide verheiratet und hatten Kinder, doch die Nähe war geblieben.

»So hattest du deinen Sonntag sicher nicht geplant«, sagte er zu ihr.

»Du deinen auch nicht.«

Beide blickten zu dem Untersuchungstisch mit Julie Coopers Leiche unter einem grünen Laken.

Agneta seufzte. »Das arme Mädchen. Sie war so jung.«

Er nickte.

»Frans' Eltern sind bei uns zu Besuch«, sagte sie. »Sie sind mit Elise los, die Enten füttern. Ich habe ihren Blick gesehen, als ich den Anruf bekam, dass ich nach Wandlebury kommen soll. Es war, als hätten sie jeder ein Glas saure Milch getrunken.«

Blake hatte aus vorherigen Erzählungen schon eine recht gute Vorstellung von Agnetas Schwiegereltern. »Aber Frans versteht es, oder?«

Ein trauriges Lächeln erschien auf ihrem Gesicht, als sie zur Leiche schaute. »Oh ja, er versteht es. Und Elise wird es auch, wenn sie älter ist. Himmelherrgott, wer würde denn infrage stellen, dass dies hier wichtig ist?« Dann sah sie wieder ihn an. »Du siehst aus, als hättest du nicht geschlafen. Die ersten vier Monate sind die schlimmsten – falls es Jessica ist, die dich wachhält.«

Sie war die Einzige, die das ganze Drama von Blakes Ehe kannte. Er und Babette hatten inzwischen zwei Kinder. Er war so sicher, wie er sein konnte, dass Jessica von ihm war, aber Kitty, ihre Siebenjährige, war von einem anderen Mann. Und er hatte es nicht gewusst, bis Babette es ihm erzählte, als Kitty achtzehn Monate alt war – direkt bevor sie mit der Kleinen nach Australien geflogen war, damit Kitty bei ihrem »leiblichen Vater« sein konnte. Der Schock und der Kummer waren überwältigend gewesen. Es war keine Zeit geblieben, Abschied zu nehmen. Babs hatte es Blake erzählt, damit er sie kampflos gehen ließ – weil es besser für Kitty war.

Nach wie vor wusste Blake nicht, was sie bewegt hatte, zwei Wochen später zurückzukehren. Seine Frau hatte ihn monatelang überredet, ihrer Ehe eine zweite Chance zu geben. Er hatte es für Kitty getan, weil er sie immer noch so sehr liebte, dass es wehtat. Doch ihm wurde zusehends klarer, dass es die falsche Entscheidung gewesen war. Oft hielt ihn der Gedanke an Babettes Lügen – die bekannten wie die bisher unbekannten – nachts wach. Jessica war weit weniger stressig, auch wenn sie oft um drei Uhr morgens laut wurde.

»Sagen wir, es sind eine Menge verschiedene Dinge«, antwortete Blake. »Aber nichts Neues.« Er nickte zu der Leiche. »Jetzt gerade hält mich das hier wach.«

»Ich fürchte, nicht zu Unrecht, Blake.« Wie die meisten Menschen, sprach auch sie ihn mit Nachnamen an. Er zog es vor. »Blake« klang irgendwie viel weniger förmlich als »Garstin«.

Ihr Tonfall ließ ihn aufmerken. »Was hast du gefunden?«

»So etwas ist immer furchtbar, aber was ich hier sehe, ist der Stoff meiner schlimmsten Albträume.«

Blake dachte an die Blumen in Julies Tasche und den fehlenden Ring. Hatte jemand eine Art Ritual versucht? »Erzähl.«

Sie nickte. »Also, wir haben vor Ort gesehen, dass Julie einen Schlag an den Kopf bekommen hat, nahe der linken Schläfe. Wie ich bereits vermutet habe, war der nicht die Todesursache. Ich würde sagen, sie ist ohnmächtig geworden. Getroffen wurde sie mit einem glatten, nicht sehr großen Gegenstand – vielleicht sieben Zentimeter breit.«

Blake erinnerte sich an den hochgeschobenen Rock der Toten. »Gab es Geschlechtsverkehr?«

Agneta schüttelte den Kopf. »Nein, aber ihre Unterwäsche wurde beschädigt, teils eingerissen. Es sieht aus, als hätte jemand ihren Slip nach unten gezogen und dann – die Person oder Julie selbst – versucht, ihn wieder nach oben zu reißen. Er saß schief. Die Bilder sind im Bericht der Spurensicherung; sie waren mit hergekommen, bevor ich losgelegt habe.«

Blake rieb sich die Stirn. Was bedeutete das? Vielleicht hatte ihrem Angreifer ein ganz bestimmtes Szenario vorgeschwebt, und er hatte es nicht so inszenieren können, wie er es sich in seiner kranken Fantasie ausmalte.

Er erschauderte, und Agneta bemerkte es.

»Ich fürchte, das ist erst der Anfang. Du hast mich gefragt, ob ich glaube, dass die Leiche bewegt wurde.«

Er nickte.

»Nach den Beweisen, die ich jetzt habe, würde ich sagen, ja, und das nicht lange nach ihrem Tod. Hätte sie länger dort gelegen, würde die Blutansammlung dank der Schwerkraft die Lage, in der sie gestorben ist, offensichtlich machen. Aber dieser Effekt kann sich noch bis zu sechs Stunden nach dem Tod verändern. Hier jedoch sind Anzeichen, dass sie auf der Seite gelegen hat, als sie starb. Und da sind Abschürfungen, Blake.«

»An ihren Händen, stimmt. Die sind mir aufgefallen.«

»Nicht nur da, wie sich herausstellt. Sie waren bloß am offensichtlichsten. Es wurde auch Druck auf ihre Beine ausgeübt, im Knie- und Hüftbereich, und auch auf ihre Ellbogen und Unterarme.«

Er fluchte. »Sie war gefangen? In einem sehr engen Raum?« Ihm wurde übel.

In Agnetas Augen spiegelten sich ihre Gefühle – und die Tatsache, dass sie wünschte, sie müsste das nicht erzählen. »Da waren auch Fasern unter ihren Fingernägeln. Wolle. Grüne Wolle.«

Er runzelte die Stirn. *Wo zum Teufel kamen die her?*

»Und dann haben wir die Blutergebnisse und die Kratzer an ihrem Hals.«

Blake wappnete sich, indem er tief durchatmete.

»Es war eine hohe CO2-Konzentration in ihrem Körper. Sie ist erstickt. Manchmal kratzen sich Mensch in solch einer Situation instinktiv am Hals.« Sie sah ihn an. »Sie haben das Gefühl, als würde etwas Physisches ihre Luftwege blockieren. Es tut mir leid.«

»Demnach haben wir es mit jemandem zu tun, der sie bewusstlos geschlagen hat, entweder absichtlich oder in der Hitze des Moments, sie dann irgendwo gefangen hielt, in einem luftdichten oder beinahe luftdichten Raum, und sie sterben ließ. Wir können nicht mit Sicherheit davon ausgehen, dass demjenigen klar war, was passieren würde, aber er oder sie muss gehört haben, dass sie sich zu befreien versucht hatte, sofern die Person noch in der Nähe war. Und es deutet anscheinend auf jemanden hin, der sexuell fixiert auf sie war« Er vergrub das Gesicht in den Händen. Sie mussten den Typen schnappen, und das schnell. Sowohl um Julies willen, als auch um jeden sonst zu schützen, der ihm über den Weg laufen könnte.

»Nur eines noch, Blake«, sagte Agneta. »Tara war aufgefallen, dass Julie bis vor Kurzem einen Ring getragen hatte.«

Blake nahm die Hände herunter und nickte.

»Tja, ich würde sagen, der wurde ihr um Verlauf dessen abgenommen, was Julie letzte Nacht widerfahren ist. Da waren ein winziger Schnitt an ihrem Finger und eine Abschürfung am Fingerknöchel, die nahelegen, dass er mit einiger Gewalt entfernt wurde.«

KAPITEL SIEBEN

Tara blickte auf, als Blake in das große Büro kam. Im Bruchteil einer Sekunde war er an ihrem Schreibtisch und lehnte sich vor. Er hatte einen gehetzten Blick.

»Hast du Gilmour gefunden?«

Was hatte Agneta ihm erzählt? Es war klar gewesen, dass es furchtbar würde, doch so vollkommen verzweifelt hatte Tara ihn noch nie gesehen.

»Er hat über den Sommer hier in der Stadt zur Untermiete gewohnt.« Sie nahm eine Haftnotiz, auf der sie die Adresse notiert hatte: ein Haus in der Atterton Road, gleich nördlich vom Stadtzentrum. »Sein College hat mir auch seine Handynummer gegeben – am Ende –, aber da geht er nicht ran. Wie ich es verstanden habe, soll er bald wieder zurück ins Wohnheim von St Bede's ziehen, doch bisher hat er seine Schlüssel noch nicht abgeholt. Hältst du ihn für den Täter?«

»Weiß ich nicht, aber es riecht ganz nach ihm.«

Ihr gingen lauter Fragen durch den Kopf, die er erst beantworten wollen würde, wenn er etwas mehr Zeit gehabt hatte. Also musste sie Geduld haben. Er nahm ihr die Haftnotiz aus der Hand. »Danke.« Plötzlich war sein Blick hart geworden: Wut und Entschlossenheit überwogen nun sein Entsetzen.

Er wandte sich an Jez, der neben ihr war. »Fahr rüber zu St Bede's und sieh mal, was sie zu Gilmour sagen können. Überprüf auch, ob er nicht dort ist.« Dann sah er sich nach hinten um. »Megan?« Seine DS blickte auf. »Wir fahren zur Atterton Road.« Nun richtete er sich wieder an Tara. »Fahr du mit Max zum St Oswald's. Sucht jemanden, der euch einen Überblick über Julies Leben dort geben kann. Ihre Mutter hat einen Tutor erwähnt. Wir treffen uns um halb wieder hier zur Besprechung – es sei denn, es ergibt sich etwas Wichtiges. Ich will bis dahin auch Background-Checks.«

Als Tara von ihrem Schreibtisch aufstand, ertappte sie Megan dabei, wie die sie beobachtete. Ihr gefiel eindeutig nicht, dass sie mit Max zusammengesteckt wurde. Glaubte sie allen Ernstes, da wäre etwas zwischen ihnen? Dann müsste sie mit geschlossenen Augen herumlaufen. Jeder erkannte, dass Max Megans romantische Gefühle erwiderte.

Tara hatte nicht erwartet, dass Julies Tutor an einem Sonntag im St Oswald's war. Doch schon fünf Minuten nach ihrer Ankunft wurde ihnen gesagt, der fragliche Mann – Lucien Balfour (*echt?*) – würde sofort mit ihnen sprechen.

Es erschien ein blonder, blauäugiger Mann in einem eleganten dunklen Anzug. Tara entgingen das Lächeln und der musternde Blick auf sie nicht, bevor der Pförtner hinterm Schreibtisch Max vorstellte. Es war nicht zu übersehen, wie überrascht er war, als er begriff, dass auch sie von der Polizei war. Sogleich nahm er einen ernsteren Ausdruck an, als er ihr die Hand ausstreckte.

»Lucien, Julies Tutor. Ich habe gehört, was mit ihr passiert ist, als ich herkam, weil Ihre Leute Zutritt zu ihrem Zimmer in der Chesterton Road brauchten. Ich kann Ihnen gar nicht sagen, wie geschockt ich bin. Aber reden wir woanders in Ruhe.«

»Wir waren nicht sicher, ob wir Sie an einem Sonntag hier antreffen«, sagte Max, der neben Balfour herging, als er sie über einen gepflasterten Weg führte.

»Ich bin gern hier, wenn die Studenten ankommen. Für viele von ihnen ist es eine schwierige Zeit, natürlich ganz besonders für die Neuen. Und wir tun natürlich alles, um ihnen den Übergang ins Studentenleben ein wenig zu erleichtern.«

Tara erinnerte sich an die Notizen von Blakes Gespräch mit Julie Coopers Mutter. Der Tutor hatte mit Sandra gesprochen, als sie Julie zu Beginn ihres zweiten Studienjahrs herbrachte. Sie hatte seine Worte als beruhigend empfunden, was Tara nun ihm gegenüber erwähnte.

»Ah, ja.« Er blickte sich zu Tara um. »Daran erinnere ich mich gut. Mutter und Tochter standen sich sehr nahe, war mein Eindruck. Soweit ich es mitbekommen habe, gab es zu Hause nur sie beide, bevor Julie zum Studium herkam.« Er legte kurz eine Hand an seine Stirn. »Es muss ein unvorstellbarer Schmerz für Ms Cooper sein.« Seine Worte klangen glaubwürdig, dennoch war die Geste irgendwie zu theatralisch.

Überall um sie herum war der Beginn des Studienjahrs offensichtlich. Sie gingen durch einen begrünten Innenhof, auf allen vier Seiten von uralten, hohen und imposanten Gebäuden umgeben. Tara sah Studenten hin und her wandern, beladen mit Kartons, Taschen und Rucksäcken. Einer zog einen Leiterwagen an einem eisernen Gestänge hinter sich her. Auf dem türmten sich überquellende Müllsäcke, unter denen die Räder quietschten. Insgesamt herrschte eine Menge Lärm, und Tara konnte die Nervosität in der Luft beinahe schmecken. Zu ihrem Studienbeginn hatte Tara sehr gemischte Gefühle gehabt. Ihr Stalker hatte sechs Monate zuvor mit seinen anonymen Sendungen aufgehört, aber sie hatte sich keineswegs entspannt, denn sie wusste nicht, warum er still geworden oder wer er war.

Als sie zum Studium in eine neue Stadt zog, hatte sie keine Ahnung, ob er sie immer noch im Blick hatte. Und es war furchteinflößend gewesen, ins Studentenwohnheim zu ziehen, umgeben von lauter Fremden. In jener Zeit war ihr jeder wie eine potenzielle Bedrohung vorgekommen.

Und hier in Cambridge musste zusätzlicher Druck herrschen, nicht nur akademisch in einem sehr anspruchsvollen Umfeld zu bestehen, sondern auch gesellschaftlich. Es ging weit über den Anspruch hinaus, das Elternhaus zu verlassen und auf eigenen Füßen zu stehen. Auf den jungen Menschen lastete auch das Gewicht der elterlichen Erwartungen. Was selbstverständlich immer der Fall war, aber je größer die Erwartungen, desto beängstigender die Fallhöhe. Sie dachte an den Wunsch von Julies Mutter, dass ihre Tochter ein Beispiel dafür würde, was Menschen ihrer Herkunft erreichen könnten. So klang es jedenfalls in den Gesprächsnotizen. Wobei nichts verkehrt daran war, dass sie ihre Tochter bestärkte. Sie hatte es um Julies willen gewollt, soweit sie Blake erzählte. Einen Moment lang dachte Tara an ihren Halbbruder Harry. Er fing auch dieses Wochenende in Cambridge an – und war von seinem Dad dazu gedrängt worden.

Lucien Balfour führte sie quer über den nächsten Innenhof und dort über den Rasen, während alle Studenten artig auf den Wegen am Rande blieben. Als er sich umdrehte, bemerkte Balfour ihren Blick und grinste. »Lehrende und deren Gäste dürfen über den Rasen gehen, genau wie die Krähen. Allen anderen ist es strikt untersagt. Aber es kommen schon jährlich trunkene Exkursionen über die Grünflächen vor. Der letzte kluge Junge, der es versuchte, musste ein Entschuldigungsschreiben an den Dekan verfassen.«

Schließlich erreichten sie eine Tür in der Ecke eines Gebäudes, das den Hof umgab.

»Dies ist mein Aufgang. Zweiter Stock.«

Als sie die Wendeltreppe innen hinaufgingen, auf die

durch die schmalen Fenster nur minimal Licht fiel, schaute Tara zu den Namensschildern auf den Türen, an denen sie vorbeikamen. Anscheinend teilten sich die Lehrenden diesen Gebäudetrakt mit den Studenten – vielleicht, damit sie ein Auge auf sie haben konnten. Dieser Ort fühlte sich wie aus der Zeit gefallen an, denn nichts hier wirkte modern. Erst als Balfour die Eichentür zu seinem Büro mit dem MacBook Pro auf dem Schreibtisch öffnete, wurde der Zauber gebrochen.

Inzwischen sank die Sonne am Himmel, und die schweren Vorhangschals zu beiden Seiten des Fensters sperrten einen beträchtlichen Teil des schwindenden Tageslichts aus. Der rote Samt verlieh dem Raum eine Anmutung von Theater, wie überhaupt alles hier: lauter altersdunkles und auf Hochglanz poliertes Eichenmobiliar. Und es roch nach Möbelpolitur, kombiniert mit einer schwachen Alkoholnote, wie Tara schätzte. Tatsächlich konnte sie eine halb volle Karaffe auf einem Beistelltisch sehen, umgeben von Gläsern, die auf den Kopf gedreht waren, damit sie nicht staubig wurden. Dabei war hier gar keiner. Es musste regelmäßig jemand zum Putzen kommen, denn Tara konnte sich kaum vorstellen, dass Balfour es selbst tat. Er sah nicht aus, als würde er sich die Hände schmutzig machen – sein Anzug war makellos –, und außerdem hatte sie den Eindruck, dass er die College-Hierarchie mochte. Da war etwas Genüssliche in seinem Tonfall gewesen, als er über die Rasenregeln sprach. Er kannte seine Stellung (relativ hoch) und dachte wahrscheinlich, jeder andere sollte auch seinen Platz kennen.

»Ich nehme an, ich darf Ihnen keinen Drink anbieten?« Balfour nickte zu der Karaffe und streckte einen Arm aus, um eine Tischlampe einzuschalten.

»Nein, danke«, antwortete Max.

Balfour nickte. »Ich werde selbst erst später einen nehmen. Bis dahin ist noch reichlich zu tun.« Er setzte sich an seinen

Schreibtisch und bedeutete Tara und Max, ihm gegenüber Platz zu nehmen. »Wie kann ich Ihnen helfen?«

»Es wäre hilfreich, mehr über Ihre Rolle hier zu erfahren und wie Sie Julie kennengelernt haben«, sagte Max.

»Ah, ja.« Balfour sprach langsam. »Das undurchdringliche Cambridge-System. Es besteht kein Grund für Sie, sich damit auszukennen, wenn Sie hier nicht studiert haben.«

Herablassend behandelt zu werden, zählte zu Taras besonders unbeliebten Zeitvertreiben. Sie holte tief Luft und versuchte, ihre Schultermuskeln zu lockern.

»Mir kommen diverse Rollen im College und an der Universität zu«, fuhr Balfour fort, lehnte sich auf seinem Stuhl zurück und fuhr sich mit einer Hand durch sein dichtes Haar. »Doch was Julie betrifft, war ich ihr College-Tutor. Für Außenseiter mag der Titel implizieren, dass ich sie in ihren Fächern unterrichtet habe, aber dem ist nicht so. College-Tutoren leisten den Studenten seelsorgerischen Beistand und leiten sie an. Wir heißen sie willkommen, wenn sie ankommen, führen sie ins College- und Universitätsleben ein und bieten ihnen Rat in allem, angefangen von gesundheitlichen und finanziellen Belangen bis hin zu fachlichen oder familiären Problemen. Wir Tutoren sind ein freundliches Gesicht – ein sicherer Hafen im Sturm, wenn Sie so wollen. Und wir gehen ganz in unserer Aufgabe auf.«

Er lächelte. Innerlich gab Tara es auf und gestand sich ein, dass sie ihn nicht mochte. Das konnte sie so oder so nicht abschalten. Und immerhin gab sie zu, voreingenommen zu sein. Ihr Stiefvater hatte ihr jahrelang seine Ansichten von der überlegenen Bildung hier entgegengeblasen, was genügte, dass sie zurücktrat.

Sie versuchte stets, den Ort als Ganzes zu sehen. Hier hatte sie die wunderbarsten Menschen kennengelernt, die das Ergebnis einer Ausbildung in Cambridge waren, und leugnete nicht, dass Nobelpreisträger das Leben von Millionen verändert hatten. Ihr waren auch schon sehr muntere, begeisterte Wissenschaftler begegnet, die die Welt ein bisschen heller machten.

Doch weil Tara nun einmal Tara war, konnte sie nicht umhin, die *anderen* zu bemerken. Diejenige, die sich ihrer Überlegenheit allzu bewusst waren. Die sich ziemlich gut mit den alten Seilschaften einrichteten. Die Menschen in die Richtigen und die Falschen für diese Universitäten einteilten.

Nun stellte sie all diese Gedanken ab – wenigstens so gut sie konnte. »Das klingt nach einer sehr wertvollen Ressource für die Studenten hier.« Sie lächelte Balfour an und dankte im Geiste ihrer Mutter für das ererbte Schauspieltalent. »Und ich kann mir vorstellen, dass es Ihnen mehr Einblick in Julies Persönlichkeit gegeben hat als anderen Mitarbeitern am College.«

Er erwiderte ihr Lächeln. »Das stimmt, oder zumindest mehr als anderen *Kollegen*. Wenn wir ›Mitarbeiter‹ sagen, meinen wir eher die Leute, die uns hier unterstützen. Ich spreche von Verwaltungsangestellten, Hauspersonal, Köchen und dergleichen.«

Wie konnte ich nur ...

»Also wäre Julie mit ihren Sorgen zu Ihnen gekommen?«, fragte Max.

»Das hoffe ich doch. Ich bilde mir gern ein, dass wir ein gutes, solides Studentin-Tutor-Verhältnis hatten.«

»Mir ist bewusst, dass alles, was sie Ihnen erzählt hat, vertraulich ist«, fuhr Max fort, »doch in Situationen wie dieser wäre es eine enorme Hilfe für uns zu erfahren, ob sie Probleme hatte.«

Balfour runzelte kurz die Stirn, nickte jedoch. »Verstehe.« Er legte die Fingerspitzen zusammen und veränderte seine Sitzposition.

Unweigerlich dachte Tara, dass er sein Wissen filterte, ehe er etwas preisgab. Sie sah fragend zu Max, der ihr zunickte.

»Haben Sie bemerkt, dass Julie irgendwelche unerwünschte sexuelle Aufmerksamkeit bekam – sei es von einem Studenten oder einem Mitarbeiter?«, fragte sie und blickte Balfour direkt an. »Oder«, sie stockte, »von einem Kollegen?«

Max war hoffentlich klar gewesen, dass sie es hart angehen würde. Sie wollte Balfour aus dessen sorgsamer Kontemplation locken. Und seinem Gesichtsausdruck nach zu urteilen, wirkte ihre Taktik.

»Du lieber Himmel!«, platzte er heraus. »Wie kommen Sie denn auf solch eine Idee? So etwas habe ich nie gehört.« Im nächsten Moment fing er sich und schloss den Mund. »Oh.« Er schluckte. »Oh, mein Gott, ich verstehe. Hatte sie? Ich meine, als Sie sie fanden? War sie ...?«

Max neigte sich vor. »Sie interpretieren mehr in die Frage meiner Kollegin hinein, als Sie sollten. Doch es ist nicht ungewöhnlich, dass es in Beziehungen zu Gewalt kommt.« Er machte eine Pause. »Und das gilt besonders in Fällen, in denen ein Machtungleichgewicht ins Spiel kommt.«

Manchmal liebte sie Max. Er konnte auf solch ruhige, trügerisch harmlose Weise zum Punkt kommen.

Balfour lehnte sich mit einem schweren Seufzer auf seinem Stuhl zurück und straffte die Schultern. Nun hatte er sich wieder erholt. »Natürlich, natürlich. Tja, wie gesagt, Julie hat nie etwas erwähnt.«

»Wäre erwartet worden, dass sie von sich aus mit einem Problem zu Ihnen kommt?« Julie hatte sich sehr selbstständig angehört, was Tara nachvollziehen konnte. Sie selbst würde nicht im Traum auf die Idee kommen, ihr Herz jemandem auszuschütten, dessen Job es war, ihr »Freund« zu sein.

»Ganz und gar nicht.« Balfour sah beleidigt aus. »Ich achte darauf, meine Studenten mindestens zweimal im Halbjahr zu sehen, ob sie darum bitten oder nicht. Wir haben zwanglose Zusammenkünfte beim Tee, und ich versuche, eine Atmosphäre herzustellen, in der sie sich wohlfühlen.«

»Und war Julie bei solchen Zusammenkünften?«, fragte Max.

Balfour nickte. »Selbstverständlich erfahre ich jenseits dieser Treffen bisweilen auch auf anderem Wege, wenn es Probleme gibt, die sich auf meine Kohorte auswirken könnten.«

»Auf anderem Wege?«

»Wenn zum Beispiel Studenten in ihren Fächern zu kämpfen haben, bekomme ich diese Information schon mal von einem ihrer Betreuer.«

Also redeten sie hinter dem Rücken der Studenten über sie? Tara leuchtete ein, dass es sinnvoll sein konnte, weil sie eventuell nicht den Mut aufbrachten, um Hilfe zu bitten. Dennoch fühlte sich die Vertrauensbeziehung zwischen Studenten und Tutoren dadurch weniger sicher an. Was könnte Balfour sonst noch über Julie zugetragen worden sein? Und war ihr bewusst gewesen, was ihr Tutor wusste – eventuell bezüglich eher privater Probleme?

»Hatte Julie fachliche Schwierigkeiten?«, fragte Max.

Jetzt lachte Balfour. »Du lieber Himmel, nein! Sie war eine der Hellsten in ihrem Jahrgang. Und sehr selbstsicher. Sie haben gefragt, ob sie unerwünschte Aufmerksamkeit von Studenten oder Angestellten bekam. Tja, ich kann Ihnen sagen, mit denen hätte sie kurzen Prozess gemacht.«

Tara und Max wechselten einen Blick. Sie beide wussten, dass es bei bestimmten Leuten nichts genützt hätte. Manche Männer begriffen nicht, dass ein Nein ein Nein war. Und manche könnten entschlossen sein, sich zu rächen ...

»Da gab es eine Bemerkung zu ihrer Persönlichkeit, die zu mir durchgedrungen war«, sagte Balfour. »Sie war eigenwillig. Stur. Akzeptierte kein Nein. Ihre Leistungen waren in Ordnung, aber sie war eigensinnig, und das kam nicht überall gut an.«

»Eigenwillig« und »stur« klangen wie überkommene Kritik von Betreuern, denen es nicht gefiel, stellte man ihre Ansichten infrage. Das war Tara allzu bekannt. Unwillkürlich musste sie an ihren früheren Vorgesetzten denken, Ex-DS Patrick Wilkins. »Können Sie uns verraten, bei wem ihre Haltung nicht gut ankam?«

Balfour schrak ein wenig zurück vor der Frage. »Ach, das war eher eine allgemeine Feststellung.« Er verstummte kurz. »Wahrscheinlich habe ich es hauptsächlich hin und wieder von Leuten gehört, die sie unterrichtet haben. Aber sie war jung. Ich persönlich habe Respekt vor ihr gehabt, weil sie eine eigene Meinung hatte.«

Entsprach es der Wahrheit? Das würden sie vielleicht nie erfahren.

»Ist sie jemals von sich aus mit irgendwelchen Sorgen zu Ihnen gekommen?«, fragte Max.

»Nein, nie. Ich wünschte, sie wäre. Hätte ich eine Ahnung gehabt, dass sie in Gefahr schwebte …«

»Wir wissen noch nicht genau, wie genau sie gestorben ist«, sagte Tara.

»Ich fürchte, es gehen schon Gerüchte um, und Ihre Anwesenheit beflügelt die Fantasien.«

Seine Worte kamen schnell. Sie waren berechtigt, doch Tara bemerkte vor allem, dass er verunsichert war.

»Was ist mit irgendwelchen anderen Schwierigkeiten, von denen Sie über die von Ihnen erwähnten anderen Kanäle erfahren haben?«, fragte Max. »Soweit wir wissen, hatte sie sich politisch engagiert – hatte an Demonstrationen teilgenommen. Solche Aktivitäten?«

Hier zog Balfour die Augenbrauen hoch. »Wogegen ja nichts einzuwenden ist, oder?«

Max schnappte nicht nach dem Köder. »Absolut nicht. Aber gelegentlich können die Dinge aus dem Ruder laufen.«

»Nein, ich denke, sie war zu klug, um sich in etwas verwickeln zu lassen, das ihre Zukunft gefährden könnte«, antwortete Balfour kopfschüttelnd.

»Aber Ihnen war bekannt, dass sie an solchen Aktivitäten beteiligt war?«, beharrte Max.

»Am Rande, ja. Ich wusste, dass sie hinter ihren Überzeugungen stand. Sie hatte mal einen Freund von einem anderen College. Ich denke, sie haben sich gegenseitig hochgeschaukelt.«

»Stuart Gilmour?« Tara sah ihn an.

Balfour runzelte die Stirn. »Ja, richtig. *Er* ist jemand, den ich schon seit einer Weile im Blick habe. Wie ich hörte, fiel es ihm schwer, sich mit der Trennung abzufinden. Letztlich erfuhr ich, dass Julie sich bei seinem College über ihn beschwert hatte. Sein Name ist schon eine Weile nicht mehr gefallen, aber es könnte gut sein, ihn im Auge zu behalten.«

Diese zusätzliche Information war interessant. Warum hatte Julie den Typen im Sommer in ihr Zimmer gelassen, wenn sie sich vorher beschwert hatte, dass er sie belästigte? Und es bewies, dass Tara recht hatte: Julie nahm die Dinge selbst in die Hand. Sie hatte sich direkt um das Problem gekümmert, anstatt Balfour zu bitten, ihre Hand zu halten.

»Was ist mit ungesunden Freundschaften?« Tara dachte an Bella. Die Studentin bescherte ihr ein ungutes Gefühl.

Doch Balfour riss die Augen weit auf. »Oh nein. Ich denke, Julie war zu eigenständig, um sich in so etwas hineinziehen zu lassen.«

»Kennen Sie Bella Chadwick?«

»Ah.« Ein säuerliches Lächeln huschte über Balfours Gesicht. »Jetzt verstehe ich, woher Ihre Frage rührt. Ich kenne Bella. Sie hat Julie sehr bewundert und sie imitiert. Ich gestehe, dass ich sie für eine Fantastin halte, doch meines Wissens hat Julie eher Abstand zu ihr gewahrt. Was nur weise war.«

Tara war unsicher. Julie mochte sich nach Kräften um Distanz bemüht haben. Doch was tat man, wenn man jemanden wie Bella am Hals hatte – die beobachtete, was Julie tat, die ihren Kleidungsstil kopierte und in dieselbe Unterkunft einzog, die Julie sich für den Sommer gesucht hatte?

Vieles von dem, was Tara überlegte, war reine Annahme – im Moment. Es musste noch mehr nachgeforscht werden. Doch etwas an Bella Chadwick behagte ihr nicht.

KAPITEL ACHT

In der Master's Lodge des St Oswald's legte Veronica Lockwood den Telefonhörer auf. Ihr Mann, der milliardenschwere Vorstandsvorsitzende und CEO von Lockwood's Agrochemicals und eine Galionsfigur des Colleges, nahm seine Sonntagszeitung herunter und sah sie fragend an.

»Das war Tony aus der Pförtnerloge. Die beiden vom CID sind anscheinend wieder weg.«

»Gott sei Dank. Das Letzte, was wir brauchen, ist ein Haufen Polizisten, die dort herumtrampeln, wenn die Eltern und Studenten ankommen.«

»Sie sind in Zivil, Alistair. Es wird nicht offensichtlich sein.«

»Aber wie ich hörte, durchwühlen sie das Zimmer des Mädchens in der Chesterton Road. Es wird Gerüchte geben.«

»Und deshalb dachte ich, dass es das Beste wäre, wenn du heute zum Hauptcollege gehst. Wenn du dich dort sehen lässt, wird es ein Gefühl von Ruhe und Kontrolle vermitteln.«

Er lachte. »Ach, Unsinn! Bisher wissen die Leute lediglich, dass eine Studentin *im Sommer* unter verdächtigen Umständen zu Tode gekommen ist. Wer weiß, was sie in der Zeit getrieben hat? Es hat jedenfalls nichts mit uns zu tun. Wenn ich hineile und anfange, beruhigend auf die Eltern einzureden, bringe ich die Geschichte bloß mit uns in Verbindung. Ich habe vor, mich schön zurückzuhalten. Und außerdem wissen die meisten dort, dass ich gestern nach London gefahren bin, um den alten Westerly zu besuchen.« Lord Westerly. Alistair hatte versucht, ihm Geld für eine neue Bibliothek zu entlocken. »Wahrscheinlich gehen sie davon aus, dass ich noch dort bin. Sie werden nicht infrage stellen, dass ich nicht vor Ort erscheine. Und je weniger Aufhebens ich mache, desto schneller wird Gras über die Sache wachsen.«

»Warum bist du über Nacht in London geblieben?«

Er lachte leise. »Du weißt doch, wie es ist. Man muss das Getriebe ölen, wenn man Geld von jemandem will. Und Westerly verträgt verdammt viel, ohne eine Spur weich zu werden. Ich hatte Mühe mitzuhalten. Am Ende bin ich zurück zur Wohnung geschwankt. Da konnte ich unmöglich noch fahren.«

Es wäre nett gewesen, hätte er ihr Bescheid gesagt. Obwohl sie sich ein wenig entspannte, als sie sicherer wurde, dass er die Wahrheit sagte. Er ahnte nicht, welche Anspannung er ausgelöst hatte.

»Dann warst du wirklich den ganzen Abend dort?« Sie beobachtete ihn, und jetzt hatte sie seine volle Aufmerksamkeit.

»Ja, natürlich.« Er seufzte gereizt. »Hör mal, ich weiß, dass dich das Gerücht sorgt, aber ich habe das Mädchen nie als eine Bedrohung gesehen. Wenn du angespannt bist, warum spielst du nicht etwas?«

Veronica blickte zu ihrer Harfe in der Ecke des palastartigen Raums mit der hohen Decke. »Ich bin nicht in der Stimmung.«

Er las wieder Zeitung. »Tja, solange du für die Aufnahmefeier der Studenten in Übung bist.«

Sie verkniff sich ihr Stöhnen nicht. »Alistair, ich bin es

gewohnt, vor Publikum in internationalen Konzertsälen aufzu-
treten. Da werde ich nicht wegen einer Horde Jugendlicher
nervös, deren bevorzugte Musik wahrscheinlich sehr schlecht
ist.« Sie ging zum Tisch mit den Getränken und schenkte sich
einen Whisky ein.

»Mach mir auch einen, ja?«

Sie tat es und reichte ihrem Mann das Glas. Als er den
ersten Schluck trank, war sein Blick weiter auf den Artikel über
die Wirtschaftsprognose gerichtet, und sie musterte sein
Gesicht. Keinerlei Spur von Sorge; er schien vollkommen
entspannt. Sie kannte ihn schon viele Jahre, und das musste ein
beruhigendes Zeichen sein, oder?

KAPITEL NEUN

Blake hockte neben Megan auf einem beigen Sofa in einem Bungalow in der Atterton Road. Stuart Gilmours Vermieterin, Janice Lopez, saß ihnen mit gefalteten Händen gegenüber. Stuart selbst war nirgends zu sehen.

»Ich war übers Wochenende weg, auf der Junggesellinnenparty meiner Schwester unten in Brighton, deshalb weiß ich nicht, wo er hin ist«, sagte sie.

Sie sah auch sehr nach Party aus: blutunterlaufene Augen, blasse Haut. Wahrscheinlich hatte sie auf einen ruhigen Abend gehofft ...

»Aber es ist komisch, denn er sollte heute ausziehen, zurück ins Wohnheim.« Sie verzog das Gesicht. »Ich habe noch keinen neuen Untermieter. Das Haus hier mag nicht viel hergeben, aber die Hypothek bringt mich fast um. Die Untermieter sind so ziemlich das Einzige, was mich vor dem Gerichtsvollzieher rettet.«

»Wie ist Stuart so als Untermieter?«, fragte Blake.

Die Frau zuckte mit den Schultern. »Gut. Bleibt für sich. Und stellt die Musik leiser, wenn ich ihn anbrülle.«

»Hat er jemals dieses Mädchen mit hergebracht?« Er zeigte ihr ein Foto von Julie.

Sie betrachtete es mit halb geschlossenen Augen, runzelte die Stirn und schnitt eine Grimasse, als täte es ihr weh. »Nein, ich glaube nicht. Ist sie seine feste Freundin?«

Blake antwortete nicht. Die Nachricht von einem verdächtigen Todesfall hatte es bereits auf die regionalen Zeitungs-Websites geschafft gehabt, als er nachschaute; dort hieß es, bei dem Opfer handele es sich um die »hiesige« Studentin Julie Cooper. Es wurden Fotos der Toten gepostet. Doch er schätzte, dass Stuarts Vermieterin zu sehr mit ihrem Kater beschäftigt war, um die neuesten Schlagzeilen zu lesen.

Janice Lopez seufzte. »Tja, Ihren Gesichtern nach nehme ich an, dass Stuart in Schwierigkeiten steckt. Soll ich ihm sagen, dass er Sie anrufen soll, wenn er herkommt?«

Blake und Megan wechselten einen Blick. »Ich schicke jemanden von unseren Leuten her und lasse ihn draußen warten«, sagte er. »Und wir versuchen auch weiter, ihn auf seinem Handy zu erreichen.«

»Oh Gott.« Lopez vergrub das Gesicht in den Händen, sodass ihre langen dunklen Locken nach vorn fielen. »Eine Freundin hat mich noch gefragt, ob ich weiß, was ich tue, als ich ihn hier einziehen ließ.«

Blake neigte sich zu ihr. »Warum das?«

Langsam schaute sie zu ihm auf. »Er hat eine Unterkunft gebraucht, weil er für den Rest des Studienjahrs vom College suspendiert war. Haben Sie das nicht gewusst?«

Blake holte tief Luft. »Nein, das haben wir nicht gewusst.« Seiner Mutter zufolge, die selbst Professorin war, musste reichlich viel vorliegen, damit jemand suspendiert wurde – oder »aufs Land geschickt«, wie sie es nannte. Antonia Blake hatte hin und wieder mit Disziplinarmaßnahmen zu tun gehabt, als sie College-Tutorin war. Heutzutage übernahm sie solche lästigen Aufgaben nicht mehr und konzentrierte sich ganz auf ihre Forschung und Lehre als Kunsthistorikerin.

Megan setzte sich ein Stück vor, ihren Notizblock in der Hand. »Hat er Ihnen erzählt, warum?«

»Oh ja, da war er ganz offen. Er ist sehr aktiv, politisch, und er wurde nach einem Protest verhaftet, der zu weit gegangen war. Es war wohl nicht das erste Mal. Ich meine, er hat gesagt, dass er schon mal ein Bußgeld wegen Sachbeschädigung zahlen musste, und da war noch etwas anderes, aber ich erinnere mich nicht mehr, was.«

Würde das genügen, um suspendiert zu werden? Blake war sich nicht sicher. Vielleicht waren der College-Leitung die wiederholten Vergehen zu viel geworden. Die Background-Checks, um die Blake gebeten hatte, würden ihnen alles verraten, was sie wissen mussten. Ein Jammer, dass er diese Information noch nicht bekommen hatte.

»Das College hat es offensichtlich ernst genommen.« Blake überlegte. »Aber Sie machten sich keine Sorgen deswegen und haben ihn als Untermieter akzeptiert.«

»Die Wohnheimverwaltung von St Bede's und sein Tutor haben mir bescheinigt, dass er ihres Wissens in seinem Wohnheim nie Probleme gemacht hat. Er ist definitiv sehr idealistisch, aber ich hatte keinen Grund zu glauben, dass er mir Stress macht.«

Sie lehnte sich zur Seite, nahm eine Handtasche von einem Couchtisch und stellte sie auf ihren Schoß. Sie nahm eine Wasserflasche heraus sowie eine Packung Schmerztabletten. »Warum wollen Sie noch mal mit ihm reden?«

Als sie aus der Einfahrt des Bungalows fuhren, wandte Blake sich zu Megan. »Falls Gilmour letzte Nacht Julie mit hergebracht hat, hätte er sie angreifen können, ohne dass es jemand hörte. Die Vermieterin war nicht da, und der Abstand zum nächsten Haus ist groß genug, dass eine Auseinandersetzung oder Schreie drinnen unbemerkt bleiben würden.«

»Und wenn er es nicht ist, warum ist er dann verschwunden, wo er doch zurück ins College ziehen soll?«, fragte Megan.

»Gute Frage. Wir brauchen ein Update von Jez.«

Megan rief den DC an und stellte das Gespräch auf Lautsprecher, sodass Blake ihn nach Neuigkeiten fragen konnte.

»Ich will gerade zur Besprechung zurückkommen. Bisher ist Gilmour nicht in St Bede's aufgetaucht. Und es gibt noch eine interessante Sache.« Er verstummte.

»Erzähl.« *Wir sind hier nicht im Kino. Ich brauche die Information!*

»Jemand anders hat auch nach ihm gefragt, eine Studentin aus Julies College. Sie war anscheinend ein bisschen hitzig und hat eine Nachricht für ihn bei den Pförtnern abgegeben. Sie wollten mir die eigentlich nicht zeigen, aber ich konnte sie überzeugen.« Blake fragte sich, wie. »Es stellt sich heraus, dass die Nachricht von einer Bella Chadwick ist. Sie will, dass Stuart sich bei ihr meldet.«

»Gut zu wissen. Wir haben sie schon auf dem Schirm.« Eine Sekunde später rief er auf der Wache an. Tara musste noch einmal Chadwick kontaktieren und herausfinden, warum sie so dringend den Ex der Toten sprechen wollte.

KAPITEL ZEHN

Ex-Detective Sergeant Patrick Wilkins saß im Pub Grain and Hope Store nahe Parker's Piece – der Grünanlage, die Regent Terrace von der Parkside-Polizeiwache trennte. Er blickte zu Shona, deren roter Lippenstift schimmerte und deren lange rote Fingernägel makellos waren. Wie konnte sie den ganzen Tag herumrennen und trotzdem wie aus dem Ei gepellt aussehen? Halb bewunderte er sie, halb misstraute er ihr. Shona war jemand, der andere Leute die Arbeit für sich machen ließ. Lange Zeit hatte Patrick sie mit Stoff für die Storys versorgt, die sie für die Zeitschrift *Not Now* verfasste. Und er hatte sich immer gefragt, ob ihre Affäre auf mehr als ihrem beruflichen Ehrgeiz und seiner Wut auf seine Kollegen gründete. Doch sie waren immer noch zusammen. Was das Durchsickernlassen von Informationen betraf, fühlte Patrick sich vollkommen im Recht. Sein alter Chef, DI Blake, war immer gegen ihn gewesen. Und als dann Tara Thorpe als Detective Constable ins Team gekommen war – die angeblich unter Patrick arbeiten sollte, jedoch nicht den Hauch von Respekt vor ihm hatte – war er umso erpichter gewesen, Shona dies oder jenes weiterzugeben, um seinen beiden Kollegen das Leben schwerzumachen.

Er und Shona hatten letztes Jahr einen wunderbaren Artikel gebracht. Er beleuchtete die verrückte Theorie, der Tara nachgegangen war, und rückte die ekelhafte »besondere Beziehung« von ihr zu Blake in den Mittelpunkt. Taras ehemalige Kollegin Shona hatte das Resultat genauso genossen wie Patrick.

Doch der Höhepunkt war direkt vor dem Fall gekommen. Ein alter Freund Taras hatte Patrick aus unerklärlicher Loyalität zu ihr überführt. Er hatte Patrick gesehen – und aufgenommen – wie er mit Shonas Herausgeber Giles Troy getrunken hatte. Thorpes Spion, Paul Kemp, der auch noch ausgerechnet Expolizist war und den Dienst nicht ganz unbefleckt quittiert hatte, gab seinerzeit alle Beweise an Blake. Und das war es gewesen. Unzählige Disziplinaranhörungen später hatte Patrick die Geduld mit dem Verein verloren. Es hatte sich gut angefühlt zu kündigen, wie eine Art Rache. Sie verdienten es, auf ihn verzichten zu müssen.

Er hatte auch geplant, Tara persönlich bezahlen zu lassen. Da gab es einen Ansatz, den er verfolgte, und die Aussicht auf bares Geld von Giles Troy, wenn er lieferte. Allerdings war es nicht ganz so unkompliziert, wie er gehofft hatte ...

Eben hatten Patrick und Shona mehrere Wagen an der Wache vorfahren gesehen. Der Gedanke, dass Thorpe in einem von ihnen sitzen könnte, war wie Salz in einer noch offenen Wunde gewesen.

Shona hatte die Vorgänge dort beobachtet, wandte sich jetzt jedoch zu ihm. »Die werden ewig da drinnen sein. Der Mord an einer jungen Studentin hält sie garantiert noch weit in den Abend beschäftigt.«

»Bist du sicher, dass es Mord ist?«

Sie lächelte katzengleich. »Die offizielle Version ist, dass die den Tod als verdächtig ansehen. Wie oft wird so eine Ansage später runterkorrigiert? Außerdem«, sie glitt mit der Zunge über ihre Unterlippe, sodass sie noch mehr glänzte, »konnte ich vorhin kurz mit einem jungen PC reden, der eindeutig Bescheid weiß.«

»Und dich eindeutig nicht kennt!«

Sie strich mit einem manikürten Finger über Patricks Wange. »Es ist nicht meine Schuld, wenn er ... zu freigiebig mit Informationen ist. Das sind Menschen oft. Ich weiß selbst gar nicht, was in die fährt.«

Er würde ihrem Ego nicht schmeicheln, indem er eifersüchtig wurde. Ihre Taktiken waren ihm allzu vertraut. Stattdessen blickte er wieder zur Wache. Einen Moment lang überkam ihn der Drang, hinüber zu gehen. Er würde zu gerne ihre Gesichter sehen, wenn er das Gebäude betrat und sich alle prompt unwohl fühlten. Aber wäre das wirklich der Effekt? Oder spielte er für sie keine Rolle mehr? Bei der Vorstellung schlug sein Herz schneller.

Wären doch nur seine Pläne nicht gescheitert, es Tara heimzuzahlen! Anfangs war Giles Troy von der Aussicht begeistert gewesen und hatte ihn zu einigen »gemütlichen Plaudereien« geladen. Patrick unterdrückte ein Frösteln. An Giles war gar nichts gemütlich. Er war die Sorte Mann, der ein bester Freund war, bis er es plötzlich nicht mehr war – und dann sollte man lieber aufpassen. Patrick war damit beschäftigt, sein neues Unternehmen aufzuziehen, aber all seine Freizeit verwandte er auf das Tara-Projekt. Langsam, Stück für Stück, war er sicher gewesen, dass er bekommen könnte, was er brauchte. Doch er erzielte keine Resultate, und Troy hatte angefangen, ihn mit Verachtung zu behandeln.

Wie konnte er es wagen? Er musste doch wissen, wie schwierig dieses Projekt war.

»Schatz«, sagte Shona, die einen Schluck von ihrem Gin-Tonic nahm, »wie du guckst. Denkst du an Tara und Blake?«

Im Frühjahr hatte er ihr gegenüber angedeutet, dass er und Giles Pläne hätten, es ihnen heimzuzahlen, aber nie Einzelheiten verraten. Etwas wollte er für sich behalten. In dem

Moment, in dem er Shona irgendwas verriet, fühlte es sich an, als gehörte es ihr. Und waren es sensible Informationen, schien es schnell, als gehöre man selbst ihr auch.

Giles hatte zugestimmt, das Wesentliche unter Verschluss zu halten. Patrick hatte er erzählt, dass er Shonas Leistung scharf im Blick hatte. Er war neugierig, wie sie sich machte, da sie keinen Insiderkontakt mehr bei der Polizei hatte. Insgeheim glaubte Patrick, ihren Erfolg in den letzten paar Jahren verdanke sie ihm. Ihn würde nicht überraschen, sollte Giles das auch erkennen und sie schon bald aus ihrem bequemen Job kicken.

Was für ein hinterhältiger Haufen die waren!

Und jetzt war er sehr froh, dass er sich sehr bedeckt gehalten hatte. Wenigstens wusste Shona so nicht, dass er gescheitert war.

»Tara und Blake machen mir keine Sorgen«, sagte er schließlich und wandte den Blick von der Wache ab.

»Aber du hattest da doch ein Ass im Ärmel, oder?« Unter dem Tisch hatte Shona einen ihrer hohen Schuhe abgestreift und rieb nun ihren Fuß an seinem Innenschenkel. »Du hattest angedeutet, dass du etwas ausgekocht hast, wie du es ihnen zurückzahlst. Und seitdem bist du in der Sache mächtig still.«

Er bappte sich ein Lächeln aufs Gesicht und hoffte, dass es glaubwürdig aussah. »Das ist alles in die Wege geleitet. Es wird Zeit brauchen, weil es ... ziemlich ... komplex ist.« Hoffentlich vergaß sie die Geschichte, wenn er sie weiterhin abwimmelte.

»Uuh, bist du geheimnisvoll! Na, jetzt verrate mir schon das Geheimnis!«

Sie durfte so viel betteln, wie sie wollte; er würde das gestrandete Projekt für sich behalten. »Meine Lippen sind versiegelt.«

Shona zog die Augenbrauen hoch und machte einen Schmollmund. »Früher hast du mir gerne etwas erzählt. Was habe ich falsch gemacht?«

Es tat gut, zur Abwechslung mal die Oberhand zu haben – selbst wenn es kein echtes Geheimnis gab, das ihr Interesse lohnte. »Wenn ich habe, was ich brauche, um weiterzumachen, wirst du alles erfahren, glaub mir.«

Er hatte das abscheuliche Gefühl, dass sie ihn durchschaute. Aber was könnte sie ihm schlimmstenfalls tun?

KAPITEL ELF

Tara rief Bella Chadwick an, sobald sie Blakes Nachricht erhielt. Dass Bella zu Stuart Gilmours College gegangen war, um ihn aufzuspüren, jagte Taras Puls in die Höhe. Lief da etwas zwischen Bella und Julies Ex? Eine Beziehung oder eine andere Verbindung, die sie verschwiegen hatte? Es war nicht das Einzige, was sie ausgelassen hatte. Sie hatte auch nichts von Stuarts Suspendierung gesagt. Was natürlich nicht relevant sein musste, und sie hatte keinen bestimmten Grund dazu gehabt. Tara konnte das Mädchen auf Anhieb erreichen. Und fünf Minuten später ging sie mit Bellas Worten noch frisch im Kopf in die Besprechung.

Blake war vorn im Raum. Er sah müde aus und hatte einen Bartschatten, der einen dunklen Kontrast zu seiner ungewöhnlich blassen Haut bildete. Tara setzte sich neben Jez. Er wirkte nicht wie der Neue, strahlte Selbstsicherheit aus – und schien vollkommen entspannt. Eine Sekunde lang sah er zu ihr, bevor Blake anfing.

Als er erzählte, was Agneta gefunden hatte, wurde es komplett still. Tara hörte jemanden nach Luft ringen und erkannte, dass es von DCI Fleming kam. Sie wusste, dass die

Chefin sich manches zu Herzen nahm, doch für gewöhnlich behielt sie ihr Pokerface. Es war Teil ihrer Beharrlichkeit und Disziplin, von denen Tara annahm, dass sie im gleichen Maße ihrem Wunsch geschuldet waren, Menschen zu helfen, wie auch dem Ehrgeiz, es bis ganz nach oben zu schaffen.

»Ich habe über den Behälter nachgedacht, in dem der Mörder Julie eingesperrt haben muss«, sagte Blake ruhig. »Die grüne Wolle könnte auf einen Schrankkoffer hindeuten oder einen anderen großen Koffer, in dem ein Kleidungsstück aus dem Material war.«

Tara hob die Hand. »Die Studenten. Sie haben alle das Wochenende gepackt, um wieder zurück in die Wohnheime zu ziehen. Es könnte jemand sein, der gestern angekommen ist und beim Auspacken war. Oder jemand, der über den Sommer in der Stadt geblieben war und gepackt hat, um sein neues Wohnheimzimmer zu beziehen.«

Blake nickte. »Wir haben nicht genug, um Stuart Gilmour zu verhaften, aber ich habe einen Durchsuchungsbeschluss für sein Zimmer beantragt. Barry ist vor seiner Unterkunft in der Atterton Road postiert, falls er dort aufkreuzt, und Sue informiert alle in St Bede's, sollte er direkt zum College kommen.«

»Hat Kirsty noch mehr von Sandra Cooper erfahren?«, fragte DCI Fleming ungeduldig.

DC Kirsty Crowther fungierte als Verbindungsfrau und war bis auf Weiteres bei Ms Cooper. Julies Mutter blieb in der Stadt, bis sie sich stark genug fühlte, wieder nach Hause zu reisen. Tara konnte sich kaum vorstellen, was die Frau durchmachte.

»Sie konnte nach Julies Dad fragen«, antwortete Max. »Um ihn auszuschließen. Julie hatte ihren Vater einmal getroffen, aber er hat klar ausgedrückt, dass er nichts mehr mit den beiden zu tun haben will. Er hat eine Amerikanerin geheiratet und lebt seit sieben Jahren in Arizona. Wir überprüfen noch, wo er jetzt gerade ist.«

Fleming bejahte. »Was wissen wir noch über den Freund?«

Nun war es Blake, der berichtete, was sie von Stuart Gilmours Vermieterin erfahren hatten.

Jez hob die Hand. »Das stimmt mit den Background-Checks überein, die Tara und ich gemacht haben.« Er blickte zu seinem Notizblock. »Mehrere Strafanzeigen wegen massiver Proteste: unbefugtes Betreten, Störung des öffentlichen Friedens, und eine wegen Belästigung.«

Fleming merkte auf.

»Wiederholtes Erscheinen vor der Haustür einer hiesigen Stadträtin, die den Bau eines neuen Tierversuchslabors am Stadtrand befürwortet hat. Er hatte mehrfach die Kinder der Frau angesprochen und sie gefragt, ob sie wüssten, wie böse ihre Mutter sei.«

»Ich frage mich, ob er auch Julie vor ihrem Haus aufgelauert hat, nachdem sie Schluss gemacht hatte«, sagte Tara. »Wir haben Beweise, dass sie sich bedroht oder zumindest von ihm bedrängt gefühlt hat. Ihrem Tutor zufolge hatte sie sich bei seinem College über ihn beschwert. Aber Julies ›Freundin‹ Bella Chadwick hat uns auch erzählt, dass Julie ihm erlaubt hatte, sie über den Sommer zu besuchen.«

»Was wissen wir über diese Bella?« Fleming musste Taras Tonfall bemerkt haben.

Tara erzählte ihr, was sie über Bella gefunden hatten, und ergänzte dann noch das Neueste: »Jez hat herausgefunden, dass sie heute Nachmittag an seinem College nach Gilmour gefragt hat. Anscheinend war sie sehr aufgeregt. Ich habe sie angerufen und nach dem Grund gefragt.« Tara war es direkt angegangen, weil sie wusste, dass Bella unvorbereitet wäre. »Zuerst hat sie gestottert und einen Moment gebraucht, um mit einer zusammenhängenden Geschichte zu kommen. Schließlich hat sie erzählt, sie hätte ihn zu erreichen versucht, falls er das von Julie noch nicht gehört hatte. Obwohl sie getrennt waren, hatte er sie gut gekannt – und wer würde sich die Mühe machen, ihn zu informieren, wenn nicht sie? Sie meinte, es wäre grausam abzuwarten, bis er es zufällig erfuhr. Ich habe sie darauf hingewiesen, dass wir schon den ganzen Tag versuchen, es ihm mitzuteilen.«

Fleming nickte, wobei sich ihr glatter schwarzer Pony keinen Millimeter bewegte. Den musste sie mit Gel oder Ähnlichem fixiert haben. Und es verstärkte noch Taras Gefühl, dass die Frau teflonbeschichtet war. »Wie ist Ihr bisheriger Eindruck von Bella?«

»Ich würde sagen, dass etwas an ihrer Beziehung zu Julie nicht ganz stimmte. Ihr Tutor hat es ebenfalls angedeutet, als wir mit ihm gesprochen haben. Und er nannte sie eine Fantastin.« Tara unterbrach kurz. »Sie zieht sich wie Julie an, und mich würde nicht wundern, sollte sie absichtlich arrangiert haben, den Sommer in derselben Unterkunft in Cambridge zu bleiben wie Julie.«

Megan blickte auf. »Ist das nicht eher eine Mutmaßung?«

War es, aber hatte Fleming sie nicht eben um genau die gebeten? Eine spitze Erwiderung kam indes nicht in Betracht. Bei diesem Fall würde Tara moralisch unantastbar bleiben und sich wie eine Erwachsene verhalten. Was ihr bei dem letzten großen Fall nicht ganz gelungen war ...

»Du hast recht, ich muss noch gründlicher nachforschen. Ich werde überprüfen, wer die Unterkunft zuerst gebucht hat, und ich möchte auch mehr darüber erfahren, wie die beiden miteinander waren.«

Flüchtig sah Tara den Anflug eines Grinsens über Blakes Züge huschen. Wahrscheinlich ahnte er, was sie sich gerade verkniff.

»Gut. Dann mutmaßen Sie noch ein bisschen weiter«, sagte Fleming, was ihr ein Stirnrunzeln von Megan eintrug. »Falls Sie recht haben, was denken Sie? Hat sie Julie vergöttert?«

Tara überlegte und ging im Geiste alles noch einmal durch, was sie heute erfahren hatte. »Ja, ich glaube schon. Ich habe den

Eindruck, dass Bella ziemlich konventionell ist. Vielleicht hat sie fasziniert, wie verbissen Julie sich für bestimmte Belange engagiert hat. Es ist auch komisch, dass sie ›zufällig‹ gesehen hat, wie Julie gestern Abend ausging. Ich tippe, dass sie mehr Zeit mit ihr verbringen wollte und ihr Plan, über den Sommer in ihrer Nähe zu sein, nicht wie erhofft aufgegangen ist. Ich frage mich auch, ob sie Julie beneidet hat. Eventuell sogar um Stuart Gilmours Bewunderung, so erdrückend die auch gewesen sein könnte. Bella könnte glauben, dass er wahnsinnig, böse und gefährlich ist.«

Die Frage war, wie gefährlich. Und wenn Bella genau wie Julie sein wollte, könnte sie die Freundin ersetzen wollen?

»War Julie polizeibekannt?«, fragte Fleming.

Jez schüttelte den Kopf. »Da taucht nichts auf.«

»Aber es hört sich an, als hätte sie an ähnlichen Protesten wie Gilmour teilgenommen«, sagte Max. »Und abgesehen davon, was ihre Mutter uns erzählt hat, ist da noch die Maske, die unsere Spurensicherung in ihrem Zimmer gefunden hat. Auch ihrem Tutor war beiläufig bekannt, dass sie politisch aktiv war.« Er berichtete dem Team die Einzelheiten.

Jez blickte auf. »Ich konnte mit einigen Leuten reden, die letztes Jahr am College mit ihr zusammengewohnt haben, und mit ein paar Kontakten aus den Vereinen, in denen sie gewesen ist. Wie es sich anhört, war sie ziemlich reserviert, blieb meistens für sich. Aber sie alle haben bemerkt, dass Bella gern mit ihr abhing. Ich hatte den Eindruck, dass Julie sehr ehrgeizig war. Sie hat für die Zeitung von St Oswald's geschrieben. Der Redakteur denkt, dass sie Journalistin werden wollte. Ich habe die Interessensverbände, in denen sie Mitglied war, in der digitalen Akte aufgelistet.«

»Wenn sie den Blick auf die Zukunft gerichtet hatte, wird sie eher vermieden haben, sich in irgendetwas mit reinziehen zu lassen, das ihr zu sehr schaden könnte«, sagte Fleming, womit sie Lucien Balfours Gedanken wiedergab.

Es passte zu den Prioritäten der DCI, doch vielleicht stimmte auch schlicht Julies Vorstellung, wie man Veränderungen bewirkte, nicht mit der ihres Exfreunds überein. Würde einer Stadträtin aufzulauern und ihre Kinder zu belästigen jemanden abschrecken, der der Überzeugung war, dass manche Dinge anders laufen sollten? Tara glaubte, dass es Menschen davon abhalten könnte, sich für ein öffentliches Amt zu bewerben, aber ansonsten klang es nicht sehr wahrscheinlich.

»Haben wir etwas zu den Blumen, die in Julies Tasche gefunden wurden? Oder dem zerschnittenen Herz in ihrem Zimmer?«, fragte Blake.

»Das Herz wurde von Hand mit einem roten Filzstift auf gewöhnlichem Achtzig-Gramm-Papier gemalt.« Megan hatte den Bericht der Spurensicherung vor sich. »Ich habe mich gefragt, ob Julie es gemacht hatte – und es von einem wütenden Ex zerstört und zurückgeschickt wurde.«

»Das habe ich überprüft«, sagte Max. »Aber unter Julies Sachen finden sich keine Filzstifte. Kirsty hat Julies Mutter gefragt, und anscheinend hat sie nicht gemalt oder gebastelt.«

»Die Schnitte waren ziemlich sauber«, bemerkte Tara. »Man sollte meinen, jemand, der in Wut handelt, geht gröber vor – zerreißt das Ding und macht die Fetzen so klein, dass sie sich nie wieder zusammensetzen lassen.«

Megan runzelte die Stirn. »Ich würde sagen, dass wir nicht immerzu stereotypes Verhalten voraussetzen dürfen.«

Wie lange noch, bis die Frau aufhörte, sie zu hassen? Tara hatte in einem früheren Fall das Protokoll ignoriert. Es hatte sie in Gefahr gebracht, ohne Frage, und Megan fand nach wie vor, dass sie auch auf deren Sicherheit gepfiffen hatte. Tara hatte sich bereits entschuldigt. Und beim dritten Mal hatte sie es wirklich ernst gemeint ... mehr oder weniger. »Wenn jemand ihr das Herz geschickt hat, hatte Julie es vielleicht nie zuvor gesehen«, sagte sie. »Vielleicht war es so sorgfältig zerschnitten, weil gewollt war, dass sie es wieder zusammensetzt und die Botschaft versteht.«

Megan schwieg.

»Ich habe die Blumen nachgeschlagen«, fuhr Tara fort. »Laut der Website, die ich gefunden habe, werden Anemonen unterschiedliche Bedeutungen zugeordnet, was es eher unklar macht. Sie können Positives symbolisieren wie Vorfreude auf die Zukunft oder ein Talisman zum Schutz gegen das Böse sein.« Sie unterbrach, strich sich eine rotblonde Strähne hinters Ohr und sah in ihre Notizen. Ihr Haar musste geschnitten werden. »Aber sie können auch für verlorene Liebe oder den Tod eines geliebten Menschen stehen ... oder für dessen Verlust an jemand anderen.« Wieder spürte sie, dass sich ihre Nackenhaare aufstellten.

»Wissen wir von anderen Beziehungen, die Julie außer der mit Stuart gehabt hatte?« Fleming war im Raum auf und ab gegangen, blieb jetzt jedoch stehen und hockte sich auf eine Schreibtischkante. Ihre Lacklederschuhe glänzten im Schein der Deckenbeleuchtung.

»Ich habe mich gefragt, ob Balfour von einer Beziehung mit einem College-Mitarbeiter weiß oder sie vermutet.« Max blickte fragend zu Tara.

Sie nickte. »Ja, den Eindruck hatte ich auch.«

»Es gibt keine konkreten Hinweise«, fuhr Max fort, »doch er wollte uns sehr dringend versichern, dass so etwas *nie* vorkäme. Und leider wissen wir alle, dass das nicht wahr ist. Es war keine solch abwegige Frage. Und Balfour plusterte sich ein bisschen zu sehr auf.«

»Irgendeine Idee, wer verstrickt sein könnte, falls Ihre Ahnung richtig ist?«, fragte Fleming.

»Wir haben nach wie vor ›John‹ nicht gefunden.« Blake lehnte sich an die Wand vorn. Er sah ein bisschen zerknautscht aus in seinem wunderschön geschnittenen Anzug, doch seine Augen wirkten wach.

»John?« Fleming sah ihn verwundert an, bevor er mehr sagen konnte. Sie war genauso ungeduldig wie der DI.

Er nickte. »Falls er existiert. Julie hatte ihrer Mutter erzählt, dass sie den Sommer über in Cambridge bleibt, um einem Professor namens John bei irgendwelcher Recherche zu helfen.« Er sah zu Tara und Max. »Wir wissen, dass Julie in einem Restaurant gejobbt hat, deshalb ist unklar, wie offiziell diese andere ›Forschungsarbeit‹ war. Möglich wäre, dass sie sich die ausgedacht hatte. Vielleicht wollte sie einfach so den Sommer in Cambridge verbringen, aber die Gefühle ihrer Mutter nicht verletzen. Sie könnte geglaubt haben, ein Forschungsprojekt wäre der bessere Vorwand als Kellnern.«

»Aber?«, fragte Fleming.

»Bellas Aussage zufolge«, wieder sah Blake zu Tara und Max, »klingt es, als hätte Julie tatsächlich noch etwas anderes in den Ferien zu tun gehabt. Etwas, das sie für sich behalten und für das sie sogar einmal ihre Arbeitsschicht verpasst hat – vorausgesetzt die Information ist korrekt.«

Jez blickte auch auf. »Eine Kollegin im Restaurant hat mir dasselbe erzählt – und der Manager erwähnte, dass sie abgelenkt wirkte. Aber auch von ihnen wusste niemand, was sie sonst vorhatte, genauso wenig wie ihre College-Kontakte.«

»Ich würde sagen, hierzu müssen wir mehr herausbekommen«, sagte Blake. »Und dieser ›John‹ ist wahrscheinlich irgendwo da draußen, ob es nun sein richtiger Name ist oder nicht.«

KAPITEL ZWÖLF

Max war mit Jez und Megan im Tram Depot. Es war späterer Abend, und sie alle mussten morgen wieder früh anfangen, doch er konnte den Gedanken nicht ertragen, allein mit dem Bild der toten Julie Cooper im Kopf zu Hause zu sitzen. Die Studentin war bei ihrem Tod fünf Jahre jünger gewesen als seine Frau, trotzdem holte der Anblick der Leiche die Erinnerungen zurück. Ein Bier und Gesellschaft waren gut – besonders wenn die Gesellschaft Megan mit einschloss. Wäre Jez nicht da, könnte Max richtig entspannen, aber das war unfair. Ihm war bewusst, dass er sich Mühe geben musste.

»Kommt Tara jemals mit in den Pub?« Jez lehnte neben Megan am Tresen. Sein dichter blonder Pony fiel nach vorn, als er Max' DS-Kollegin ansah, und seine blauen Augen leuchteten. Der Typ besaß eine Menge Selbstbewusstsein, keine Frage.

Woran natürlich nichts verkehrt war.

Megan zog eine Augenbraue hoch. »Manchmal.«

Jez lächelte träge. »Sie hat was von ›anderweitigen Verpflichtungen‹ gesagt, und ich war mir nicht sicher, ob sie mich auf den Arm nehmen wollte. Sie hatte so einen komischen Blick.«

Megan verzog ironisch den Mund. »Ah, ja, den kenne ich.«

»Na ja, es ist schließlich Sonntag«, sagte Max und nahm das Bier an, das der Barkeeper ihm gezapft hatte. »Da ist es nicht ungewöhnlich, wenn Leute was vorhaben.« Er stockte. Ihm war bekannt, was Tara vorhatte, aber wenn er es sagte, würde er Jez dann mehr über ihr Privatleben verraten, als ihr lieb war? Wie es sich anhörte, hatte sie es zurückgehalten. Ob sie die Unnahbare gab oder Vorbehalte gegen den neuen DC hatte, konnte Max nicht sagen. »Ich glaube, sie wollte Verwandte treffen«, sagte er am Ende.

Megan blickte ihn an, während er sprach, und er schaute in ihre schönen dunklen Augen. Einmal, Anfang des Jahres, hatte sie ihn gefragt, ob sie mal zusammen ausgehen wollten. Doch anstatt Ja zu sagen, hatte er Panik bekommen. Seitdem wollte er sich in den Hintern treten, doch ihr Vorschlag war vollkommen überraschend gekommen. Seit Susie gestorben war, hatte er keine Beziehung gehabt. Eine Sekunde lang schweifte sein Blick zu Jez ab. Max wollte wetten, dass der Typ in seinem ganzen Leben noch nicht nervös gewesen war. Und jetzt gerade lächelte er Megan an.

»Was ist mit dem DI? Gibt er sich nicht mit unseresgleichen ab?«

»Blake besitzt keinen Funken Arroganz«, erwiderte Max. Nun hatte er Megans Aufmerksamkeit, wenn auch aus den falschen Gründen. Sie fand, dass er ihren Chef zu schnell verteidigte, auch wenn der DI sie beide mit Respekt behandelte. Es war einer der wenigen Punkte, in denen sie sich uneins waren. »Er wird nach Hause geeilt sein, um seiner Frau mit den Kindern zu helfen. Kitty ist erst sieben, und sie haben noch ein vier Monate altes Baby.«

Jez trank einen Schluck von seinem Bier. »Das erklärt es. Ich habe nicht gewusst, dass er Kinder hat. An meinem ersten Tag hatte ich mich fast gefragt, ob da etwas zwischen ihm und Tara läuft.«

Megan öffnete den Mund, und Max beschloss einzuspringen.

»Sie haben sich kennengelernt, bevor Tara zur Polizei ging.« Er stellte sein Bier ab. »Da war sie noch Journalistin und forschte zu demselben Mordfall nach. Der Täter hatte es auch auf sie abgesehen gehabt, also war es ziemlich heftig. Ihr alter Vorgesetzter hier, Patrick Wilkins, konnte sie nicht ausstehen und hat Gerüchte über die beiden gestreut, aber das war alles Blödsinn.«

Wieder breitete sich ein Lächeln auf Jez' Gesicht aus. »Gut zu wissen, danke.«

Megan hatten den Mund wieder geschlossen. Max wusste, dass sie Wilkins' Unterstellungen nicht so leicht abtun konnte, was man ihr nicht einmal vorwerfen konnte. Da *war* ein Knistern zwischen Tara und Blake, und das war das Problem. Max hatte selbst gesehen, wie sein DI sie in den Armen gehalten hatte, nachdem sie es aus einem brennenden Haus geschafft hatte. Was jedoch nicht hieß, dass sie eine Affäre hatten. Blake war einer von den Guten, und Tara würde keine Familie zerstören. Ihr eigener Hintergrund – von dem Max nach und nach einen groben Eindruck bekommen hatte – hieß, dass sie wusste, wie schwierig die Kindheit sein konnte. Ihre Mutter, die heute berühmte Schauspielerin Lydia Thorpe, hatte sie als Teenager bekommen. Ihr Vater Robin hatte nichts von dem Kind wissen wollen. Inzwischen war er ein gut etablierter Architekt in der Stadt, glücklich verheiratet mit Melissa und hatte drei gemeinsame Kinder mit ihr, die sie Tara eindeutig vorzogen. Lydias Karriere kam in Schwung, als Tara noch klein war, sodass sie hauptsächlich von der Cousine ihrer Mum aufgezogen wurde, Bea. Max war ihr einmal begegnet. Das Band zwischen ihr und Tara war so stark, wie man es sich nur wünschen kann, dennoch schätzte Max, dass die Distanz ihrer Mutter nach wie vor schmerzte. Und zu wissen, dass der eigene Vater die Mutter zu einer Abtreibung überreden wollte, dürfte auch nicht leicht sein ...

Max nahm sein Getränk wieder auf. »Ich kann mir gar nicht vorstellen, wie es für den DI sein muss, von dem Gespräch über eine Autopsie auf das Spielen mit seinen Kindern umzuschalten.«

Jez zog eine Augenbraue hoch. »Klingt nach einer Herausforderung. Andererseits könnte ich schon allein bei dem Gedanken, Kinder zu haben, sofort weit, weit weglaufen.« Er sagte es, als wäre er stolz auf diese Einstellung.

Megan war bei einer Limonade geblieben und trank nun davon. »Ach, das überlegst du dir noch anders. Du findest die Richtige, und ehe du es dich versiehst ...«

Also wollte Megan anscheinend Kinder. Max verstörte, dass es ihn interessierte.

Jez' träges Lächeln kehrte zurück. »Oh nein, ich mag meine Unabhängigkeit. Außerdem war ich schon mal verheiratet. Ein großer Fehler. Das gebrannte Kind scheut das Feuer.«

Megan schien für einen Moment verlegen. Sie war unsicher, ob sie ins Fettnäpfchen getreten war, schätzte Max.

Doch Jez war vollkommen entspannt. »Sicher, dass du keinen Schuss in das Getränk willst?« Er neigte sich vor, beschwatzte Megan, und Max fühlte, wie sich seine Muskeln anspannten.

Grinsend schüttelte Megan den Kopf, dass ihre schimmernden braunen Locken wippten. »Ganz sicher, danke. Ich bin so schon fertig genug.«

Eine Stunde später waren sie immer noch alle da. Sie hatten es endlich geschafft, Barhocker zu ergattern, doch Max war erledigt. Trotzdem wollte er nicht als Erstes gehen ... was lächerlich war. Er schaffte es nicht einmal mehr, etwas zum Gespräch beizutragen – im Gegensatz zu Jez, der mit einer witzigen Bemerkung nach der anderen glänzte. Schließlich stand Max auf.

»Gut, ich gehe lieber.«

Ungern gestand er sich ein, wie erleichtert er war, als Megan auf ihre Uhr blickte, erschrak und ebenfalls von ihrem Barhocker aufstand.

»Oh Mann, ich auch. Ich mag zwar auf zuckrigen Getränken sein, aber die ersetzen keinen Schlaf.«

Jez warf ihr einen Blick zu, der Max nicht gefiel. Dachte er, zwischen den beiden könnte etwas laufen, wenn sie beide noch ein bisschen blieben?

»Mein Wagen steht noch bei der Wache«, sagte Jez, »also gehe ich zurück durch die Adam and Eve Street. Möchte einer von euch mitfahren?«

Es war Megan, die zuerst den Kopf schüttelte. »Ich denke, der Fußweg hilft mir beim Einschlafen.«

Jez nickte, immer noch grinsend. »Dann bis morgen.«

Max zögerte. »Hast du nicht zu viel getrunken, um nach Hause zu fahren?« Er musste es ansprechen.

Jez lachte. »Guter Gott, nein! Ich bin ein großer Junge, schon vergessen? Außerdem habe ich es nicht weit.«

Max war bekannt, dass er von Newmarket nach Cambridge gezogen war, als er bei ihnen anfing, aber er wusste auch, dass Unfälle wenige Minuten von zu Hause passieren konnten. Wieder dachte er an Susie. Und als er mit Megan zusammen losging, wünschte er, er hätte im Blick behalten, was der DC trank.

Max wohnte am nördlichen Ende der Stadt, weiter draußen als Megan. Es war pures Glück gewesen, dass er schon in der Innenstadt gewesen war, als der Anruf wegen der Leiche in Wandlebury kam. Vielleicht könnte er von Megan aus den Bus nehmen.

»Was hältst du von ihm?«, fragte er mit einem Kopfnicken in die Richtung, in die Jez gegangen war.

Megan sah zu Max, und da war ein Schmunzeln in ihrem Blick. »Ein Charmeur.«

Ja, das ist mir aufgefallen. Doch er hatte sich bisher nicht für den Mann erwärmen können. Und er überlegte, was für eine Geschichte sich hinter Jez' gescheiterter Ehe verbergen mochte. Normalerweise hätte er bei der Erwähnung gestockt, aber er konnte sich nicht vorstellen, dass der DC einer Frau auch nur fünf Minuten treu blieb. Er schaute zu Megan. »Ich glaube, Blake hat Vorbehalte. Nicht, dass er irgendetwas gesagt hätte.«

Megan war überrascht. »Tja, ich denke, Jez hat ein Auge auf Tara geworfen. Das könnte den DI stören.« Max wollte widersprechen, doch sie hob lächelnd eine Hand. »Selbst wenn es nur eine unbewusste Reaktion ist.«

»Im Pub eben dachte ich, dass er sich an dich ranmachen will.«

Nun wurde ihr Grinsen breiter, als sie ihm einen Seitenblick zuwarf. »Ich glaube, das ist einfach seine Art. Warum? Würde es dir etwas ausmachen?«

Er neigte den Kopf zur Seite. Sie gingen nun die East Road entlang, eine ganz und gar nicht romantische Gegend von Cambridge. Ein Betrunkener lehnte neben einem Kebab-Imbiss an der Mauer und gab kehlige Laute von sich, bei denen Max möglichst schnell an ihm vorbei wollte. Würden Megan und er vollgekotzt, wäre der Moment definitiv ruiniert.

Er ging ein wenig näher bei ihr. »Was denkst du denn? Ich bin bloß so lange in dem Pub geblieben, weil ich dachte, dass er sich auf dich stürzt, sobald ich weg bin.«

Sie schaute ihm in die Augen. »Also, würde ich noch einmal Kino vorschlagen ...?«

Das letzte Mal, dass sie gefragt hatte, war er unsicher gewesen, ob er einen gemeinsamen Abend durchstehen könnte, ohne emotional zu werden. Obendrein hatte er nicht gewusst, ob sie es als Date meinte. Jetzt begriff er.

»Ich würde sagen, dass es eine super Idee ist.«

Sie bewegte sich näher zu ihm, als ein Feuerwehrwagen mit

heulender Sirene an ihnen vorbeiraste und der Typ hinter ihnen sich übergab.

»Ich hätte noch reichlich andere Ideen auf Lager.«

KAPITEL DREIZEHN

John sackte in Richtung Basisstation seine Festnetztelefons und versuchte, das Handset zurückzustecken. Es rutschte ihm aus der Hand, fiel auf den Fliesenboden, und das billige Plastikgehäuse bekam einen Sprung.

Er blickte nicht hin, nahm es nicht einmal bewusst wahr. Stattdessen sah er im Geiste klar und deutlich Julies Gesicht: ihren blassen Teint, ihr rabenschwarzes Haar und diese Augen. Sie waren wie tiefe Teiche von klarstem Wasser. Er hatte in sie hineingeblickt und ihre Überzeugung gesehen, hatte das Feuer unter der Oberfläche erkannt. Und er war zu müde gewesen, dieses Gefühl zu teilen. So viele Jahre hatte er nur halb gelebt, gefangen an einem Ort fernab der Realität, weil die zu schmerzlich war.

Lange Zeit hatte er seine Schuldgefühle unterdrückt. Er schämte sich, dass er sie so lange in sich wegsperren konnte. Nach einer holprigen Phase in der Kindheit – als er beinahe untergegangen wäre – hatte ihn ein Lehrer in der Schule eine Weile glauben gemacht, er könnte ein normales Leben führen. Er hatte studiert und es irgendwie geschafft, sich durch die Universität zu trinken und immer noch eine Eins zu bekommen. Genauso ging es mit dem PhD weiter. Er konnte arbeiten und feiern parallel und alles ausblenden. Dann jedoch – als das Leben langsamer wurde und er einen festen Job hatte – zeigten sich wieder die Sprünge.

Er malte sie sich aus, klein und haarfein zu Anfang. Aber er konnte den Makel in sich nicht löschen. Der drängte sich durch die Risse und dehnte sie. Und sie breiteten sich aus, bis sie ihn komplett bedeckten.

Es stimmte. Die Polizei würde kommen. Vielleicht nicht morgen. Es könnte einige Tage dauern. Aber sie würden von ihm erfahren und kommen. Der Rat, er solle sich bereithalten, war dazu gedacht, den Ruf anderer zu schützen, nicht seinen. Das wusste er.

Seine jüngsten Taten hätten einen Dominoeffekt.

Er hätte niemals ... Er versuchte, die Erinnerung an jenen Tag in seinem Büro zu blockieren. Seine Lippen auf Julies. Ihr Erwidern des Kusses. Und dann seine Hände ...

Sie hatte ihm die Chance geboten, die Vergangenheit wieder zu unterdrücken und alles Böse in ihm zu blockieren. Aber für so etwas gab es keinen Stöpsel.

Vage entsann er sich, dass sie ihm gesagt hatte, es wäre nicht zu spät. Was es auch sei, so schlimm könnte es nicht sein. Die anderen würden es verstehen. Er war kein schlechter Mensch.

Das hatte sie gedacht. Doch sie hatte sie geirrt.

Sein Haus sollte zurück an die Bank gehen, doch als er die Whiskyflasche aufnahm, dachte er so wenig an Obdachlosigkeit wie an das kaputte Telefon. Er trank, und die Flüssigkeit füllte seine Kehle mit Feuer.

Als er die Augen schloss, wechselten die Bilder in seinem Kopf zwischen Julie und einem dunklen, einsamen Weg hoch oben in den Bergen hin und her.

KAPITEL VIERZEHN

Taras Mum Lydia hatte ihr geschrieben, um ihr Bescheid zu geben, dass sie, Bea und Kemp in ihrem Cottage waren. Bea besaß einen Hausschlüssel.

Ihr Cottage stand auf einem Flecken Niemandsland nahe dem Fluss Cam. Als sie über die dunkle verlassene Wiese auf das Haus zuging, konnte sie Lydias elegante Gestalt umrahmt von einem hell erleuchteten Fenster sehen. Sie hielt ein Glas in der Hand. Dann hatten sie sich also eine Flasche geöffnet ... vermutlich auf Anregung ihrer Mum hin. Bea hätte gewartet, und Kemp zog Bier vor. Tara hatte morgens schon vier Flaschen in den Kühlschrank gelegt, bevor sie nach Wandlebury gerufen wurde.

Ihr Privatleben und ihre Arbeit kollidierten immer wieder, was nicht einfach war. Tara konnte sich nicht vorstellen, eine dauerhafte Partnerschaft einzugehen. Jemand, der ein normales Leben führte, würde erwarten, dass sie nach einem langen Tag froh und munter nach Hause käme. Unter ihren Gästen war zumindest Kemp selbst Expolizist und würde es verstehen. Und Bea ebenfalls, weil sie eben Bea war. Doch ihre Mutter?

Nun, die Schauspielerin war eher mit Fernsehpolizisten vertraut.

Tara straffte die Schultern und schloss die Haustür auf. Sie fand Bea in der Küche.

»Ich habe etwas zum Aufwärmen mitgebracht«, sagte sie. »Es steht im Kühlschrank. Nichts Besonderes ... nur Reste von der hungrigen Horde.«

Bea betrieb eine traditionelle Pension gleich über den Fluss in Chesterton. Sie war die beste Köchin, die Tara jemals bekocht hatte, und sie hatte sogar Kemp recht erfolgreich angelernt, gegen alle Widrigkeiten. Er hatte so gar nicht die Ausstrahlung eines Küchengottes.

»Du bist eine Heilige, danke.«

Tara war nicht ganz sicher, wie Kemp in Beas häusliches Leben passte. Angefangen hatte es damit, dass er in ihrer Pension wohnte, weil er in Cambridge sein musste. Bea war ein großer Fan von Kemp und hatte darauf bestanden, dass er nur einen Freundschaftspreis bezahlte. Ihre Heldenverehrung gründete auf Kemps Beistand und Unterstützung, als Tara gestalkt wurde. Seiner praktischen Herangehensweise und der Selbstverteidigung, die er Tara lehrte, war zu verdanken, dass sie ihr Leben wieder auf die Reihe gebracht hatte. In den letzten Monaten hatte er die Zeit gefunden, Bea bei der Renovierung einiger ihrer Gästezimmer zu helfen – um sich Kost und Logis zu verdienen, wie er sagte. Und zu Jahresbeginn hatte Tara den Eindruck gewonnen, dass sich die Dinge zwischen den beiden weiterentwickelten. Inzwischen war er häufig in der Pension und half Bea mit den Gästen. Es war erst gut ein Jahr her, seit Beas Mann Greg gestorben war. Tara schätzte, dass sie und Kemp es langsam angingen. Diese Konstellation machte Tara froh und nostalgisch zugleich. Früher hatte sie mal eine Art Beziehung mit Kemp gehabt, aber das war lange her. Und er und Bea waren altersmäßig viel näher.

»Ich habe die Nachrichten verfolgt.« Bea drückte Taras Schulter. Sie wusste längst, dass Tara nicht mit ihr über den Mord reden würde, aber ihr Blick sagte alles.

Tara legte kurz ihre Hand auf Beas und erwiderte den Druck. Dann zögerte sie. »War irgendwelche Post für mich da, als ihr gekommen seid?«

Bea runzelte die Stirn. »Weiß ich nicht. Kemp war als Erster drinnen. Wahrscheinlich nicht, denn es ist ja Sonntag. Erwartest du etwas?«

Seit vor sechs Monaten das Päckchen mit den toten Bienen kam, konnte Tara nichts dagegen tun, dass ihr Adrenalinpegel jedes Mal in die Höhe ging, wenn sie abends nach Hause kam. Auch nicht an Tagen, an denen offiziell keine Post ausgetragen wurde. Sie hatte auch früher schon Päckchen und Nachrichten von Hand geliefert bekommen. »Nein, eigentlich nicht. Ich dachte nur.« Sie ging zum Kühlschrank, um das Essen herauszunehmen, das Bea ihr mitgebracht hatte. »Haben alle etwas zu trinken?« Diese Frage rief sie ins Wohnzimmer, wo ihre Mutter und Kemp sein mussten. Dabei kannte sie die Antwort bereits. *Spitz, aber berechtigt.*

»Alles gut, danke.« Am Kühlschrankinhalt erkannte Tara, dass Kemp bei seinem dritten Bier war.

»Großartig.«

»Bei mir auch, danke, Schatz.« Nun erschien Lydia, die sich vorbeugte, um Tara auf die Wange zu küssen, wobei sie ihr Glas zur Seite hielt. »Wir haben uns bedient. Ich brauchte das.«

Sie würde die Nacht bei Bea bleiben. Tara hatte immer noch kein Gästebett, und in Momenten wie diesem war es von Vorteil. Gewiss dachte Lydia dasselbe, denn sie würde nicht in Taras abgelegenem, zugigem Cottage campieren wollen. Noch dazu konnten die Kühe auf der Wiese frühmorgens ordentlichen Lärm veranstalten. So diente das fehlende Gästebett ihnen beiden als höfliche Ausrede.

Taras Gedanken galten immer noch den Drinks. »Wunderbar. Nur zu. Vielleicht nehme ich mir sogar ein Glas!«

»Ah, gute Idee.« Lydia lächelte. Sie bekam die unterschwellige Kritik eindeutig nicht mit, sondern lehnte sich an die Küchenwand. Vermutlich wollte sie damit demonstrieren, wie erschöpft sie war.

»Warte, ich schenke dir nach«, sagte Bea, die zu der Flasche neben Tara auf der Arbeitsplatte ging.

Aber das war nicht fair. Bea hatte mit ihren zahlenden Gästen alle Hände voll zu tun, und jetzt musste sie auch noch Lydia bedienen.

»Du setzt dich hin«, befahl Tara ihr. »Ehrlich. Ich stelle das Essen in den Ofen.« Sie schaute in die Auflaufform. Hähnchen in einer Sauce, die nach Cider duftete. »Es sieht fantastisch aus.« Sie sah die Cousine ihrer Mutter an. »Du bist eine Lebensretterin.« Und das meinte Tara ernst, denn genau die war Bea – und während Taras gesamter Kindheit gewesen. »Also, wie lief Harrys Einzug ins Wohnheim?«, fragte sie ihre Mutter, während sie den Deckel der Ginflasche aufdrehte.

»Gut, bestens. Alle am Bosworth College waren sehr charmant.«

Was häufig vorkam, wenn man ein Bühnen- und Filmstar war. Eigentlich wollte Tara wissen, wie es für Harry gewesen sein mochte. Er war ihr Halbbruder – vom ersten Moment der Schwangerschaft an gewollt, im Gegensatz zu Tara. Sie hatten erst in jüngster Zeit begonnen, sich besser kennenzulernen, und heute war Tara bereit, über die Tatsache hinwegzusehen, dass er das geliebte Wunschkind war.

»Was meint Harry?«

»Nun ja, sein Zimmer ist ziemlich schäbig«, antwortete Lydia. Taras Mutter lebte in einem herrschaftlichen Haus draußen in den Fens. »Aber ein netter Student im zweiten Jahr hat mir erzählt, dass die Unterkunft besser wird, je weiter man ist. Und die anderen Erstsemester schienen freundlich. Sicher wird er nicht bereuen, hergekommen zu sein.«

Er hatte allerdings auch gründlich darüber nachgedacht. Sein Vater – Taras Stiefvater Benedict (gegenwärtig geschäftlich in München) – hatte ihn *sehr* energisch ermuntert, das Studienplatzangebot anzunehmen. Bosworth war Benedicts altes College. Lydia und Benedict hatten versucht, Tara als ihre PR-Frau einzuspannen, die Harry überzeugen sollte, wie schön es war, direkt in Cambridge zu wohnen. Sie hingegen fand, dass er es selbst entscheiden müsste. Und sie nahm sich vor, ihn bald mal auf einen Kaffee einzuladen.

Lydia ging zurück ins Wohnzimmer (um ihre Füße auszuruhen), und Tara bewegte Bea, mit ihr zu gehen. Doch Kemp kam und half, den Tisch zu decken. Eine nette Geste, auch wenn Tara wusste, dass er Hintergedanken hatte.

»Und wie war es heute?«, fragte er und grinste ihr zu. Kemp sah nach exakt dem aus, was er war: ein Rohdiamant.

Sie erwiderte mit einem ernsten Blick: »Wie du dir denken kannst.«

Er seufzte. »Ja, sicher. Furchtbar. Aber wie laufen die Ermittlungen?«

»Du bist nicht mehr bei der Polizei, Kemp, und es ist nicht mein Job, dich mit Informationshäppchen zu versorgen, weil es dir insgeheim fehlt.«

Übertrieben entsetzt riss er die Augen weit auf. »Ich fasse nicht, dass du denkst, ich würde deswegen fragen. Nee, mir fehlt die Polizei nicht die Bohne. Schließlich bin ich immer noch Ermittler, und ich kann selbst bestimmen, was läuft.«

Kemp hatte sich als Privatdetektiv selbstständig gemacht, nachdem er den Polizeidienst quittierte. Und er hatte sich selbst übertroffen, als er heimlich entschied, sich ihren ehemaligen Vorgesetzten, Patrick Wilkins, mal genauer anzuschauen. Ihm war bekannt gewesen, dass der DS Tara ein Dorn im Auge war und ihr auf Biegen und Brechen Schwierigkeiten bereiten wollte.

Dennoch würde man nie denken, dass ein solch großer und rauer Kerl wie Kemp so gut darin war, seiner Beute unbemerkt nachzustellen. Er hatte um ihretwillen wissen wollen, was Wilkins trieb, trotzdem konnte Tara nicht umhin zu denken, dass er das kleine Projekt auch aus Langeweile aufgenommen hatte. Wilkins hatte die Polizei verlassen und beging den großen Fehler, es selbst als Privatdetektiv zu versuchen. Es hatte zur Folge, dass Kemp jedes Mal Gift und Galle spie, wenn er daran erinnert wurde.

»Aber fehlt dir nicht das Abwechslungsreiche der Polizeiarbeit?«

Er lachte leise. »Kann sein. Nur hin und wieder. Aber dass mir kein Chef im Nacken sitzt, macht es mehr als wett. Bist du sicher, dass du mir nichts zu dem Fall sagen kannst?«

»Sehr sicher. Ich darf nur über das reden, was schon öffentlich bekannt ist, wie du weißt.« Sie liebte es, Kemp am ausgestreckten Arm verhungern zu lassen. Doch nach kurzem Wortgeplänkel und einem Schluck Gin Tonic war alle Leichtigkeit wieder dahin und kehrten ihre Gedanken zu der Szene in Wandlebury zurück. »Und um ehrlich zu sein, würde ich alles beim Essen gern ausblenden.«

Kemp ließ die Schultern hängen. »Klar, kann ich dir nicht verdenken.«

Tara widerstand dem Impuls, ihre nächste Frage zu stellen, doch am Ende gewannen ihre Nerven. »Da war nichts auf der Fußmatte, als ihr reingekommen seid, oder?«

Natürlich hätte er es inzwischen gesagt. Wahrscheinlich. Es sei denn, er hatte es in irgendeine Ecke gelegt, sich auf das Bier gestürzt und es vergessen.

Kemp neigte den Kopf zur Seite. »Geht es immer noch um das Päckchen, das du im Frühjahr bekommen hast? Bist du deshalb nach wie vor angespannt, sogar an einem Sonntag?«

Also war es in seinem Kopf auch noch präsent – sogar sechs Monate später.

»Ich kann nicht ganz abschalten, bevor ich nicht weiß, dass da nichts war.« Es gab nicht viele Leute, vor denen sie es zugeben würde.

Eine Sekunde lang zogen Gewitterwolken über Kemps allzeit sehr lesbares Gesicht. »Ich könnte immer noch versuchen, den Mistkerl für dich zu finden. Und ich wünschte, du würdest mich lassen.«

Er hatte es damals probiert, als sie ihn kennenlernte und er gerade als Privatdetektiv anfing. Dann bekamen seine früheren CID-Kollegen Wind davon und verwarnten ihn. Zunächst hatte es ihn nicht gebremst, aber als sie ihm mit juristischen Konsequenzen drohten, war es heikel geworden. Und im Frühjahr, als sie das letzte Päckchen erhielt, hatte sie sich an Blake und ihre Kollegen gewandt. Tara hatte sie gebeten aufzuhören, als die Versuche, den Käufer der toten Bienen zurückzuverfolgen, im Sande verlaufen waren. Es hatte sich angefühlt, als würde sie die Zeit der Polizei auf eine Privatangelegenheit verschwenden.

»Ich hasse es, welche Wirkung der Drecksack auf dich hat«, fuhr Kemp fort. »Es ist, als hätte das eine Päckchen all die Jahre dazwischen weggewischt. Na los, lass mich noch mal versuchen, ihn zu kriegen.«

Schließlich nickte sie. »Vielleicht. Ich brauche nur Zeit, um meine Gedanken zu sortieren. Wenn dieser Mordfall vorbei ist, denken wir darüber nach.«

Noch ein Seufzer. »Na gut.«

»Aber diesmal ist es ganz anders«, ergänzte sie, »dank dir. Ich habe jetzt die Mittel, die Kontrolle zu übernehmen.«

Was sie bisher nicht getan hatte – nicht richtig.

Es war kurz vor Mitternacht, und ihre Gäste wollten langsam gehen, da hörte Tara, dass eine Textnachricht auf ihrem Handy einging. Sie holte es aus ihrer Tasche und musste schmunzeln, was Kemp nicht entging.

»Wer schreibt dir denn mitten in der Nacht?«, fragte er und beugte sich schamlos zum Display.

Sie riss das Telefon weg. »Ich muss doch sehr bitten!«

»Spielverderberin. Vorhin wolltest du mir nichts über den Fall erzählen, und jetzt ...« Er gab sich sehr betrübt.

»Ach, um Himmels willen! Es ist nur Jez, weiter nichts.«

»Der neue DC, ja?«

Kemp hatte ihn bisher nicht kennengelernt, aber sie hatte ihm den neuesten Bürotratsch erzählt.

»Kein Grund, es so zu sagen.«

»Wie?«

»In diesem anzüglichen Ton. Als steckte irgendetwas Schmutziges dahinter.«

»Tut es nicht?«

»Er ist bloß nett. Nach der Arbeit war er noch mit Max und Megan im Tram Depot, und er schreibt, dass sie es schade fanden, dass ich nicht dabei war.«

»Sie? Oder er?«

Wieder lächelte sie und steckte das Telefon zurück in die Tasche.

»Hör auf, nach Klatsch zu suchen, wo keiner ist. Es wird Zeit, zu Bett zu gehen. Ich bin fertig.«

Bea sah auch ziemlich erledigt aus. Sie hatte schon seit gut anderthalb Stunden zum Aufbruch gemahnt, während Taras Mutter entspannt in ihrem Sessel saß und ihr Lachen über Kemps Anekdoten durchs Haus hallte. Jetzt war die Zeit für dezente Andeutungen vorbei.

Schließlich war Tara allein in ihrem Cottage und blickte ihrer erweiterten Familie nach, als sie durch die Dunkelheit über die Weide zur Green-Dragon-Brücke stapfte, die nach Chesterton führte. Auf dem Uferpfad auf der anderen Seite konnte Tara sie besser sehen, weil sie von den Straßenlaternen angeleuchtet wurden. Bea und Kemp gingen nahe zusammen, und ihre Mutter bewegte sich trotz der späten Stunde sehr beschwingt. Sie hatte Übung, vermutete Tara, nach Jahren voller später Partys und Empfänge.

Tara zog die fadenscheinigen Wohnzimmervorhänge zu und bemerkte einen neuen Riss in einem der Säume. Der Wind hatte aufgefrischt, rüttelte am Fensterrahmen und bauschte den Vorhangschal, den sie eben gerichtet hatte. Noch einen Winter mit dem Haus in diesem Zustand würde sie nicht durchstehen. Sie hatte schon vor zwei Wochen jemanden hier gehabt, der ihr einen Kostenvoranschlag für neue Fenster machen sollte. Bei dem Preis hatten sich ihr die Zehennägel aufgerollt, und vor Februar könnten sie nicht eingebaut werden. Sie hätte gleich im Frühjahr anfragen sollen, sagten sie ihr. Jetzt müsste sie sich eine Übergangslösung ausdenken, egal wie fies die aussah.

Sie schleppte sich ins Bett, lag da, und das Einzige, was sie hörte, war der Wind. Das Cottage mochte wahnsinnig unpraktisch sein, aber sie liebte es, weit weg vom Irrsinn der Welt zu sein. Es war eines der wenigen Dinge, die ihr ein Gefühl von Frieden gaben.

Heute Nacht jedoch reichte die Isolation nicht, um sie von dem Chaos da draußen zu trennen. Nicht von der brutalen Störung des natürlichen Gleichgewichts, die dazu führte, dass jemand mordete. Sie bekam den Gedanken an Julie Cooper nicht aus ihrem Kopf. Als sie an ihre Schlafzimmerdecke starrte, war sie wieder an dem Leichenfundort am Wandlebury Ring.

Julies Leiche war also bewegt worden. Sie war in einem sehr beengten Raum zum Sterben eingesperrt gewesen, nicht im Freien. Womit sich die Frage ergab, warum ihre Leiche in Wandlebury abgelegt wurde. Die Stelle, an der sie gefunden wurde, war nahe genug an der Zufahrt, dass es nicht sehr schwer gewesen wäre, sie von einem Wagen aus dorthin zu tragen. Und Julie war eher zierlich gewesen. Dennoch blieb das

Entdeckungsrisiko, wenn man sie dorthin brachte anstatt, beispielsweise, raus aufs Land. Innerhalb des Wandlebury Rings standen eine Handvoll Häuser. Die waren alle nicht in der Nähe des Fundorts, aber ein Anwohner könnte spätnachts nach Hause gekommen und dort vorbeigefahren sein. Was unwahrscheinlich, aber nicht unmöglich war.

Warum war der Mörder dieses Risiko eingegangen?

KAPITEL FÜNFZEHN

Das Gute war, dass Jessica schlief. Das Schlechte, dass sie es an Blakes Schulter tat. Aus irgendeinem Grund schienen dem Baby Hintergrundgeräusche egal, nicht hingegen die Schlafposition. Versuchte Blake, sie hinzulegen, schlug sie sofort die Augen auf. Unter anderen Umständen wäre er vielleicht neben ihrem Bettchen sitzen geblieben und hätte gewartet, bis sie zur Ruhe kam, aber sie war erkältet und deshalb noch unruhiger als sonst. Und er wollte nicht, dass sie Babette weckte, die Stunden zuvor ins Bett gegangen war.

Wäre diese Sorge doch nur so selbstlos, wie sie klang! Natürlich wollte er seinen Teil bei Jessica übernehmen. Er war den ganzen Tag unterwegs gewesen – sodass Babette hier allein gewesen war mit dem Füttern, dem Windelwechseln und Kitty-Bespaßen. Und er genoss es auch, allein mit dem schlafenden Baby zu sein.

Er hatte eben den Entschluss gefasst, seine Ehe zu beenden, als Babs ihm die Neuigkeit von ihrer Schwangerschaft mitteilte – ein paar Monate nachdem sie es wusste. Plötzlich war er gefangen mit einer Frau, die ihn betrogen hatte und ihn immer noch – davon war er fest überzeugt – belog.

Er dachte an den Mann, der Kittys Vater war, hatte aber kein Bild von ihm vor Augen. Er hatte ihn nie gesehen ... soweit er wusste. Im Frühjahr hatte Babs ihm endlich einen Namen genannt: Matt Smith. *Im Ernst?* Er war sich immer noch nicht sicher, ob er es ihr glaubte. Was war in Australien vorgefallen? Es war ein solch drastischer Schritt von Babs gewesen, dorthin zu gehen. Okay, sie hatte es getan, um mit Kittys leiblichem Vater zusammen zu sein, aber der war laut Blakes Frau nur eine flüchtige Affäre gewesen. Und dann – nach alledem – war sie zwei Wochen später zurück nach England geeilt. Sie behauptete, dieser Smith hätte der anderthalbjährigen Kitty nicht genug Aufmerksamkeit geschenkt. Was Blake fraglos wütend gemacht hätte – dass seine Tochter von ihrem leiblichen Vater ignoriert wurde. Aber wieso hatte Babs sich nicht ein bisschen mehr Zeit genommen, um es hinzubekommen? Man traf doch keine solche Entscheidung, um nach vierzehn Tage alles wieder abzubrechen, oder?

Wann immer er und Babette jetzt zusammen waren, fiel es ihm zunehmend schwerer, die nagenden Zweifel zu ignorieren. Und da war auch ihr anhaltender Mangel an Ehrlichkeit. Sie hatten es nie auf ein zweites Baby angelegt – und sie erzählte ihm, sie hätte vergessen, die Pille zu nehmen. Aber bei Babette gab es nur Halbwahrheiten.

Bei aller Verbitterung, die er empfand, wurde ihm wieder das warme Bündel Mensch an seiner Schulter bewusst, und er bekam Gewissensbisse. *Dich bereue ich nicht, Kleines.* Er streichelte Jessicas Rücken durch den flauschigen Strampler und lehnte einen Moment lang seine Wange auf ihren Kopf. *Wie könnte ich?*

Er trug das schlafende Baby in die Küche. Bald müsste er versuchen, sie in ihr Bettchen zu legen – und selbst ein wenig schlafen –, aber vielleicht schob er es noch fünf Minuten auf, in der Hoffnung, dass sie dann umso tiefer schlief.

Er setzte sich mit ihr an den runden Eichentisch, auf dem er seinen Laptop gelassen hatte, und klappte ihn auf. Gleich darauf verschwamm der Raum um ihn herum, und er war wieder zu hundert Prozent zurück bei dem Fall. Die Techniker hatten den Inhalt von Julie Coopers Handy geschickt.

Als Erstes kamen die Bilder von ihrer Handykamera. Viele davon waren so, wie man es erwarten würde. Aufnahmen der Frau, die Blake als Sandra Cooper erkannte, vor einem Reihenhaus und mehrere, von denen er annahm, dass es sich um Bilder von Freunden an diversen Orten handelte. Dann, ungefähr vor anderthalb Jahren, tauchten Bilder von einem selbstbewusst aussehenden jungen Mann auf. Er schien in Julies Alter zu sein. Stuart Gilmour? Es folgten diverse Aufnahmen von Demonstrationen. Eine fiel Blake besonders auf. Sie war nach Einbruch der Dunkelheit aufgenommen worden, und alles wurde von Fackeln und brennenden Feuerzeugen erhellt, die von den Demonstranten gehalten wurden. Sie trugen ausnahmslos Guy-Fawkes-Masken wie die, die in Julies Zimmer gefunden wurde. Und dann sah Blake, dass eine der Lichtspiegelungen auf dem Foto nicht von einer Flamme oder einer Birne stammte. Das war eine Reflexion von einem Stück Metall. Einer der Demonstranten hatte ein Messer bei sich gehabt.

Gedankenverloren streichelte Blake wieder Jessicas Rücken. Er dachte daran, wenn sie alt genug wäre, ihre eigenen Entscheidungen zu treffen.

Die Person mit dem Messer – es war nicht zu erkennen, ob es ein Mann oder eine Frau war – könnte aus einer Vielzahl von Gründen dort gewesen sein. Vielleicht handelte es sich um einen Störenfried, der die Gelegenheit nutzte, um Chaos zu verursachen. Die gab es immer wieder, und die echten Demonstranten hassten sie, aber sie waren schwer auszusortieren. Oder es war jemand, der den Protestlern echte Angst einjagen wollte. Blake notierte sich das Datum der Aufnahme.

War es in der Nacht zu Unruhen gekommen? Gegen wen oder was war protestiert worden?

Unter den Bildern waren auch Selfies von Julie mit einem Mädchen, das ihr oberflächlich ähnlich war – sehr ähnliches Haar und Make-up. Bella, nahm Blake an. Er würde es sich morgen von Tara und Max bestätigen lassen. Es war offensichtlich, dass Bella die meisten Fotos gemacht hatte.

Die eigenartigsten Aufnahmen waren zwölf Monate alt und fanden sich zwischen Bildern von einem Wohnheimzimmer. War es zu Beginn von Julies zweitem Jahr? Vielleicht hatte sie ihr Zimmer geknipst, um es einer Freundin oder Verwandten zu zeigen. Doch die seltsamen Bilder daneben ergaben überhaupt keinen Sinn.

Sie waren von einer Katze. Keiner echten, sondern einer Figur. Könnte die aus Gold sein? So sah sie jedenfalls aus. Aber massiv? Blake hatte keine Ahnung von solchen Sachen. Babs schaute sich manchmal die *Antiques Roadshow* im Fernsehen an, aber das war nichts für Blake. Die Figur sah böse aus. Eine Raubkatze mit gebleckten Zähnen. Die grünen Augen – aus Edelsteinen, bei denen es sich um Smaragde handeln könnte – wirkten wild. Wütend sogar. Auf dem ersten Bild stand die Figur auf einem Regal. Auf dem zweiten musste Julie sie mit einer Hand hochgehoben haben, um sie mit der anderen zu fotografieren. Hier war die Unterseite zu sehen, an der sich ein kleines Porzellanschild mit einem Wappen und einer Inschrift befanden.

Familia supra omnia.

Blake hatte in der Schule kein Latein gelernt, im Laufe der Jahre jedoch genug aufgeschnappt, um die Übersetzung zu erraten. *Familie über alles.*

Die Notizen auf Julies Handy sagten ihm nicht viel. Einige waren eindeutig Einkaufslisten, denen zufolge sie sich gesund ernährt hatte. Andere schienen Erinnerungen an Sachen, die sie erledigen musste. »Graham Forschung geben.« »Banner besorgen.« »Ava anrufen.« Und eine lautete schlicht »Schottland«? Urlaubspläne vielleicht?

Danach ging er die Liste der Leute durch, mit denen sie in jüngster Zeit Textnachrichten ausgetauscht hatte. Die mit ihrer Mum waren herzzerreißend. Vor ein, zwei Wochen noch liebevolle Nachrichten, dann zusehends besorgte, als Sandra Cooper an dem Morgen auf allen erdenklichen Wegen ihre Tochter zu erreichen versuchte.

Als Nächste stand Bella Chadwick auf der Liste. Das Mädchen mochte den Sommer über im selben Haus gewohnt haben wie Julie, hatte aber eindeutig auch elektronisch Kontakt zu ihr aufgenommen. Weil Julie vielleicht auf Distanz gegangen war? Blake überflog die Nachrichten.

Lust, später zu treffen?

Von denen gab es eine Menge. Oft wand Julie sich heraus, doch hin und wieder sagte sie zu. Sie hatten einige Zeit im Sommer zusammen verbracht. Und sie hatte eine Textnachricht am vorherigen Nachmittag geschickt, bevor Julie zum letzten Mal ihre Unterkunft verließ.

Was läuft? Lust zu quatschen? Ich habe Neuigkeiten.

Doch Julie hatte mit einer Absage reagiert.

Sorry, keine Zeit. Hey, schreib mir doch deine Neuigkeiten.

Sie hatte sich bemüht, behutsam zu sein, schätzte Blake. Bella hatte nicht wieder geschrieben, doch später an dem Tag war ein Anruf erfolgt. Er war sehr kurz.

Nach Bellas Nachrichten kam Stuart Gilmour als Nächster auf der Liste, obwohl Julie und er getrennt waren. Blake scrollte in der Zeit bis zum Frühjahr zurück, als sie laut der Mutter

Schluss gemacht hatten. Es dauerte ein bisschen, denn sie hatten weiterhin eng Kontakt gehalten.

Es gab Texte im Februar, die sich zumeist um Praktisches drehten: Wo und wann sie sich treffen wollten beispielsweise. Und hier und da waren welche, die sich auf kürzlichen Sex bezogen

... Du warst fantastisch heute Nacht – kann es nicht erwarten, dich wiederzusehen. Sie hatte geantwortet *Danke, dass ich bei dir sein durfte,* dazu ein Zwinker-Emoji.

Und dann hielt Blake kurz bei einem Textdialog inne, der sich auf Bella konzentrierte.

Der erste Text war von Julie an Stuart und lautete nur *Bella!* Dem war ein erschrockenes Emoji angefügt.

IKR?, hatte er geantwortet. Blake musste es nachschlagen. Es hieß »I know, right?« - »Ja, ich weiß«.

Meinst du, sie hat uns verfolgt?

Entweder das, oder es ist ein höllischer Zufall, hatte Julie geschrieben.

Habe ich doch gesagt, antwortete Stuart. *Du bist ihr Idol.*
Sie hatte ein lachendes Gesicht geschickt.

Wohl kaum. Ich schätze, sie ist in dich verknallt. Deshalb kopiert sie, wie ich mich anziehe, und beobachtet uns.

Stuart hatte sich mit einem ängstlichen Emoji verabschiedet. Blake fragte sich, was er wirklich gedacht hatte. Wenn etwas daran war, was Julie schrieb, könnte er sich geschmeichelt gefühlt haben. Auch wenn Bellas Verhalten ein bisschen viel war.

Erst rund eine Woche später wendet sich das Blatt.
Es ist nicht so, wie du denkst, hatte Stuart geschrieben.

Ich wette, dass es genauso ist, wie ich denke, feuerte Julie zurück.

War es Bella, die einen Keil zwischen sie getrieben hatte? Oder war es etwas anderes? Danach ging es hin und her, aber da sie beide natürlich wussten, was das Problem war, musste es nicht mehr benannt werden. Blake rieb sich das stoppelige Kinn. Wo zur Hölle war Stuart jetzt? Möglich wäre, dass er nicht die Wahrheit über die Trennung sagte, aber wenigstens könnte Blake ihm in die Augen sehen, wenn er ihn befragte.

Jessica gab im Schlaf einen leisen Seufzer von sich, während Blake weiter die Liste der Textnachrichten las. Er nickte beinahe selbst ein – dank der sich wiederholenden Spitzen in den Nachrichten –, als ihm etwas auffiel. Es war ein Text von Stuart an Julie.

Lies das! Ich weiß von John. Und ich habe Beweise. Jetzt sag mir, dass du nicht reden willst.

Wieder John. Der Name des Wissenschaftlers, den Julies Mutter erwähnt hatte. Für den ihre Tochter angeblich den Sommer arbeiten sollte.

Ich habe Beweise ...

Wenn Stuart Informationen gehabt hatte, die Julie verbergen wollte, warum war sie tot und nicht ihr Erpresser – falls Stuart sie erpresst hatte?

In diesem Moment hörte Blake leise Schritte von der Küchentür hinter ihm. Er drehte sich um und sah Kitty, die ihn mit halb geschlossenen Augen ansah. Ihr Haar war zerzaust. »Ich bin auch nicht müde, Daddy«, sagte sie mit einem Gähnen.

»Auch nicht?« Er klappte den Laptop zu und ging zu ihr. Jess lag noch an seiner Schulter. »Aber ich *bin* müde, Kitty.« Er strich ihr übers Haar. »Und Jessica schläft schon, also muss sie es auch sein, oder?«

Kitty nickte langsam. »Vielleicht.«

»Das könnte heißen, dass du es eigentlich ebenfalls bist.« Er beugte sich vor, um ihr einen Kuss zu gehen. »Wollen wir alle nach oben gehen?«

»Es ist *wirklich* Zeit.« Sie drehte sich um und ging voraus. Ihre Worte waren ein Lieblingssatz von Babette. Ihn aus Kittys Mund zu hören, die eine Erwachsenenempfindung nachahmte, brachte ihn zum Schmunzeln, auch wenn es ihm einen kleinen Stich versetzte.

KAPITEL SECHZEHN

Über Nacht war das Wetter umgeschlagen, und der rapide Temperatursturz hatte einen feinen Dunst zur Folge. Er verlieh der Bridge Street etwas Surreales. Als die imposante Kapelle des St John's College aus dem Nebel auftauchte, zog Tara den Gürtel ihres Mantels strammer, damit die feuchte Kälte nicht hineindrang. Sie wünschte, sie hätte nach dem Wetterbericht gesehen, bevor sie losging, und eine Hose angezogen anstelle von einem Kleid und einer Jacke.

DC Jez Fallon ging dicht neben ihr. »Du hast recht gehabt: ›Familie über alles.‹ Ich bin beeindruckt.« Er schaltete sein Handy wieder aus und steckte es in seine Hosentasche.

Tara sah zu ihm. Diesen Blick kannte sie: musternd mit einem frechen, selbstbewussten Grinsen. Es war reizvoll, dennoch schweiften ihre Gedanken zu Blake ab – dem verheirateten Blake mit einem Kind und einem Baby. Was auch immer zwischen ihnen gewesen war – selbst wenn es nur in ihren Köpfen existiert hatte –, musste ein für alle Male abgehakt werden.

Sie erwiderte das Lächeln ihres neuen Kollegen. »Die vielen Pub-Quizze waren wohl doch nicht ganz umsonst.«

»Pub-Quizze? Ich dachte, für Latein muss man *University Challenge* sehen.«

Sie zog eine Augenbraue hoch. »Na ja, wir reden hier über Cambridge-Kneipen.«

Er verdrehte die Augen. »Ach ja, natürlich.«

Sie waren unterwegs zu Beaumont's, einem Auktionshaus im Erdgeschoss eines Fachwerkhauses aus dem siebzehnten Jahrhundert. Ein Mr Phelps hatte zugesagt, ihnen zu helfen, nachdem Blake ihnen das Katzenfoto von Julie Coopers Handy geschickt und sie gebeten hatte, dazu nachzuforschen. Tara konnte sich nicht vorstellen, was ihnen dieses Treffen verraten sollte. Trotzdem war sie neugierig, auch wenn es ihr nebensächlich schien.

Die richtige Action fand woanders statt. Blake und Megan waren auf dem Weg zu Stuart Gilmour, der endlich im St Bede's aufgekreuzt war. Derweil spürte Max weiter den unzähligen Kontakten Julies unter den Studenten und Wissenschaftlern nach.

Mr Phelps hatte sie gebeten, die Hintertür zu benutzen. Dazu mussten sie eine schmale dunkle Gasse neben dem Haus hinuntergehen, wo sie ein Gebäudevorsprung im ersten Stock überragte.

»Wow, das ist hier ja wie aus einem Dickens-Roman«, sagte Jez, als sie in den Schatten einbogen.

Tara nickte und zog an einer altmodischen Klingel, um sie anzukündigen. Einen Moment später wurde die Tür von einem Mann ungefähr ihrer Größe mit grau meliertem Haar geöffnet, der einen dunklen Anzug trug. Er trat zurück, um sie ins Haus zu lassen.

Sie zeigten ihre Dienstausweise, als sie an ihm vorbeigingen.

»Danke, dass Sie uns empfangen, Mr Phelps«, sagte Jez.

»Sehr gern.«

Das Auktionshaus war einem Antiquitätengeschäft angeschlossen, das Artikel für Laufkundschaft anbot. Als sie ihrem Gastgeber folgten, bemerkte Tara mehrere Kuriositäten vorn im Laden – einen uralt aussehenden Teddy, einen wunderschönen Spiegel und einen Gehstock mit Marmorgriff. So viele Objekte, die mit so viel Geschichte assoziiert waren, und doch fühlte es sich hier seltsam statisch und ruhig an. Ein Verkäufer saß auf einem hohen Hocker hinter der Kasse links und war so regungslos, dass er wie eine Wachsfigur anmutete.

Das Büro, in das Mr Phelps sie führte, war mit einem großen Eichentisch möbliert, in dessen Platte dunkelgrünes Leder eingelassen war.

»Bitte«, sagte der Mann, »sehen wir uns die Fotografie an, die Sie mitgebracht haben.«

Die Techniker hatten das Bild von der Katze und das von dem Wappen und der Inschrift vergrößert. Tara hatte die Ausdrucke in einem verstärkten Umschlag dabei. Den zog sie nun aus ihrer Tasche und legte die beiden Aufnahmen auf dem Tisch vor ihnen aus. Mr Phelps zog die Augenbrauen hoch.

»Grundgütiger. Das ist ein beachtliches Stück.« Er schaltete eine Lampe ein, deren Strahl auf die Bilder gerichtet war. »Darf ich?«

»Natürlich.« Tara beobachtete, wie er den zweiten Ausdruck aufnahm.

»Das Wappen könnte uns helfen.« Er wandte sich zur Seite, wo ein Laptop auf einem Holzschrank stand. Er wirkte in dieser altmodischen Umgebung fehl am Platz, doch Mr Phelps klappte ihn auf, rief eine Website auf und loggte sich ein. »Es gibt sehr spezifische Termini, die wir für die unterschiedlichen Design-Elemente benutzen. Versteht man die Beschreibung, kann man ein Wappen akkurat nachbilden oder«, er unterbrach, um zu tippen, »anhand der korrekten Terminologie ein Wappen beschreiben und die Familie finden, zu der es gehört.« Einen Moment lang blickte er sich zu ihnen um. »Die Reihenfolge ist wichtig. In der Beschreibung folgt auf jedes Element die Farbe, in der es gehalten ist.«

Tara blickte zum Monitor. »Mennige?« Ihr Pub-Quiz-Wissen reichte nicht ganz so weit.

»Das ist Rot.« Der Mann wandte sich wieder seiner Arbeit zu.

Einen Moment später erschien das Resultat. Tara und Jez standen inzwischen links und rechts von ihm und schauten auf den Bildschirm.

»Es gehört zu den Lockwoods, und das ist ihr Motto. *Familie über alles*.« Mr Phelps runzelte die Stirn. »Wenn ich Lockwoods sage, ist nicht einfach der Name gemeint, sondern ein ganz bestimmter Zweig der Familie. Das Recht auf dieses Wappen wurde einem Hubert Lockwood 1940 für seine Leistungen im Dienste der Krone verliehen, und jeder legitime männliche Nachfahre hat das Recht, es zu benutzen. Es ist immer noch jung genug, dass die Familie es als etwas relativ Neues sehen dürfte.« Er lächelte. »Ihre eigenen Nachforschungen werden Ihnen mehr verraten, aber ich kann Ihnen helfen, die Figur selbst zu schätzen.«

Sie alle drehten sich wieder zu den Fotos auf dem Tisch um.

»Es ist ohne Frage ein bemerkenswertes Stück.« Dem konnte Tara nicht widersprechen. Die Katze sah allemal böse aus. »Und dem Aussehen nach von beträchtlichem Wert. Angesichts allem anderen, was wir erkennen, würde ich meinen, dass die Augen aus Smaragden sein könnten. Das Siegel auf der Statue ist ein wenig verschwommen, aber ich denke, es sagt uns alles, was wir brauchen. Das Objekt ist aus Gold, und da ist ein Abzeichen des Herstellers. Ich glaube«, er drehte sich zu seinem Computer um und rief eine neue Website auf, »ja, richtig. Es wurde von Francesco Gallo gefertigt.« Er stieß einen leisen Pfiff aus.

»Beeinflusst das den Wert?«, fragte Tara.

Phelps nickte. »Ich würde meinen, dass es heute an die zwanzigtausend Pfund einbringen würde. Das Siegel zeigt uns, dass es kurz nach der Wappenverleihung an Hubert Lockwood gemacht wurde. Ich könnte eventuell mehr herausfinden.«

Abermals arbeitete er an seinem Laptop und loggte sich auf einer weiteren Website ein. »Wenn es in einem der Online-Kataloge ist ... aha!« Er strahlte, als er wieder zu ihnen sah – ein Mann, der seine Arbeit eindeutig liebte. »Anscheinend hat er drei von denen gefertigt.«

»Drei?« Hubert Lockwood musste steinreich gewesen sein, wenn er die alle in Auftrag gegeben hatte.

Mr Phelps nickte. »Vielleicht eines für jedes seiner Kinder? Das machen manche Leute. Wenn sie wohlhabend genug sind, versteht sich.«

Sobald sie wieder auf der Wache waren, googelte Tara Hubert Lockwood. »Ich möchte wissen, wie Julie an solch ein Objekt gelangt war.«

Jez erschien neben ihr und hockte sich hin, um näher am Monitor zu sein. Und bei ihr. »Ich auch. Es scheint so abwegig. Die Katze sieht wie etwas aus einem Museum oder einem herrschaftlichen Haus aus, und der Bildhintergrund gibt nichts her.«

Tara nickte. »Hoffentlich verrät uns die Lockwood-Verbindung mehr. Wikipedia hat eine Seite zu dem ursprünglichen Wappenbesitzer, den Mr Phelps erwähnt hatte.« *Hubert Edward Lockwood.* Tara klickte den Link »Privatleben« an und ging die Angaben zu seinen Eltern durch, mit wem er verheiratet war und wer seine Kinder waren.

Ältester Sohn, Alistair Lockwood, Milliardär und Besitzer von Lockwood's Agrochemicals sowie Master des St Oswald's

College, Cambridge. Für sein Engagement für Wirtschaft und Wohltätigkeit zum Ritter geschlagen.

Taras Haut kribbelte.

»Er ist Master an dem College, auf dem Julie war?« Jez starrte auf den Bildschirm. »Was meinst du, warum sie sich so für die Figur interessiert hat? Nach dem, was wir bisher über sie wissen, klingt sie nicht wie ein Antiquitätenfreak. Es sei denn ...«

Tara sah zu ihm. »Es sei denn was?«

»Na ja, ich schätze, sie könnte sich gefragt haben, wie viel die Figur wert ist. Es könnte ein verlockendes Objekt gewesen sein, wenn es einfach irgendwo im St Oswald's College auf einem Regal stand.«

Es war durchaus möglich, dass die Figur im St Oswald's war – auch wenn Tara annahm, dass sie dann in Lockwoods Privatresidenz auf dem Campus stand. Die meisten Masters behielten ihren Posten über mehrere Jahre, und mit dieser Rolle gingen gewöhnlich eigene Räumlichkeiten einher. Zumeist handelte es sich um prächtige Bauten, in denen die Amtsinhaber für die Dauer ihrer Anstellung wohnten. Und vermutlich hatte Sir Alistair seinen Besitz mit in die Unterkunft genommen – erst recht alles Wertvolle. Dennoch gefiel ihr nicht, welchem Gedanken Jez zu folgen schien.

»Meinst du, sie könnte überlegt haben, die Statue zu stehlen? So hört sie sich nach dem, was ihre Mutter und ihr Tutor gesagt haben, nicht an.« Wieder dachte sie daran, dass die Studentin all ihre Sachen gepackt hatte, bereit für die Ankunft ihrer Mutter. Sie schien eher ein rücksichtsvoller Mensch mit klaren Werten.

»Aber das Ding würde einen Haufen Geld einbringen, wie wir wissen. Und die Tatsache, dass sie ein Foto von der Unterseite mit dem Siegel gemacht hat, lässt es aussehen, als hätte sie mehr darüber herausfinden wollen – es nicht nur als ein Kunstwerk bewundert.«

Er hatte ja recht. Doch für Tara war es ein Affront, so etwas der Toten zu unterstellen. Andererseits war Julie politisch aktiv gewesen. Eine der Interessensgruppen, in der sie Mitglied gewesen war, fokussierte sich auf die wachsende Kluft zwischen Arm und Reich. Was, wenn sie entsetzt gewesen war, mit welchen Summen Hubert Lockwood um sich warf, um mit seinem Vermögen und seinem neuen Wappen zu prahlen? Was dann?

»Falls sie vorhatte, die Figur zu stehlen, hätte sie mit dem Geld vielleicht eine der Sachen unterstützt, für die sie gekämpft hat.« Jez' Worte gaben Taras Gedanken wieder. »Und sie könnte geglaubt haben, dass sie dem College gehört, nicht einem Master persönlich. In dem Fall hätte sie es als Verbrechen ohne Opfer gesehen.«

Aber Tara schüttelte den Kopf. »Das kann nicht sein. Das Wappen auf der Statue ist ganz anders als das von St Oswald's, und das hätte Julie erkannt. Die Colleges versehen alles mit ihren Wappen. Mein Stiefvater hat immer noch einen Teller, den er als Student aus der Cafeteria geklaut hat, und auch auf dem ist das Bosworth-Wappen. Außerdem sagt das Motto auf der Figur bereits, dass es sich um einen Familienbesitz handelt.«

Während sie sprach, kam Blake herein und blickte sie beide an.

Jez holte tief Luft und richtete sich auf, als Tara aufsah. Sie brachte ihren Chef auf den neuesten Stand, was die Katze und deren Verbindung zu dem Master des St Oswald's College betraf, ehe sie das Thema wechselte. »Wie läuft es mit Stuart Gilmour?«

Blake wirkte sauer. »Er hat schon gewusst, dass Julie Cooper tot ist, als wir ihn endlich zu fassen bekamen. Zuerst hat er sich geweigert, mit uns zu reden – sofern wir ihn nicht festnehmen –

doch am Ende hat er einer freiwilligen Befragung zugestimmt, mit Anwältin, Band und allem. Sein College hat ihm klar gemacht, dass seine Rückkehr von kurzer Dauer sein könnte, wenn er nicht kooperiert. Folglich ist er nicht in bester Stimmung – und das bin ich auch nicht. Ich will jetzt zur Befragung.«

Allerdings machte er einen Umweg am Kaffeeautomaten vorbei. *Noch eine harte Nacht,* vermutete Tara.

KAPITEL SIEBZEHN

Der Kaffee hatte Blakes Wut nicht gedämpft. Stuart Gilmour hatte einige Zeit mit seiner Anwältin verbracht – einer Frau, die er dank seiner früheren Konflikte mit dem Gesetz wahrscheinlich recht gut kannte. Hatten sie die Besprechung extra in die Länge gezogen, um Blake zu ärgern?

Gilmour wirkte zuversichtlich – frech und selbstgewiss, um genau zu sein –, aber er war blass, also fühlte Blake sich ein klein wenig besser.

Megan saß neben Blake und sah aufgeräumt aus. Sobald die Formalitäten erledigt waren, legte er los.

»Wo sind Sie die letzten vierundzwanzig Stunden gewesen? Ihre Vermieterin und Ihr College hatten erwartet, dass Sie Ihre Sachen von der Atterton Road nach St Bede's bringen, und Bella Chadwick hat Sie beinahe genauso oft angerufen wie wir.«

Gilmour betrachtete ihn kühl. »Keiner von Ihnen ist mein Aufseher.«

»Hatten Sie keine Sorge, ob Sie rechtzeitig zu Ihrer Universitätsunterkunft zurückkehren? Nach der Suspendierung im letzten Jahr dürften Sie sich auf sehr dünnem Eis bewegen.«

Ein heftiges Zucken ging über seine Züge. »Ich war *so* kurz davor, denen zu sagen, dass sie sich ihre Kurse sonst wohin stecken können.« Er zeigte einen Millimeterabstand mit Daumen und Zeigefinger.

Sicher doch. Er sah nicht wie jemand aus, der sich brav anpasste. »Was hat Sie umgestimmt?«

Gilmour zuckte mit den Schultern, und es entstand eine kurze Pause. »Die sehen in mir einen Störfaktor und wären begeistert, würde ich verschwinden. Ich bin nicht hier, um es ihnen leichtzumachen.«

Blake taten die Dozenten des Kerls leid. »Also, wo sind Sie gestern gewesen? Warum sind Sie gestern Abend weder zu Ihrem Wohnheim noch zu Ihrer Unterkunft gekommen?«

Gilmour neigte den Kopf zur Seite. »Mir war nicht danach.«

Blake vernahm einen leisen Seufzer von der Anwältin und tippte, dass Gilmour ihren Rat nicht befolgte. Was bedeuten könnte, dass sie keinen Grund sah, warum er nicht antworten sollte, und er schlicht um des Trotzes willen aufsässig war. Blake fühlte, wie sein Blutdruck stieg. Er würde es noch aus ihm herausbekommen, doch Gilmours Zeitverschwendung weckte den Wunsch in ihm, auf etwas einzuschlagen.

Mit einiger Mühe lehnte Blake sich auf seinem Stuhl zurück. »Mr Gilmour, Ihre Exfreundin wurde angegriffen und ermordet. Wir wissen, dass sie sich offiziell in St Bede's beschwert hat, Sie würden sie belästigen, nachdem sie sich von Ihnen getrennt hatte. Wir wissen auch, dass Sie sie überreden konnten, sie über den Sommer in ihrer Unterkunft besuchen zu dürfen. Und wir wissen, dass Sie ihr kürzlich noch Nachrichten geschickt haben, die implizieren, dass Sie die Trennung noch nicht verwunden haben.«

Dabei beließ er es, und auch Megan blieb stumm.

Gilmour öffnete den Mund, was seine Anwältin jedoch gleichzeitig auch tat.

»Das ist keine Frage, Detective Inspector«, sagte sie. »Stellen Sie meinem Mandanten bitte direkte Fragen, wenn Sie wünschen, dass er etwas aussagt.«

Blake versuchte, nicht mit den Zähnen zu knirschen. »Erzählen Sie uns von den letzten Textnachrichten, die Sie Julie Cooper geschickt hatten, Mr Gilmour.« Es wäre interessant zu hören, was er antwortete. Im Gegensatz zu Blake hatte er den exakten Wortlaut nicht vor sich.

Zum ersten Mal sah Gilmour verunsichert aus, fing sich jedoch binnen einer halben Sekunde wieder. »Ich weiß nicht, worauf Sie sich beziehen.«

Von wegen! »Die über John.«

Die Anwältin runzelte die Stirn. Das hatten sie offenbar nicht angesprochen.

Gilmour nahm sich einen Moment, um seine Reaktion zu mimen, indem er die Augen weit aufriss, als fiele es ihm eben wieder ein. »Ach, die.« Er verzog das Gesicht. »Da bin ich ein Trottel gewesen.«

»Ach so, dann ist es ja gut.« Blake atmete durch. »Die Nachricht klang für mich wie eine Drohung.«

Er sah zu Megan, die begann, Gilmours Worte laut vorzulesen.

»›Lies das! Ich weiß von John. Und ich habe Beweise. Jetzt sag mir, dass du nicht reden willst‹.«

Blake sah Gilmour streng an. »Würde mir jemand diese Nachricht schicken, ich würde mich gezwungen fühlen, mich mit der Person zu treffen. Sie hatten etwas gegen sie in der Hand. Wie hatten Sie gehofft, von Ihrem geheimen Wissen zu profitieren?«

Gilmour verdrehte die Augen. »Ich wollte sie bloß sehen, sonst nichts. Ich habe gedacht, wenn wir reden, können wir reinen Tisch machen. Sie könnte entscheiden, ob sie mir eine zweite Chance gibt oder mich zum Teufel jagt. Aber wenigstens könnten wir es richtig klären.«

»Warum haben Sie das nicht gleich bei der Trennung getan?«, fragte Megan.

»Da hat sie mir keine Chance gegeben.«

Blake dachte an die Textnachrichten, die aussahen, als wären sie direkt nach der Trennung geschrieben worden.

Es ist nicht so, wie du denkst, hatte Stuart geschrieben.

Ich wette, es ist genauso, wie ich denke, hatte Julie geantwortet.

»Warum hatte sie Ihnen keine Chance gegeben?«, fragte Blake.

»Weil sie zu wütend war. Sie hat gedacht ...« Er stockte und fixierte einen Punkt irgendwo über Blakes Schulter. »Na, das Übliche. Sie hat gedacht, dass ich mich hinter ihrem Rücken mit einer anderen treffen.«

»Einer anderen?«

»Ihrer Freundin. Bella Chadwick.«

»Und das haben Sie nicht?»

»Nein.« Gilmours Miene gab nichts preis.

Die Anwältin warf ihm einen Seitenblick zu.

»Also haben Sie das geheime Wissen genutzt, das Sie gewonnen hatten, um sie zu einer Aussprache zu zwingen. Wer ist ›John‹?«

Nun lächelte er. »Bloß ein anderer Student. Aber er hat eine Freundin, die nicht entzückt wäre, würde sie ihn mit Julie herummachen sehen. Außerdem war Julie normalerweise so anständig und hatte Prinzipien – die Affäre hätte sie wie eine Heuchlerin dastehen lassen, und das hätte sie gehasst.«

»Es war ziemlich gemein von Ihnen, ihr mit Bloßstellung zu drohen.« Megans Gesichtsausdruck war eisig. Gilmour machte sie wütend, und sie wurde natürlicher.

Der Student reagierte ungerührt. »In der Liebe und im Krieg ist alles erlaubt.« Er verschränkte die Arme vor der Brust und lehnte sich auf den Tisch.

»Ich hätte gern Johns vollen Namen, bitte«, sagte Blake. »Und den seiner Freundin.«

Der Student verdrehte wieder die Augen. «Mann, ich weiß nicht mal seinen Nachnamen, und was seine Freundin angeht, keine Ahnung. Es war pures Glück, dass ich zufällig gesehen habe, wie Julie mit ihm in der Jesus Lane geknutscht hat. Danach bin ich ihm gefolgt und habe gesehen, wie er sich mit einer Frau getroffen hat, von der ich annehme, dass sie seine feste Freundin ist.«

Blake sah ihn verwundert an. »Gerade noch haben Sie geredet, als wüssten Sie, wie Johns Freundin denkt. Sie haben gesagt, sie wäre nicht entzückt zu hören, was los ist.«

Gilmour zog die Augenbrauen weit hoch. »Ach, kommen Sie! Wer wäre das?«

Doch Blake war sich sicher, dass er log. Er erfand aus dem Stegreif eine Geschichte, die nicht ganz schlüssig war.

»Und Sie haben ein Foto gemacht.« Megans Blick war wieder auf den Ausdruck seiner Textnachricht gerichtet. »War das Ihr Beweis?«

Gilmour nickte. *Es war ja leicht für ihn zu bejahen.* »Ich hatte ein bisschen getrunken, sonst hätte ich so was Krasses nicht gemacht«, erklärte er mit einem Schulterzucken. Soweit Blake es beurteilen konnte, lastete es nicht sehr schwer auf seinem Gewissen. »Letztlich haben Julie und ich uns getroffen. Wir haben uns ausgesprochen, ich habe mich entschuldigt und das Foto gelöscht.«

»Wo haben Sie sich getroffen?«, fragte Blake.

»Drüben in ihrer Sommerunterkunft in der Chesterton Road.«

»Haben Sie sie danach oft besucht?«

Der Mann schüttelte den Kopf. »Nein, das war es. Ich konnte sie überzeugen, dass sie falsch gelegen hatte, was mich und Bella betraf, aber wir haben beide entschieden, dass es das Beste ist, einen Schlussstrich zu ziehen.«

Ernsthaft? Der Wechsel vom obsessiven Exfreund zum reifen früheren Liebhaber schien etwas zu einfach vonstattengegangen zu sein.

»Sie hat noch Ihren Ring getragen.« Wieder einmal war es keine Frage, doch es lohnte sich, Gilmours Blick zu sehen. Und der war wirklich interessant. Gar keine Reaktion.

»Den hatte ich ihr geschenkt. Es stand ihr frei, ihn weiterhin zu tragen.«

»Wie haben Sie und Julie sich kennengelernt, Mr Gilmour?«, fragte Megan.

»Ich wüsste nicht, inwiefern das relevant sein kann.«

»Wir möchten alle Einzelheiten überprüfen. Je mehr Hintergrund wir haben, desto eher können wir entscheiden, ob wir einer bestimmten Spur folgen sollten.«

Und wieder eine genervte Grimasse. »Na gut, wir haben uns letztes Jahr im Frühling auf einer Demo für Tierrechte getroffen, und wir haben auch beide Artikel für die Studentenzeitung geschrieben. Danach sind wir uns häufiger bei ähnlichen Veranstaltungen über den Weg gelaufen und irgendwann mal was trinken gegangen.«

»Sie sind uns schon vorher aufgefallen.« Blake schaute von der Liste auf, die Jez ihm ausgedruckt hatte. Dabei sah er im Geiste den neuen DC vor sich, der neben Tara hockte, sein Kopf nahe an ihrem. »War Julie auf einer der Demonstrationen bei Ihnen, auf denen Sie verhaftet wurden?«

»Ja, klar. Wir haben uns für dieselben Überzeugungen eingesetzt.«

»Und doch wurde sie nie festgenommen. War sie gegen die extremen Aktionen, die Sie durchgezogen haben?« Er fragte sich, wie die Dynamik zwischen den beiden gewesen war.

»Überhaupt nicht. Sie war richtig verbissen. Und sie war zum Beispiel auch auf der Demo, der ich meine Suspendierung verdanke – und hat so ziemlich dasselbe gemacht wie ich. Obwohl ich da eine Verhaftung vermeiden konnte, hatte es die College-Verwaltung auf mich abgesehen. Irgendein Arsch hatte Fotos gemacht, nachdem ich meine Maske abgenommen hatte, und sie auf den Sozialen Medien rumgehen lassen.«

»Hatten Sie eine Guy-Fawkes-Maske getragen?« Blake erinnerte sich an die Fotos auf der Handykamera der toten Studentin.

»Ja, die gleiche wie Julie. Und sie war auf dem Foto mit mir, also hat ihr College auch Wind von ihrer Rolle da bekommen. Was mal wieder zeigt, wie unfair hier Disziplinierungsmaßnahmen ablaufen. Sie wurde völlig anders behandelt als ich. Keine Suspendierung.«

Er klang verbittert.

»Warum war diese Demonstration so umstritten?«

»Sie und ich – und noch einige andere – hatten Babypuppen mitgenommen und hielten ihnen Messer an die Kehle. Sie sollten die Halsabschneidermethoden der Firma symbolisieren. Denen ist egal, wem sie wehtun, und es sind oft die Unschuldigen, die leiden.«

Blake dachte an die blitzende Messerklinge, die er auf dem Foto gesehen hatte. Die Puppen waren dort nicht zu sehen gewesen. »Mich wundert, dass das eine der Gelegenheiten war, bei denen Sie einer Verhaftung entgingen.«

»Das waren bloß Taschenmesser, und wir haben sie um des ›Theatereffekts‹ willen benutzt. Das ist doch erlaubt, oder nicht?«

Er hatte sich also schlau gemacht, wie die Gesetze waren. Seine selbstzufriedene Miene machte es Blake schwer, sich zu beherrschen.

»Ein bisschen komplizierter ist es schon«, antwortete Megan. Sie klang ruhig. »Vor allem, wenn Sie zu mehreren in einem belebten Bereich sind. Es ist verboten, ein Messer als Druckmittel zu benutzen.«

»Sogar, wenn es gegen eine Puppe geht?« Gilmour lachte.

»Man muss solche Sachen machen, sonst wird man nicht wahrgenommen. Die Firma muss ins Rampenlicht gerückt werden.«

»Welche Firma?«, fragte Blake und sah Gilmour an.

»Lockwood's. Und weil deren Chef Sir Alistair Lockwood Master von St Oswald's ist, haben die an der Uni besonders aufgepasst.«

Blake war sich sicher, dass seine Reaktion minimal ausgefallen war – zumindest nach außen. Sofort musste er an die Katze mit dem Lockwood-Wappen denken. Doch Gilmour hatte es bemerkt – das sah Blake ihm an. Und die Miene des Studenten war nicht recht zu deuten.

»Wir müssen wissen, wo Sie von Samstagabend bis zu Ihrem Auftauchen heute Morgen bei Ihrem College gewesen sind«, sagte Blake.

»Ich wüsste nicht, warum.«

Blake beherrschte sich mühsam. »Sie hatten eine schmerzliche Trennung von einer Frau hinter sich, die nun ermordet aufgefunden wurde. Sie haben sie so sehr bedrängt, dass sie sich offiziell über Sie beschwert hat. Sie haben sie erpresst, damit sie Sie sieht. Ihr Ring wurde ihr in der Nacht, in der sie starb, gewaltsam vom Finger gerissen. Möchten Sie, dass ich fortfahre?«

Gilmour seufzte laut. »Am Samstagabend und über Nacht war ich in meiner Unterkunft.«

Als seine Vermieterin sich beim Junggesellinnenabschied betrunken hatte. *Super.* »Kann es jemand bezeugen?«

»Nein, denke ich nicht.« Wieder lächelte er. »Und gestern, kurz nach dem Mittagessen, bin ich einen Freund treffen gegangen, um über eine Demo zu reden, die wir organisieren.«

»Kontaktdaten?«

Gilmour ratterte den Namen und die Telefonnummer herunter, als wäre es enorm lästig.

»Auf dem Weg nach Hause habe ich die Nachrichten über Julie gesehen.« Er stockte. »Da war es schon spät, aber Sie können sich vorstellen, dass es für mich wie ein Schlag in die Magengrube war. Ich habe mir eine Flasche Wodka gekauft und bin dann herumgewandert. Ich war in der Hills Road, und ich erinnere mich nicht mal, wohin ich vom Supermarkt aus gegangen bin, aber am Ende war ich draußen in Coe Fen. Ich wollte alles ausblenden.«

»Haben Sie den Kassenbeleg für den Schnaps?« Er würde seine Geschichte zumindest ein wenig glaubwürdiger machen.

Gilmour streckte sich auf seinem Stuhl aus und griff in seine Jeanstasche. »Da.« Er legte ein zerknülltes Stück Papier auf den Tisch und glättete es, sodass sie alle es sehen konnten.

»Ich hatte Bellas Nummer auf meinem Handy aufleuchten gesehen, bin aber nicht rangegangen. Ich wusste, warum sie anrief, und wollte nicht reden.«

»Und wo sind Sie danach hin? Haben Sie zu Abend gegessen? Wo haben Sie geschlafen?«

Wieder das Seufzen. Sehr tief, um der Wirkung willen. »Bella hat ja nach einem Anruf nicht aufgegeben. Sie machte immer weiter. Ich hatte mein Handy eine Zeit lang ausgeschaltet, es aber wieder eingeschaltet, als sie eine Nachricht hinterlassen hatte, und dann hat sie mich wieder angerufen. Beim letzten Mal bin ich rangegangen. Und am Ende bin ich dann zu ihr.« Er sah Megan und Blake an. »Ich meine, sie war natürlich auch fertig. Und sie wusste es. Wir haben bei ihr im Zimmer Pizza gegessen, den Wodka getrunken und sind eingepennt. Erst als ich heute Morgen aufgewacht bin – mit einem Hammerkater – habe ich wieder einen Bezug zur Realität bekommen.«

Er hatte bei Bella übernachtet? Bella, von der Julie dachte, er würde sie hinter ihrem Rücken treffen? Bella, die sie gebeten hatten, sie umgehend zu informieren, wenn sie Gilmour aufspürte ... *Alles klar.*

»Es ist nichts gewesen.« Stuart bedachte sie mit einem vernichtenden Blick. »Ich kenne das alte Klischee – in der Hitze des Moments und so. Aber ich war völlig hinüber. Selbst wenn ich Sex mit Bella gewollt hätte, wäre es garantiert nicht gegangen. Und außerdem denke ich immer noch, egal was Julie meinte, dass Bella von ihr besessen war, nicht von mir. Sie war letzte Nacht total neben sich, konnte nicht aufhören zu weinen.«

»Haben Sie Zugriff auf ein Fahrzeug, Mr Gilmour?«

Nun lehnte sich der junge Mann auf seinem Stuhl zurück und zog die Augenbrauen hoch. »Ja, okay, ich habe gegenwärtig Zugriff auf ein Fahrzeug. Worum geht es hier?« Er blickte erst Megan, dann Blake an. »Moment mal. Heißt das, Julie ist nicht da ermordet worden, wo sie gefunden wurde?«

Wieder mal wirkte seine Reaktion übertrieben. Wollte er überspielen, dass es ihm nicht neu war? Oder liebte er es schlicht, im Mittelpunkt zu stehen?

»Ich kann Ihnen sagen, dass ich Schwierigkeiten hätte, eine Leiche in den Kofferraum des Ford Fiesta von meinem Bruder zu bekommen. Aber wenn ich die Rückbank runterklappe, könnte es wohl gehen. Und bevor Sie fragen, ich hatte mir seinen Wagen geliehen, um meinen Kram zurück zum Wohnheim zu bringen. Julie und ich mögen uns getrennt haben, aber ich habe sie gemocht.«

Er sprach leiser, doch Blake nahm ihm diese plötzliche Gefühlsdemonstration nicht ab. Er hatte den Blick gesehen, den seine Anwältin ihm zugeworfen hatte. »Ich bin am Boden zerstört, dass sie tot ist.«

Blake nickte Megan zu. Er hatte genug gehört. Als sie die Befragung beendete, überrollte ihn eine frische Welle von Wut auf Bella Chadwick. Sie hatte ihnen verschwiegen, dass sie Gilmour gefunden hatte, womit offensichtlich war, dass sie ihr nicht trauen konnten. Könnten beide in Julies Tod verwickelt sein? Auf jeden Fall hatte er sich schon mal nicht für Stuart erwärmt.

Die Anwältin bewegte sich auf ihrem Stuhl. Wahrscheinlich hatte sie Besseres zu tun, und Blake war nicht minder ungeduldig. Es gab eine Million Fakten zu überprüfen. Doch als er aufstand, ging ihm vor allem ein kleines Detail aus Gilmours Aussage durch den Kopf. St Oswald's College hatte gewusst, dass Julie bei dem Protestmarsch gegen Lockwood's dabei gewesen war – der Firma, die der Master ihrer Institution leitete. Was so gut wie sicher hieß, dass ihr Tutor, Lucien Balfour, sämtliche Einzelheiten kannte, sie aber aus irgendeinem Grund für sich behalten hatte, als er mit Max und Tara sprach. Blake wollte wissen, warum.

KAPITEL ACHTZEHN

Es sah Shona nicht ähnlich, tagsüber ein Treffen mit Patrick vorzuschlagen. Normalerweise war sie ganz auf ihre Arbeit fixiert und sparte sich ihre Zerstreuungen für den späten Abend auf, wenn sie all ihr Material eingegeben hatte. Deshalb fragte Patrick sich, was los war.

Natürlich verspätete sie sich. Er hoffte bei Gott, sie hatte die Verabredung nicht vergessen und ließ ihn hier sitzen. Er konnte unmöglich aufstehen und gehen, ohne wie ein Loser auszusehen. Wieder kam jemand ins Café und schloss die Tür nicht richtig hinter sich. Über Nacht hatte es abgekühlt und war diesig geworden, und jedes Mal, wenn jemand rein- oder rausging, wehte ein Schwall kühle Luft an seinem Tisch vorbei, die ihm die Hosenbeine hinaufkroch. Die Tür, die nun angelehnt war, befand sich nur ein paar Schritte entfernt von Patrick, doch es erwartete gewiss niemand von ihm, dass er sie schloss. Man bezahlte nicht dafür, in einem Lokal zu sitzen, um dann alle zwei Minuten aufzuspringen, damit es drinnen wohnlich blieb.

Beim Warten hatte er auf seinem Handy die Nachrichten gelesen und seine Latte getrunken. Viel mehr gab es nicht zu der Toten in Wandlebury. Seine Exkollegen in der Parkside hatten wahrscheinlich keinen Schimmer, wer das Mädchen umgebracht hatte. Er stellte sich Fleming bei den Teambesprechungen vor, die ihre vorhersagbaren Anweisungen ausgab und sich ganz auf Blake verließ, die Wahrheit herauszufinden. Irgendwann. Wenn er lange genug den Blick von Tara Thorpe abwenden konnte, um seinen Job zu erledigen. Das und die Ablenkung bei dem DI zu Hause bedeuteten, dass sein alter Chef noch weniger zu gebrauchen sein dürfte als ohnehin schon. Dank der Zufallsbegegnung mit Blakes Frau, Babette dem Babe, wusste Wilkins, dass in der Ehe etwas nicht stimmte. Warum erkannte Fleming nicht, was für ein Typ er war? Und wie kam es, dass die anderen Teammitglieder weiter zu ihm hielten? Patrick wusste, dass Megan Mecker-Maloney ihre Zweifel hatte, was Tara anging, teils dank einiger gut gewählter Worte von ihm. Und trotzdem wurstelten sie alle weiter vor sich hin.

Er war froh, dass *er* sich nicht mit dem Status quo abgefunden hatte. Einige von den Aufträgen, die er seit seiner Kündigung als Privatdetektiv angenommen hatte, waren ein bisschen langweilig gewesen. Nicht so, als hätte man mit richtig Wichtigem zu tun. Ermittlungen zu untreuen Partnern. Flüchtig fragte er sich, ob Blake oder Babette künftige Klienten sein könnten. Das wäre ein gelungener Scherz. Selbstverständlich würde Blake ihn niemals anheuern – aber die Vorstellung, seine Leichen im Keller zu erforschen, war höchst reizvoll.

In diesem Moment ging die verfluchte Tür weit auf, und Shona kam mit einer Tasche von einer Designerboutique am Arm hereingerauscht. Also war es nicht die Arbeit gewesen, die sie aufgehalten hatte. Als sie anmutig auf ihn zu kam, wehte ihm die Zugluft ihren Parfümduft zu. Hinter ihr stand ein großer Typ auf, schloss die Tür und blickte Shona bewundernd hinterher.

Typisch.

Sie sank auf ihren Stuhl, küsste ihre Fingerspitzen und strich über Patricks Wange. Er sah dem großen Kerl an, wie verblüfft er war, dass Shona mit ihm verabredet war.

»Was möchtest du?« Patrick stellte Blickkontakt zu einem Kellner her. Er würde die Situation kontrollieren und den anderen zeigen, warum Shona ihn gewählt hatte.

»Einen Cappuccino bitte.«

Der Kellner ging an ihrem Tisch vorbei und nahm die Bestellung einer Frau auf, die am Fenster saß. Patrick holte tief Luft. Am Ende musste er eine volle Minute warten, bevor er Shonas Getränk ordern konnte – und es war ihr Blick gewesen, der den Kellner zu ihnen gelockt hatte.

Patrick verdrängte seinen Ärger und wandte sich seiner Freundin zu. »Tja, schön dich zu sehen, aber ungewöhnlich, um diese Zeit. Ist alles in Ordnung?«

Sie lächelte. »Oh ja! Ich habe etwas für dich.«

Sein Blick wanderte zu der Tüte, die sie bei sich hatte. Das war untypisch für sie.

Doch sie grinste breit. »Nichts Materielles, sondern eine Information. Du hast mir früher ja reichlich zugespielt, da dachte ich, es ist vielleicht an der Zeit, dass ich den Gefallen erwidere.«

Was in aller Welt könnte sie den haben? Er sah sie verwundert an.

»Ach du.« Wieder legte sie die Hand an seine Wange. »Gestern Abend im Pub sahst du so niedergeschlagen aus. Ich hatte den Eindruck, dass du mit deinen Plänen, es DI Blakes Goldmädchen heimzuzahlen, vor die Wand gefahren bist.« Sie sah ihm in die Augen, und es war klar, dass sie zu viel wahrnahm.

»Überhaupt nicht. Es ist nur langwierig und anstrengend.« Er wusste, dass er nicht annähernd so gut lügen konnte wie sie.

Shona zog eine Augenbraue hoch. »Du musst mir nichts erklären. Aber falls es dir etwas bringt, wollte ich dir erzählen, dass ich heute Morgen wieder mit meinem niedlichen Constable geplaudert habe. Natürlich nur, um mehr Informationen zum Julie-Cooper-Fall zu bekommen.«

»Und gibt es Neuigkeiten?«

Sie atmete tief ein, und er begriff, dass sie weniger erfahren hatte, als sie wollte. »Sie halten sich bedeckt. Mein Mann behauptet, er hätte sehr wenig gehört.«

»Und was kannst du mir dann erzählen?«

Sie lehnte sich zurück, als der Kellner ihren Kaffee brachte. »Informationen zu Tara direkt. Ich weiß nicht, was sie bedeuten, doch ich finde sie recht ... unterhaltsam.«

Sie machte es wahrlich spannend. Patrick hoffte, dass es gute Informationen waren. Er trank von seiner Latte und wartete, dass sie endlich die Katze aus dem Sack ließ.

»Ich hatte dem niedlichen PC gegenüber erwähnt, dass Tara früher eine Kollegin von mir war, und da sind wir ins Gespräch gekommen.« Einen Moment lang setzte sie eine gespielt verlegene Miene auf. »Ich glaube, er findet mich gut, um ehrlich zu sein. Jedenfalls konnte ich ihn dazu bringen, mir ein wenig mehr über Taras Leben auf der Wache erzählen – und über sie generell, übrigens.« Sie neigte den Kopf zur Seite. »Es gab wohl einigen Knatsch um den Fall herum, an dem sie im Frühjahr gearbeitet hat. Und es heißt, dass sie sich rücksichtslos verhalten hatte. Aber insgesamt – reg dich bitte nicht auf – sagt mein PC, dass sie ziemlich respektiert wird. Es dauert vielleicht nicht mehr lange, bis sie befördert wird.«

»Und das soll hilfreich sein?« Zumindest müsste sie wegziehen, wenn sie zur DS aufstieg. Da gab es in der Parkside keine freien Stellen, soweit er wusste.

»Ich bin ja noch nicht fertig. Er hat auch gesagt, dass im Frühjahr ihre Arbeit und ihr Privatleben kollidiert sind. Er erwähnte, dass sie als Teenager gestalkt worden sein soll – was wir natürlich wissen. Aber anscheinend hat sie kürzlich wieder ein Päckchen bekommen. Im März. Von demselben Stalker, nehmen alle an. Sie hat die Polizei gerufen, und sie haben ermittelt, doch ohne Erfolg. Und offenbar hat Tara ihnen nach ein paar Wochen gesagt, sie sollen es aufgeben. Sie wollte ihre Zeit nicht weiter verschwenden, und seitdem hätte es ja keine Sendungen mehr gegeben. Sie nehmen an, dass es ein einmaliges Vorkommnis war.«

Patricks Herz schlug schneller. »Und dieses letzte Päckchen hat sie im März bekommen?«

Shona neigte sich vor und sah ihn aufmerksam an. »Anscheinend, ja. Warum? Ist das Timing von Bedeutung?«

Er überlegte angestrengt. »Hat dein Kontakt eine Nachricht bei dem Päckchen erwähnt?«

Nun lächelte Shona hochzufrieden. »Ja. Er konnte sich nicht genau erinnern, aber es war eine Drohung. Etwas wie: ›Erinnerst du dich an mich? Wenn du mich nicht zurückwillst, pfeif die Hunde zurück.‹ Hübsch dramatisch. Jetzt frage ich mich, ob sie ein bisschen nachforscht – einen neuen Versuch unternimmt, ihren Peiniger zu identifizieren.« Ihr Blick war wissend. »Es sei denn, das war jemand anders, versteht sich.«

Sie wartete.

Mein Gott, sie sieht alles. Sie hatte erraten, was er trieb, und seine Reaktion dürfte es ihr bestätigt haben.

Patrick beobachtete die Spiegelung der Cafélampen in Shonas Augen. »Man stelle sich vor, dass du all das schon vor Monaten hättest herausbekommen können.« Die Tatsache, dass die Information über den Drohbrief im März die ganze Zeit in den Polizeiakten geschlummert hatte, ärgerte ihn. Shona war gut darin, ihre Polizeikontakte nach Tara zu fragen. Und da sie beide zutiefst verfeindet waren, war sie stets erpicht, den neuesten Schmutz über sie auszugraben. Es war ein Jammer, dass sie sich nicht vorher ein bisschen bemüht hatte; es hätte Patrick verdammt viel Zeit und Enttäuschung erspart.

Shona sah ihn fragend an. »Das klingt ein wenig undankbar. Sicher hätte ich es früher herausbekommen können, nur gab es ja keine großen Fälle, die mich früher zu ihnen geführt hätten. Aber das hier ist ein Durchbruch. Wenigstens weißt du ... falls jemand nach Taras Stalker gesucht hat«, wieder blickte sie ihn bedeutungsschwanger an, »haben diejenigen eine klare Reaktion provoziert. Sie müssen auf der richtigen Spur gewesen sein.«

Die Fakten waren sogar noch erhellender, als sie ahnte. Patrick dachte zurück an das Frühjahr. Er hatte gerade bei der Polizei gekündigt und kaum angefangen, nach Taras Peiniger zu suchen. Genau genommen hatte er nur mit einer einzigen Person geredet.

Hitze überkam ihn. War er bisher gewiss gewesen, dass er ihren Stalker nie finden würde, schrumpfte das Feld nun auf einen einzigen Verdächtigen zusammen. Jetzt musste er nur noch einen konkreten Beweis finden – etwas, dass er Giles bei *Not Now* und der Polizei übergeben konnte. Okay, leicht würde es nicht, aber es war nicht unmöglich. Und sollte er Erfolg haben, wäre er der Held der Stunde. Einen Fall zu knacken, bei dem die Polizei versagt hatte, würde seinem neuen Geschäft als Privatdetektiv ordentlich Aufschwung geben, von der emotionalen Befriedigung ganz abgesehen. Er könnte Tara doch noch ins Scheinwerferlicht rücken, was sie ganz und gar nicht wollte – ihre schmerzliche Vergangenheit aufwühlen und mit ihr jeden Dreck, den er über sie bekommen konnte.

Grinsend malte er sich die sorgfältig komponierten Schlagzeilen der Zeitschrift aus, die sie früher beschäftigt hatte. Es war hilfreich, dass sie sich dort so viele Feinde gemacht hatte.

Gleich morgen würde er sich wieder an ihren Fall machen – den Verdächtigen erneut befragen, diesmal hart, bewaffnet mit zusätzlichem Wissen. Und wenn er hatte, was er wollte, würde er Giles auf einen Drink einladen. Der Chefredakteur hatte ihn abgeschrieben und war überzeugt, dass Patrick nur eine große Klappe hatte. Doch er würde sich den Respekt des Mannes zurückverdienen.

Shona sah ihn an, und ein Lächeln umspielte ihre Lippen. »Liebling! Du siehst heiter aus. Tja, eine Hand wäscht die andere. Ich habe dir erzählt, was mein niedlicher Polizist gesagt hat. Wie wäre es, wenn du mir verrätst, was genau du vorhast?«

Sie beugte sich weiter vor. Informationen waren wie Drogen für sie.

Wilkins lehnte sich zurück und hielt ihren Blick. »Alles zu seiner Zeit, Shona. Alles zu seiner Zeit.«

KAPITEL NEUNZEHN

»Alles an Gilmour macht mir Gänsehaut.« Tara beobachtete Blake, der auf einer Schreibtischkante vorn im Besprechungsraum saß und sie auf den aktuellen Stand brachte. »Aber da geht etwas Komisches vor. Theoretisch scheint er der klassische obsessive Ex zu sein, der nicht loslassen will. In der Rolle hatte ich ihn mir vorgestellt, wie er Julie abermals belästigt, sie niederschlägt, als sie ihn zurückweist, dann in einem engen Raum einsperrt und wartet, bis ihr die Luft ausgeht.«

Der Gedanke, dass er Julie um ihr Leben kämpfen hörte, beschwor in Taras Kopf einen Film herauf, den sie nie wieder löschen könnte.

»Sie sagen, dass solch ein Szenario *theoretisch* zu Gilmours Profil passt?« Fleming trank Kaffee aus einer winzigen weißen Tasse. Tara staunte, dass sie irgendetwas vertrug – und sei es nur Kaffee –, während sie etwas derart Entsetzliches besprachen. Doch wie Fleming sagen würde, musste man die Dinge voneinander trennen, wenn man effektiv arbeiten wollte. Diese Kunst beherrschte Tara bislang nicht. Sie fragte sich, wie Blake sich fühlte.

Der DI nickte. Er war jetzt aufgestanden. »Die Realität

stimmt nicht damit überein. Bei der Befragung war Gilmour abgeklärt. Ich würde sehr viel mehr Emotion von jemandem erwarten, der das Objekt seiner Besessenheit verloren hat – ob er sie umgebracht hat oder nicht.« Er erstarrte, und seine Züge spannten sich an. »Er ist in meinen Augen immer noch ein potenzieller Mörder, doch er kommt wie ein Psychopath rüber.«

Tara kroch ein kalter Schauer über den Rücken. Natürlich konnte man solche Neigungen haben, ohne jemals zu morden. Vor nicht allzu langer Zeit hatte sie einen Artikel gelesen, in dem es hieß, dass Psychopathen sich in gewissen Berufen besonders gut machten. Und sie war wenig entzückt, dass zwei von denen die waren, in denen sie bisher gearbeitet hatte: Polizei und Journalismus. Bei Ersterer kam den Psychopathen ihre Fähigkeit zugute, einen anstrengenden und gefährlichen Job zu machen und dabei vollkommen ruhig zu bleiben. Wieder dachte sie an Fleming. *Lass es ...* Und im Journalismus war es die Tatsache, dass Psychopathen sehr charmant sein konnten, gleichzeitig aber auch skrupellos und fokussiert, was sie brillieren ließ.

»Die Geschichte von diesem anderen Studenten, John, den Gilmour angeblich gesehen hat, wie er Julie geküsst hat, klingt zu dünn. Er kannte seinen Nachnamen nicht und den Namen der Freundin gar nicht, die vermeintlich so wütend auf Julie wäre, käme die Wahrheit ans Licht.«

»Julie wirkt nicht wie jemand, den solch eine Drohung schreckt«, sagte Tara. Nach den bisherigen Aussagen war die Studentin aus härterem Holz geschnitzt.

»Dem stimme ich zu. Es wird schwierig, Gilmours Geschichte zu widerlegen – angesichts der spärlichen Details – aber ich möchte, dass dem trotzdem nachgegangen wird. Und ich brauche Bellas Aussage.« Blake war auf und ab gegangen, blieb nun jedoch stehen. »Ich möchte wissen, warum zur Hölle sie uns nicht wie verlangt mitgeteilt hat, dass Gilmour wieder aufgetaucht war ... sofern sie wirklich letzte Nacht zusammen gewesen sind. Und ich will sie sowieso sprechen; ihre Beziehung zu Julie sollte gründlicher unter die Lupe genommen werden.«

»Kann sein, dass sie und Gilmour bei dem Mord an Julie zusammengearbeitet haben.« Fleming stellte ihre Tasse auf einem Tisch ab.

»Ja, Ma'am.« Blake wirkte resigniert, und Tara vermutete, dass er schon selbst auf die Idee gekommen war.

»Also, Megan, wir befragen Bella Chadwick noch einmal. Jez?«

Tara sah den DC zu Blake aufblicken. »Chef?«

»Ich möchte, dass du rüber zur Atterton Road fährst. Sieh mal, ob du irgendwelche Nachbarn findest, die Gilmour am Samstagabend oder in der Nacht gesehen oder gehört haben. Es ist eine relativ ruhige Straße. Frag sie, ob sie Besucher bei ihm bemerkt haben – oder wie er in den frühen Morgenstunden weggefahren ist. Dann hätten wir einen Grund, ihn festzunehmen und den Wagen seines Bruders zu durchsuchen.«

Tara sah, wie er einen Moment zu Fleming schaute, die nickte. Es leuchtete ein. Gilmour hatte gesagt, dass er allein gewesen und zu Hause geblieben war. Ihn bei einer Lüge zu ertappen, würde ohne Frage bedeuten, dass er einiges zu erklären hätte.

Blake kam zwischen Taras und Max' Schreibtische. »Ich möchte, dass ihr beide Sir Alistair Lockwood in der Master's Logde von St Oswald's besucht. Das Bild von der Katze schien nebensächlich, bis wir Gilmour befragten. Es könnte immer noch irrelevant sein, aber dass Julie bei der Demonstration gegen Lockwood's Agrochemicals dabei war, ist noch eine Verbindung zwischen ihr und dem Master. Ich will wissen, wie Julie die Statue fotografieren konnte und wie gut der Master seine Studenten kennt. Grabt ein bisschen und seht, ob da etwas faul ist.« Bei dem letzten Satz sah er zu Tara. Sie hatte ihren Ruf als Journalistin noch nicht ganz hinter sich gelassen. Max war das höfliche Gesicht der Polizeiarbeit und bekam Antworten, indem er ihren Befragten ein trügerisches Gefühl von Sicherheit vermittelte. Er war so nett, dass sie sich wie selbstverständlich verplapperten, wenn er mit ihnen redete. Und Tara legte Fallen aus. Ihr war bewusst, dass ihr Geschlecht immer noch bedeutete, sie könnte mit Fragen davonkommen, die wie pure Neugier klangen. Und sie hasste es, dass gewisse Männer ihr Interesse an den winzigen Details ihres Lebens vollkommen verständlich zu finden schienen. Doch es hatte auch Vorteile, dass sie Tara selten hinterfragten – oder sie allzu ernst nahmen. Allerdings ging sie davon aus, dass Alistair Lockwood nicht ganz so einfach zu täuschen wäre. Man verdiente keine Milliarden ohne klaren Kopf und offene Augen. CEO hatte auch ganz oben auf der Liste der Jobs für Psychopathen gestanden. Sie dürften einander ebenbürtig sein ...

Als sie nickte, bemerkte sie Jez hinter dem DI, der auf dem Weg nach draußen war, allerdings zu ihnen beiden blickte. Sowie er bemerkte, dass er ertappt war, grinste er Tara zu. Sie erwiderte es, worauf Blake sich umschaute. »Freut mich, dass ihr euch gut versteht«, sagte er.

Und da war ein Hauch von Verstimmung in seinem Tonfall, was Tara erneut ein Grinsen entlockte.

KAPITEL ZWANZIG

Die Master's Lodge von St Oswald's war riesig, imposant und von Nebel umhüllt, ganz wie der ideale Schauplatz für eine Spukgeschichte. Tara und Max hatten in der Einfahrt neben einem Mercedes E-Klasse und einem Aston Martin geparkt. Das gotisch aussehende Gebäude stand auf einem großen Grundstück, fernab vom Lärm und Trubel des Haupt-College. Oben waren hohe Schornsteine und Zinnen, und die Stabkreuzfenster war tief ins dicke Mauerwerk eingelassen. Als sie sich dem Haus näherten, bemerkte Tara eine Bewegung hinter einer der Scheiben. Sie blickte zu dem dunklen Glas, doch nun war alles still. Wer immer dieses Haus geplant hatte, wollte offenbar sicherstellen, dass jeder der Master hier geehrt und vielleicht auch gefürchtet würde. Tara fragte sich, ob jemals einer der neuen Posteninhaber unglücklich gewesen war, in solch einen unheimlich anmutenden Bau ziehen zu müssen. Bei Sir Alistair war es vielleicht nicht so gewesen. Das ungewöhnliche Familienerbstück schien zum Stil hier zu passen. Sowohl die Lodge als auch die Katze sagten »zurückbleiben – wir verteidigen unser Territorium.«

Sie betätigten den Klopfer in Löwenkopfform an der dunklen, lackierten Eichentür. Während sie warteten, fiel Tara eine Steinfratze über dem Türsturz auf: eine fauchende Bestie, die sie nicht erkannte. Eine halbe Minute verging, ehe eine Frau öffnete. Wenn sie im hinteren Teil des Hauses gewesen war, hätte sie so lange gebraucht, um zur Haustür zu kommen. Sie hatte silbriges Haar mit dunkelgrauen Strähnen, das zu einer Welle aufgesteckt war. Tara versuchte, ihr Alter zu schätzen. In den Fünfzigern? Sie trug ein makelloses Kostüm im Dreißiger-jahrestil, das eher aktuell retro wirkte als altmodisch. Und sie sah aus wie eine Frau, die sich jederzeit einen Fuchspelz über-werfen würde. Tara fragte sich, wie viel dieses Kostüm gekostet haben mochte.

Sie stellten sich vor und zeigten ihre Dienstausweise.

Die Frau lächelte nicht oder reichte ihnen die Hand. »Ich bin Lady Lockwood, Sir Alistairs Frau. Er hat eben eine Konfe-renzschaltung für Lockwood's beendet, also kann ich Sie zu ihm bringen.«

Auf der Fahrt her hatte Tara die Familie gegoogelt. Lady Veronica Lockwood war eine Harfenvirtuosin, nicht weniger bekannt als ihr Mann. Blieb abzuwarten, ob er freundlicher war als sie.

Sie durchquerten eine große, mit dunklem Holz vertäfelte Diele und folgten der Frau eine breite Treppe hinauf und einen dämmrigen Flur entlang. Durch eine Tür konnte Tara ein Wohnzimmer sehen, in dem eine Frau saß, die ungefähr in ihrem Alter sein musste. Die Fremde blickte kurz zu ihnen und gleich wieder weg. War sie es gewesen, deren Bewegung Tara am Fenster gesehen hatte? Die Fenster in diesem Raum gingen jedenfalls zur Einfahrt.

»Warten Sie bitte einen Moment.« Lady Lockwood ging voraus durch eine offene Tür und schloss sie hinter sich.

Eine Minute später öffnete sie sie wieder und bat sie in ein großes Arbeitszimmer. Als sie ihr nach drinnen folgten, sah

Tara einen Mann, den sie dank der Internetrecherche als Sir Alistair erkannte. Neben ihm saß ein jüngerer Mann.

Tara war ein kleines Stück vor Max, und der Master reichte zuerst ihr die Hand, bevor er sich an den DS wandte. »Willkommen. Meine Frau hat schon erklärt, wer Sie sind.« Sein Händedruck war warm und fest. Tara fühlte sowohl die Charakterstärke als auch die physische Kraft dahinter. »Ich bin erschüttert, von unserer Studentin Julie Cooper zu hören. Ich nehme an, sie ist der Grund für Ihr Kommen?« Er schüttelte den großen Kopf. »So jung ihrer Zukunft beraubt. Es ist undenkbar.«

Sein Ton war ernst, doch Tara war sich sicher, dass er mit jeder Situation umgehen konnte, die ihm das Leben zuwarf. Man stand einem Unternehmen wie seinem nicht vor – oder einer Institution wie St Oswald's – ohne verlässliche PR-Fertigkeiten zu besitzen. Indem er Julie »unsere« Studentin nannte, machte er deutlich, dass er für das College sprach, nicht für sich. Hatte er gewusst, dass Julie gegen seine Firma protestiert hatte? Hinter der glatten Fassade könnten seine Gefühle für sie alles andere als freundlich sein.

Sir Alistair drehte sich zu dem Mann neben ihm um, der steif neben einem Mahagoni-Arbeitstisch stand. »Dies ist mein Sohn Douglas – mein Stellvertreter bei Lockwood's.«

Er musste circa in Taras Alter sein – Anfang bis Mitte dreißig –, hatte glattes, kastanienbraunes Haar, eine dunkel gerahmte Brille und einen edlen Anzug an.

Er nickte. »Ich war wegen der Konferenzschaltung hier.«

»Es muss schwierig sein, alles unter einen Hut zu bringen«, sagte Tara. Sie war nicht sicher, wie viel von Sir Alistairs Zeit St Oswald's verschlang.

Der Master nickte. »Kann es sein. Vorgesehen ist, dass ich eine halbe Arbeitswoche dem College widme. Aber natürlich bin ich es gewohnt, notfalls rund um die Uhr zu arbeiten. Es gehört zum Job, wenn man ein Unternehmen leitet, und es ist Teil des Vergnügens. Ich würde es nicht anders wollen.«

Er wies zu den Stühlen an dem großen Tisch, wobei er seine Familienmitglieder miteinschloss. Party-Time.

»Ist es üblich für St Oswald's, Industrielle für die Rolle des Masters auszuwählen?«, fragte Max.

Dasselbe hatte Tara sich auch gefragt. Der Protest in der Stadt konnte das Leben für die PR-Leute des College nicht leichter machen.

»Bei diesem College hat es Tradition. Jeder zweite Master ist jemand mit wissenschaftlichem Hintergrund, der in der freien Wirtschaft Erfolg hatte, jeweils im Wechsel mit einem, der in der Lehre geblieben ist.« Er lächelte kurz. »St Oswald's genießt einen guten Ruf in der Wissenschaft. Und es kommt den Studenten zugute, jemanden zu sehen, der sein Wissen in der freien Wirtschaft nutzt. Aber natürlich sind Menschen, die aus der Industrie kommen, gemeinhin auch recht gut darin, neues Geld für das College einzuwerben. Wir haben gute Kontakte, und ein paar Worte in den richtigen Ohren können gewinnbringend sein. Es stärkt auch die Chance auf Erbschaften. Ist man Master an solch einer Institution gewesen, fühlt man sich in gewisser Weise verpflichtet, sie bei der Nachlassregelung zu bedenken.« Nun wurde sein Lächeln breiter. »Mir ist das wohlbewusst, und ich stimme der psychologischen Taktik der Akademiemitglieder voll und ganz zu.«

»Ich denke, der Sergeant wundert sich über deine Ernennung, weil sie umstritten war, Schatz.« Veronica Lockwoods Tonfall war sachlich. Sie blickte zu Tara und Max. »Ich bin schon von Leuten auf der Straße angesprochen worden, die mich wegen der Firma meines Mannes zur Rede gestellt haben.«

Manch eine Frau würde es beängstigend finden, doch Tara schätzte, dafür war Veronica zu tough.

»Sind Sie in die Geschäfte des Unternehmens involviert?«, fragte sie.

»Ganz und gar nicht. Ich entstamme einer langen Linie von Schriftstellern, Künstlern und Musikern. Ich habe meine eigene Karriere. Doch ich bin stolz auf unsere Partnerschaft.« Sie schaute zu ihrem Mann. »Mir gefällt die Verquickung von Kunst und Wissenschaft – der Gedankenaustausch. Und Alistairs Herkunft ist genauso eindrucksvoll wie meine. Er blickt auf Generationen von Erfindern zurück. Was das Unternehmen angeht, verkennen die Protestler das große Ganze. Lockwood's Produkte sorgen dafür, dass Ernten gelingen und Millionen Menschen Nahrung haben.«

»Danke, meine Liebe.« Wieder lächelte Sir Alistair. »Sicher möchte die Polizei keine Lockwood-Werbung hören.«

Douglas neigte sich vor und stützte die Ellenbogen auf den Tisch. »Mutter hat aber recht.«

»Ich weiß.« Sir Alistair klopfte seinem Sohn auf den Arm. »Die Protestler sind jung und leidenschaftlich. Neun von zehn werden die Wahrheit dessen begreifen, was Veronica sagt, wenn sie erst dreißig sind.«

»War Ihnen bekannt, dass Julie auch unter den Protestierenden war?« Max schlug einen sanften Ton an.

»Ja.« Sir Alistair legte die Fingerspitzen zusammen und betrachtete sie über seine Hände hinweg. »Julies Tutor, Lucien Balfour, hatte mich darauf aufmerksam gemacht, wegen der Verbindung zu meiner Firma. Sie war nicht die einzige Studentin von St Oswald's, die involviert war. Ein Mädchen namens Bella Chadwick war auch dabei. Ich kenne niemanden von den Studierenden näher, aber Lucien hat mir den Hintergrund erklärt. Es war klar, dass Julie leidenschaftlich für ihre Überzeugungen eingetreten ist. Und es ist sinnlos, solche Ansichten unterdrücken zu wollen. Man muss Informationen bieten, will man Meinungen ändern. Und was Bella betrifft, hatte ich Luciens Worten nach den Eindruck, dass sie nur wegen Julie mitgemacht hat. Sie wollte Teil der Gruppe sein. Solch ein starker Wunsch nach Zugehörigkeit ist nicht ungewöhnlich. Ich kann ihr schlecht vorwerfen, eine typische junge Frau zu sein.«

»Dann rieten Sie Lucien Balfour zur Nachsicht?«, fragte Tara.

Lockwood schüttelte den Kopf. »Ich sagte lediglich, dass die Verbindung zu meinem Unternehmen keinen Einfluss auf sein Handeln haben sollte. Er solle die Angelegenheit wie jede andere auch handhaben.«

Dann war es Standard, gar nichts zu tun? Denn das schien bei Lucien der Fall. Soweit Tara wusste, war es ein friedlicher Protest gewesen, dennoch sollte man meinen, die Messer hätten eine Reaktion ausgelöst.

»Haben Sie jemals persönlich mit Julie gesprochen?«, fragte Max beiläufig, trotzdem riss der Master die Augen weit auf.

»Falls Sie meinen, was den Protest angeht ...«

»Nein, den meine ich nicht direkt. Mich würde interessieren, ob Sie genug mit ihr gesprochen haben, um sich ein Bild von ihrem Charakter zu machen.«

Tara entging nicht, dass sich seine Züge ein wenig entspannten.

»Ich fürchte nein. Ich war mir nicht sicher, ob Sie fragen würden, und habe mir ihr Foto angesehen, bevor Sie hergekommen sind, um sicher zu sein, dass ich mich an die richtige Person erinnere. Ich achte durchaus darauf, mit den Studenten zu sprechen, denen ich begegne – im Speisesaal oder draußen auf dem Gelände. Aber ich bin nicht gut darin, mir Namen zu merken, und ich lerne sie nicht näher kennen.«

Dann hatte er nicht nach ihrem Foto gesehen, nachdem Balfour ihm erzählte, dass sie bei dem Protest dabei gewesen war. Vorausgesetzt er sagte die Wahrheit. Als Nächstes mussten sie nach der Katze fragen, die Julie fotografiert hatte. Sie sah zu Max, und er nickte ihr zu.

»Sir Alistair, besitzen Sie eine goldene Katzenfigur?« Bei der Frage schaute sie alle drei Lockwoods an. Und sie alle wirkten überrascht.

Zum ersten Mal runzelte der Master die Stirn. »Ja.« Wieder stockte er. Sie nahm an, dass er gern vorausahnte, wie ein Gespräch verlief, und diese Chance hatte sie ihm genommen. »Ja, die besitze ich. Sie wurde mir von meinem Vater geschenkt. Ein Symbol der Familieneinheit und für seine Liebe zu mir und meinen Brüdern. Wir haben jeder eine bekommen. Warum fragen Sie?«

»Julie Cooper hat einige Fotos von der Figur gemacht. Sie wurden auf ihrem Handy gefunden.«

Der Mann lehnte sich zurück, und die Furchen auf seiner Stirn wurden tiefer. »Wie außergewöhnlich.« Und dann sah er wieder Tara an. »Woher wissen Sie, dass die Figur mir gehört?«

»Auf einer der Aufnahmen war das Lockwood-Wappen zu sehen.«

»Aber das ist auf dem Boden.« Douglas klang genauso verwirrt wie sein Vater.

»Wir haben uns gefragt, wie sie Zugriff auf die Figur bekommen konnte. Haben Sie sie hier in der Lodge?«, fragte Max.

»Oh ja. Als ich zustimmte, die Rolle des Masters zu übernehmen, habe ich für die übliche Amtszeit von acht Jahren unterschrieben. Wir sind mit all unseren Sachen hergezogen. Unser Haus ist momentan vermietet, allerdings haben wir noch eine Zweitwohnung in London.« Sir Alistair stand auf. »Ich zeige Ihnen das Zimmer, in dem die Katze steht.«

Tara und Max folgten ihm hinaus auf den Flur. Wieder sah Tara die Frau in dem Wohnzimmer oben, die sie beobachtete. Sie wandten sich nach rechts und gingen durch die letzte Tür links in einen relativ kleinen Raum voller Bücherregale. Dort befand sich eine Vitrine neben dem Fenster, und in der stand die Katze. Sie war ziemlich klein, nur etwa so groß wie Alistairs Hand.

»Hier«, sagte er, und immer noch war seine Stirn gerunzelt. »Wann wurde das Foto aufgenommen?«

Tara blickte in ihre Notizen. »Fast genau vor einem Jahr.« Sie nannte ihm das Datum.

Er nickte, doch die Falten glätteten sich nicht. »Die Semesterparty am Michaelstag. Da laden wir die Studenten ein und servieren ihnen Tee und Kuchen. Es ist eine Art, uns ihnen als Ansprechpartner anzubieten – schließlich sind wir deshalb hier. Wahrscheinlich habe ich bei der Gelegenheit mit Julie geplaudert, aber da war sie eine von vielen.«

»Mich erstaunt, dass die Studenten in dieses Zimmer durften.« Tara lächelte.

Der Master erwiderte es. »Ich hatte gewiss nicht vor, sie hier oben herumspionieren zu lassen, doch wenn so viele im Haus sind, ist es schwierig, sie alle im Blick zu behalten. Unsere Empfangsräume sind im Erdgeschoss, und die Studenten halten sich dort auch gern in der Küche auf.«

Sie nickte. »Fällt Ihnen ein Grund ein, warum sie die Katze fotografieren wollte?«

Und das Stirnrunzeln war zurück. Diesmal war es ausgeprägter, und es verstrich ein Moment, bevor er antwortete: »Wie wir beide wissen, war Julie kein Fan meines Unternehmens. Vielleicht hat sie die Katze als Symbol für den Reichtum meiner Familie gehasst. Ich kann nicht leugnen, dass sie recht prahlerisch wirkt.«

Tara könnte es sich vorstellen, aber Julie konnte unmöglich zufällig auf die Figur gestoßen sein. Warum hate sie sich in diesen Raum geschlichen? Und wenn ihr das Prunkhafte daran aufgefallen war, warum hatte sie sich das Ding so genau angesehen? Es war merkwürdig, dass sie den Boden fotografiert hatte. Was dazu passen würde, dass sie den Wert erforschen wollte, wie Jez vermutet hatte. Aber nicht – glaubte

Tara – um zu erfahren, ob sich ein Diebstahl lohnte. Sie hatte die perfekte Gelegenheit gehabt, sie einzustecken, wäre das ihre Absicht gewesen. Die Katze passte mühelos in eine Handtasche oder den Rucksack, den sie bei sich hatte, als sie ermordet wurde.

»Geben Sie häufig Partys für die Studenten?«, fragte Max.

Nun lächelte Sir Alistair wieder. »Einmal im Jahr ist alles, was wir schaffen – logistisch und was die Beanspruchung der Teppiche und unserer Nerven angeht. Wollen wir dann zurück in mein Arbeitszimmer gehen?«

An dem Tisch im Arbeitszimmer nahm Sir Alistair eine Einladung auf und reichte sie Max. »Falls es hilft, sind Sie eingeladen, zur diesjährigen Michaelstag-Studentenparty zu kommen. Sie findet morgen um fünf statt. Kommen Sie einfach vorbei.«

Es könnte interessant sein zu sehen, was die Studenten trieben – doch ob sie sich bei einem Fall wie diesem die Zeit leisten konnten, war eine andere Sache.

»Danke.« Max verpflichtete sich zu nichts. »Nur fürs Protokoll, Sir, dürfte ich Sie fragen, wo Sie alle am Samstagabend und in der Nacht zu Sonntag gewesen sind?«

Tara sah, dass Veronica Lockwood für einen Augenblick wütend wirkte.

»Es ist nur Standardprozedere«, erklärte Tara. »Wenn wir jetzt gründlich sind, verringert es die Gefahr, dass wir Sie noch einmal belästigen müssen.«

Sir Alistair hob eine Hand. »Natürlich. Ich war am Samstagnachmittag in College-Angelegenheiten nach London gefahren. Dort war ich zum Dinner mit Lord Westerly verabredet. Ich habe gehofft, eine große Spende von ihm für eine neue Bibliothek hier zu bekommen. Am Ende ging es bis in die Nacht, sodass ich in der Zweitwohnung in Notting Hill geschlafen habe, die ich bereits erwähnte.«

»Kann es jemand bezeugen?«

Sein Lächeln blieb, hingegen war Veronicas Miene wie versteinert.

»Ich fürchte nein. Ich bin zu Fuß zu der Wohnung gegangen, und offen gesagt erinnerte ich mich nicht mehr genau an den Weg. Dann habe ich meinen Rausch ausgeschlafen. Gegen Mittag am Sonntag bin ich zurückgekommen, und die erste Person, die ich gesehen habe, war Veronica.«

Max sah die Ehefrau an.

»Ich war hiergeblieben. Bis in die Nacht zu trinken, gehört nicht zu meinen Stärken. In ein paar Tagen gehe ich auf Konzerttournee, also habe ich die Zeit hier mit Üben verbracht. Ich bezweifle, dass mich jemand gehört hat. Das Grundstück ist so groß. Vor solchen Reisen schlafe ich oft schlecht, deshalb bin ich früh zu Bett und habe eine Tablette genommen. Am Sonntagmorgen war ich in der Trumpington Street eine Zeitung holen und bin wieder nach Hause, um auf Alistair zu warten.«

Max wandte sich zu Douglas um. »Sir?«

Douglas zuckte beinahe zusammen. »Von mir wollen Sie das auch wissen?«

Tara erkannte, was hinter Max' Frage steckte. Julie hatte versucht, der Firma Probleme zu machen. Und warum hatte sie in den Privaträumen der Lockwoods herumgeschnüffelt?

»Nur für die Akte«, erklärte Max abermals.

»Ich bin zu Hause in Brookside gewesen.« Er nannte ihnen die Adresse. »Meine Frau Selina war bei mir. Sie ist gerade hier und kann es bestätigen.«

Die Frau in dem Wohnzimmer oben?

Er rief nach ihr. Einen Moment später spähten dieselben Augen, deren Blick Tara schon zweimal begegnet war, aus der Wohnzimmertür.

»Wir bestätigen nur, wo wir am Samstagabend gewesen sind«, sagte Douglas. »Für die Akte.« Sein Ekel war offensichtlich.

Selina wirkte nervös. »Douglas war mit mir zu Hause«,

sagte sie. »Wir wohnen gleich über die Straße. Hast du das gesagt?« Sie blickte ihren Mann an.

Douglas nickte. »Habe ich.«

Sie machte sich bereit zu gehen. Als sie an der Arbeitszimmertür waren, schaute Tara sich um und stellte fest, dass Selina sie immer noch ansah. Und sie sah nach wie vor verängstigt aus.

Was wurde ihnen verheimlicht?

KAPITEL EINUNDZWANZIG

Bella wusste, dass die Polizei zu ihr kommen würde. Das mussten sie, denn sie hatte die Anweisung nicht befolgt und ihnen Bescheid gesagt, als Stuart letzte Nacht bei ihr vor der Tür aufgetaucht war. Aber das konnte sie nicht über sich bringen. Er war nicht ganz so am Boden, wie sie gedacht hatte – erschüttert, ja, jedoch nicht von Weinkrämpfen geschüttelt wie sie. Sie hatte sich zusammengerissen, aber als sie sein Gesicht sah, brach sie wieder in Tränen aus. Sie hatte den ganzen Tag gebraucht, um ihn zu sich zu bekommen. Wie konnte sie ihn da der Polizei melden, als er endlich kam? Und sie hatte so dringend Gesellschaft gebraucht. Ihn hier zu haben, mit ihm über Julie zu reden und einfach die endlosen Stunden allein auszublenden – es war zu wichtig gewesen, um es aufzugeben. Und was machte es schon für einen Unterschied, wenn sein Gespräch mit den Detectives ein bisschen verschoben wurde?

Doch nun waren die Officers hier, und sie merkte ihnen deutlich an, dass sie es anders sahen. Von der Bettkante aus blickte sie zu dem streng aussehenden Mann mit dem wirren dunklen Haar und dem wütenden Ausdruck auf und stellte fest, dass ihre Hände zitterten. Die Frau bei ihm saß auf Bellas

Schreibtischstuhl, während der Detective vor Bella auf und ab ging. Es fühlte sich an, als wäre die Frau nur da, damit der Typ Bella nicht schlug.

Sie hatten ihre Namen genannt, doch die waren nicht zu ihr durchgedrungen. Die Frau könnte Megan irgendwas sein. Sie wollte wohl versuchen, zugänglicher zu wirken, indem sie ihren Vornamen nannte, was nicht funktionierte. Bella blinzelte ihre Tränen weg. Sie würden es nie verstehen. Sie hatte so viel Zeit mit Julie verbracht, alles gemacht, was sie machte, und so gut wie alle anderen in ihrem Studienjahr ignoriert. Und jetzt war da nichts mehr. Nur noch ein Gefühl von Leere.

»Ich frage Sie noch einmal, Bella«, sagte der Mann. »Warum haben Sie uns nicht angerufen, als Stuart hergekommen ist?«

»Er hat seine Exfreundin verloren! Als er vor meiner Tür stand, ist es mir so … so unmenschlich vorgekommen. Ich habe ja gewusst, dass er heute Morgen mit Ihnen redet.«

»Haben Sie ihm gesagt, dass er es tun soll?«

»Ich habe ihm gesagt, dass Sie ihn dringend sprechen müssen.«

»Und dennoch fand er, dass es warten konnte.«

»Er war fertig!« Sowohl der Mann als auch die Frau runzelten die Stirn, aber so musste Stuart sich gefühlt haben – innerlich. Sie fragte sich, wie er gewirkt hatte, als sie ihn befragten. Hatte es sie auch überrascht, wie wenig Gefühl er zeigte? »Mir kam es falsch vor, ihn zu drängen.«

Der Mann seufzte ungeduldig. »Und womit haben Sie beide sich die ganze Nacht vertrieben?«

Die Frau zuckte leicht mit dem Mund. *Die waren alle beide Schweine.*

»Wir haben natürlich geredet!« Bellas Stimme war peinlich wacklig und hoch. Deshalb verstummte sie kurz, bevor sie ergänzte: »Wir haben beide furchtbare Stunden durchgemacht.«

»Da haben Sie mein tiefes Mitgefühl.« Der Mann sah sie noch finsterer an. »Aber die Zeit ist entscheidend bei einer Mordermittlung. Falls einer von Ihnen will, dass wir den finden, der Ihre Freundin umgebracht hat, sollten Sie sich vielleicht darauf konzentrieren, bei der Suche zu helfen, anstatt auf Ihre eigenen Bedürfnisse.«

Er schrie nicht. Nicht ganz. Bella verschränkte die Arme vor ihrem Bauch. Ihr war schlecht. Stuart und sie hatten an dem Abend eine Menge Wodka getrunken, und sie musste morgens schon dreimal kotzen. Es würde noch lange dauern, bevor sie wieder an Essen denken konnte. Wie konnte etwas so Übelkeit Erregendes passieren?

»Sie müssen auch an Ihre eigene Sicherheit denken, Bella.« Die Frau sah sie unter ihren schimmernden braunen Locken hervor an. »Julies Angreifer ist da draußen, und meistens kennen die Opfer ihre Mörder. Sie haben eine Menge Zeit zusammen verbracht. Sie könnten ihn auch kennen.«

Bella schluckte. Ihre Übelkeit wurde schlimmer. Glaubten sie, dass es Stuart gewesen ist? Sie dachte an die Art, wie er und Julie miteinander umgegangen waren. Anfangs hatten sie total hingebungsvoll gewirkt, aber beide hatten ihre eigenen, sehr klaren Vorstellungen gehabt. Sie wurden von ihren Überzeugungen angetrieben, wie Bella es nie gewesen war. Sie versuchte, die Situation mit den Augen der Polizei zu sehen, und fröstelte. Vielleicht war es das, was sie dachten. Stuart konnte ziemlich beängstigend sein. Manchmal wurde er gewalttätig, wenn er demonstrierte. Und auch Bella hatte er schon hin und wieder nervös gemacht. Sie würde sich nicht mit ihm anlegen wollen, aber er hatte klare Prinzipien und würde niemals so tief sinken, einen Mord zu begehen. Außerdem war er zu gerissen, um die Dinge außer Kontrolle geraten zu lassen.

»Das verstehe ich«, antwortete sie der Frau. »Ich habe nicht richtig nachgedacht.«

Die Frau nickte und sah den Mann an, dessen Schultern ein kleines bisschen nach unten sackten. Er blieb stehen.

»Also haben Sie und Stuart geredet. Was noch?«

»Wir haben uns betrunken und sind eingeschlafen.«

»Das ist alles?« Er sah sie sehr eindringlich an. Und es war verstörend.

»Das ist alles. Das Wissen, dass Julie tot ist, hat keinen von uns in die Stimmung für Sex gebracht.« Kaum hatte sie die Worte ausgesprochen, bereute Bella sie auch schon. Sie klang verbittert, und jetzt würde er denken, sie wäre scharf auf Stuart gewesen.

»Soweit wir wissen, hatte Julie sich von Stuart getrennt, weil sie glaubte, Sie und er würden sich hinter ihrem Rücken treffen.« Die Frau sprach sehr sanft.

Bella holte tief Luft. Wie sollte sie es erklären? »Ich ... Na ja, ich fühlte mich ein bisschen außen vor, um ehrlich zu sein. Ich habe Julie schon gekannt, bevor sie mit Stuart zusammengekommen ist, und da haben wir immer viel gequatscht. Aber auf einmal waren die beiden unzertrennlich. Andauernd haben sie Demos geplant oder ... na ja, Sie wissen schon.« Sie würde nicht wieder das Thema Sex ansprechen. »Ich bin manchmal in die Stadt gefahren, wenn ich wusste, dass sie da hinwollten. Nicht, weil ich sie sehen oder ihnen ein schlechtes Gewissen machen wollte. Ich hatte bloß nichts anderes vor. Cambridge ist so klein, und einmal habe ich bemerkt, dass sie mich gesehen hatten.« Sie senkte den Blick zu ihrem Schoß. »Das war peinlich.«

»Waren Sie eifersüchtig auf Julie?«, fragte die Frau.

»Nein. Ich war nicht – bin nicht – in Stuart verliebt.«

»Waren Sie es in Julie?« Der Mann klang jetzt sogar noch sanfter.

»Nein, ehrlich. Ich fand sie faszinierend – beeindruckend. Mehr nicht.« Wieder kamen ihr die Tränen, aber sicher hatten sie damit gerechnet. Sie weinte inzwischen schon lange um

Julie, und was sie den Officers erzählte, war die Wahrheit – alles wahr. Außer dem Teil, dass sie nicht in Stuart verliebt war.

»Bella, für die Akte müssen wir Sie fragen, wo Sie am Samstagabend und in der Nacht zu Sonntag gewesen sind.«

Sie hatte den anderen Detectives schon gesagt, dass sie von ihrem Fenster aus gesehen hatte, wie Julie das Haus in der Chesterton Road verließ. Anscheinend reichte das nicht. »Ich bin in meinem Zimmer in dem Haus gewesen, in dem ich über den Sommer gewohnt habe.«

»Kann das jemand bezeugen?«

Sie schüttelte den Kopf. »Die meisten da haben sich nicht besonders gut gekannt. Am Sonntagmorgen habe ich eine andere Studentin getroffen, Martina, als ich mir einen Kaffee aus der Küche geholt habe, aber vorher niemanden.«

Die Frau schrieb alles in ihren Notizblock. »Fahren Sie Auto, Bella?«, fragte sie danach.

»Nein. Ich hatte ein paar Fahrstunden in den Sommerferien nach meinem ersten Studienjahr genommen, aber dann habe ich mir das Handgelenk gebrochen. Seitdem habe ich nicht wieder weitergemacht.«

Die Frau nickte.

»Und wie DS Maloney schon gesagt hat«, fuhr der Mann fort, »besteht die Möglichkeit, dass Sie Julies Mörder kennen. Fällt Ihnen jemand ein, der ihr schaden wollte?«

Sie antwortete nicht gleich, sondern ging im Geist die Namen durch, die sie nennen könnte, strich sie aber einen nach dem anderen. »Nein.«

Der Mann musste ihren Gesichtsausdruck richtig gedeutet haben. »Falls Sie sich sorgen, dass jemand in Schwierigkeiten geraten könnte, tun Sie das bitte nicht, Bella. Wenn Sie uns vertrauen, können wir diskret nachforschen. Und Sie würden Ihrer Freundin helfen.«

Sie erinnerte sich daran, wie er sich über sie gebeugt hatte,

als er hereinkam, und aussah, als wollte er auf etwas einschla-
gen. »Nein, ehrlich, da ist keiner.«

Es entstand eine lange Pause, aber schließlich seufzte er
wieder. »Dann die letzte Frage. Können Sie uns etwas über
John erzählen?«

Ein kleiner Schauer durchfuhr sie, und sie faltete die
Hände fest. »Welcher John?« Sie versuchte, den Detective
anzusehen, doch wie schon vorher, war ihr bei seinem Blick
nicht wohl.

»John, mit dem Julie ... vor einer Weile ... zu tun hatte.« Es
klang, als wäre er selbst unsicher.

»Tut mir leid«, sagte Bella, »aber ich kann Ihnen nicht
helfen.«

KAPITEL ZWEIUNDZWANZIG

Blake hatte das Team zusammengerufen. Tara, Jez, Max und Megan saßen bereits über dampfende Kaffeebecher gebeugt an einem Tisch im Besprechungsraum. Die Heizung der Wache hatte sich noch nicht auf den plötzlichen Kälteeinbruch draußen umgestellt.

Auf dem Weg zu ihnen sah Blake aus dem Fenster. Das Laub der Bäume, die Parker's Piece rahmten, fing gerade an, sich zu verfärben; die Blattränder waren bereits golden, als das Wachstum des Sommers verebbte. Heute war die Grünanlage von Studentenklubs und Vereinigungen besetzt, die zeigten, was sie den Erstsemestern zu bieten hatten. In dem Bereich direkt gegenüber der Wache führte eine Gruppe Folkdance vor, eine Horde von leicht verlegenen jungen Leuten, von denen Blake annahm, dass sie Studienanfänger waren. Weiter hinten im Park stand sogar ein Segelflugzeug. Blake fragte sich, wie viel eine Mitgliedschaft in dem Klub kosten mochte. Der Nebel lichtete sich und wich einem auffrischenden Wind, der die Bäume in Bewegung versetzte. Blake mochte den Herbst nicht. In dieser Jahreszeit empfand er die Veränderung am intensivsten, und nach mehreren Jahren, in denen er das unangenehme

Gefühl hatte, den Boden unter den Füßen zu verlieren, konnte er dieses Gefühl von Ungewissheit, das mit dem Herbst einherging, überhaupt nicht mehr leiden.

»Na gut«, begann er. »Reden wir zuerst über Bella Chadwick.« Er bemühte sich, seinen Frust zu bändigen, bevor er die Befragung von morgens für alle zusammenfasste. Dann sah er Megan an. »Möchtest du noch etwas ergänzen? Was war dein Eindruck?«

Sie blickte in ihren Notizblock, dabei hatten sie die Studentin erst vor Kurzem verlassen. Blake würde lieber hören, was ihr als Erstes in den Sinn kam, spontan. Aber Megan wollte gründlich sein – so war sie einfach. »Ihre Bemerkungen zu Stuart Gilmour passten nicht zu meinem Eindruck von ihm. Sie hat gesagt, es wäre ›unmenschlich‹ gewesen, uns zu rufen, als er aufgetaucht ist, weil er so am Boden war. Aber als wir ihn befragt haben, war er vollkommen gefasst und hatte seine Gefühle unter Kontrolle.«

Blake nickte. »Dem stimme ich zu.« Er rieb sich das Kinn. »Und angenommen, er hat seine Gefühle nicht unterdrückt, als wir mit ihm geredet haben, würde ich sagen, dass sie lügt, was seine Verfassung betrifft, als er zu ihr gekommen ist. Was bedeutet, dass es nicht das wahre Grund war, warum sie uns nicht angerufen hat.«

»Glaubt ihr, sie könnte Angst vor Gilmour haben?«, fragte Max.

»Möglich wäre es. Sie hat gesagt, es hätte sich nicht richtig angefühlt, ihn zu ›drängen‹. Vielleicht nicht aus Sorge, sondern weil sie sich vor seiner Reaktion fürchtete. Andererseits hat sie nicht zu leugnen versucht, dass sie die ganze Nacht zusammen in ihrem Zimmer gewesen sind. Sie könnte dichtgemacht haben, weil sie beide in Julies Tod verwickelt sind.«

»Glaubst du das?« Die Frage kam von Tara, und Blake sah sie an. »Ich meine, intuitiv?«, ergänzte sie.

Aus dem Augenwinkel nahm er Megans Blick wahr und

wünschte sich für einen Moment, er könnte allein mit Tara über den Fall sprechen, bei einem Whisky in einem Pub irgendwo. Was Megan und ihre Abneigungen gegen Intuition anging, war es ja nicht so, als hätte jemand vorgeschlagen, dass sie mit wehenden Fahnen losrauschten und seinem Gefühl folgten.

Er schüttelte den Kopf. »Weiß ich nicht, aber ich bin mir sicher, dass Bella uns nicht alles sagt. Und ich mag Gilmour nicht.«

Diese subjektive Feststellung dürfte Megan auch nicht gefallen, obgleich Blake gewiss war, dass sie genauso empfand. »Ist dir Bellas Reaktion aufgefallen, als wir nach ›John‹ gefragt haben?«, wandte er sich an sie.

»Sie hat gezögert.«

»Ja, und ihre Frage nach dem vollständigen Namen wirkte auf mich, als würde sie Zeit schinden. Als sie schließlich gesagt hat, dass sie uns nicht helfen kann, konnte sie mich nicht ansehen. Falls sie die Angewohnheit hatte, Julie zu verfolgen, wette ich, dass sie alles über ihn weiß. Mich interessiert, warum sie es uns nicht erzählt.«

Er sah zu Max. »Was habt ihr?«

Max berichtete von ihrem Besuch in der College-Residenz der Lockwoods. Es waren eine Menge interessante Informationen – von der Tatsache, dass Julie anscheinend in Zimmer gesehen hatte, die tabu gewesen waren, bis hin zu dem verängstigten Gesichtsausdruck von Douglas Lockwoods Frau, als sie sein Alibi bestätigte.

»Und ich habe eben die Ergebnisse vom Technikteam bekommen, das sich Julies Laptop angesehen hat«, sagte Tara. Sie blickte auf ihren Computer. »Neben dem üblichen Kram, den man erwarten würde – Essays für ihre Kurse und so – gibt es diverse Dokumente, die sie für die Studentenzeitung zusammengetragen hatte, bei der sie gearbeitet hat – *Uncovered*.«

Blake schaute auf. »Etwas über Lockwood's?«

Tara nickte. »Sie steckte in der Vorbereitung eines Artikels, als sie starb, wie es aussieht – das Letzte, was am Tag vorher abgespeichert wurde. Aber die Datei ist schon ein volles Jahr früher angelegt worden. Es sieht also nach einem langfristigen Projekt aus.« Sie runzelte die Stirn. »Vielleicht hat sie auf etwas Großes gewartet, oder sogar mit etwas gerechnet, das sie noch reinbringen kann.«

»Könnte sein. Was ist mit dem Inhalt bisher?«

»Der Artikel ist provokativ geschrieben, und einige der Informationen sind ziemlich schockierend, aber ich habe nachgesehen, und es ist alles schon öffentlich bekannt. Die Skandale, über die sie geschrieben hat, sind von Lockwood's PR-Leuten wegerklärt worden – manchmal mit unabhängiger wissenschaftlicher Unterstützung. Und manchmal nicht.«

Jez' sah nachdenklich aus. »Wahrscheinlich hat sie auf neue Informationen gewartet, die ihren Namen bekannt machen. Vorausgesetzt, ihr Ausflug in den Journalismus war nicht bloß ein Hobby.«

»Ich denke nicht, dass ›ihren Namen bekannt‹ zu machen, ihr Ziel gewesen ist.« Blakes Worte klangen schroffer als beabsichtigt. »Sie kommt mir wie jemand vor, der nach Prinzipien gehandelt hat. So oder so könnte ich mir vorstellen, dass sie etwas finden wollte, mit dem sie Lockwood's richtig wehtun konnte.« Er blickte zu Tara. »Was verrät uns ihr Suchverlauf?«

»Dass Lockwood's nicht der einzige Großkonzern gewesen ist, den sie im Visier hatte – trotzdem gibt es unverhältnismäßig viele Suchen nach der Firma des Masters. Natürlich hätte sie im Netz nicht Neues oder Geheimes gefunden, aber es sieht aus, als wäre sie fleißig gewesen. Sie wollte jeden Informationsfetzen, damit sie sich sicher sein konnte, vermute ich.«

»Irgendwelche Auffälligkeiten?«

»Bisher habe ich nur eine gefunden. Mehrere der Suchen

waren nach Lockwood's und einem spezifischen Ort. Zum Beispiel Lockwood's und São Paulo oder Lockwood's und Mumbai. Und als ich gegencheckte, konnte ich sehen, dass es juristische Probleme für die Firma – oder Vorwürfe von Fehlverhalten – an jedem dieser Orte gab. Ich würde tippen, dass Julie davon gehört hatte und dem nachgegangen ist. Aber eine der Suchen war für Lockwood's und Schottland – nur hat die Firma da keinen Sitz.«

»Schottland?«, wiederholte Blake.

Tara blickte auf. »Ja, warum?«

»Es könnte Zufall sein, aber Schottland wurde in den Notizen auf ihrem Handy vermerkt. Nur das eine Wort und ein Fragezeichen.«

Es war eine Kleinigkeit, aber eine seltsame – und Blake hatte gelernt, die nicht zu ignorieren.

KAPITEL DREIUNDZWANZIG

Tara überprüfte Julie Coopers Laptop-Inhalte, als das Telefon auf ihrem Schreibtisch klingelte. Es war Gail vom Empfang.

»Hier ist eine Frau, die zu Ihnen möchte.«

Normalerweise zog Tara ein bisschen mehr Informationen vor. »Kein Name?«

»Sie meint, den will sie mir lieber nicht sagen, aber sie hat nach ›dem weiblichen Detective, die heute Morgen in der Master's Lodge von St Oswald's war‹ gefragt.«

»Verstehe. Danke, Gail.« Sie beendete das Gespräch und stand auf. Wer mochte das sein? Eine Studentin, die gesehen hatte, wie sie das Gebäude betrat, und etwas zu sagen hatte?

An der Tür zum Empfangsbereich blieb sie stehen. Auf den gepolsterten Stühlen saßen mehrere Menschen, und eine Person erkannte sie. Tara ließ sich einen Moment Zeit, um die Frau zu beobachten, bevor sie sich bemerkbar machte. Douglas Lockwoods Frau Selina wirkte genauso nervös wie vormittags. Immer wieder schaute sie zum Empfangstresen und zum Ausgang, als wäre sie versucht, wieder zu gehen, anstatt zu warten.

Was Tara nicht zulassen würde. Sie war fast neben der

Frau, als Selina sich umblickte und begriff, dass sie entdeckt worden war. »Freut mich, Sie wiederzusehen.« Tara reichte ihr die Hand. »Wollen wir uns einen ruhigen Platz zum Reden suchen?«

Die Frau bejahte stumm. Wieder schweifte ihr Blick zum Ausgang, doch sie folgte Tara in einen Befragungsraum.

»Kann ich inoffiziell mit Ihnen reden?«, platzte Selina heraus, kaum dass die Tür geschlossen war. Sie musste reichlich nervös sein, denn sie klang atemlos.

»Wir müssen nichts aufnehmen. Aber angesichts der Schwere der Tat, in der wir ermitteln, kann ich Ihnen nicht garantieren, alles für mich zu behalten, was Sie mir erzählen. Ich kann allerdings diskret behandeln, was Sie mir sagen, und alles tun, was ich kann, um Sie rauszuhalten, falls Ihnen das lieber ist.«

Einen Moment lang blieb Selina an dem Tisch stehen. Doch sie sah immer noch zur Tür.

»Ich habe erkannt, dass etwas nicht stimmte, als wir vorhin bei Ihnen waren«, sagte Tara und setzte sich ihr gegenüber hin, als stünde schon fest, dass sie dieses Gespräch führen würden. Sie hoffte, Selina fühlte sich dadurch außerstande, wieder zu gehen. »Vielleicht geht es Ihnen besser, wenn Sie es sich von der Seele reden.« Wozu sie versucht sein musste, sonst wäre sie nicht hier.

Nach einer langen Weile blickte Selina richtig zu Tara und setzte sich auf den Stuhl neben ihr. »Ich dachte mir schon, dass Sie es mir angesehen haben. Ich kannte Ihren Namen nicht – und hätte ich die anderen gefragt, hätte es komisch gewirkt –, aber weil ich mich schon verraten hatte, wollte ich herkommen.«

Tara nickte. »Ich bin Tara. DC Tara Thorpe. Was Sie auch auf dem Herzen haben, ich wäre Ihnen überaus dankbar, wenn Sie es mir erzählen.«

Selina seufzte. »Na schön. Also, ich weiß, dass das tote

Mädchen bei den Protestmärschen gegen die Firma meines Mannes und Schwiegervaters dabei war, Lockwood's.«

Was an sich schon interessant war – natürlich nicht, weil es der Polizei neu wäre, aber woher sollte Selina es wissen? »Wer hat Ihnen das gesagt?«

»Mein Mann erwähnte es beiläufig. Ich glaube, er und Alistair haben darüber gesprochen. Douglas hat sich beschwert, was für Studenten heutzutage an die Unis dürfen und wie schlecht die jungen Menschen informiert sind. Eigentlich alles, was man erwarten würde.« Nach wie vor klang Selina atemlos. »Er war nicht auf Julie persönlich wütend. Ich bin mir sicher, dass er ihr nie begegnet ist, also richtete sich sein Zorn gegen die Demonstranten im Allgemeinen.«

Tara nickte. Selbstverständlich stellte Selina es so dar, ob es nun stimmte oder nicht.

»Doch bei Ihrem Besuch vorhin haben Sie Julie Cooper direkt mit Alistair in Zusammenhang gebracht, weil sie gegen sein Unternehmen war. Ich will natürlich nicht behaupten, Sie glauben, dass er mit ihrem Tod zu tun hatte – das wäre undenkbar. Und er war nicht einmal in Cambridge, als sie ermordet wurde. Aber falls Sie nach einer Verbindung zwischen Lockwood's und Julie Cooper suchen, müssen Sie von Alistairs Sohn wissen.«

Tara war verwirrt. »Wie, Ihrem Ehemann?«

Sie schüttelte den Kopf. »Nein, Alistairs jüngerem Sohn, John.«

KAPITEL VIERUNDZWANZIG

»*John* Lockwood? Wie zum Teufel konnten wir das übersehen?«

Tara saß Blake in dessen Büro gegenüber. Tief im Innern wusste sie, dass sie irgendwo auf die Information hätten stoßen müssen. »Ich schätze, nach Sir Alistairs Sprösslingen zu recherchieren, stand nicht ganz oben auf unserer Agenda. Douglas und John wurden auf Hubert Lockwoods Wikipedia-Seite nicht erwähnt, und dann«, sie unterbrach, um tief durchzuatmen, »war mein Fokus auf Alistair als Teil von Lockwood's, nicht auf ihm als Familienvater. Ich hatte mir eine Biografie auf der Firmen-Website angesehen – dort wird Douglas genannt, doch ich erinnere mich nicht an irgendwelche Hinweise auf ein jüngeres Kind. Und ich habe mir die Biografie der Ehefrau auf ihrer eigenen Website angeschaut, weil ich wusste, dass wir sie sehen würden, doch da sind gar keine Kinder erwähnt. Und der Rest der Familie hat nichts über einen weiteren Sohn gesagt oder dass er und Julie miteinander zu tun hatten.«

Blakes Gedanken waren deutlich an seinem Gesicht abzulesen. »Und es besteht kein Zweifel, dass es ihnen bekannt war?«

»Keiner. Selina sagt, Douglas hätte sich deswegen Sorgen gemacht. John unterrichtete Julie in einem ihrer Kurse und hat sie betreut – abermals nur in einem Fach. Er ist an einem anderen College, nicht an Julies Hauptfakultät. Aber jemand hatte Sir Alistair gewarnt, dass ihre Beziehung weiter gegangen sein könnte, als angemessen war.«

»Hmm. Dann war es nicht ganz erfunden, als Julie ihrer Mutter erzählte, dass sie diesem Wissenschaftler ›John‹ bei seiner Forschung half. Wahrscheinlich war er der Grund, warum sie über den Sommer in Cambridge bleiben wollte.«

»Sieht so aus. Selina wusste nichts von einem Projekt, für das John studentische Helfer rekrutieren könnte.«

»Wenn das alles stimmt, wundert mich, dass Julie auf ihn hereingefallen ist – in Anbetracht ihrer Ansichten zu Lockwood's.«

Dasselbe hatte Tara gedacht.

»Und wer könnte Sir Alistair vor einer möglichen Affäre gewarnt haben? Lass mich raten, Lucien Balfour, der dir und Max so dringend versichern wollte, dass es keinerlei Hinweise auf eine unangemessene Beziehung zwischen Julie und einem Universitätsbeschäftigten gab?«

»Höchstwahrscheinlich, ja. Wir dachten gleich, dass er lügt.«

»Ja, ich erinnere mich.« Blake neigte einen Moment lang den Kopf in den Nacken und blickte an die Decke. »Ich hasse es, wenn es so zugeht. Wenn die Leute zusammenrücken und den Mund halten. Also, nehmen wir an, dass Sir Alistair denkt, sein Sohn könnte Julie umgebracht haben, und schweigt deshalb? Oder will er nur keinen Familienskandal, der seine Position am St Oswald's gefährdet?«

Tara dachte an das, was Selina ihr erzählt hatte. »Schwer zu sagen. Aber wenn Julie und John miteinander geschlafen haben, muss er ein Mordverdächtiger sein. Vielleicht hatte Julie versucht, mit ihm Schluss zu machen. Oder ihre Beziehung war noch nicht so weit gegangen, doch John wollte mehr. Er hätte sie schlagen können, dann in Panik geraten sein, sie eingesperrt haben und ...« Das Bild von Julie in ihrem Kopf war kristallklar.

Blake richtete den Blick seiner braunen Augen auf sie. »Ich weiß«, sagte er. »Es ist entsetzlich.«

Es verging ein Moment, bevor Tara wieder sprach.

»Realistisch können wir unmöglich beurteilen, ob John ein wahrscheinlicher Kandidat ist, ehe wir nicht mit ihm gesprochen haben. Oder vielmehr du und Megan.« Innerlich fluchte sie, weil es irgendwie vorwurfsvoll herausgekommen war – als würde sie sich ausgeschlossen fühlen. Tatsächlich war sie neidisch auf Megan, aber nur wegen des höheren Dienstgrads. Sie wollte auch auf die nächste Stufe hochrücken. Die entsprechenden Prüfungen hatte sie abgelegt, nur gab es keine Stelle für sie. Dabei war sie tief im Innern überzeugt, dass sie besser in dem Job wäre als Megan. Doch sie versuchte, diesen Gedanken in sich zu vergraben, denn sie wusste, dass er falsch war. Megan und sie hatten beide ihre Fähigkeiten und ihre Achillesferse. Aber war Menschen Informationen zu entlocken nicht wichtiger, als ordentliche Notizen zu verfassen? *Verflucht.* Sie fing schon wieder an, sich wie eine Fünfjährige zu benehmen. Und sie und Jez waren es, die John Lockwoods Existenz übersehen hatten.

»Du hast recht«, sagte Blake. Er klang normal. Hoffentlich bekam er ihre Gedanken nicht mit. »Wir müssen dringend mit ihm reden. Weißt du, wo wir ihn finden?«

Sie nickte. »Ich habe seine Fakultät angerufen, aber heute ist er nicht da. Nachdem sie meine Identität überprüft haben, indem sie mich zurückriefen, haben sie mir seine Privatadresse gegeben.« Sie reichte ihm die Haftnotiz, auf der sie alles aufgeschrieben hatte und war froh, dass sie wenigstens auf diese Frage vorbereitet war.

KAPITEL FÜNFUNDZWANZIG

Blake zog seinen Mantel an, als er mit dem Team zusammenstand. Sie sprachen über Selina Lockwoods Enthüllungen.

»Megan, du kommst mit mir. Wir fahren zu John Lockwoods Adresse – drüben in der Cardew Street, gleich um die Ecke von der Chesterton Road.« Er hatte also ganz in der Nähe von Julies Sommerunterkunft gewohnt, wie praktisch. »Tara.« Er stockte kurz und überlegte. »Ich möchte, dass du noch mal zu Bella Chadwick gehst. Mach es informell, versuch, sie aus der Reserve zu locken und herauszufinden, warum sie uns nicht erzählt hat, was sie über John wusste.« Ihm fiel der ängstliche Blick des Mädchens wieder ein, als er den Namen des Mannes nannte. »Ich bin mir verdammt sicher, dass sie Bescheid gewusst hat.«

Er wandte sich am Max. »Da Tara beschäftigt ist, möchte ich, dass du und Jez noch einmal Gilmour befragt. Er hat uns bezüglich John angelogen – diesen ganzen Müll, dass er ein Student sei. Wenn er Beweise hatte, dass Julie mit einem Uni-Dozenten schlief, wirft es ein ganz anderes Licht auf die Dinge.« John Lockwood hatte sehr viel mehr zu verlieren als eine Studentin im zweiten Jahr. Und falls er Julie wichtig war, wäre es Gilmours Wissen ebenfalls gewesen. Doch er könnte immer noch nicht erkennen, was das mit ihrer Ermordung zu tun hatte. Sie mussten weitergraben – und das in Lichtgeschwindigkeit. Irgendwas fehlte.

Megan stand bereits, schnappte sich ihre Tasche, und auch Tara war auf den Beinen, und ihre grünen Augen leuchteten. Wahrscheinlich war sie froh, bei etwas die Führung übernehmen zu dürfen. Blake sorgte sich immer noch ein wenig wegen der Dynamik zwischen ihr und Max; da herrschte ein Ungleichgewicht, denn Tara war stets bereit zu übernehmen, und Max war ein bisschen zu nachgiebig. Andererseits würde die Alternative, Tara und Megan, aller Geduld auf die Probe stellen.

Max und Jez sprachen über Taktik – Max leiser, Jez lauter. Er wartete nicht darauf zu hören, wie sie es angehen würden. Fleming erzählte ihm dauernd, er solle aufhören, ein Kontrollfreak zu sein.

Die Cardew Street war schmal, und zu beiden Seiten reihten sich Häuser mit zwei Zimmern unten und zwei oben. Die Straße ging von derselben Hauptstraße ab wie die von Blakes Mutter. Obwohl es ziemlich weit vom Stadtzentrum entfernt war, lägen die Hauspreise hier vermutlich immer noch bei drei- oder vierhunderttausend Pfund, schätzte Blake. Verrückt.

John Lockwoods Haus war die Nummer zwanzig. Die Farbe an der Haustür splitterte ab, und in einem der Schiebefenster vorne entdeckte er einen Haarriss. Der kurze Weg zur Tür war gepflastert, doch zwischen den Steinen wuchs Gras, und der winzige Vorgarten wirkte ungepflegt. Blake und Megan wechselten einen Blick. Waren dies Zeichen, dass hier ein zerstreuter Professor lebte, der mit Wichtigerem beschäftigt war? Oder kam etwas anderes ins Spiel? Auf jeden Fall hätte

Blake nie erraten, dass dieses Haus dem Sohn eines Milliardärs gehörte.

Er betätigte den zerkratzten Messingklopfer. Eine Klingel gab es nicht. Von drinnen war nichts als absolute Stille zu vernehmen. Er versuchte es wieder, machte sich jedoch keine großen Hoffnungen. Irgendwie wirkte das Haus leer. Die Fenster waren dunkel, und alles war still. Blake schaute auf die Notiz von Tara. Dort stand eine Handynummer, und er wählte sie. Würde der Mann abnehmen? Könnte er auf der Flucht sein, nachdem er Julie ermordet hatte?

Nach wenigen Klingeltönen wurde er auf die Mailbox geleitet. Da war keine persönliche Nachricht, nur eine vorgefertigte von Netzbetreiber. Blake sprach seine Kontaktdaten aufs Band und trat näher an das Fenster, um hineinzuspähen. Drinnen war alles voller Bücher, Papiere und nicht zusammengewürfelten Möbeln. Sämtliche Oberflächen waren bedeckt, und Blake entdeckte ungeöffnete Post auf einem Tisch. Es schien, als wäre John Lockwoods Leben außer Kontrolle geraten.

»Gestern Abend war er da.«

Bei der Stimme zuckte Blake zusammen. Ein Mann war auf Megan zugekommen. Er hatte eine Hand auf ihrem Ärmel, und seine Augen leuchteten.

»Haben Sie mit ihm gesprochen?«, fragte Megan und zeigte ihren Dienstausweis.

Doch der Mann schüttelte den Kopf. »Ich habe ihn gehört. Ich wohne nebenan. Er muss etwas umgeworfen haben. Es gab einen mächtigen Krach. Danach habe ich gelauscht, falls er sich verletzt hatte, aber einen Moment später hörte ich, wie er sich im Haus bewegt hat. Heute habe ich ihn noch nicht gesehen.«

Blake trat vor. »Ist das ungewöhnlich?«

Der Mann sah ihn streng an. »Ich verbringe meine Zeit nicht damit, meine Nachbarn auszuspionieren. Aber ich frühstücke in dem vorderen Zimmer, und da bekomme ich es normalerweise mit, wenn Leute kommen und gehen. Und die Dämmung hier ist ein Problem.« Er nickte zur Nummer achtzehn. »Die Wände könnten ebenso gut aus Papier sein. Ich weiß zum Beispiel, dass spät gestern Abend jemand bei John angerufen hat. Ich habe nicht gehört, was gesagt wurde, aber vermutlich hätte ich es gekonnt, hätte ich das Ohr an die Wand gedrückt.«

Bei dem Mann wurde Blake unbehaglich. Plötzlich begriff er, was Tara damit meinte, dass es Vorteile hatte, in einem abgelegenen Cottage zu wohnen. »Und was ist mit heute Morgen?«

»Da ist es still gewesen wie in einem Grab.«

Diese Formulierung machte Blake um nichts froher.

»Er trinkt«, sagte der Mann mit einem Kopfnicken. »Keine schönen Umstände. Vielleicht schläft er seinen Rausch aus.«

»Sie haben nicht zufällig einen Ersatzschlüssel?«

Wieder schüttelte der Mann den Kopf. »Nein, er bleibt ganz für sich. Da ist ein Fußweg unten hinter dem Garten, wo wir unsere Mülltonnen rausrollen. Vielleicht können Sie von da aus etwas sehen.«

Und Blake vermutete, John Lockwoods Nachbar würde sie auf Schritt und Tritt beobachten. Dennoch wollte er jetzt nicht auf einen Durchsuchungsbeschluss warten. Dazu könnte es noch kommen, aber vielleicht fanden sie vorher mehr heraus. Oder weckten John Lockwood aus seinem Vollrausch, indem sie durch die hinteren Fenster riefen.

Er dankte dem Mann, ohne ihm zu verraten, was er vorhatte, und ging mit Megan die Straße hinauf. »Lass uns seinen Vorschlag befolgen, aber von weiter hinten. Mit ein bisschen Glück macht er sich gerade einen Tee, wenn wir uns Lockwoods Garten nähern.«

Sie wanderten beinahe bis zum Ende der Cardew Street. Hin und wieder erblickten sie Durchgänge zwischen den Häusern. Als sie um eine Biegung kamen, nickte Blake. »Versuchen wir mal, ob dieser Pfad uns zu dem Weg führt, von dem der Nachbar gesprochen hat.«

Er ging voraus. Zu beiden Seiten lagen lange, gepflegte Gärten. Rechts standen ein paar Ebereschen mit leuchtend roten Beeren, die einen starken Kontrast zum bedeckten Himmel bildeten. Der Nebel hatte sich endlich gelichtet, aber es war immer noch feucht und dunkler als üblich. Am Ende des Durchgangs stießen sie auf den Weg, von dem der Mann gesprochen hatte. Er verlief hinter den Gärten auf dieser Seite der Cardew Street, und von hier führten Pforten in die Gärten der Hausbesitzer. Blake wandte sich nach links und begann zu zählen; er wusste, dass sie hinter Nummer vierundfünfzig starteten.

Doch als sie die Nummer zwanzig erreichten, wurde ihm klar, dass er den richtigen Garten auch so erkannt hätte. Nummer achtzehn – wo der Nachbar wohnte, mit dem sie geredet hatten – war hinten ein bisschen unordentlich. Aber John Lockwoods glich verlassenem Ödland. Die Brennnesseln standen hüfthoch, und am hinteren Zaun wucherten Efeu und Brombeeren. Was für ein Leben führte John Lockwood? Blakes Mutter war Wissenschaftlerin, die nicht viel auf Haus- oder Gartenarbeit gab, aber das Minimum erledigte. Und selbst wenn Lockwood solche Arbeiten hasste, könnte er gewiss jemanden engagieren, der ihm half. Dies hier sah nach einem gescheiterten Leben aus. Einen anderen Schluss konnte Blake nicht ziehen.

Er sah zu Megan. »Wollen wir?«

Die Pforte ging nach innen auf, tat sich indes schwer mit dem wuchernden Unkraut. Es dauerte ein wenig, bis Blake sie weit genug aufbekommen hatte und sie hineinkonnten. Er und Megan hielten ihre Hände hoch, weg von den Brennnesseln. Aus dem Augenwinkel bemerkte Blake eine Bewegung im Fenster des Nachbarhauses. *Ach, was soll's.*

Die Rückseite von Lockwoods Haus war L-förmig. Blake

war der Standardgrundriss der Reihenhäuser in Cambridge vertraut. Normalerweise gab es eine Küche, manchmal auch eine Toilette unten im hinteren Teil des Hauses, wo ehedem die Außentoilette gewesen war. Weiter hinten war ein Zimmer zum Garten, das die meisten als Esszimmer nutzten.

Blake klopfte an die Hintertür, die in die Küche führte, und spähte nach drinnen, während er wartete. Es verriet ihnen nichts Neues. Die Spüle war voller schmutzigem Geschirr.

Dahinter sah Blake den Rest eines Brotlaibs auf einem Brett. War er heute Morgen zum Essen unten gewesen? Oder stand das schon länger dort?

Wieder lauschte Blake, aber da war nichts. Die Tür war verschlossen, wie er feststellte, als er den Knauf drehte, nachdem er sich Latexhandschuhe angezogen hatte. Abermals rief er Lockwoods Handynummer an. Es wurde nicht abgenommen.

Sie müssten sich einen Durchsuchungsbeschluss besorgen. Fluchend trat Blake auf das Fenster zum hinteren Zimmer zu, um kurz hineinzuschauen, bevor sie gingen.

Drinnen war es dunkel, und zunächst konnte Blake nur einen Tisch und eine leere Whiskyflasche ausmachen. Doch als seine Augen sich anpassten, erkannte er noch etwas anderes. Ein Männerbein ... Rasch eilte er so weit nach links zum Grenzzaun, wie er konnte. Aus diesem Winkel sah er mehr. Den Körper eines Mannes. Da war eine Lache von etwas auf dem Holzboden neben ihm, das wie Erbrochenes aussah. Blakes instinktiver Impuls war, das Fenster einzuschlagen, hineinzusteigen und nach einem Puls zu fühlen, doch er ahnte, dass es sinnlos war.

Wenn das dort John Lockwood war, war er tot.

KAPITEL SECHSUNDZWANZIG

Es war Nachmittag, als Tara mit Bella Chadwick über Coe Fen ging. Dies war von je her eine Kuhweide – Coe leitete sich von Kuh ab, hatte sie gehört. Und angeblich hatte Charles Darwin hier auch Käfer beobachtet. Das Grün war nahe dem Fluss und den saisonalen Überschwemmungen ausgesetzt. Für Taras Zwecke war es ideal: Direkt hinter dem St Oswald's und gegenwärtig so gut wie verlassen, dank des feuchten, kalten Wetters. Sie konnte verstehen, warum die Menschen drinnen blieben. Während sie zuschaute, bog und schüttelte der böige Wind die Weiden.

»Ich dachte, außerhalb des College zu reden ist einfacher.« Tara strich sich ihr rotblondes Haar hinter die Ohren und blickte zu Bella neben sich. Sie wollte die Studentin weg von ihrem Territorium – und dieser Ort war überdies noch informell und so gut wie privat. »Ich habe mich mit DI Blake unterhalten, der mein Team leitet, über Ihr Gespräch heute Vormittag.«

Julies Freundin – falls sie ihr denn eine gewesen war – sah sie an. Sie war noch misstrauisch, und ihre Augen waren geschwollen. Wie es aussah, hielt sie sich nicht gut.

»War das der Mann oder die Frau, die bei mir waren?«, fragte sie nach einer Pause.

»Der Mann.« Prompt machte Bella ein wenig dicht. Tara schätzte, dass Blake sie verunsichert hatte, sie jedoch nicht dazu gebracht, ihm alles zu erzählen, was sie wusste.

»Bella, ich weiß, dass es hart für Sie ist. Ich kann mir keine schlimmeren Umstände vorstellen. Aber wir müssen Sie bitten, uns so gut zu helfen, wie Sie können, um Julies willen. Und vor allem habe ich den Eindruck, dass Sie auch Probleme hatten.«

Jetzt senkte Bella schnell den Blick zu dem Weg unter ihren Füßen. »Was meinen Sie?«, fragte sie einen Moment später.

»DI Blake hat Ihre Reaktion gesehen, als er Sie nach John Lockwood gefragt hat. Er konnte sehen, dass Sie von ihm und Julie wussten.« Tara entging nicht, dass Bella bei dem Namen des Wissenschaftlers zusammenzuckte. »Vielleicht fühlen Sie sich besser, wenn Sie mir alles erzählen. Und egal, was passiert ist, das Letzte, was Sie noch für Julie tun können, ist, die Wahrheit zu sagen.«

Nach wie vor schwieg die junge Frau und blickte zu den windgepeitschten Bäumen vor ihnen.

»Angesichts dessen, was wir bereits wissen, kann es doch nicht schaden, uns Ihre Sicht zu erklären, oder? Auf Ihnen lastet eine Menge Ballast. Den können Sie abwerfen.«

Sie hörte Bella schlucken. Wieder kämpfte sie mit den Tränen. »Ich habe gewusst, dass Julie Kurse bei John belegt hat. Und dass sie viel Zeit zusammen verbracht haben. Ich glaube, sie mochte ihn.«

»Machte es ihr nichts aus, dass er ein Mitglied der Lockwood-Familie war?« Ihr war bekannt, dass Bella mit Julie und Stuart bei dem Protestmarsch gegen Lockwood gewesen war, also musste ihr Julies Meinung zu dem Unternehmen bewusst sein.

Bella schüttelte den Kopf. »John arbeitet nicht für die Firma.«

Trotzdem überraschte es Tara. »Dann glauben Sie nicht, dass sich Julie *wegen* der familiären Verbindung mit John eingelassen hatte? Er wäre ein Insiderkontakt gewesen.«

Erneut ein Kopfschütteln. »Ich glaube, sie hat sich einfach gut mit ihm verstanden, als sie über den Kurs geredet haben, den sie bei ihm gemacht hat.«

Doch Tara hatte das Gefühl, dass die Studentin nicht die ganze Geschichte erzählte. Sie musste geduldig sein. »Wie haben Sie herausgefunden, dass sie sich angefreundet hatten?« Es war ja nicht, als wäre Bella in denselben Kursen gewesen wie Julie. Folglich hatte es keinen Grund gegeben, warum sich ihre und John Lockwoods Wege kreuzen sollten. Vielleicht hatte sie nur von den beiden erfahren, weil sie Julie gefolgt war. Möglicherweise hatte sie deshalb nicht zugegeben zu wissen, wer John war – es würde ihre eigene seltsame Beziehung zu der Toten noch betonen. Ihr Verhalten kam Stalking gleich.

»Sie hat es mir erzählt.« Bellas Worte wurden beinahe vom Wind weggerissen. »So habe ich es herausgefunden.«

»Julie hatte sich Ihnen anvertraut?« Tara bemühte sich, ihre Skepsis nicht durchklingen zu lassen.

Bella nickte.

Das glaubte Tara nicht. Sie hatte sich die Aufnahmen des Tech Teams von Julies Handy angesehen – wie die tote Studentin versucht hatte, auf Distanz zu Bella zu gehen, und wie oft sie sich Ausreden ausgedacht hatte, um sich nicht mit ihr zu treffen. Hätte sie Bella wirklich auf ein Glas Wein eingeladen und ihr Geschichten von ihrer Beziehung mit John erzählt – egal, in welchem Stadium die sich befunden hatte?

»Hatte sie Ihnen erzählt, wie weit es gegangen war? Tut mir leid, dass ich persönliche Frage stellen muss, aber es ist wichtig. Wissen Sie, ob sie eine körperliche Beziehung hatten?«

Vielleicht hatte John eine gewollt, Julie aber nicht.

»Hat sie nicht gesagt. Ich glaube nicht, dass es ein großes

Ding war. Deshalb hatte ich es ja nicht erwähnt. Julie würde nicht wollen, dass John Schwierigkeiten bekommt.«

Ihr Vorwand passte nicht. Tara hatte die Furcht in ihren Augen gesehen, als sie den Namen des Mannes erwähnte, genau wie Blake morgens. Was, wenn Bella tatsächlich Julie gefolgt war? Und was, wenn John Lockwood wusste, dass sie das Paar zusammen gesehen hatte? Was, wenn er ihr gedroht hatte? Was dann?

Sie dachte an die Blumen in Julies Tasche, das verstümmelte Herz in ihrem Zimmer und die Risse in der Unterwäsche. Sie ließen es wie ein Verbrechen aus Leidenschaft aussehen.

Und auf die eine oder andere Weise hatte für John Lockwood eine Menge auf dem Spiel gestanden.

KAPITEL SIEBENUNDZWANZIG

»Ihr Verlust tut mir sehr leid.«

Blake saß neben Megan in der Master's Lodge von St Oswald's. Sir Alistair und Lady Lockwood waren ihnen gegenüber, er auf einem Stuhl und sie auf einem Chesterfield-Sofa. Sämtliche Farbe war aus dem Gesicht des Masters gewichen.

Lady Lockwood wirkte einen Moment lang verständnislos, doch dann richtete sie sich auf und holte tief Luft. »Es kommt nicht unerwartet.«

Blake hatte es sich schon gedacht. In dem Zuhause ihres Sohnes hatte alles darauf hingedeutet, dass er sich seit einer Weile in einer Abwärtsspirale befand.

»Kennen Sie die genauen Umstände seines Todes?« Ihre Stimme war immer noch fest, und ihre Augen waren trocken, aber das hatte Blake schon früher erlebt – und gelernt, dass es einem fast tranceähnlichen Schockzustand ob der schlimmsten Nachricht geschuldet sein konnte.

»Wir warten noch auf die medizinischen Berichte, aber es sieht aus, als hätte Ihr Sohn sehr viel getrunken und wäre dadurch krank geworden.« Ihn würde interessieren, was die

Ärztin des Mannes zu sagen hatte, und ob dies hier ein Fall für den Coroner und Agneta sein könnte.

Lady Lockwood seufzte. »Ich habe das schon lange befürchtet. Er hat sich selbst krank gemacht.«

»Durch seinen Alkoholkonsum?«

Sie nickte.

»Wie ich hörte, haben Sie beide gewusst, dass Ihr Sohn und Julie Cooper sich nahegekommen waren.« Er beobachtete sie aufmerksam.

»Mir wurde davon erzählt, ja.« Sir Alistair stand von seinem Stuhl auf und trat an eines der hohen Stabkreuzfenster seitlich. »Aber die Leute hier tragen mir gerne Tratsch zu. Ich habe mir die Sache angesehen und kam zu dem Schluss. Es ist nicht unnatürlich für eine Studentin, einen Wissenschaftler zu bewundern. Sie interessieren sich unvermeidlich für dieselben Fächer, und der Betreuer ist alles, was die Studentin sich erhofft – intellektuell, meine ich. Eine Art Heldenverehrung entwickelt sich, wenn man so will. Was nicht bedeutet, dass sich hinter verschlossenen Türen Unziemliches abgespielt hat.«

»War es Julies Tutor, der Sorge wegen der Situation geäußert hatte?«

Sir Alistair drehte sich zu Blake um. »Ja. Aber Lucien hat nicht seine eigenen privaten Befürchtungen ausgedrückt. Soweit ich weiß, war es jemand in Johns Fakultät, der ihn gesehen hat, wie er mit Julie einen Kaffee trank oder Ähnliches. Es war wohl kaum verfänglich.«

»Dennoch nehme ich an, dass Ihre Unsicherheit in Bezug auf die Wahrheit der Grund war, aus dem Sie uns die Verbindung zwischen John und Julie verschwiegen haben.«

»Sie verdrehen das, Inspector. Ich war hinreichend sicher, dass mein Sohn nur eine flüchtige Verbindung zu Julie unterhielt, die irrelevant war.«

»Trotzdem haben Sie die bewusste Entscheidung getroffen,

Informationen zurückzuhalten, Sir. Sie müssen gewusst haben, dass es uns interessieren würde.«

Der große Mann sah ihm direkt in die Augen. »Das habe ich. Aber John hatte Probleme, Inspector, und ich wollte ihm das Leben nicht noch schwerer machen.«

»Sir Alistair, wir beide wissen, dass Julie Cooper eine leidenschaftliche Aktivistin war. Und nicht nur hat sie bei Demonstrationen gegen Ihre Firma mitgemacht, wir finden jetzt auch noch heraus, dass sie mit Ihrem Sohn zu tun hatte. Obendrein zeigt der Suchverlauf auf ihrem Laptop, dass sie jeden Fitzel Online-Informationen gelesen hat, den es zu Lockwood's gibt.«

Blake war es nicht gelungen, den Mann aus der Fassung zu bringen. Er lächelte sogar. »Weniger hätte ich auch nicht erwartet, Inspector. Wir hier in St Oswald's fördern kluge und kritische Geister. Alle unsere Studenten müssen solche Hingabe an ihre Ziele beweisen.«

Entweder war es echt oder gut einstudiert. Blake versuchte, nicht zynisch zu sein, als er auf Letzteres schloss. »Mir kam der Gedanke, Sir, wenn sie Zeit mit Ihrem Sohn verbracht hatte, die über das nötige Pensum für ihr Studium hinausging, könnte sie von dem Wunsch getrieben gewesen sein, Insiderinformationen zu bekommen. Etwas, auf das sie im Internet keinen Zugriff hatte.«

Sir Alistair schüttelte den Kopf. »Nein, das ist unwahrscheinlich. John hatte rein gar nichts mit Lockwood's zu tun. Er hat nie für die Firma gearbeitet – nicht einmal als Student in den Sommerferien. Es war immer nur Douglas, der mit dem Unternehmen zu tun haben wollte. Und niemand im Leitungsteam von Lockwood's würde Geschäftliches mit einem Außenseiter diskutieren, ob Angehöriger oder nicht. Es ist eine der obersten Regeln.«

Was einleuchtete. Blake konnte sich nicht vorstellen, dass sich Sir Alistair von Sentimentalität beeinflussen ließe.

Und was die erklärten Gründe betraf, aus denen er Johns Verbindung zu Julie verschwiegen hatte, könnten die echt sein. Aber wenn an den Gerüchten etwas dran war, machte es John zu einem Mordverdächtigen, was wiederum Sir Alistairs Ruf bedrohen würde. Es war ein ziemlicher Zufall, dass John einen Tag nach Julie tot aufgefunden wurde. Sie hatten Suizid noch nicht ausgeschlossen. Er könnte sich aus Kummer das Leben genommen haben. Aber natürlich könnten ihn auch Gewissensbisse gequält haben.

KAPITEL ACHTUNDZWANZIG

»Was ist los?« Selina war hereingekommen, als Douglas noch am Telefon war. Sie hatte gesehen, wie seine Züge erschlafften und blass wurden, aber nichts, was er sagte, verriet ihr, mit wem er sprach. Er hatte nur immer wieder genickt und gemurmelt: »Verstehe.« Jetzt war das Telefonat endlich vorbei.

Ihr Mann atmete sehr lange aus. »Es geht um John. Er ist tot.«

Selina fühlte, wie sie eine Gänsehaut auf den Armen bekam. Erst vor wenigen Stunden hatte sie der Polizei von Douglas' Bruder und Julie erzählt. War es wegen ihr? Weil sie den Verdacht auf ihn gelenkt hatte? Würde Douglas erfahren, was sie getan hatte? Und falls ja, wäre er wütend oder froh? Es hing ganz von der Wahrheit ab …

»Wie? Wie ist es passiert?«

»Da sind sie sich noch nicht sicher.« Er sah sie an. »Die Polizei hat ihn durch ein Fenster auf dem Boden in seinem Arbeitszimmer gesehen. Es sieht aus, als hätte er sich sehr betrunken und danach ist ihm schlecht geworden.« Er stockte. »Also müssen die Detectives die Verbindung zwischen ihm und

Julie hergestellt haben – deshalb waren sie dort. Und als niemand öffnete, sind sie hintenrum.«

»Denken sie ... denken sie, dass es Selbstmord sein könnte?«

»Das habe ich doch eben gesagt, oder nicht?« Douglas' Ausbruch ließ Selina zusammenzucken. »Es ist noch zu früh, das zu sagen.«

»Entschuldige.«

Er ging im Zimmer auf und ab. Sie hatte gelesen, dass der Tod eines entfremdeten Familienmitglieds weitreichende Folgen haben konnte. Ihr Ehemann müsste Schuld empfinden – und Trauer, weil die letzte Chance auf Versöhnung dahin war.

Sie fragte sich, ob sie Douglas in den Arm nehmen oder ihm einen Drink oder so anbieten sollte. Aber die gebeugten Schultern und seine harten Züge sagten ihr alles, was sie wissen musste. Leise verließ sie den Raum. Oft war es das Beste zu warten, bis sich die Wogen geglättet hatten.

Eine halbe Stunde später ging sie am Wohnzimmer vorbei. Ihr Mann war noch drinnen, saß jetzt in seinem Sessel, anstatt auf und ab zu wandern, und er wirkte nicht mehr angespannt.

Selina wagte sich ein Stück ins Zimmer, blieb jedoch nahe der Tür. »Wie geht es dir?«

Er blickte zu ihr auf. »Gut. Hör mal, ich kann mir vorstellen, was du vorhin gedacht hast. Aber Lockwood's hat verteufelt gute Anwälte und die besten Public-Relations-Leute. Egal was John getan hat oder nicht, in einem Jahr oder so haben es alle vergessen.«

Die Familie und die Freunde der Studentin nicht. Ein Teil von ihr war entsetzt, dass ihm der Gedanke nicht kam – aber es war nicht seine Schuld. Diese Einstellung war ihm von Geburt an eingeimpft worden – und im Lockwood-Motto festgeschrieben: Familie über alles.

Seine Haltung schockierte sie im Grunde nicht mehr, und seine Worte waren auch eine Erleichterung. Wenn er John wirklich für schuldig hielt, hieß es, dass Douglas es nicht sein konnte. Seit sie nicht mehr das Bett teilten – und Selina angefangen hatte, Schlaftabletten zu nehmen – hatte sie keine Ahnung, was er nachts tat.

Zum zigsten Mal an diesem Tag prüfte sie ihr Gewissen. Nein, es stimmte. Sie hatte der Polizei von John erzählt, weil es wichtig für deren Ermittlung war, weiter nichts. Doch damit könnte sie auch die Aufmerksamkeit von Douglas abgelenkt haben.

Natürlich wäre es nun, da John tot war, schwieriger für die Ermittler, die Wahrheit herauszufinden. Als sie das Zimmer verließ, sah sie ihren Mann im Profil. Er lächelte vor sich hin.

KAPITEL NEUNUNDZWANZIG

Zum ersten Mal führte Max eine Befragung mit Jez durch. Wie schon zuvor, hatte Gilmour darauf bestanden, das Ganze offiziell zu machen, also saßen sie mit der Anwältin des Studenten in einem Verhörraum auf der Wache. So abgeklärt, selbstsicher und scheinbar gelassen, wie Stuart ihnen gegenübersaß, ahnte Max, dass sie sich auf einen Kampf einstellen mussten. Er wünschte, Tara wäre neben ihm – sie waren ein gutes Team.

»Wir wissen, dass Sie über John gelogen haben.« Er sah Gilmour ruhig an.

Ein amüsiertes Lächeln umspielte dessen Lippen. »Ich weiß nicht, was Sie meinen.«

»Und wir glauben Ihnen nicht.« Jez versuchte, so lässig wie Gilmour zu wirken, doch er regte sich bereits auf.

Der Student lächelte wieder. »Dagegen kann ich nichts tun.«

Max konnte beinahe sehen, wie Jez' Blutdruck in die Höhe schnellte. »Demnach wollen Sie uns erzählen, dass Julie etwas mit zwei Männern namens John hatte?«, fragte der neue DC.

»Ich will Ihnen gar nichts erzählen.« Gilmour zog seine

Worte in die Länge, als könnte er sich nur mit Mühe zum Antworten bringen.

»War Ihnen bekannt, dass sie mit zwei Johns näher befreundet war?« Max konnte die Beherrschung wahren. Das war etwas, das ihn der Verlust seiner Frau gelehrt hatte. Das Leben konnte einen in die schlimmste Hölle werfen; es lohnte sich, seine großen Emotionen für solche Zeiten aufzusparen und sich die Energie nicht von Idioten wie Gilmour rauben zu lassen.

Der junge Mann zuckte mit den Schultern. »Woher soll ich wissen, was Julie getrieben hat? Sie war eine unabhängige Frau.«

»Was wissen Sie über Julies Beziehung zu John *Lockwood*?«, fragte Jez und beugte sich vor. Er war ein großer Kerl, und Max konnte seine Wut in der Luft fühlen.

»Moment mal, der Typ, der sie betreut hat?« Gilmour machte große Augen. »Im Ernst? Gott, der sieht immer halb tot aus. Ich hätte nicht gedacht, dass er noch Halligalli mit Studentinnen machen kann.«

Nun war es an Max zu lächeln. »Dann wissen Sie also, wie er aussieht.«

Gilmour schwieg, und Max stellte zufrieden fest, dass sein selbstgerechtes Grinsen schwächelte.

»Das ist ziemlich interessant, bedenkt man, dass Sie und Julie unterschiedliche Fächer studiert haben und John Lockwood an keinem Ihrer Colleges lehrte – oder gar an Ihrer Fakultät.«

Er gestattete Gilmour ein paar Sekunden, sich zu winden.

»Vielleicht möchten Sie uns erzählen, wie Sie von ihm erfahren haben. Es ist ein Zufall, dass Ihre Ex mit einem der Lockwoods verbandelt war – einem Sohn des Industriellen, gegen den Sie beide protestiert haben. Das muss wehgetan haben.«

Jetzt sah Gilmour sauer aus, und Jez lehnte sich ein wenig zurück.

»Beantworten Sie bitte die Frage.«

Der Student zuckte mit den Schultern. »An einem Tag wollte ich zu ihr. Daran war nichts Gruseliges; ich wollte nur reden, sonst nichts. Ich wollte sie nach ihrem Sprechstundentermin abfangen, aber dann sind sie und Lockwood zusammen gegangen. Da war etwas an der Art, wie sie gingen – dieses ganze Klischee – im Gleichschritt und Schulter an Schulter. Das hat mich neugierige gemacht.«

Jez zog eine Augenbraue hoch. »Und Sie sind ihnen gefolgt? Nur, weil es Sie interessiert hat ...«

Gilmour verdrehte die Augen. »Ich nehme an, die meisten Exfreunde hätten dasselbe getan. Ja, jeder, der sie gekannt hat, hätte sich wohl gewundert. Also, ja, ich bin ihnen gefolgt. Und kaum waren sie vom Hauptweg weg, hat er seinen Arm um sie gelegt und sie sich an ihn gelehnt. Sie haben miteinander geflüstert und sich geküsst.«

Gilmours Verhalten hatte sich nicht geändert. Max konnte kein Feuer in seinen Augen sehen. Seine Miene blieb spöttisch, als glaubte er, dieser Aufstand sei ziemlich lächerlich. Es war komisch, denn Jez sah wütender aus als Gilmour.

»Und dann haben Sie Ihr geheimes Wissen genutzt, um Julie zu überzeugen, Sie zu sehen? Hatte sie Sie da im Sommer in ihr Wohnheimzimmer gelassen?«

Gilmour wirkte gelangweilt. »Ja.«

»Haben Sie Geld verlangt, damit Sie nichts sagen?« Jez neigte sich wieder vor.

»Sie machen Witze, oder? Julie hatte kein Geld, es sei denn, man zählt das mit, was sie mit Kellnern verdient hat.« Er schien die Unterstellung nicht verletzend zu finden, nur amüsant, weil sie so abwegig war.

»Aber vermutlich hatte John reichlich Geld«, sagte Max, »selbst, wenn nicht persönlich, so doch über seine Familie.«

Gilmour schüttelte den Kopf. »Soweit ich es mitbekommen habe, war er eine Persona non grata. Und überhaupt würde seine Familie wegen so etwas niemals Geld rausrücken. Ihre Vorstellung von Hilfe wäre eher, mir ihre Pitbull-Anwälte auf den Hals zu hetzen.« Kurz wandte er sich zu seinem eigenen Rechtsbeistand. »Nichts gegen Sie und Ihre Kollegen, aber Lockwoods Rechtsabteilung ist eine andere Nummer. Die verbringen ihre ganze Zeit damit, die Lockwood-Familie mit Mord davonkommen zu lassen.«

Jez beugte sich erneut vor. »Unter den gegebenen Umständen passen Sie lieber auf, was Sie sagen. Wir wollen ja nicht, dass Sie es später bereuen.«

Die Anwältin wurde merklich nervös. »Wir sollten alle auf unsere Ausdrucksweise achten«, sagte sie mit einem Seitenblick zu Gilmour, bevor sie Jez ansah. »Und auf unseren Ton.«

Der DC hatte seine Warnung wie eine Drohung klingen lassen. Und seine geballten Fäuste halfen nicht, auch wenn nur Max sie unter dem Tisch sehen konnte.

Gilmour war so entspannt wie eh und je. »Sie können sich alle einkriegen. Ich bin kein Erpresser. Mit Geld kann man kein Glück kaufen. Ich wollte Julie sehen und habe meine Information genutzt, um es möglich zu machen. Es war hinterhältig, aber es hat funktioniert, und es war nichts falsch daran, reden zu wollen.«

»Ihre Botschaft war eine Drohung. Sie sagten, Sie hätten Beweise, und haben angedeutet, sie zu nutzen.«

Der Student verzog das Gesicht. »Ich habe nie irgendwelche Fotos von ihnen zusammen gehabt. Sagen wir, ich habe übertrieben. Warum hätte sie mich sehen wollen, wenn sie nicht glaubte, dass ich Beweise habe? Und ich wollte nicht nur meinetwegen mit ihr reden. Wir haben zusammen gegen Lockwood's protestiert. Sich mit einem Familienmitglied zu treffen, schien mir riskant. Was ist, wenn John Lockwood insgeheim wütend war, weil sie so auf seinen Dad losging? Er mochte ein

Rebell sein, aber Blut ist dicker als Wasser. Manchmal reicht Loyalität in Familien sehr weit. Ich dachte, es wäre sicherer für sie, einen Bogen um ihn zu machen.«

»Und wie hat sie reagiert, als Sie ihr Ihre Sorge schilderten?« Jez zog eine Augenbraue hoch.

»Sie hat gesagt, ich soll mich um meinen eigenen Scheiß kümmern.« Er verschränkte die Arme vorm Oberkörper. »Und dann hat sie gesagt, ich soll es vergessen.«

»Und was haben Sie getan?« Max beobachtete den ruhigen Blick des Mannes.

»Ich habe ihren Rat befolgt. Und nach dem einen Besuch im Sommer habe ich sie nie wieder gesehen.«

»Warum haben Sie uns belogen, was die Identität von ›John‹ betraf?«

Gilmour lächelte. »Ich habe Respekt vor Älteren. Und ich hätte nicht gewollt, dass ein Unidozent Schwierigkeiten bekommt.«

Max beendete die Befragung. Er war geduldig, doch es gab Grenzen; und er musste hier raus. Vielleicht würde er es ein wenig mit Auf- und Abwandern versuchen, wie Blake es als so heilsam zu empfinden schien.

Lucien Balfour wartete im Wohnzimmer der Master's Lodge. Jemand vom Hauspersonal hatte ihm ein Glas Sherry eingeschenkt und Alistair gesagt, dass er hier war. Der alte Mann ließ ihn dennoch warten, und Balfour konnte nicht umhin zu denken, dass es Absicht war. Das Machtgefälle zwischen ihnen war recht ausgeglichen, doch wenn die Wahrheit über Julie herauskam, könnte sich alles ändern.

Schließlich hörte er leise Schritte auf der Treppe. Die Stufen waren mit dickem Teppich ausgelegt, sodass das Geräusch gedämpft wurde, aber Alistair war ein großer Mann. Balfour war sich sicher, dass er es war.

Einen Moment später kam der Master durch die prächtige Flügeltür und schloss sie hinter sich. Er ging zu der Karaffe auf einem Seitentisch und schenkte sich Whisky ein.

»Nun, Lucien, was kann ich für dich tun?«

»Ich war überrascht, nichts von dir zu hören, bei allem, was vorgefallen ist.«

Der ältere Mann sah ihn erstaunt an. »Ich stimme zu, dass es bisher eine ereignisreiche Woche gewesen ist. Hast du von meinem jüngeren Sohn gehört?«

Lucien blinzelte. Was kam jetzt?

»Offenbar nicht.« Er klärte ihn auf, und Lucien brabbelte Beileidsbekundungen, die er nicht empfand. Wie konnte es sein, dass die Lockwoods ein Kind verloren haben, ohne dass es sich merklich auf die Stimmung im Haus auswirkte? Die Bedienstete hatte nichts gesagt, als er reingekommen war.

»Daher wirst du verstehen, dass mit dir zu plaudern kein vorrangiger Gedanke von mir gewesen ist.« Alistair nahm einen großen Schluck von seinem Drink. »Und was gibt es dazu schon zu sagen?«

Lucien zögerte. »Ich dachte, du würdest mir vielleicht den Hintergrund verraten.«

Alistair sah ihn an. »Ehrlich gesagt habe ich dasselbe von *dir* angenommen. Gewiss bist du erleichtert, dass Julie Cooper aus dem Weg ist.«

Balfour wünschte sich allmählich, er wäre nicht gekommen. »Es gibt andere, die eine größere Gefahr für mich sind.«

Der Master neigte den Kopf zur Seite. »Ja, und wessen Schuld ist das? Aber dank mir brauchst du dir wegen Bella Chadwick keine Gedanken zu machen.«

»Könnte ich mir da doch sicher sein!«

»Kannst du. Vertrau mir.«

»Alistair, falls du ...« Er verstummte. Dies hier verlief nicht wie geplant.

»Lucien, ich weiß nicht, was du dir von dieser Unterhaltung erhofft hast, aber denk lieber noch einmal nach. Vielleicht sollten wir beide auf unsere Manieren achten. Ich bin unbedingt dafür, Contenance zu wahren und Krisen auszuhalten, bis sie vorbei sind.«

Balfour merkte, wie er ein wenig in sich zusammenschrumpfte, als der Master auf ihn zu kam. Kaum hatte er ausgeatmet, nachdem er zunächst die Luft angehalten hatte, klopfte ihm der Mann auf die Schulter.

»Dies ist nur ein Sturm im Wasserglas in der tadellosen

Geschichte von Lockwood's und St Oswald's. Mehr muss es nicht werden, es sei denn, wir lassen es zu. Ich nehme an, du bist nicht hergekommen, um mir zu erzählen, dass du einen Mord begangen hast. Das scheint mir nicht ganz deine Liga.«

Hastig schüttelte Balfour den Kopf.

»In dem Fall schätze ich, dass du gekommen bist, um zu sehen, ob ich gestehe. Und vielleicht um ein wenig Geld nebenher zu machen, falls du mich dazu bringen kannst, mich zu verraten. Deine Fantasie geht mit dir durch, nicht wahr? Falls du wirklich glaubst, ich hätte das getan, solltest du vielleicht lieber vorsichtig sein.« Wieder bewegte er sich über den dicken Teppich zu ihren Füßen. »Jetzt trink deinen Sherry aus und geh nach Hause. Mir reicht es für heute.«

KAPITEL EINUNDDREISSIG

Es war schon Abend, als Tara bemerkte, dass jemand vor ihrem Schreibtisch stand. Sie blickte auf und sah Jez, der sie beobachtete.

»Gehst du nie nach Hause?«

»Ich konnte mich nicht von all dem hier loseisen. Es gibt so viele Querverbindungen. Die müssen irgendwie zusammenhängen, aber ich erkenne es einfach nicht.« Sie hatte sich Notizen auf einem Blatt gemacht. Jez schaute hin, um ihren Gedankengang nachzuvollziehen. »Die Lockwoods, Stuart, Bella und der Tutor Lucien Balfour haben *alle* den Mund gehalten, was Julies Beziehung mit John anging. Das ist seltsam, denn sie sind solch eine unzusammenhängende Gruppe.«

Allerdings verstand sie, dass sie alle ihre Gründe gehabt hatten. Bella, falls sie Angst vor John Lockwood hatte; Stuart, wenn er Julie erpressen wollte, wieder mit ihm zusammen zu sein; und die Lockwoods und Balfour, um ihren eigenen und den Ruf der Universität zu schützen.

Aber keiner, der Gilmour befragt hatte, kaufte ihm die Geschichte des verzweifelten, verschmähten Liebhabers ab, der

Julie mit allen Mitteln zurückgewinnen wollte. Max hatte ihn als kalt und berechnend beschrieben. Natürlich könnte Stuart zu John geschwiegen haben, weil ihm dessen Affäre mit Julie ein Mordmotiv gab. Aber es fühlte sich immer noch nicht richtig an, denn der Student *wirkte* nicht eifersüchtig. Könnte er einen anderen Grund haben, sein Wissen für sich zu behalten?

Sie sah zu Jez' blauen Augen auf.

»Ich kann dich wohl nicht verlocken, in den Pub zu gehen?«, fragte er grinsend und kein bisschen nervös. »Wir könnten dort unsere Gedanken austauschen. Alkohol ist super, um die kreativen Säfte anzuregen.«

Tara hatte das Gefühl, dass den Fall zu knacken nicht sein vorrangiges Motiv war, und es brachte sie zum Schmunzeln. Sie überlegte kurz. Max und Megan waren vor einer Weile gegangen. Zusammen, wie ihr aufgefallen war. Vielleicht waren sie schon bei einer Plauderei – oder etwas anderem – bei einem schnellen Pint. Blake war noch im Büro und hatte seine Tür geschlossen. Wie fühlte er sich, nachdem er zwei Leichen in zwei Tagen gesehen hatte? Er müsste bald nach Hause zu seiner Familie, aber vielleicht schob er es auf. Von dem Horror bei der Arbeit auf die Anforderungen des Familienlebens umzuschalten, war sicher nicht einfach. Sie verdrängte den Gedanken an ihn, wie er über den Beweisen brütete, und sah wieder Jez an.

»Klingt theoretisch gut, aber praktisch bin ich erledigt.« Gab man dem Typen den kleinen Finger, nahm er die ganze Hand. Sie würde sich Zeit lassen. Sein freches, attraktives Lächeln und seine lockere, selbstbewusste Art mochten einiges können, aber wenn er wirklich interessiert war, würde er warten, bis sich die Dinge beruhigt hatten. »Ich denke, ich muss gleich nach Hause und ein bisschen Schlaf bekommen, damit ich morgen klar denken kann. Mein Besuch hat mich gestern sehr lange wachgehalten.«

Er sah sie weiter an, und sein Lächeln blieb. »Na schön, du hast gewonnen. Dann bald mal.«

Sie erwiderte sein Lächeln, fuhr ihren Computer herunter und stand auf.

»Bist du heute mit dem Rad?«

Sie bejahte stumm.

»Na, dann kann ich vielleicht mit dir kommen.«

»Du hast jetzt ein Fahrrad?« Sie hätte nicht gedacht, dass es seinem Stil entsprach.

»Man passt sich an ... und du wohnst draußen Richtung Chesterton, oder? Da muss ich auch hin – über die Green Dragon Bridge.«

Sie nickte. »Na gut. Solange du mit mir mithältst!« Sie blickte sich zu ihm um, und er lachte.

Am Ende fuhren sie langsam. Es war dunkel, und der Gegenwind blies ihre Worte davon. Nur auf den kleinen Straßen konnten sie nebeneinander radeln und sich unterhalten. Jez sagte, er hätte sich für eine Versetzung von Suffolk nach Cambridge beworben, um neu anzufangen. Tara blickte zu ihm und sah, wie er sich schulterzuckend vorbeugte, die Hände in den Handschuhen an seinem Lenker.

»Meine Ehe ging in die Brüche. Ich ließ mich nach einer kurzen, heftigen Romanze hinreißen. Wild, leidenschaftlich und sehr unklug. Ich kannte sie nicht mal richtig, bevor wir die Ringe tauschten. Erst als wir zusammenlebten, habe ich ...« Er brach ab und sah Tara nicht an. »Tja, jedenfalls ist so eine Entwicklung nie allein die Schuld von einem, nicht wahr?«

Tara war nicht sicher, was sie dazu sagen sollte. Hier gab es eindeutig mehr herauszufinden. »Tut mir leid, dass es eine üble Zeit für dich war.«

Nun warf er ihr einen Seitenblick zu, als sie in den Stourbridge Common kamen. »Es hat mich von Beziehungen kuriert.«

Sie war froh, dass ihr Cottage in Sicht war. Jez mochte nett anzusehen sein und ihr zu denken geben, aber sie war zu müde, um sich die richtige Herangehensweise zu überlegen. Leute nach dem äußeren Schein zu beurteilen, war nicht ihr Stil.

»Tja.« Sie hielt auf dem Weg an. »Das da drüben ist mein Haus, also rumple ich jetzt mal über das Gras. Wir sehen uns morgen.«

»Cooles Haus.«

»Mehr als cool – die meiste Zeit ist es eisig.« Sie hatte schon begonnen, von dem Weg auf die Wiese zu biegen. »Verrückt unpraktisch, aber ich mag es. Und sogar noch mehr, wenn ich erst einen neuen Heizkessel habe.«

In diesem Moment bemerkte sie eine Bewegung im Schatten an ihrer Gartenpforte. Ihr Außenlicht brannte nicht, deshalb war wenig zu erkennen. Sie blieb stehen und hielt den Atem an. Dann jedoch trat eine kräftige Gestalt hervor.

Kemp.

»Was zum ...“ Jez war neben ihr. »Ist das ein Eindringling?«

»Ja, sieht so aus.« Lachend hob sie eine Hand. Kemp tat es ihr gleich und kam über das unebene Gras zu ihnen, wobei er die großen Füße hoch anhob, um kleine Hügel und Kuhfladen zu meiden.

Kemp sah zu Jez.

»Mein neuer Kollege, DC Jez Fallon«, erklärte Tara. »Jez, dies ist mein Freund Paul Kemp. Er ist Privatdetektiv.«

»Und ein Expolizist, aber Tara ist zu taktvoll, um es zu erwähnen.« Kemp nickte, obwohl weder er noch Jez die Hand ausstreckten. Jez saß noch auf seinem Fahrrad, und Kemp war auf Taras anderer Seite.

»Klingt, als gäbe es da eine Geschichte zu erzählen.« Jez nickte.

»Schon, aber eine fragwürdige.« Kemp sah Tara an. »Ich

wollte kurz mit dir reden, falls du Zeit hast. Ich weiß, dass es letzte Nacht spät geworden ist, und ich hatte versucht, dich anzurufen.«

»Sorry, mein Handy ist in meiner Tasche.« Sie zeigte auf ihre Satteltasche, in die sie alles gestopft hatte, bevor sie sich auf den Heimweg gemacht hatte. Kein Wunder, dass sie es bei diesem Wind nicht gehört hatte. »Aber kein Problem. Wir können reden.«

»Das ist wohl mein Stichwort zu verschwinden«, sagte Jez und radelte in Richtung Green Dragon Bridge und Chesterton.

Tara drehte sich um, um sich zu verabschieden, doch er war schon zu weit weg, die Schultern gebeugt und den Kopf gesenkt.

KAPITEL ZWEIUNDDREISSIG

Max war mit Megan im Free Press. Der Pub war gleich um die Ecke von der Wache, aber die anderen gingen hier normalerweise nicht hin, schon weil es wenig Platz gab, also sollten sie sicher sein. Als er die Tür schloss, kam es ihm vor, als würde er die schaurigen Fälle zusammen mit dem heulenden Sturm draußen aussperren. Das winzige Lokal war gemütlich und einladend.

Er hatte es also getan. Er war hier, mit Megan, auf einen schnellen Drink – auch wenn sie beide wussten, dass es ein Date war. Max' Erstes, seit Suzie gestorben war. Fünfeinhalb Jahre. Die meisten seiner Freunde deuteten an, dass er es zu lange aufgeschoben hatte. Sie meinten es gut, denn sie wussten nicht, dass Trauer kein Zeitlimit hatte. Er holte tief Luft.

»Was möchtest du?«, kam Megan ihm zuvor – er war so in Gedanken gewesen, was es bedeutete, hier zu sein.

»Entschuldige.«

Sie lächelte ihm zu, hakte sich bei ihm ein und zog ihn näher zu sich. »Alles gut. Ich verstehe. Lass mich dir einfach einen Drink spendieren.«

Es war komisch. Max war bewusst, dass Blake Megan für

weniger intuitiv hielt als den Rest des Teams, doch was ihn anging, traf sie ins Schwarze. Vielleicht war sie bei ihm entspannter als bei den meisten anderen. Dieser Gedanke löste automatisch ein Gefühl von Wärme in ihm aus. In diesem Moment wusste Max, dass er froh war, hier zu sein, auch wenn sich seine Freude mit Schuldgefühlen mischte.

»Danke, ein halbes Bitter.«

Megan bestellte sich ebenfalls eines. Es bestand also keine Chance, dass sie den ganzen Abend blieben. Worüber Max froh war; wenn sie die Dinge langsam angingen, konnte er sich an die Vorstellung gewöhnen.

»Wie war es heute bei der Befragung mit Jez?«, fragte Megan, die sich an einen Fenstertisch setzte.

Max fragte sich, was hinter ihrer Frage steckte. »Er wird sehr schnell wütend. Es hätte das Ganze schwierig machen können, aber dem war nicht so. Trotzdem wundert mich, dass es ihm nicht längst jemand ausgetrieben hat. Er ist ein Typ, der vorprescht und das Falsche sagt.«

Megan neigte den Kopf zur Seite. »Ja, dasselbe habe ich auch schon festgestellt.« Sie seufzte. »Es ist nur ein Lernprozess, vermute ich. Das nächste Mal rede ich mit ihm.«

»Mir ist aufgefallen, dass er noch im Büro war, als wir gegangen sind.«

Sie zuckte mit den Schultern. »Es ist viel zu tun. Ich habe schon ein schlechtes Gewissen, weil ich gegangen bin, aber ich bin so erledigt.«

»Blake hat gesagt, dass wir Schluss machen sollen.«

»Weiß ich. Aber natürlich ist er noch da. Ich frage mich, ob er seine Familie meidet. Oder ein Auge auf Jez und Tara hat.«

Max bekam ein mulmiges Gefühl. Warum ging sie dauernd auf ihren DI los? »Blake ist sehr engagiert, das weißt du. Ihm ist jeder Fall wichtig.«

Es verging nur ein Moment, ehe sie nickte. »Ja, entschuldige. Du hast ja recht. Was aber nicht heißt, dass er nicht auch aus anderen Gründen lange bleibt.«

Keiner von ihnen wusste, was bei Blake und seiner Frau los war. Und es stimmte, dass er das Thema umgehend abwimmelte, wenn jemand nach Babette fragte. Was Jez und Tara betraf ...

»Denkst du, Jez will Tara heute fragen, noch sie mit ihm was trinken geht?«

Megan verdrehte die Augen. »Ja, denke ich. Etwas sagt mir, dass er nicht so lange bleiben würde, hätte er kein persönliches Motiv.«

Max war unsicher, wie viel er sagen sollte. Er wollte nicht, dass Megan einen falschen Eindruck bekam, aber er wollte sich ihr anvertrauen. »Ehrlich gesagt macht mir das ein bisschen Sorge.«

Megan nahm einen Schluck von ihrem Bier. »Echt? Tara kann auf sich aufpassen, Max. Das weißt du.«

»Ich sage ja gar nicht, dass sie Jez in einem Kampf nicht zu Boden bringt.« Er hatte Tara noch nicht in Aktion gesehen, doch über ihre Selbstverteidigungskünste redeten alle auf dem Revier. »Aber Jez hat eine Menge Charme, und hinter Tara liegt eine harte Zeit. Ich denke, er könnte einen fieseren Schaden anrichten.«

»Dann glaubst du, er ist nicht der Richtige für sie?« Jetzt knuffte Megan ihn an und grinste ein wenig. »Muss ich eifersüchtig sein, weil du dir so viele Gedanken über ihr Liebesleben machst?«

Es war an ihm, die Augen zu verdrehen, aber auch er grinste. »Tara ist meine Partnerin im Team. Natürlich passe ich auf sie auf. Eifersucht ist aber nicht nötig, auch wenn ich mich geschmeichelt fühle.«

Megan beugte sich über den Tisch zu ihm. »Darfst du.« Sie trennten nur noch Zentimeter, und Max empfand ein Flattern im Bauch. Schlagartig brachte es eine Erinnerung zurück. Sein erstes Date mit Susie. Sie waren in Wisbech im Kino gewesen und hatten *Sherlock Holmes* gesehen. Er war da noch auf dem Weg zur Kripo gewesen, und Susie hatte gescherzt, dass er sich schon mal einige Tricks abgucken könnte. Einen furchtbaren Moment lang brannten seine Augen.

Megan stellte ihr Glas hin, drückte seine Hand und lehnte sich wieder ein bisschen zurück.

»Erzähl mir mehr von der Befragung«, sagte sie schnell. »Was hältst du von Stuart Gilmour?«

Er holte tief Luft, setzte sich ebenfalls aufrecht hin und lenkte seine Gedanken zurück zur Arbeit. »Ich hatte mir einen liebeskranken Jugendlichen vorgestellt – womit ich meilenweit daneben lag.«

Megan nickte. »Ging mir genauso. Ich war jedenfalls nicht traurig, die zweite Befragung zu verpassen.« Einen Moment lang blickte sie in ihr Bier. »Jedes Mal, wenn ich aufgesehen habe, schien er mich zu beobachten.« Sie schüttelte den Kopf. »Mir war das unheimlich. Ich bin mir nicht sicher, was er vorhat, aber ich schätze, dass er sich fragt, was wir wissen. Er hat keine Angst, aber er ist misstrauisch.« Sie stockte. »Und ich glaube, ich habe ihn vor der Wache gesehen.«

»Was? Wann?«

Megan runzelte die Stirn. »Gestern Nachmittag, kurz nachdem ich Sandra Cooper zur Tür begleitet hatte.« Eine Sekunde lang hielt sie sich die Hände vors Gesicht, und Max berührte wie von selbst ihren Arm, auch wenn er vor einem Moment noch zurückgewichen war.

»Ich war erschüttert.« Megan sah ihn wieder an, und er erkannte, dass sie es noch war. »Wie selbstsüchtig ist das, wenn ich bedenke, was sie durchmachen muss? Es war so hart, sie leiden zu sehen.«

Max nickte. »Das macht dich menschlich. Daran solltest du festhalten.«

»Ja, gut möglich. Jedenfalls bin ich für einen Moment aus

dem Gebäude und rüber zum Parker's Piece, weil ich frische Luft brauchte. Eigentlich hatte ich nicht auf meine Umgebung geachtet, aber wenig später hatte ich dieses Gefühl – du weißt schon, diese Art sechster Sinn, wenn einen jemand beobachtet?«

Max nickte. Er dachte immer, es wäre, weil man aus dem Augenwinkel eine Bewegung wahrnimmt, aber er kannte es.

»Ich habe mich umgedreht, vermutlich hatte ich die Richtung völlig instinktiv gewählt, aber da sah ich den Kopf des Typen von der Seite, weil er sich schon abwandte. Danach konnte ich ihn nur noch weggehen sehen. Aber heute Morgen, als wir endlich mit Gilmour reden konnten, hatte ich das unheimliche Gefühl, dass er es gewesen ist.«

»Hast du es jemandem erzählt?«

Sie schüttelte den Kopf. »Ich bin mir ja gar nicht sicher. Ich habe versucht, das, was ich auf den flüchtigen Blick auf Parker's Piece erkennen konnte, mit dem Typen abzugleichen, den wir gegrillt haben. Aber wenn es stimmt, heißt das, dass er gelogen hat, als er aussagte, er hätte den ganzen Nachmittag auf Coe Fen Wodka getrunken, auch wenn er den Beleg für den Schnaps hat.«

Max nickte. Und es hieß, er war nicht zu verzweifelt gewesen, um etwas Gezieltes zu unternehmen. Wie es aussah, wollte er wissen, was die Polizei tat.

Als sie den Pub verließen, sagte er zu Megan: »Ich finde, du sollest es morgen Blake erzählen, damit ihm klar ist, dass es möglich wäre, selbst wenn du dir nicht sicher bist.«

Sie nickte, und ihre braunen Locken fingen das Licht der altmodischen, schmiedeeisernen Lampe draußen vor der Pubtür ein.

Max war froh, dass sie in dieselbe Richtung mussten. Sollte Gilmour tatsächlich Megan beobachtet haben, müsste er fortan ein Auge auf sie haben.

KAPITEL DREIUNDDREISSIG

»Oh verdammt«, sagte Kemp, als Tara von ihrem Fahrrad stieg, um es über die Weide zu schieben und gleichzeitig mit ihm reden zu können.

»Was verdammt?«

»Dein neuer DC war anscheinend nicht allzu begeistert, dass ich aufgetaucht bin.«

Sie verdrehte die Augen, obgleich das bei Kemp verschwendet war. Sogar bei hellem Tageslicht war er niemand, der subtile Gesten wahrnahm. »Er wollte gerade weiter. Ich hatte ihm schon gesagt, dass ich Schlaf nachholen muss.«

»Aha! Also *hatte* er auf mehr gehofft?«

»Oh, hübsche Schlussfolgerung, Herr Detektiv!«

»Und habe ich recht?«

Sie seufzte laut, was gleichfalls vergeudet war, da in diesem Augenblick eine Böe über die Wiese fegte. »Ja, du hast recht.«

»Und du bist nicht interessiert?«

Sie hatten Taras Haus erreicht, und sie schob ihr Fahrrad nach hinten in den Garten. Es dauerte ein wenig, bis sie die Pforte dort aufgeschlossen hatte. Schließlich schob sie das Rad auf das schäbige kleine Rasenstück hinter ihrem Cottage. »Das habe ich nicht gesagt.«

»Versteh mich nicht falsch, aber ich würde von einer Beziehung mit einem Polizisten abraten.«

»Ich hatte mal eine mit dir – falls man diese lockere Liaison so nennen kann. Wenn ich an die Spelunken denke, in die du mich ausgeführt hast!«

Sie wuchtete ihr Fahrrad in den Schuppen, nahm ihre Tasche aus der Satteltasche und schloss ab.

»Ich hab mein Bestes gegeben!«

Sie sah Kemps gekränkte Miene und lachte. »Ich wette, mit Bea gehst du in schickere Läden.«

Flüchtig schien er sich ertappt zu fühlen, doch dann grinste er wieder. »In die besten Pubs von Cambridge, natürlich. Aber zurück zu Dates mit Polizisten. Bei uns war es nicht dasselbe. Ich war ein *Expolizist*, hatte meinen Fehler erkannt. Das war etwas vollkommen anderes.«

»Hm.« Sie ging voraus zur Haustür und öffnete ihnen. »Tja, ich bin Polizistin, und ich bin in Ordnung, oder?«

Keine Post auf der Fußmatte ...

»Passabel.«

»Na, tausend Dank! Und du hast Blake kennengelernt. Ist er okay?«

»Fast unheimlich, ja.«

»Dann darfst du Jez eigentlich nicht nach fünfzehn Sekunden Gespräch abschreiben. Lager?«

»Das wäre super, danke.«

Doch als sie ihm die Bierdose reichte, war sein Blick ernst. »Sagen wir mal, ich denke, du liegst richtig damit, die Dinge langsam anzugehen.«

Bea war immer wie eine Ersatzmutter für Tara gewesen, und auch Kemp hatte sich um sie gekümmert – von dem Moment an, in dem er anfing, ihr als Teenager Selbstverteidigung beizubringen. Er beschützte sie. Und dieser Tage bestand die Gefahr, dass die beiden als Team arbeiten könnten und sich von der Seitenlinie aus um Taras Wohlergehen sorgten. Er öffnete die Mund, als wolle er mehr sagen, aber Tara hob eine Hand.

»Keine Angst, deshalb habe ich heute Abend abgelehnt, als er mit mir in den Pub wollte. Ich kann auf mich aufpassen. Und sollte er zu hartnäckig werden, kann ich sogar einen von deinen Tricks anwenden.«

Sie sah Kemp an und wartete, dass er lachte, aber das passierte nicht.

»Na gut.«

Es war eine merkwürdige Situation. Sie waren mal in einer Beziehung gewesen und mochten einander sehr als Freunde. Tara verstand seine Sorge, doch sie musste jetzt ihren eigenen Weg finden. Kemp schien seltsam gesetzt (für seine Verhältnisse), und Blake steckte tief in einer komplizierten Beziehung, die Tara nicht verstand. Sie musste auch nach vorn sehen. Zwar war sie nicht auf eine dauerhafte Beziehung aus, aber sie sollte ein wenig Spaß haben.

»Hast du gegessen?« Sie holte eine Flasche Rotwein von einem Regal, schraubte den Deckel ab und goss sich ein Glas ein.

Er nickte. »Ja, danke. Soll ich dir schnell etwas kochen?«

Da Bea ihn angelernt hatte, riskierte sie nichts, wenn sie das Angebot annahm, trotzdem schüttelte sie den Kopf. »Ich habe noch Reste von Samstagabend. Die wärme ich mir auf, während wir reden.« Sie nahm einen Teller Risotto aus dem Kühlschrank und stellte ihn in die Mikrowelle. »Also, was ist los? Du hast gesagt, dass du reden musst.«

Kemp atmete tief durch. »Tut mir leid – ich komme mir ein bisschen blöd vor, das jetzt anzusprechen. Du hast das mit Bea und mir schon erraten?«

Wieder verdrehte sie die Augen. »Äh, ja! Ihr seid teils verschossene Teenies, teils altes Ehepaar. Ich finde es ganz reizend.«

Er grinste. »Es macht dir nichts aus?«

Absolut nicht; sie freute sich für die beiden. Also warum kamen ihr dann in diesem Moment die Tränen? »Sorry, es macht mich emotional, aber ich habe definitiv nichts dagegen. Warum in aller Welt fragst du mich das jetzt?« Sie blickte auf ihre Uhr. »Du hast nicht vor, die *nächste* Stufe zu erklimmen, wenn du wieder zu Hause bist, oder?«

Er lachte. »Nee. Aber wir haben darüber gesprochen, dass ich dauerhaft in die Pension ziehe. Die Sache entwickelt sich, und ich könnte solch eine Veränderung nicht vornehmen, ohne zuerst mit dir zu reden. Bea denkt genauso.«

Und sie dürfte deswegen hochgradig nervös gewesen sein, während Kemp entspannt schien. Die Mikrowelle klingelte, und Tara schluckte. »Ich bin so froh, dass ich dich vor all den Jahren kennengelernt habe. Du bist genial für Bea. Zwei meiner Lieblingsmenschen, die in wilder Ehe leben, sind kein Problem.«

»Bea wäre begeistert, dass du es so nennst.«

Sie grinste. »Weiß ich. Aber eine muss die Stimmung aufheitern. Und es geht nicht, dass du hier sitzt und mir beim Essen zuguckst.« Sie sah, dass er sein Bier schon geleert hatte. »Schwirr ab zu ihr und plant.«

Als Tara in der Stille ihr Risotto aß, dachte sie an Jez. War er wirklich genervt gewesen, dass Kemp auftauchte? Vermutlich hatte sie ihm gesagt, sie wäre zu müde, um noch etwas zu trinken, und dann hatte sie ziemlich bereitwillig zugestimmt, als jemand sie anders fragte. Doch Jez ging es nichts an, was sie tat. Wenn er so sauer war, wie Kemp implizierte, war das vollends unangebracht. Ein Hauch von Enttäuschung hingegen wäre akzeptabel. Sie lächelte. Wahrscheinlich hatte Kemp überreagiert.

Sie verbannte diese Gedanken aus ihrem Kopf. Gegenwärtig zählte einzig der Julie-Cooper-Fall. Als Selina zuerst John Lockwood erwähnte, hatte Tara an alte Seilschaften gedacht. Hatte er seinen Universitätsjob seinem Vater zu verdanken? Sir Alistair war mittlerweile seit mehreren Jahren Master an einem Cambridge-College, und die Daten würden passen. Sie hatte sich John Lockwood als jemanden aus dem alten Holz geschnitzt vorgestellt, der eine privilegierte Existenz führte. Jetzt hingegen, da sie die Fotos von der Leiche inmitten des chaotischen, winzigen Reihenhauses gesehen hatte, hatte sie ihre Meinung geändert.

Wieder dachte sie an Sir Alistair Lockwoods goldene Katze und deren Wert. Seine Familie hätte sich fraglos leisten können, ihm zu helfen, doch ihrer Unterhaltung mit Max zufolge hatte Stuart Gilmour gesagt, dass John Persona non grata gewesen war. Warum das? Was hatte einen Keil zwischen ihn und seine Verwandten getrieben?

Oberflächlich betrachtet sah John wie ein möglicher Kandidat für den Mord an Julie aus. Die Studentin hatte ihrer Mutter gesagt, sie würde seinetwegen in Cambridge bleiben, und gelogen, was die Umstände betraf. Was Tara auf den Gedanken brachte, dass ihre Beziehung recht intensiv gewesen war. Vielleicht hatten John und Julie gestritten. Vielleicht wollte er die Beziehung fortsetzen, sie aber nicht. Oder sie hatte gedroht, jemandem von ihrer Affäre zu erzählen. Er hatte zugeschlagen und dann ...

Und jetzt war auch er tot. Sie wussten nach wie vor nicht, ob es Suizid war, so wahrscheinlich es auch aussah.

Der andere Spitzenkandidat bisher war Stuart Gilmour. Unter den gegebenen Umständen überraschte Tara, dass er ihnen nicht gleich alles über John Lockwood verraten hatte. Es wäre eine schnelle Methode gewesen, von sich abzulenken.

Was in aller Welt war sein Motiv? Hier war einiges Querdenken gefordert, was nach so gut wie keinem Schlaf schwierig war.

KAPITEL VIERUNDDREISSIG

»Sei einfach du selbst, verstehst du?« Stuart lag in Bellas Bett, halb unter den Laken, und blickte mit seinem typisch trägen Lächeln zu ihr auf.

Sie dachte daran, wie sie ihn das erste Mal mit Julie gesehen hatte, und wie klasse sie ihn fand. Dieses freche Selbstbewusstsein, seine Leidenschaft und Zielstrebigkeit. Die letzten beiden Eigenschaften hatte er mit Julie gemeinsam gehabt, nur hatte Julie außerdem ein großes Herz gehabt. Jetzt wollte Bella immerzu bei ihm sein, auch wenn sie ihn in einem vollkommen anderen Licht sah. Nichts konnte die Vergangenheit ungeschehen machen, und sie bedrückte sie so sehr, dass sie daran zu ersticken drohte.

»Ich bin ich.« Sie war eben aufgestanden, um zu duschen, und stand nackt neben dem Bett. Ganz so entblößt hatte sie sich allerdings nicht gefühlt, solange er schwieg. Jetzt kam sie sich verwundbar vor.

Er sah sie mit halb geschlossenen Augen an. »Nein, bist du nicht. Du ziehst dich immer noch an wie Julie. Wenn du angezogen bist, heißt das. Und du machst dasselbe, was sie gemacht hat.«

Bella griff nach einer langen Kaschmirjacke, die über einem Sessel in der Ecke hing. So etwas hätte Julie niemals getragen. »Ich habe mich für ihr Leben interessiert, weil sie mir davon erzählt hat. Sie hat mir die Augen geöffnet. Jetzt *will* ich dabei sein.«

Er zog sie zurück zu sich. Es steckte eine Menge Kraft in der Bewegung, und Bella erschauderte.

»Was ist mit mir?«, fragte er. »Habe ich dir auch die Augen geöffnet?«

Sie nickte.

Er lachte. »Ich glaube immer noch nicht, dass du wirklich am Mittwoch mit zu dem Marsch kommen willst. Die Wettervorhersage ist grauenhaft.«

Sie wich zurück. »Ich will es aber! Ich möchte es im Andenken an Julie.«

Er öffnete die Augen weiter. »Ach, komm schon, Schatz. Wärst du meiner Ex so ergeben, wärst du jetzt wohl kaum hier, oder?«

»Du bist auch hier. Wenn du so denkst, scheinst du sie nicht sehr hingebungsvoll geliebt zu haben.«

Er richtete auf und griff nach seiner Boxershorts. »Wir hatten eine gute Zeit, aber zuletzt haben wir uns gestritten. Sie konnte nicht so gut teilen.«

Bella runzelte die Stirn. »Was meinst du?« Doch sie hatte das Gefühl, dass sie es wusste, und vielleicht war es gut, dass Julie manche Dinge für sich behalten hatte.

Er zog sich nun seine Jeans an. »Muss dich nicht kümmern.«

»Wollen wir uns etwas zu essen holen? Der Burger-Wagen müsste noch geöffnet haben.«

»Mit den Cops, die mich im Visier haben? Wohl kaum. Außerdem habe ich was zu erledigen.«

Um diese Zeit? »Was? Falls du die Demonstration vorbereitest, könnte ich mitkommen und dir helfen. Ich möchte mitmachen, nicht bloß dabei sein.«

Stuart schüttelte den Kopf. »Du solltest ein bisschen schlafen. Und außerdem bin ich gerne unabhängig.«

Nachdem er die Tür hinter sich geschlossen hatte, duschte Bella so lange unter dem heißen Wasserstrahl, bis das Frösteln aufhörte. Auch wenn es Zeit war, ins Bett zu gehen, könnte sie nie und nimmer schlafen. Was wusste Stuart wirklich? Und wo war er hingegangen? Sie war überzeugt, dass er ihr nie alles erzählen würde. Die einzige Art, es mit Sicherheit herauszufinden, wäre, ihm zu folgen.

Wie weit traute sie sich? Das war die Frage.

KAPITEL FÜNFUNDDREISSIG

Es war spät, als Blake endlich zu Hause in Fen Ditton ankam. Er parkte seinen Wagen draußen an der Straße und ging hinunter zum Fluss, wo sein Cottage nahe den Wiesen stand. Er dachte immer noch an den Fall, als er die Haustür aufschloss und hinter sich verriegelte. Der Anblick seiner Schwiegermutter Sonia, die auf dem Sofa saß und die Beine hochgelegt hatte, überraschte ihn. Dabei hatte er gewusst, dass sie zum Babysitten kommen sollte, damit Babette zu ihrem Buchklub gehen konnte – etwas, um ihren Verstand wach zu halten, sagte sie.

Sonia wollte aufstehen, als sie ihn sah.

»Nein, bleib.« Er sprach leise. Von Kitty war keine Spur zu sehen. Normalerweise lauschte sie auf seine Rückkehr und kam nach unten gelaufen, wenn Babette sie gerade zur Ruhe bekommen hatte. Sonia wirkte jetzt sehr entspannt; sie würde es genauso wenig zu schätzen wissen wie seine Frau. »Schlafen sie beide?«

Seine Schwiegermutter nickte und schlug die Beine wieder übereinander, sodass ihre weite Leinenhose Falten warf. Ihre Figur, die sich unter der Hose und der langen weichen Strickjacke abzeichnete, war tadellos. »Ich bin schon seit Schulschluss hier. Babs und ich waren mit den Kindern im Park, also hat Kitty sich ordentlich ausgetobt. Jessica habe ich vor einer halben Stunde ins Bett bekommen.«

Ihr Tonfall war ein wenig vorwurfsvoll. Blake holte tief Luft. »Tut mir leid, dass ich nicht eher zu Hause war.«

Sonia legte das Buch, in dem sie gelesen hatte, umgedreht aufgeschlagen auf den Couchtisch. »Es ist nun mal, wie es ist. Wir haben alle gewusst, worauf Babs sich einlässt, als sie einen Detective geheiratet hat.«

Er dachte an Babettes Entschlossenheit, ihrer Ehe noch eine Chance zu geben, nachdem sie festgestellt hatte, dass es ein Fehler gewesen war, mit Kitty wegzugehen.

Blake setzte sich in einen Sessel, der im rechten Winkel zum Sofa stand. »Denkst du, es war falsch von Babs, zu mir zurückzukommen?« Ihm war klar, dass er um Ärger bettelte, aber er war zu müde und emotional zu ausgelaugt, um sich zu beherrschen.

Sonia überraschte ihn. »Das habe ich nicht gemeint. Womit du es zu tun hast, ist unvorstellbar und du musst deine Arbeit erledigen. Aber das Familienleben leidet darunter. So ist es eben.«

Er nickte und stand wieder auf. »Kann ich dir was zu trinken holen?«

»Danke, ich bin versorgt. Es steht noch Essen für dich im Kühlschrank, das du dir in der Mikrowelle aufwärmen kannst.«

»Danke.« Er ging in die Küche und goss sich ein Bier ein, bevor er die Resteportion aus dem Kühlschrank nahm und aufwärmte. Gedankenverloren starrte er auf den sich drehenden Teller und fragte sich, wie viel Sonia über Kittys Vater wusste. Hatte Babs sich ihr anvertraut? Sie standen sich nahe, und auch wenn seine Frau die Wahrheit vor jedem verbergen konnte, war sie keine starke Persönlichkeit. Er nahm an, sie hatte ihre Sorgen bei jemandem abladen wollen, wenn nicht bei Sonia, dann vielleicht bei einer guten Freundin. Und diese Person könnte sein Schlüssel sein, mehr herauszufinden.

Die Mikrowelle klingelte, und er holte sich Messer und Gabel aus der Besteckschublade, bevor er seinen Teller mit Hähnchenpfanne, Kartoffeln und grünen Bohnen mit ins Wohnzimmer nahm. Die Versuchung, in der Küche zu essen, war groß gewesen – er hätte gern ein paar Minuten gehabt, um herunterzukommen –, doch es wäre sehr unhöflich von ihm.

Sonia blickte auf, als er wieder ins Zimmer kam, setzte sich jedoch nicht zu ihm an den Tisch.

»Wie geht es Babs?«, fragte Sonia, nachdem sie ihn ein paar Minuten in Ruhe essen gelassen hatte. »Kommt sie gut damit zurecht, wieder Mutter zu sein?«

Darüber musste Blake innerlich lachen. Er war überzeugt, dass seine Frau ihre Schwangerschaft ohne sein Wissen geplant hatte, obwohl sie behauptete, sie hätte »vergessen«, die Pille zu nehmen. Etwas, das solch tiefgreifende Auswirkungen auf ihre Zukunft hatte, würde sie niemals vermasseln. Und kaum wusste sie, dass sie schwanger war, hatte sie es nicht etwa erzählt, sondern stattdessen versucht, ihn für die Idee einer Familienerweiterung zu erwärmen. Erst als er klar gemacht hatte, dass es das Letzte war, was er wollte, und man es langsam schon sah, war sie eingeknickt und hatte es ihm erzählt. Es stand nicht besonders gut zwischen ihnen, aber sie beide liebten ihre Töchter.

»Sie arrangiert sich, denke ich.«

»Und was ist mit euch beiden?« Sonia sah ihn aufmerksam an. Einen Moment später ergänzte sie: »Babs hat mir erzählt, dass du Jessica nicht wolltest.«

Das tat weh. Und sollte diese Bemerkung je ihren Weg zu seiner Tochter finden ... »Ich bete Jessica an, aber bevor ich wusste, dass sie unterwegs war, gefiel mir der Gedanke an ein zweites Kind nicht. Jetzt ist es anders.«

Er hörte Sonia seufzen, obgleich er sich auf der anderen Seite des Zimmers befand.

»Vielleicht irre ich mich«, sagte sie. »Vielleicht war es falsch von Babs, dich zu bitten, sie zurückzunehmen. Wenn du ihr nach all der Zeit nicht vergeben kannst ...« Sie beendete den Satz nicht.

Das Hähnchenfleisch fühlte sich bleiern in seinem trockenen Mund an. Er schluckte einen Brocken hinunter und spülte mit Bier nach. »Wir hören nicht auf zu diskutieren. Aber noch gibt es eine Menge, was ich nicht weiß.« Er stockte. »Wenigstens hat sie mir inzwischen alles über Matt Smith erzählt.«

Was übertrieben war. Babette hatte ihm nichts über Kittys Vater verraten außer seinem Namen, dass die Schwangerschaft das Ergebnis einer kurzen Affäre war und er Kitty nicht genug Aufmerksamkeit geschenkt hatte, als Babs mit ihm weggelaufen war. Nicht direkt eine Lebensgeschichte.

Sonia zog die Augenbrauen hoch. »Oh, tja, wahrscheinlich ist es so zum Besten. Und ich bin auf jeden Fall froh, dass sie bei dir ist, nicht bei ihm.« Sie streckte sich wieder auf dem Sofa aus.

»Warum?«

»Ich habe gleich gewusst, dass er nichts taugt, als sie ihn kennenlernte. Und all das Hin und Her über so viele Jahre – mit den Gefühlen des anderen spielen. Zu viel Leidenschaft vielleicht. Es war nicht gesund.«

Blake wurde innerlich eiskalt. *So viele Jahre ...?*

Es war nur noch eine weitere Lüge. Aber eine große.

KAPITEL SECHSUNDDREISSIG

Tara und Max waren im Haus von John Lockwood, wo die Spurensicherung noch beschäftigt war. Bei den Beweisen wurde nichts dem Zufall überlassen, erst recht nicht angesichts der Gerüchte über eine Beziehung von ihm und Julie Cooper. Hinterher hatten sie einen Termin bei der Ärztin des Mannes, um zu sehen, was sie ihnen erzählen konnte, doch Blake hatte bereits an den Coroner verwiesen. Agneta würde heute Morgen die Autopsie vornehmen, und der DI wäre dort.

Tara stand in ihrem unbequemen Overall in dem kalten Haus. Sie hatte sich endlich an den Wetterumschwung angepasst und trug einen maßgeschneiderten, wollenen Hosenanzug drunter; der Raum war jedoch so kalt, dass er wenig ausrichten konnte. Das Innere des Hauses war genauso deprimierend wie das Äußere. Es sah aus, als wären die Probleme des Wissenschaftlers unkontrollierbar eskaliert, bis alles in sich zusammenstürzte. Hatte John Julie ermordet? Das zu glauben fiel Tara schwer, als sie sich im Haus umschaute: der hohe Stapel ungeöffneter Post, leere Flaschen unter den Tischen und auf allen Oberflächen, der fleckige Teppich, die feuchten Wände, das schmutzige Geschirr in der Spüle. Sollte sie ihn sich als Mörder vorstellen, konnte sie sich gerade mal vorstellen, dass er im Rausch zuschlug – aber der Rest? Die Leiche in Wandlebury abzulegen, hätte ein Maß an Planung bedeutet, das Tara ihm nicht zutraute. Und wie hätte er sie dorthin geschafft? Er besaß einen Wagen – einen VW-Passat-Kombi –, mithin wäre die Fahrt nicht unmöglich. Aber wenn er sie hier umgebracht hatte, wäre es schwierig gewesen, sie unbemerkt in den Wagen zu bekommen. Die Nachbarn waren nur wenige Schritte entfernt.

Max sprach mit jemandem von der Spurensicherung, und Tara ging zu ihnen.

»Sonst noch etwas, das wir wissen sollten?«, fragte Max.

Der weiß gekleidete Mann neben ihm zuckte mit den Schultern. »Nicht, dass wir wüssten … bisher. Wir haben keinen Abschiedsbrief gefunden. Der Position nach, in der er gefunden wurde, würden wir schätzen, dass er an diesem Tisch saß, bevor er gestorben ist. Aber der Whisky, den er anscheinend getrunken hat, ist ungewöhnlich.«

Max sah ihn fragend an.

»Den bekommt man nur in Spezialgeschäften. Er hat fünfundsechzig Prozent Alkohol. Mit dem Zeug ist nicht zu spaßen. Und da ist eine leere Blisterpackung mit Beruhigungsmitteln auf dem Tisch. Es lässt sich aber unmöglich sagen, ob er davon welche genommen hat, bevor er das Bewusstsein verlor. Da müsst ihr die Autopsie abwarten.«

Tara hatte angenommen, dass John Geldsorgen gehabt hatte, aber der Scotch sah nicht billig aus. Er passte nicht zu den Stapeln ungeöffneter Rechnungen. Und wahrscheinlich konnte er nicht regelmäßig so viel Schnaps mit Beruhigungsmittel gemischt haben, sonst wäre er schon viel früher gestorben. Dennoch hatte er den Whisky und die Tabletten zur Hand gehabt. Vielleicht hatte er den Scotch für eine besondere Gelegenheit aufgespart – den letzten Abend seines Lebens. Traurigkeit überkam Tara, als sie hinüber ging, um sich das

Medikament näher anzusehen. Da war nur die Blisterpackung – mit dem aufgedruckten Markennamen auf der Folie hinten. Kein Hinweis, wer das Mittel verschrieben hatte und wann.

Sie stellte sich vor, wie er an dem Tisch saß und in seinen dunklen Garten starrte. War er von Schuld zerfressen gewesen, nachdem er Julie umgebracht hatte, oder überwältigt von Kummer, als er von ihrem Tod erfuhr?

»Eines noch«, sagte der Mann von der Spurensicherung. »Als wir reingekommen sind, ist uns aufgefallen, dass das Telefon fallen gelassen oder auf den Boden gestoßen wurde. Eventuell sogar geworfen. Es hat einen Sprung. Wir berichten über alles, was wir noch finden.«

Vielleicht hatte jemand angerufen und ihm erzählt, dass Julie tot war. »Können wir die Nummernkennung 1471 anrufen?«, fragte Tara.

Doch der Mann schüttelte den Kopf. »Haben wir gemacht, gleich nachdem wir es fotografiert hatten, aber der letzte Anrufer hatte seine Nummer unterdrückt.«

Die würden sie noch auftreiben. Es wäre überaus interessant zu erfahren, wer John an dem Abend kontaktiert hatte und warum die Person vermeiden wollte, dass ihre Nummer in seinem Telefon gespeichert wurde.

Nachdem sie im Haus fertig waren, fuhr Tara sie nach Castle Hill zu Lockwoods Ärztin, Ava Schwarz. Und Tara spürte Max' Unruhe.

»Alles in Ordnung?«

»Ja, warum?«

»Ich habe dich schnaufen gehört.«

»Schnaufen?«

»Na ja, oder vielleicht seufzen.«

Er erzählte ihr, was Megan den Abend zuvor gesagt hatte. Und bei der Nachricht, dass Stuart Gilmour sie alle beobachten könnte, stockte ihr der Atem. »Hat sie es jetzt Blake erzählt?«

»Das macht sie heute Morgen. Sie ist sich nicht sicher, aber ich habe gesagt, es wäre gut, wenn er von ihrem Verdacht weiß.«

»Würde ich auch sagen.« Sie hätte es Blake in dem Moment erzählt, in dem ihr der Gedanke kam. Warum hatte Megan es zurückgehalten? Wem traute sie nicht, ihrem Chef oder sich selbst? »Also habt ihr zwei euch gestern nach der Arbeit noch ein bisschen unterhalten?« Sie sah ganz kurz zu ihm, als sie in die Chesterton Road einbog. Einen Moment später war sie wieder ganz auf den Verkehr fokussiert. Mitcham's Corner verlangte hundertprozentige Konzentration. Die seltsame Straßenführung bedeutete, dass Autos, Busse und Radfahrer in letzter Minute die Spur wechselten und sich in absurd winzige Lücken quetschten.

Max schwieg eine Weile. »Wir waren nur auf dem Heimweg auf ein schnelles Bier im Free Press.«

Trotz ihrer gemischten Gefühle für Megan lächelte Tara, weil Max so verlegen klang. »Das ist doch nett.«

Jetzt seufzte er wieder. »Ich weiß, dass ihr zwei euch nicht besonders gut versteht.«

»Was denn? Meinst du etwas, seit sie versucht hat, ein Disziplinarverfahren gegen mich einzuleiten, wegen meines Verhaltens, das zur Verhaftung von Freya Cross' Mörder geführt hat?«

»Na ja, sie …«

»Das war ein Scherz.« Sie konnte ihm das nicht antun. Ihr war bewusst, dass sie bei dem Fall eine Menge Fehler gemacht hatte, auch wenn es ihr gelungen war, in letzter Minute das Kaninchen aus dem Hut zu zaubern. »Mich wundert nicht, dass sie wütend war. Sie war geschockt.« Tara konnte ihre Fehler nicht zugeben, hatte sich jedoch persönlich sowohl bei Megan als auch bei Blake entschuldigt.

»Sie ist toll, wenn man sie kennenlernt«, sagte Max schnell. Es mochte noch früh sein, aber in diesem Moment erkannte Tara, dass es wichtig war.

»Ich vertraue deinem Urteilsvermögen. Megan und ich sind nur nicht auf derselben Wellenlänge, sonst nichts.«

Max war stumm, und Tara fragte sich, was er dachte. Die Antwort schien wenig später zu kommen: »Was ist mit dir und Jez?«

»Was soll mit ›mir und Jez‹ sein?« Sie blickte kurz zu ihm, ob er sie wegen ihrer Bemerkungen zu Megan aufzog, aber er grinste nicht.

»Ich hatte den Eindruck, dass er sich mit dir verabreden wollte – und dann war er gestern Abend noch da ...«

Es stimmte, dass Jez kein sehr subtiler Mensch war, aber in gewisser Weise war es nett, mit jemandem zu tun zu haben, der klar sagte, was er wollte. Nach Monaten, in denen sie über Blake nachgegrübelt hatte, war es mal eine Abwechslung. »Wir sind nur zusammen von der Wache zu mir geradelt. Und dann ist er weiter nach Hause.«

»Ich vertraue deinem Urteilsvermögen auch.« Etwas war an der Art, wie Max es sagte. Er könnte am Ende des Satzes noch *also enttäusch mich nicht* anhängen. Anscheinend wollte er sie genauso beschützen wie Kemp. Aber nach dem, was Tara über Megan gesagt hatte, konnte sie ihm schlecht vorwerfen, er würde sich einmischen.

Dr Schwarz empfing sie in einem Sprechzimmer im zweiten Stock mit Blick auf Castle Mound gleich gegenüber – wo einst Wilhelm der Eroberer eine Festung gebaut hatte und heute nur noch ein niedriger Grashügel war.

Die Ärztin schob ihre dunkel gerahmte Brille weiter nach oben und drehte sich auf ihrem Bürostuhl von ihrem Computerbildschirm zu ihnen. Tara und Max saßen auf Plastikstühlen, die für Patienten vorgesehen waren, und erklärten den Grund ihres Besuchs.

»John Lockwoods Tod kam nicht überraschend«, sagte die Ärztin kopfschüttelnd. »Es hätte jeden Moment passieren können.«

»Können Sie uns mehr dazu erzählen?«, fragte Max.

»Unter den gegebenen Umständen bin ich natürlich bereit dazu.«

»War er krank?« Tara nahm ihren Notizblock hervor.

Schwarz nickte. »Er hatte Depressionen, und seine mentale Verfassung wirkte sich seit Jahren auf seine physische aus.«

»Haben Sie ihn gekannt, bevor er krank wurde?«, fragte Max.

Die Frau schüttelte den Kopf. »Seine Familie ist aus Cambridge, so viel weiß ich, aber bei mir war er erst seit acht oder neun Jahren Patient.« Sie sah zu ihrem Bildschirm. »Ich kann Ihnen sagen, bei wem er vorher in Behandlung war.« Sie rief seine Daten auf, notierte etwas auf einem Block, riss das Blatt ab und reichte es Tara.

»Ich wollte, dass er sich Hilfe sucht«, sagte Schwarz. »Von einem Spezialisten, meine ich. Meiner Ansicht nach hätte er von einer Gesprächstherapie profitiert, und ich hätte ihn überweisen können, aber er war strikt dagegen. Ich bin sogar einmal so weit gegangen, ihn ein bisschen in die Richtung zu drängen, doch da ist er wütend geworden, und ich musste es aufgeben.«

»War er aggressiv?«, fragte Max.

»Er hat geschrien. Ich vermute, er hatte getrunken. Aber er war nicht physisch aggressiv.« Sie seufzte.

»Wir haben diese Packung Beruhigungsmittel neben einer leeren Flasche Whisky auf seinem Schreibtisch gefunden.« Tara holte ihr Handy hervor und zeigte der Ärztin das Foto, das sie gemacht hatte. »Hatten Sie ihm die hier verschrieben?«

Die Frau riss die Augen weit auf. »Guter Gott, nein! Das hätte ich in seinem Zustand niemals riskiert. Es wäre gefährlich, dieses Mittel mit den Alkoholmengen zu kombinieren, die er gewohnheitsmäßig getrunken hat. Und ich hätte auch Sorge gehabt, dass er zu viele davon nehmen könnte.«

Woher hatte er die Tabletten dann? Hatte ein Freund sie

ihm gegeben? Und ihm vielleicht auch den ungewöhnlichen Whisky geschenkt?

»Danke, Dr Schwarz«, sagte Max. »Bevor wir gehen: Hatten Sie jemals den Eindruck, dass John Lockwood etwas belastete, über seine Krankheit hinaus?«

Die Ärztin lehnte sich auf ihrem Stuhl zurück. »Ja, hin und wieder deutete er es an. Er fühlte sich schuldig. Aber ich habe nie erfahren, warum.« Sie zögerte kurz und sah besorgt aus. »Ich glaube, es war etwas Großes. Oft habe ich mich gefragt, ob er es mir am Ende erzählen würde. Und, falls ja, ob ich es der Polizei melden müsste, Arztgeheimnis hin oder her.«

KAPITEL SIEBENUNDDREISSIG

Lucien Balfour betrachtete seine Studentengruppe. Er hatte sie alle eingeladen, früher als gewöhnlich, wegen dem, was mit Julie geschehen war. Alle im dritten Studienjahr hatten sie gekannt, doch eine Studentin beunruhigte ihn besonders. Sie könnte Dinge aufgeschnappt haben, über die er lieber Stillschweigen bewahren würde. Natürlich gab es noch eine andere, die alles wusste, was es über ihn zu wissen gab. Aber sie war unter Kontrolle. Er lächelte flüchtig, ehe er eine dem Anlass angemessene Miene aufsetzte.

»Dies ist ein furchtbarer Start in ein neues akademisches Jahr. Ich weiß, dass Sie alle die Nachricht von Julie Coopers Tod genauso erschüttert hat wie mich.« Er blickte sich in der Runde um. »Sie war eine unglaublich intelligente, strebsame Studentin, der die Welt um sie herum sehr wichtig war.«

Bella Chadwicks rot geränderte Augen waren auf ihn gerichtet. Was sie dachte, sorgte ihn wenig, nur ärgerte ihn die Zurschaustellung ihrer Gefühle. Hatte ihr die Freundin, aller heuchlerischen Handlungen zum Trotz, *wirklich* etwas bedeutet?

Doch es war nicht Bella, die ihm schlaflose Nächte bereitete – jedenfalls nicht mehr. Es war das unscheinbare Mädchen hinter ihr. Tatsächlich hatte er stets Mühe gehabt, sich ihren Namen zu merken – nicht hingegen ihr Gesicht. Als er an jenem Tag aufblickte und ihre verängstigten braunen Augen sah, hatten sich ihre Züge in sein Gedächtnis eingebrannt. Er blickte zu dem Kalendereintrag auf seinem Computer und überflog die Liste der Studenten, die seine Persönlichen Assistentin eingeladen hatte. Louise. Das war es.

Er hatte schon eine Ansprache vorbereitet, wie er das, was sie zufällig bezeugt hatte, hindrehen würde.

»Ich selbst bereue zutiefst, dass meine letzten Worte zu Julie ungeduldig und hitzig waren. So begabt und klug sie war, wird vielen von Ihnen bewusst sein, dass manche der Proteste, an denen sie teilgenommen hatte, nun ja, riskant waren. Ihr Handeln hätte ihre Zukunft gefährden können, wäre die Polizei darauf aufmerksam geworden. Man kann nicht mit einem Messer durch die Straßen von Cambridge ziehen – auch nicht als dramatische Requisite – und erwarten, dass es ohne Folgen bleibt.« Er stand auf und ging neben dem Fenster auf und ab. Dies hier wäre einfacher, wenn er Louises Blick nicht begegnen musste. So lange hatte er ihn vergessen können. Das konnte er nun nicht mehr.

»Als Julies Tutor war mir ihre Zukunft überaus wichtig. Aber natürlich konnte ich auch nicht die Auswirkungen ihrer unbesonnenen Aktionen auf den Ruf von St Oswald's ignorieren, ja, auf die ganze Universität.« Er schaute kurz durch den Raum und wieder weg. »Und solch ein Schaden würde sich auf jeden Einzelnen von Ihnen indirekt auswirken. Also«, er seufzte, »hatte ich mit ihr gesprochen. Ich hatte darauf hingewiesen, dass ich ihr einen Gefallen tat, indem ich sie nicht den Behörden meldete. Und im Gegenzug bat ich sie, ihre politischen Aktivitäten einzudämmen, bis sie ihr Studium hier beendet hatte.«

Nun kehrte er an seinen Platz zurück und erlaubte sich ein

flüchtiges, nostalgisches Lächeln, als er den Kopf schüttelte. »Natürlich können Sie sich vorstellen, wie sie darauf reagiert hat. Zorn ist wahrscheinlich ein zu schwaches Wort.«

Die Reaktion der Studenten war befriedigend: sanfte, traurige Amüsiertheit und reuevolle Mienen. Nicken. Sie hatten Julie nicht gut gekannt, doch ihr Ruf war ihr vorausgeeilt.

Unauffällig drehte er sich zu der unscheinbaren Louise um. Ihre Reaktion war nicht so beruhigend, wie er gehofft hatte. Sie wirkte unsicher. Und vor allem hatte sie bemerkt, dass er nach ihr sah. Doch es nützte nichts. Und sie war eine von den Schwachen. Er müsste Zweifel in ihr säen, was genügen sollte, damit sie nicht auf die Idee kam, etwas Gefährliches zu tun.

»Trotz dieses Gesprächs habe ich sie für ihre Überzeugungen ehrlich bewundert. Ich kann nur hoffen, dass sie verstand, dass ich sie schützen wollte. Kommen Sie jederzeit zu mir, wenn Sie irgendwelche Sorgen haben – ganz besonders jetzt, wenn Sie über Julie reden möchte. Der psychologische Beratungsdienst ist ebenfalls da – dort bekommen Sie Notfalltermine, falls erforderlich. Möchte jemand jetzt reden?«

Die bemitleidenswerte Louise blickte nach unten und zupfte an ihren Fingernägeln – eine höchst unattraktive Angewohnheit. Nicht, dass sie irgendetwas überhaupt aus der Mittelmäßigkeit in puncto Aussehen retten könnte.

Ein paar andere schüttelten den Kopf. Sie schienen unfähig, seine Frage einfach zu beantworten, indem sie den Mund aufmachten.

»In dem Fall möchte ich Ihre Zeit nicht länger in Anspruch nehmen. Aber meine Tür steht Ihnen immer offen.«

Louise stand als Erste von ihrem Platz auf und war als Zweite an der Tür. Sobald der Raum leer war, trat Balfour an sein Fenster. Die Studenten strebten in unterschiedliche Richtungen unten durch den Innenhof.

Die Mausgraue hatte den Kopf gesenkt, weil es zu regnen

begonnen hatte, und redete mit niemandem. Das war gut. Schließlich trat er zurück ins schattige Rauminnere. Mehr könnte gefährlicher sein.

Er müsste abwarten und beobachten.

KAPITEL ACHTUNDDREISSIG

Bella Chadwick stand auf dem regennassen Gehweg vor dem Fitzbillies, als Tara die Trumpington Street entlangkam. Die Studentin hatte ihre Kapuze nicht aufgesetzt, und ihr Haar lag platt an ihrem Kopf an; einzelne Strähnen klebten auf ihren Wangen.

Wegen des starken Temperaturabfalls hatte Tara heute Morgen ihren Wollmantel angezogen. Ihr ginge es genauso, hätte Max ihr nicht den schwarzen Regenschirm geliehen. Sie lief schneller und hielt ihn so, dass auch Bella darunter Schutz fand.

»Danke für Ihr Kommen.« Die junge Frau sprach langsam, und ihr Blick war glasig und unfokussiert. Fast, als würde sie weder den Regen wahrnehmen noch die Tatsache, dass sie nun vor ihm geschützt war.

»Kein Problem.« Tara nickte zu dem beschlagenen Fenster des Cafés. Die Lichter drinnen wirkten hell und einladend, ganz im Gegenteil zum bleigrauen Himmel. »Wollen wir?« Sie führte Bella auf die gläserne Eingangstür zu.

Drinnen war es warm, und Tara sicherte ihnen einen Tisch so weit weg von der Tür wie möglich, um die Zugluft zu meiden, wenn Gäste kamen und gingen. Bella war klatschnass. Während Tara den Regenschirm neben ihren Stuhl stellte, fragte sie sich, wie lange das Mädchen dort im Regen gestanden hatte.

»Heißen Kakao? Kaffee?«

»Gerne Kaffee, danke.«

Bella wollte nichts essen, also bestellte Tara nur ihre Getränke. »Wie kann ich Ihnen helfen?« Sie beugte sich zu der Studentin, damit sie leise reden konnten und sie niemand hörte.

Bella blickte sich einen Moment lang um. Zum ersten Mal schien sie sich auf ihre Umgebung zu konzentrieren. »Ich bin nicht ganz ehrlich gewesen, als wir gestern geredet haben.«

Ach was? Doch ihr Geständnis kam nicht unerwartet. »Es ist nicht immer leicht, wenn etwas Traumatisches passiert ist. Da gehen einem alle möglichen widersprüchlichen Gedanken und Sorgen durch den Kopf.« Sie wartete, weil sie Bella nicht beeinflussen wollte.

Die Kellnerin brachte ihre Kaffees und ein kleines Milchkännchen.

Als sie wieder gegangen war, holte Bella Luft. »Ich habe heute Morgen gehört, dass John Lockwood tot ist.«

Tara nickte. »Das habe ich Ihnen nicht vorenthalten, als wir miteinander gesprochen haben. Ich wusste es selbst nicht, bis ich wieder aufs Revier kam. Und dann mussten wir natürlich seine nächsten Angehörigen informieren, bevor wir es öffentlich machen konnten.«

Bella nickte. Es wirkte mechanisch. »Verstehe.« Sie seufzte. »Es kommt mir so falsch vor, aber es ist wichtig.« Sie nahm ihre Tasse auf und trank einen winzigen Schluck. »Ich hatte gestern nicht zu viel über ihn gesagt, weil ich Angst hatte.«

Tara erinnerte sich, wie die Studentin zusammengezuckt war, als Johns Name fiel.

»Warum hatten Sie Angst, Bella?«

»Ich dachte, er würde es irgendwie erfahren, wenn ich

Ihnen etwas erzähle. Und dass es ... Folgen haben könnte. Aber jetzt, wo er tot ist, fühle ich mich sicherer. Er kommt nicht mehr an mich heran.«

Sie bibberte und sah nicht aus wie jemand, der plötzlich entspannt war.

»Und was war es, das Sie mir nicht über John erzählt haben? Sie sagten, dass Sie ihm nie begegnet sind.« Tara kam es immer noch seltsam vor, dass Bella einzig von seiner Existenz gewusst hatte, weil Julie sich ihr anvertraute.

Doch die Studentin nickte. »Das stimmt.«

»Sie haben die beiden nie auch nur zusammen gesehen?«

Bella blickte zu ihrer Tasse. »Nein.«

Wenn dem so war, warum mied sie dann Taras Blick? »Bella, ich habe den Eindruck, dass Sie sich manchmal ausgeschlossen gefühlt haben, wenn Julie mit ihren anderen Freunden losgezogen ist. Falls Julie Sie als eine sehr enge Freundin betrachtet hat, auf die sie sich absolut verlassen konnte, hat sie Sie vielleicht für selbstverständlich genommen. War eventuell sogar ein bisschen grausam – ohne es zu wollen –, wenn es darum ging, wie viel Zeit sie mit Ihnen und wie viel sie mit ihrem Freund und anderen Menschen verbracht hat.« Sie beugte sich noch näher zu Bella. »Falls ja, würde ich Ihnen nicht verdenken, sollten Sie ihr vielleicht mal nachgegangen sein, um zu sehen, mit wem sie sich getroffen hat – oder um mit ihr zu reden. Sollten Sie so von John erfahren haben, ist daran nichts verwerflich.« Konnte sie die Frau dazu bringen, ihr zu vertrauen?

Bella schaute kurz auf, senkte den Blick jedoch gleich wieder. »Danke, so war es nicht. Julie hat es mir erzählt.«

Tara holte tief Luft. Ihr fiel immer noch schwer, das zu glauben – und sollte es stimmen, musste es etwas Bestimmtes gegeben haben, dass Julie loswerden wollte. Jeder betonte immer wieder, wie unabhängig sie war.

»Und was von dem, was Sie mir erzählt haben, war nicht ganz korrekt?«, fragte Tara und wahrte einen sanften Ton.

»Es ist nicht so, dass ich gelogen habe. Was ich gesagt habe, war bloß unvollständig.« Wieder sah Bella in ihre Kaffeetasse. »Manches von dem, was Julie mir erzählt hatte, hat mir Sorgen gemacht – um Johns Geisteszustand. Julie mochte ihre Projekte, und mir schien es, als wäre John eines von ihnen geworden.«

»Obwohl er aus einer mächtigen, vermögenden Familie kam?«

»Ich glaube, mit der hatte er sehr wenig zu tun.« Sie stockte. »Jedenfalls nach dem, was Julie gesagt hat.«

»Hat sie jemals erzählt, warum das so war?«

Bella schüttelte den Kopf. »Ich habe angenommen, dass es daran lag, dass John rebelliert hatte. Julie gab zu, dass er eine Menge trank und ...« Abrupt verstummte sie.

»Und was, Bella?«

Sie trank noch einen Schluck Kaffee. »Na ja, wenn man von ihm und Julie ausgeht, hat es wohl ausgesehen, als würde er auf jüngere Frauen stehen. Er hat gegen die Regeln verstoßen.«

Warum diese Pause? »Glauben Sie, dass Julie jemals Angst vor ihm gehabt hat?«

Wieder schüttelte Bella den Kopf. »Das ist es ja. Sie hat gar nicht gesehen, dass er eine Gefahr für sie sein könnte. Obwohl sie gesagt hat, dass er manchmal unberechenbar war.«

»Unberechenbar?«

»Sie hat gesagt, dass er sich nahe am Abgrund bewegte und hin und wieder aufbrausend war.«

»Hat sie erwähnt, dass er sie bedroht hat? Oder physisch angegriffen?«

»Sie hat angedeutet, dass sie ihn ein paarmal beruhigen musste.«

»Und was ist mit ihrer Beziehung? Wie viel wissen Sie über die?«

Bella senkte den Blick zu ihrem Schoß. »Sie hat erzählt,

dass sie Sex hatten.« Langsam sah sie wieder zu Tara auf. »Ich denke, er könnte von ihr besessen gewesen sein.«

»Wie kommen Sie darauf?«

Die Kellnerin erschien und fragte, ob alles okay sei. Es verging eine kleine Weile, bis Tara nachhaken konnte. »Bella?«

Die Studentin rang die Hände. »Julie hat in den zwei Wochen vor ihrem Tod komische Sachen geschickt bekommen.«

Tara dachte an die Sachen aus dem Zimmer der Toten, und ahnte schon, was kam. Doch Bella könnte mehr wissen als die Polizei. »Was für Sachen?«

»Unheimlicher Kram. Jemand hatte ihr einen Haufen rotes Papier geschickt, in Stücke geschnitten. Julie legte sie wie ein Puzzle zusammen, und sie ergaben ein Herz. Einmal hat sie auch Blumen in ihrem Fahrradkorb gefunden. Einen ganzen Haufen Anemonen.« Bella runzelte die Stirn. »Das Herz war mit Filzstift angemalt. Und es war ziemlich groß, als sie es zusammengelegt hatte. Es musste einige Zeit gedauert haben, das vorzubereiten. Auch die Blumen zu sammeln. Das waren ja nicht nur ein paar. Ich habe sie gesehen.«

»Warum haben Sie das alles verschwiegen, Bella?« Tara lehnte sich zurück, obwohl sie frustriert war. Sie durfte das Mädchen jetzt nicht verschrecken. »Selbst wenn Sie Angst vor John hatten, hätten Sie es erwähnen können.«

»Tut mir leid. Das war falsch von mir. Ich konnte nicht klar denken und musste erstmal überlegen, was ich sagen konnte und was nicht.«

Doch Tara dachte etwas anderes. Stuart Gilmour hatte die Nacht in Bellas Zimmer verbracht, nachdem Julies Tod publik geworden war. Und Julie hatte geglaubt, dass Gilmour sie mit Bella betrog. Wie scharf war die Frau Tara gegenüber darauf gewesen, Gilmour für sich zu haben? Und wie weit würde sie gehen, um ihn zu schützen? Nahm sie an, er hätte Julie Herzen und Blumen geschickt? Zeigte sie jetzt mit dem Finger auf John Lockwood als praktischen Sündenbock?

»Wann kam Ihnen der Gedanke, dass John dahinter stecken könnte?«

Bella zuckte mit den Schultern. »Ich habe es immer für eine Möglichkeit gehalten. Es hörte sich an, als wäre er labil. Und dass er jetzt auf solche Weise alleine bei sich zu Hause gestorben ist, so kurz nach Julie … na, das kann doch kein Zufall sein, oder?«

Viel mehr würde Tara nicht erfahren. Sie sah die Kellnerin und bat um die Rechnung.

»Danke, dass Sie mir erzählt haben, was Sie wissen.« Sie kramte einige Münzen für das Trinkgeld aus ihrem Portemonnaie. »Aber halten Sie sich für alles offen, okay? Und sollten Sie sonst etwas hören oder sehen, das Ihnen verdächtig scheint, rufen Sie mich bitte an.« Sie reichte Bella ihre Karte. »Wir sind noch weit davon entfernt zu bestätigen, wer Julie ermordet hat.«

Bella sah sie direkt an, und da war Furcht in ihren Augen. Sie musste wissen, dass Stuart Gilmour auf ihrer Liste stand. Und sie glaubte eindeutig nicht, dass er ihre Freundin ermordet hatte, aber vielleicht plagte sie auch ein Hauch von Zweifel. Und der könnte ihrer eigenen Sicherheit dienen.

KAPITEL NEUNUNDDREISSIG

Den Dienstagvormittag hatte Patrick damit verbracht, eine dumme Blondine zu observieren, wie sie durch diverse teure Geschäfte schlenderte. Doch seine Mühe zahlte sich aus, als er sah, wie sie sich vor dem Starbucks in der Grand Arcade mit ihrem Geliebten traf. Er schoss einige geschmacklose Fotos, die er ihrem Ehemann geben konnte, dann machte er sich an sein eigentliches Vorhaben heute.

Peter Devlin war Tara Thorpes fester Freund während ihrer Teenagerjahre gewesen. Natürlich war er damals befragt worden, als ihr mysteriöser Stalker erstmals aktiv wurde. Die zuständigen Ermittler hatten ihn ausgeschlossen, nur weil er nicht in der Stadt gewesen war, als eines ihrer fiesen Päckchen abgeschickt wurde. Als hätte er keinen Freund dazu bringen können, es für ihn einzustecken! Jetzt würden die Polizisten von dem Fall wie ein Haufen Idioten dastehen. Hoffentlich war der ursprünglich zuständige Detective noch im Spiel, um Patricks Triumph zu bezeugen.

Devlin hatte heute ein eigenes Architekturbüro. Patrick ging die Regent Street hinunter zu dem Büro und klingelte. Der Typ war nicht sehr offen oder freundlich gewesen, als Patrick das letzte Mal hier war (kein Wunder!), deshalb nannte er nun einen falschen Namen und behauptete, er wolle Devlin wegen eines Küchenanbaus sprechen.

Zwei Minuten später war er oben im gemütlichen Empfangsbereich und mit Kaffee versorgt. Die Empfangssekretärin bot ihm sogar eine Zeitschrift an. War die Arbeit für alle Privatdetektive so einfach? Patrick glaubte es nicht.

Nach weiteren zehn Minuten kam Devlin aus seinem Büro. Die Empfangssekretärin war in die Mittagspause gegangen, und Taras früherer Freund kniff die Augen zusammen, als er Patrick erblickte. Offenbar erinnerte er sich an ihn.

»Ist Ihnen klar, dass ich Sie wegen Belästigung der Polizei melden kann, wenn Sie anfangen, mir nachzustellen?« Wut blitzte in seinen dunkelbraunen Augen.

»Das glaube ich nicht. Wollen wir in Ihrem Büro reden?«

Der Typ besaß die Frechheit, die Augen zu verdrehen. »Hier ist sonst keiner, also halte ich es für überflüssig.« Devlin war drauf und dran, Patrick rauszuwerfen, dessen war er sich ziemlich sicher, doch auf einmal hielt der Architekt inne. »Wie kommen Sie darauf, dass ich nicht die Polizei rufen würde?«

»Weil ich frische Beweise habe. Informationen, die mich von Ihrer Schuld überzeugen.«

Der Mann schüttelte ungläubig den Kopf. »Sie sind verrückt. Dann mal raus damit! Das dürfte amüsant werden.«

Patrick ließ sich nicht abschrecken. »Im Frühjahr bin ich wegen Tara Thorpes Stalker bei Ihnen gewesen. Ich hatte Sie als Ersten befragt, weil ich Sie frühzeitig ausschließen wollte, da die Polizei dachte, Sie wären der unwahrscheinlichste Verdächtige.«

Da war ein Zucken in der Wange des Mannes. »Da hatte sie recht. Ich war es nicht.«

»Vielleicht möchten Sie mir in dem Fall erzählen, warum nach dem Gespräch mit Ihnen – und nur mit Ihnen – Tara den ersten Drohbrief seit Jahren erhielt, in dem sie aufgefordert wurde, ›die Hunde zurückzupfeifen‹.«

Eine Sekunde lang schien es dem Mann die Sprache zu verschlagen. Devlin hob eine Hand an seinen Mund und stand vollkommen still da, die Augen weit aufgerissen. Tatsächlich wirkte er bestürzt.

»Tja, ich war das nicht«, antwortete er schließlich. »Aber wenn Tara die Identität der Person erfahren möchte, die sie so lange gejagt hat, dann denke ich, dass ich sie kenne – von dem ausgehend, was Sie mir eben erzählt haben.«

Patrick hatte angedeutet, dass Tara ihn engagiert hatte, als er das erste Mal mit dem Mann sprach.

»Reden Sie weiter.«

Devlin schloss kurz die Augen. »Es kann nur eine Person sein. Nur die, der ich es erzählt habe ...«

KAPITEL VIERZIG

Blake hatte die letzte Nacht nicht geschlafen. Sonias Worte über Babettes Liebhaber wollten ihm nicht aus dem Kopf. *All das Hin und Her über so viele Jahre – mit den Gefühlen des anderen spielen. Zu viel Leidenschaft vielleicht. Es war nicht gesund.*

Er hatte nur zwanzig Minuten gehabt, die Neuigkeit zu verarbeiten, ehe seine Frau zurück ins Haus gerauscht war und ihr glattes, goldblondes Haar nach hinten geworfen hatte, als sie sich vorbeugte, um ihm einen Kuss zu geben. Würde Sonia die Unterhaltung über Matt Smith gegenüber ihrer Tochter erwähnen? Blake ertappte sich bei dem Wunsch, sie täte es nicht. Er wollte Babs keine Gelegenheit geben, sich eine neue Mixtur an Halbwahrheiten zurecht zu legen, mit denen sie ihre Lügen erklärte. Am liebsten hätte er ihr ihren Verrat in dem Moment ins Gesicht geschleudert, in dem ihre Mutter aus dem Haus war, aber sein Verstand riet ihm zu warten. Er musste ruhig sein, wenn er sie zur Rede stellte, und er sollte sich vorher eine Strategie zurechtlegen. Stattdessen hatte er, als sie allein waren, nur gefragt, was der Buchklub zu dem Rebecca-Stott-Roman meinte. Innerlich jedoch arbeitete es in ihm und hatte nicht wieder aufgehört. Warten ... er musste warten und nicht blindlings lospreschen. Er holte tief Luft; sein Herz raste. Es sollte ein ruhiges Gespräch sein, wenn Kitty und Jessica heute Abend schliefen.

Wieder einmal verbot er sich die Gedanken an seine Ehe. Eine Fertigkeit, die er früh entwickeln musste, und das Maß war allmählich voll. Lange würde er es nicht mehr aushalten. Doch vorerst musste er sich voll und ganz auf den Fall konzentrieren. Agneta musste ihm etwas angesehen haben, als er bei John Lockwoods Autopsie war, denn ausnahmsweise hatte sie nicht nach seinem Familienleben gefragt.

Jetzt musste er den Bericht an das Team weitergeben. Er sah sie alle an, als sie vor ihm im Besprechungsraum versammelt waren, und trank einen großen Schluck von seinem schwarzen Kaffee, der leider schon abgekühlt war. Max saß neben Tara und im rechten Winkel zu Megan und Jez, doch die Dynamik war deutlich zu erkennen. Max sah zu Megan; indem sie seinen Blick erwiderte, verriet sie Blake, dass die beiden sich gut verstanden, und Jez schaute zu Tara. Letztere sah stirnrunzelnd in ihre Notizen. Blake war ziemlich sicher, dass die zwei gestern Abend zusammen gegangen waren. Eine Sekunde lang fragte er sich, was passiert war. Natürlich ging es ihn nichts an, doch er konnte seine Reaktion auf Jez' selbstzufriedenes Lächeln nicht abschütteln.

Er trat vor. »Also, John Lockwoods Tod. Agneta schätzt den Todeszeitpunkt auf circa ein Uhr in der Nacht zu Montag. Sein Promillewert ging durch die Decke, und offenbar war die leere Blisterpackung mit Beruhigungsmitteln, die auf seinem Schreibtisch gefunden wurde, voll gewesen, als er sich betrank.«

»Dann war es Suizid?« Megan rückte auf ihrem Stuhl nach vorn.

»Ohne Abschiedsbrief können wir uns nicht vollkommen sicher sein, aber angenommen, er wusste, was er nahm, sieht es so aus. Nichts am Fundort weist auf direkte Nötigung hin. Und er hatte langfristige gesundheitliche Probleme – die mit dem Alkoholmissbrauch einhergingen. Agneta stimmt der Einschätzung seiner Ärztin zu, mit der ihr geredet hattet«, er sah zu Max und Tara, »dass er auch ohne das, was er am Sonntagabend genommen hatte, jederzeit hätte sterben können. Sie wies allerdings darauf hin, dass die Tabletten keine bekannte Marke waren. Die Spurensicherung konnte keine Angaben zur Dosierung oder eine Schachtel finden, daher ist es möglich, dass Lockwood nicht wusste, wie viele er wann nehmen konnte. Doch er konnte vermuten, dass so viele Tabletten mit der Menge starken Whiskys nicht gut waren.«

Einen Moment lang schwiegen alle, während Blake seinen Kaffee austrank. Er fühlte sich scheußlich. Schließlich blickte er auf. »Tara, was hatte Bella Chadwick heute zu sagen?«

Sie berichtete ihnen von dem Gespräch. »Ich wollte ihr klar machen, dass sie nicht automatisch John für Julies Mörder halten soll. Eine Menge von dem, was sie denkt, scheint auf dieser Annahme zu fußen. Und ich bin mir nicht sicher, ob sie begriffen hat, dass Stuart Gilmour ein Hauptverdächtiger ist.«

»Ich sehe Gilmour trotzdem nicht, wie er Julie ein zerschnittenes Herz schickt«, sagte Jez. »Der Typ ist eine Schlange.«

Hier hob Megan die Hand und erklärte, dass sie Gilmour am Sonntagnachmittag eventuell gesehen haben könnte, wie er die Wache (oder sie) beobachtete. Max neigte sich vor, als sie sprach, als wolle er sie stumm anspornen. Und kaum war sie fertig, nickte er. Sie hatte sich zuerst ihm anvertraut, tippte Blake. Verdammt. Wie konnte er sein Team dazu bringen, als Ganzes zu operieren?

»Es war richtig von dir, das zu erwähnen. Das nächste Mal erzähl es mir gleich, auch wenn du dir nicht sicher bist. Wenn die Information unsicher ist, können wir sie mit einbeziehen.«

Megan, die den Blick gesenkt hatte, nickte. »Ich habe ein

bisschen gebraucht, um die beiden Gesichter zusammenzubringen.«

Er kritisierte sie so gut wie nie – gewöhnlich ermunterte er sie, sich auf ihr Gefühl zu verlassen, wenn es um Befragungen ging. Und sie ließ selten etwas aus. Er würde sie bloß in die Defensive zwingen.

Doch Tara runzelte wieder die Stirn und fixierte den Blick auf ihn. »Ich habe noch mal über den Mord-aus-Leidenschaft-Ansatz nachgedacht«, sagte sie bedächtig. »Mir war nicht ganz klar, was mich störte, aber dann machte mich der vom Mörder gewählte Ablageort stutzig. Warum ausgerechnet Wandlebury? Ich meine, das Wetter ist momentan furchtbar, aber wir hatten einen lauen Herbstanfang, und da sind am Wochenende viele Familien unterwegs. Julie dort zu lassen, hätte die Entdeckung ihrer Leiche nicht hinausgezögert. Und sie wurde nur ein kleines Stück neben dem Weg platziert. Mehr nicht. Noch dazu war es nicht ohne Risiko, sie dorthin zu transportieren. Die Spurensicherung vermutet, dass der Täter mit einem Wagen die nächstgelegene Zufahrt hinaufgefahren ist. Es hätte einige Minuten gedauert, ihre Leiche aus dem Wagen zu holen, sie zu ihrer letzten Ruhestätte zu bringen und wieder zu verschwinden. Und es wohnen Menschen in den Häusern im Ringinnern. Nicht viele, und es ist höchst unwahrscheinlich, dass sie mitten in der Nacht dort herumstapfen, aber nicht ausgeschlossen. Angenommen, der Mörder ist nicht blöd, muss er das Risiko aus einem Grund eingegangen sein. Weil es zu seinem Plan passte.«

Megan sah Tara an. »Denkst du, sie haben den Ort gewählt, weil es einer von denen ist, an denen sich Liebespaare treffen?«

Zum allerersten Mal erlebte Blake, dass die beiden Frauen denselben Gedanken verfolgten. Taras grüne Augen leuchteten. »Es scheint möglich. Vielleicht hat der Mörder versucht, uns ein Bild von der Art Verbrechen zu zeichnen, von dem er wollte, dass wir es vermuten ...«

»Was bedeuten würde, dass Details wie die Blumen in Julies Tasche – und vielleicht das zerschnittene Herz – um des Effekts willen platziert wurden?« Blake ging im Geiste die Beweise durch. »Und die zerrissene Unterwäsche, obwohl es kein Anzeichen von Geschlechtsverkehr gibt, könnte Teil desselben Plans gewesen sein. Genau wie das Abreißen des Rings, den Stuart Gilmour ihr geschenkt hatte.« Bis jetzt hatte er sich vorgestellt, dass Stuart ihn abgerissen hatte, weil Julie ihn nicht zurückwollte, oder John, weil er eifersüchtig auf Stuart war.

»Das Motiv zu verwerfen, würde den Kreis der Verdächtigen beträchtlich vergrößern«, sagte Max.

Blake nickte. »Wir dürfen die Mord-aus-Leidenschaft-Theorie noch nicht verwerfen, aber dies sieht nach einem überzeugenden anderen Ermittlungsansatz aus. Danke, Tara.« Er glich ihre Theorie mit dem ab, was Bella Chadwick gesagt hatte. »Also, Bella sagt, Julie hätte ihr von dem Herz erzählt, das ihr geschickt wurde – und auch von Blumen in ihrem Fahrradkorb, die denen in ihrer Rocktasche glichen. Wenn das alles wahr ist, wurden die Beweise für einen Mord aus Leidenschaft gefälscht und Julies Tod war geplant. Ich hatte überlegt, ob ihr Mörder sie in einem Wutausbruch niedergeschlagen hat, so Julies Kopfverletzung verursachte und sie dann in einen engen Raum sperrte, entweder in dem Glauben, sie sei bereits tot, oder weil er in dem Moment beschloss, sie zu töten. Aber das könnte einiges ändern.«

»Jemand könnte ihr in der Hoffnung auf den Kopf geschlagen haben, dass es sie umbrachte«, sagte Tara nachdenklich. »Dann wäre das Szenario dasselbe. Entweder wurde der Person klar, dass ihr erster Versuch gescheitert war, und sie hat Julie eingesperrt, damit sie starb, oder sie dachte, sie hätte es geschafft, und hat sie eingesperrt und sie so unwissentlich getötet.«

»Angenommen, der Täter dachte nicht, er hätte sie schon

umgebracht, warum hat er nicht weiter mit der Waffe auf sie eingeschlagen, bis sie definitiv tot war?«, fragte Jez.

Max runzelte die Stirn. »Vielleicht war er dafür zu zimperlich. Oder wollte schlicht keine Sauerei anrichten. Was zu einem Täter passen würde, der eher klinisch an die Dinge herangeht – und dass die Tat sorgfältig geplant war, kein leidenschaftlicher, unkontrollierter Angriff.«

»Und wir sind uns alle einig, dass Stuart Gilmour so kalt und berechnend sein könnte – so scharf er auch mal auf Julie gewesen sein mag.« Megan wirkte blass. »Doch angenommen, er war nicht mehr auf Julie fixiert, als sie starb, wüsste ich nicht, warum er sie hätte umbringen wollen.«

»Er könnte sie gehasst haben«, sagte Max. »Sie ist ungeschoren davongekommen, nachdem sie bei dem Protest gegen Lockwood's ein Messer dabeigehabt hatte, und er wurde deswegen suspendiert. Aber es ist ausgeschlossen, dass er sie deshalb ermordet hat.«

Was Blake wieder auf Balfour brachte. »Wahrscheinlich ist es nebensächlich, aber ich würde gerne wissen, warum Julies Tutor in der Sache anscheinend gar nichts unternommen hatte. Und uns absichtlich ihre Beteiligung vorenthalten hat.«

»Vielleicht wollte er den Ruf des College schützen«, sagte Jez.

»Und vielleicht wollte er Julies Verachtung für die Firma des Masters nicht noch befeuern«, ergänzte Max.

Blake sah die beiden an. »Und ihr denkt, mehr steckt nicht dahinter?« Er hielt Balfour für einen notorischen Lügner, auch wenn die beiden durchaus recht haben könnten.

»Wenn wir das Suchfeld erweitern, denke ich auch daran, wie Julie zu den Geschäften von Lockwood's nachgeforscht hat.« Tara wandte sich zu Jez, und Blake beobachtete, wie sich dessen Körpersprache veränderte – vorgeneigt, die Arme offen, der Gesichtsausdruck ehrlich. »Wir wissen, dass sie Journalistin werden wollte, und du hattest erwähnt, Jez, dass sie es nie schaffen würde, wenn sie in ihren Artikeln nur Altbekanntes aufwärmte.«

Der DC nickte.

»Was ist, wenn sie etwas Negatives herausgefunden hatte? Sie muss Sir Alistair ernsthaft gegen sich aufgebracht haben, als sie gegen seine Firma protestierte. Er gibt acht, es nicht zu zeigen, aber er ist seit Jahren darauf trainiert, in der Öffentlichkeit charmant zu wirken. Vielleicht hatte er ein Auge darauf, was sie tat. Eventuell hatte sie ihn sogar herausgefordert, ihn um ein Interview gebeten und ihn mit irgendeinem schädlichen Wissen konfrontiert? Er kann nicht beweisen, dass er die Nacht in London war.«

Jetzt hatte sie Megan verloren. »Da sind furchtbar viele Mutmaßungen in deiner Theorie.«

Tara nickte. »Weiß ich, aber ein Journalisten-Exfreund von mir aus Unitagen arbeitet an Wirtschaftsstorys. Ich könnte mit ihm reden und sehen, ob er irgendwelche Gerüchte gehört hat oder an der Theorie etwas dran sein könnte. Er ist in Cambridge, praktisch wegen all der Hi-Tech-Firmen, daher wird er alles mitbekommen.«

Blake stockte kurz. Ihm war Jez' Miene nicht entgangen, als Tara von einem Ex sprach. »Mach das. Es lohnt sich gewiss, seine Meinung zu hören. Nach allem, was wir über Julie wissen, war sie hartnäckig und ehrgeizig. Ich denke, keiner von uns bezweifelt, dass sie zumindest gehofft hatte, etwas richtig Vernichtendes zu finden, bedenkt man die Zeit, die sie auf die Recherche von Sir Alistairs Firma verwandt hat. Jez, kannst du mal die Aufzeichnungen der Sicherheitskameras nahe Lockwoods Londoner Wohnung ansehen und überprüfen, ob er da war, wo er behauptet? Und lass auch sein Autokennzeichen durchlaufen – ob du seine Heimfahrt bestätigen kannst.«

Jez nickte, sah jedoch nicht froh aus.

»Max, kannst du alle aufspüren, die in denselben Sitzungen wie Julie von John Lockwood betreut wurden? Ich würde gern ihre Meinung dazu hören, wie die beiden miteinander umgingen. Und Megan und ich ...«

Ehe er den Satz beenden konnte, kam ein Uniformierter herein und reichte ihm einen Zettel.

Er bedankte sich mit einem Nicken, während er bereits las, und schaute dann auf. » Planänderung. Megan und ich reden noch einmal mit Veronica Lockwood.« Er hielt den Zettel in die Höhe. »Der Anruf auf John Lockwoods Festnetzanschluss in der Nacht seines Todes kam von ihrem Handy. Ich würde gern wissen, warum sie ihre Nummer unterdrückt hatte.«

KAPITEL EINUNDVIERZIG

Tara rief Josh Harding an, doch der ging nicht ans Telefon. Was sie nicht überraschte. Man brachte es im Journalismus zu nichts, indem man auf dem Hintern hockte und wartete, dass die Exfreundin anrief. Also schrieb sie ihm eine Textnachricht und blieb an ihrem Schreibtisch, um den Bericht über ihre Unterhaltung mit Bella Chadwick zu schreiben. Sie las ihn gerade noch einmal durch, als Joshs Antwort kam.

Was ist? Ich war bei einer überladenen Produkteinführung in London, bin aber fast wieder am Bahnhof von Cambridge. Treffen wir uns im Old Ticket Office, wenn du kurz reden willst? Ich bin in 15 Min da.

Sie tippte rasch eine Antwort, bevor sie ihr Fahrrad holte – und wünschte, es gäbe bessere Parkmöglichkeiten am Bahnhof oder weniger Regen in der Luft.

Zehn Minuten später strich sie sich auf der Toilette des Old Ticket Office das klamme Haar aus dem Gesicht. Sie war zwar nicht mehr die Bohne in Josh verliebt, seit sie einundzwanzig war, doch ihren Stolz hatte sie in den elf Jahre dazwischen nicht verloren. Sie zog einen Kamm aus ihrer Handtasche und machte sich an die Arbeit. Reine Schadensbegrenzung, mehr nicht. Dann legte sie frische Wimperntusche auf und verließ die Toilette, um die Wendeltreppe hinunter in den Schankraum zu gehen. Josh erwartete sie bereits. Einen Meter sechsundachtzig groß, stand er breitschultrig mit dem Rücken zu ihr und beobachtete den Eingang.

Sie schlich sich von hinten an. »Buh!«

»Oh, verdammt.« Er küsste sie auf beide Wangen. »Und schon fällt mir wieder ein, warum wir Schluss gemacht haben. Zu viele Schockmomente für meine Nerven.«

Sie lächelte. Sie waren im zweiten Jahr ihres Hauptstudiums zusammengekommen, anderthalb Jahre nachdem ihr Stalker plötzlich Ruhe gegeben hatte. Kemp war noch ein sporadischer Gast in ihren Wohnheimen gewesen, und Tara hatte hin und wieder ihre Selbstverteidigungstechniken an Josh geübt ...

»Wie geht es Theresa? Und den Kleinen?« Josh und seine Frau hatten zweijährige Zwillinge.

»Sie gedeihen. Laut. Schlaflos.«

»Deine Frau oder die Kinder?«

Er lachte. »Alle drei.«

»Was darf ich dir bestellen?«

Josh blickte zu den Zapfhähnen. »Ein Pint Brew House bitte.« Er lächelte. »Du willst vermutlich etwas Alkoholfreies. Vermisst du jemals deinen Job als Journalistin?«

»Für *Not Now* zu arbeiten, war ein zu hoher Preis für das eine oder andere Glas mittags. Außerdem kann ich nie tagsüber trinken, ohne direkt einzuschlafen.« Sie bestellte und wählte eine Flaschen Nanny State – ein Craft-Bier mit sehr wenig Alkohol – für sich.

Als der Barkeeper Joshs Bier fertig gezapft hatte, sah Tara ein Paar an einem Zweiertisch die Mäntel aufnehmen und machte sich auf den Weg dorthin. Dabei fragte sie sich, wer das

Grün für die Wände ausgesucht hatte. Selbst wenn sie sich für ein hochprozentigeres Bier entschieden hätte, würde die Wandfarbe allein sie wachhalten.

»Also, was gibt's?«, fragte Josh, als sie sich setzten.

Tara war dankbar für den Lärm um sie herum. »Ich arbeite an einem Mordfall. Die Studentin Julie Cooper, kurz vor ihrem dritten Jahr am St Oswald's. Sir Alistair Lockwood ist dort Master.«

Josh runzelte die Stirn, und sein lockiges Haar fiel nach vorn. »Daran erinnere ich mich. Demnach interessierst du dich für Lockwood's?«

»Julie hat viel Zeit auf den Kampf gegen die Firma verwandt.«

«Was taktlos ist, bedenkt man, dass er Master an ihrem College ist.«

»Offensichtlich waren ihr die Themen, für die sie sich eingesetzt hat, wirklich wichtig. Bei ihr gab es keine halben Sachen. Und uns wurde auch erzählt, dass sie hoffte, Karriere im Journalismus zu machen. Unter uns«, sie wusste, dass sie ihm vertrauen konnte, »es sieht aus, als hätte sie endlose Stunden mit der Recherche zu Lockwood's verbracht. Ich meine, sie hatte auch andere Konzerne im Blick, aber an dem ihres Masters muss etwas Besonderes gewesen sein. Deshalb frage ich mich, ob sie von etwas Großem Wind bekommen haben könnte.«

Tara zog ihr Handy aus der Hosentasche und zeigte ihm die Aufnahmen der Lockwood-Katze, die Julie gemacht hatte. »Sie hatte die hier auf ihrem Handy, als sie starb.«

Josh nahm ihr das Telefon ab, schob seine Hornbrille höher und betrachtete die Fotos. »Gott, was für ein scheußliches Teil.«

Tara erklärte ihm, was Sir Alistair ihr darüber erzählt hatte. »Anscheinend symbolisiert sie Loyalität und Liebe innerhalb der Familie.«

»Nett! Ich bin froh, dass ich nicht aus solch einem Clan stamme.«

»Ich auch.« Sie mochte ihre Mutter schwierig finden, aber sie zog sie allemal den Lockwoods vor.

»Und wann hat Julie diese Fotos gemacht? Wissen wir das?«

Tara nickte. »Der Datumsstempel passt zu einem Tag, als sie legitimen Zutritt zur Master's Lodge hatte. Sie war dort auf einer Party für Studenten vor einem Jahr, müsste jedoch immer noch gesucht haben, um die Katze zu entdecken. Und ich kann mir nicht vorstellen, dass sie ein Familienerbstück finden wollte, als sie sich in die Privaträume schlich.«

»Denkst du, sie hat gehofft, etwas über das Unternehmen zu finden?«

Tara trank von ihrem Nanny State. »Das frage ich mich, ja.«

»Könnte sein, allerdings nur, wenn sie sehr naiv war. Und wenn sie gewohnheitsmäßig gegen Konzerne vorgegangen ist, bezweifle ich das.«

»Du meinst, es besteht keine Chance, dass Sir Alistair oder ein anderer Beteiligter sensible Dokumente in der Master's Lodge liegen gelassen haben könnte – und Julie das wusste?« Es war ein gutes Argument. Andererseits gab es Kabinettsmitglieder, die mit vertraulichen Papieren fotografiert wurden, die jeder vergrößern und lesen konnte – und Firmenmitarbeiter, die ihre Laptops in Zügen aufgeklappt ließen. Menschen machten Fehler.

»Ich denke, Sir Alistair und seine Familie wären extrem vorsichtig, wenn sie einen Ansturm von Studenten erwarteten, vor allem, da sie jüngst eine Kontroverse ausgelöst haben und junge Leute am aktivsten gegen sie protestieren. Aber es ist nicht nur das. Es gibt fast nichts, was Julie Cooper hätte finden können, das hängenbleiben würde.«

»Was meinst du?«

Josh lehnte sich vor und öffnete einen Webbrowser. »Nenn mir irgendein Unternehmen. Ich tippe den Namen bei Google ein, ergänze das Wort Skandal, und warten wir ab, was wir bekommen.«

Tara spielte mit. Beispiel für Beispiel kamen seitenweise Suchergebnisse.

»Das sind alles Storys über bekannte Firmen, richtig?«, fragte Josh.

»Ja.«

»Und wie viele von denen kanntest du schon?«

»Ein paar?«

Er nickte. »Ich sehe, dass du überrascht bist. Vieles von dem, was wir eben ausgegraben haben, sollte eine Riesenstory sein, aber im Großen und Ganzen sind die Geschichten schnell verpufft, ohne sich sonderlich auf die Firmen auszuwirken.«

»Manche der Strafen sahen ziemlich hoch aus.« Sie nickte zu den letzten Schlagzeilenlinks, die Josh aufgerufen hatte.

»Klar, für uns. Aber jede diese Firmen hat ein Team von Buchhaltern und Anwälten, die genau ausrechnen, was es sie kosten würde, sich anständig zu verhalten, gegenüber dem, was sie berappen müssten, wenn sie es nicht so genau nehmen und erwischt werden. Und offensichtlich ist es häufig billiger, sich für Letzteres zu entscheiden.«

»Denkst du das ernsthaft?«

»Leider ja. Sollte deine Julie Wind von einem Skandal bekommen haben – selbst wenn es etwas Großes war –, würde ich sagen, dass es auf keinen Fall ein Motiv wäre, sie umzubringen. Jeder von Lockwood's würde schlicht die Anwälte rufen. Begingen Firmen jedes Mal kaltblütige Morde, wenn sie in Schwierigkeiten geraten, gäbe es schrecklich viele Opfer.«

»Hast du eine Ahnung, warum Julie so sehr an dieser Katzenfigur interessiert gewesen sein könnte?«

Josh zuckte mit den Schultern. »Die Fotos wären gut für eine Story, falls Julie vorhatte, etwas zu veröffentlichen. Sie vermitteln den Eindruck einer bösen Familie, der es nur um sich geht. Und Artikel über Wirtschaftsvergehen können ein bisschen trocken sein. Die Katze würde es interessanter machen. Vielleicht auch den Eindruck einer Familiendynastie vermitteln.« Er trank einen Schluck von seinem Bier und fröstelte, als eine Gruppe in den Pub kam und die Tür offen ließ. »Aber wer weiß? Sie könnte auch bloß gestaunt haben, wie hässlich das Ding ist und ein Foto zum eigenen Amüsement geschossen haben. Doch die Nahaufnahme von dem Wappen und dem Motto legt nahe, dass sie mehr darüber wissen wollte.«

Seufzend lehnte Tara sich auf ihrem Stuhl zurück. »Julie hatte – anscheinend – eine Art Beziehung mit Sir Alistairs Sohn. Nicht dem, der in der Firma arbeitet, sondern ein jüngerer, der Unidozent ist. Ich frage mich, ob sie von ihm etwas erfahren haben könnte. Doch um ehrlich zu sein, sagt jeder, dass er kaum Kontakt zum Rest der Familie hatte, geschweige denn zur Firma.«

»Dann klingt es unwahrscheinlich. Und sofern Julie keinen Beweis hatte, dass Sir Alistair jemanden mit bloßen Händen erwürgt hat, sehe ich ihn nicht als euren Mann.«

KAPITEL ZWEIUNDVIERZIG

»Lassen Sie sich Zeit, Louise.«

Sie wünschte sich bereits, sie wäre nicht hergekommen. Doch im Geiste sah sie immer wieder das Gesicht ihres Tutors Lucien Balfour vor sich. Wahrscheinlich hatte sie falsch verstanden, was sie gehört hatte. Und selbst wenn nicht, musste es nichts heißen. Vor allem musste es nichts mit dem zu tun haben, was mit Julie passiert war. Und selbst wenn sie der Psychologin von ihrer Sorge erzählte, könnte sie ihr so oder so nicht helfen.

Es lag bei Louise. Sie holte tief Luft. »Mir fehlt Julie nur.«

Sie schindete Zeit. Tatsächlich waren sie alle fix und fertig von der Nachricht, was geschehen war, doch Louise hatte Julie nicht gut gekannt. Ihr Entsetzen und die schlaflosen Nächte seither waren einem allgemeinen Mitgefühl geschuldet, das man mit jedem hätte, und gemischt mit Furcht. Sie begriffen, wie unsicher das Leben war. Dass man in einem Moment noch seinen Träumen folgte, Freunde traf, einen Essay abgab –, und im nächsten Moment war man tot. Louise dachte immer wieder an Julies Mutter. Sie hatte sie ein paarmal gesehen, wenn sie zu Besuch war, und als sie Julie zu Beginn des zweiten Studienjahrs hergebracht hatte. Ihr Gesicht verfolgte Louise bis in ihre Träume.

Doch alles wurde von dem Wortwechsel getoppt, den sie zwischen Lucien Balfour und Julie bezeugt hatte. Das und die Art, wie der Tutor Louise heute Morgen angesehen hatte. Er hatte eine Erklärung geliefert, und die mochte wahr sein. Sie passte zu den Worten, die sie gehört hatte. Nur warum hatte er dann ihre Reaktion beobachtet? Hatte er nur befürchtet, sie könnte einen falschen Eindruck gewonnen haben? Oder genau den richtigen und erkannt, was für ein Mann er war?

»Das ist verständlich«, sagte die Psychologin. »Und ich nehme an, dass Sie auch mit anderen Gefühlen kämpfen. Was passiert ist, ist sehr beängstigend. Sie müssen sich nicht schlecht fühlen, weil sich Ihre Gedanken nicht nur um Julie und darum drehen, was sie durchgemacht hat. Die meisten Menschen stellen sich vor, sie oder ihnen nahestehende Menschen würden Ähnliches erleiden.«

Louise konnte nicht sprechen. So war es bei ihr gewesen. Und sie hatte deshalb ein schlechtes Gewissen. Doch seit heute Morgen malte sie sich nicht nur aus, angegriffen zu werden und um ihr Leben zu kämpfen, sondern sie hatte auch Lucien in der Rolle ihres Mörders gesehen.

Selbst wenn er log und die Wahrheit hinter seinem Gespräch mit Julie vertuschen wollte, bedeutete es nicht, dass er ihr Angreifer war. Er hatte Angst gehabt, ob er nun schuldig war oder es bloß so aussah.

»Sie müssen es mir nicht erzählen«, sagte die Psychologin. »Wichtig ist, dass Sie Ihre Gefühle erforschen, auch wenn Sie es nur in Ihrem Kopf tun. Doch wenn Sie erzählen können, was Sie bedrückt, werden Ihre Gedanken klarer.«

»Sie erzählen niemandem, was ich sage?« Louise staunte über ihre eigenen Worte. Der Gedanke und ihn auszusprechen waren eins.

»Das ist richtig.« Die Psychologin lächelte. »Dieses Versprechen brechen wir einzig, wenn es juristische Gründe verlangen oder wir glauben, unser Schweigen könnte Sie oder jemand anderen in Gefahr bringen.«

Also viele Ausnahmen von der Regel. Und dies war Cambridge, eine kleine Stadt, in der jeder jemanden kannte, der jemanden kannte. Die Frau ihr gegenüber könnte sogar Luciens Nachbarin oder seine feste Freundin sein.

»Ich mache mir Sorgen.« Louise fühlte, wie ihre Augen brannten. Sie durfte nicht weinen. »I-ich habe etwas gehört.«

Der Gesichtsausdruck der Psychologin veränderte sich. Nicht, dass sie vorher nicht aufmerksam gewesen wäre, doch jetzt war da eine neue Wachsamkeit in ihrem Blick. »Okay. Eventuell wird Ihnen klarer, was Sie tun sollten, wenn Sie mit mir darüber reden. Es verpflichtet Sie zu nichts.«

Louise schluckte. »Ich habe gehört, wie ein Mitglied des Lehrkörpers von meinem College am Ende des letzten Studienjahrs mit Julie geredet hat.«

Die Psychologin nickte, sodass ihr zu einem Bob geschnittenes Haar nach vorn wippte. Louise konnte nicht aufhören, es anzusehen, als sie weitersprach. »Es war eine private Zusammenkunft, organisiert von dem Mitglied des Lehrkörpers – nach den Prüfungen, also floss reichlich Wein.« Sie sah es vor sich – Studenten, die das Essen und Trinken genossen. Meistens unterhielten sie sich, doch Lucien ging umher. Er hatte auch mit Louisa gesprochen und sich nach ihrem Studienjahr erkundigt. Sie war sich ziemlich sicher, dass er sich nicht an sie erinnerte. »Ich glaube, einige waren ein bisschen betrunken. Auch das Mitglied des Lehrkörpers.« Sie schüttelte den Kopf. »Er lallte nicht oder torkelte oder so. Aber kennen Sie das, wenn Leute nach ein, zwei Drinks ein bisschen lauter werden?«

Die Psychologin nickte, auch wenn Louise das Gefühl hatte, sie kenne es nicht. Louise schon. Ihr Vater war so ein Kandidat. Und der harte Ausdruck in Luciens Augen hatte sie an ihn erinnert. Sogleich hatten bei ihr die Alarmglocken geschrillt. Alle anderen auf der Party waren entspannt gewesen und amüsierten sich, doch Louise konnte nicht abschalten.

»Irgendwann waren alle abgelenkt von einer Unruhe draußen auf dem Rasen, gleich unterhalb von Lu...« Sie verstummt. Beinahe hätte sie seinen Namen gesagt. »Unter dem Fenster des Lehrkörpermitglieds. Ein paar Leute unten haben auch gefeiert und sind raus auf den Rasen. Einer der Dozenten hat sie zurechtgewiesen. Die Studenten draußen hatten alle Wasserpistolen, deshalb war es für sie ein Spiel.«

Sie war selbst nicht am Fenster gewesen. Dort scharten sich lachend die Beliebten und Selbstbewussten, sodass kein Herankommen gewesen war.

»Der Mitarbeiter war hinten im Raum und hat mit Julie geredet. Ich blieb auch weiter hinten, und als ich mich umgedreht habe ...«

»Was, Louise? Sie werden sich gewiss besser fühlen, wenn Sie es sich von der Seele geredet haben.«

»Der Dozent neigte sich beinahe über Julie. Er hatte seine Hand an ihrer Schulter, und es sah aus, als würde er sie fest packen, nicht bloß sanft berühren.«

Die Psychologin nickte, und Louise bemerkte ihren ernsten Gesichtsausdruck.

»Er hat gesagt, ›Ach, komm schon, Julie. Denk dran, was ich für dich getan habe. Ich dachte, dir ist klar, dass eine Hand die andere wäscht‹ Er hat leise, aber streng geklungen.« Genau genommen drohend.

»Wissen Sie, was Julie geantwortet oder wie sie reagiert hat?«

»Sie hat sich ihm entwunden, sich sehr schnell geduckt und die Schulter zur Seite gedreht. Lu... Das Lehrkörpermitglied hat geflucht und ist ein kleines Stück zurückgetreten. Julies Augen haben wütend gefunkelt. Ich weiß nicht, ob er dachte, sie schlägt ihn.« Louise sah die Psychologin an. »Und als er zurückgewichen ist, hat er sich umgewandt und bemerkt, dass ich sie beobachte. Die anderen Studenten waren noch am Fenster und haben die Wasserschlacht unten bejubelt und angefeuert.«

»Haben Julie oder das Lehrkörpermitglied etwas zu Ihnen gesagt?«

Sie schüttelte den Kopf. »Das Lehrkörpermitglied hat sich wieder zu Julie gedreht und gesagt: ›Tut mir leid, ich habe wohl für einen Moment die Beherrschung verloren. Aber du strapazierst meine Geduld. Achte im nächsten Jahr auf dein Benehmen.‹ Da hörte er sich mehr wie ein normales Lehrkörpermitglied an. Er hatte sich wieder unter Kontrolle.«

Dann erzählte sie von der Erklärung, die ihnen der Tutor morgens aufgetischt hatte.

»Haben Sie Julie je auf den Vorfall angesprochen?« Die Psychologin neigte sich vor.

Louise konnte die Tränen nicht mehr zurückhalten. Vor lauter Schuldgefühlen verknotete sich alles in ihr, seit sie die Nachricht von Julies Tod erhalten hatte. »Nein.« Die Psychologin schob ihr eine Packung Papiertaschentücher hin. »Ich habe mich nicht getraut. Und ich habe wohl gedacht, sie kann das regeln, weil sie immer so selbstsicher war.«

»Und jetzt machen Sie sich umso mehr Sorgen, weil Sie nicht wissen, was Sie tun sollen?«

Louise nickte. Allerdings hatte die Psychologin recht gehabt, was die Wirkung ihrer Sitzung betraf. Da Louise die Worte einmal laut ausgesprochen hatte, wusste sie *genau*, was zu tun war.

KAPITEL DREIUNDVIERZIG

Blake saß neben Megan auf einem Barhocker an einer teuer aussehenden Kochinsel in der Küche der Master's Lodge. Bei ihrer Ankunft hatten sie festgestellt, dass nur Lady Lockwood im Haus war, doch das war Blake sehr recht.

Er beschloss anzufangen, während sie noch die Getränke zubereitete, die sie ihnen angeboten hatte. Sollte er sie unvorbereitet erwischen, umso besser. »Können Sie uns bitte sagen, warum Sie Ihren Sohn in der Nacht angerufen hatten, in der er starb?«

Für einen Moment war das einzige Geräusch im Raum das Klappern der Kaffeetassen, die Veronica Lockwood auf die Arbeitsplatte neben den Aga-Herd stellte. Blake konnte ihr Gesicht von der Seite sehen, und es war vollkommen ausdruckslos.

Sie sah nicht zu ihnen, als sie antwortete, sondern schenkte dunklen Kaffee aus dem Espressokocher auf dem Herd in die winzigen roten Tassen. »Sie können unterdrückte Nummern ausfindig machen, ja? Ich hatte mich das schon gefragt.«

Blake schaute sie direkt an. Als sie Megan und ihm ihre

Tassen reichte. »Warum haben Sie Ihre Nummer unterdrückt?«

Sie atmete tief ein. »John hätte das Gespräch niemals angenommen, hätte er gewusst, dass ich es bin. Ich hatte gehofft, dass er neugierig genug ist, um ranzugehen, anstatt zu glauben, dass es ein Werbeanruf ist.«

»Und so war es.« Blake wusste, wie lange das Gespräch gedauert hatte.

Sie nickte, als sie sich auf einen anderen Barhocker setzte, der im rechten Winkel zu ihrem stand. »Es war ziemlich spät abends. Möglicherweise war er schon zu betrunken, um richtig wahrzunehmen, was auf dem Display erschien. Jedenfalls dachte ich, es würde meine Chancen auf ein Gespräch maximieren.«

»Ist er sonst nicht erpicht darauf, mit Ihnen zu reden?«

Sie neigte den Kopf zur Seite. »Haben Sie Kinder, Inspector?«

Blake hasste es, wenn Befragte ihn Persönliches fragten. Schon Kittys und Jessicas Existenz zu gestehen, fühlte sich an, als würde er sie schutzlos lassen. »Ja.« Die Einzelheiten sollte sie sich ausmalen.

»Egal, in welchem Alter sie sind, es ist nicht ungewöhnlich, dass sie gegen Autoritäten aufbegehren, ihre Eltern eingeschlossen.« In ihren Zügen erkannte er weit mehr Wut als Kummer. Nach Letzterem suchte er, doch sie konnte ihn gut verbergen. Wahrscheinlich war sie so erzogen worden, ihre Emotionen fest unter Verschluss zu halten. Haltung ging über alles. »Mir fiel es schwer, Johns Lebensstil hinzunehmen. Er mag in den Dreißigern gewesen sein, aber mein Verlangen, sein Verhalten zu beeinflussen, hat nicht mit seiner Volljährigkeit aufgehört.«

Sie betrachtete Blake mit frostigem Blick. Und er konnte nicht umhin, sich zu fragen, ob es ihr eher um ihren Sohn ging oder um die Auswirkungen, die sein Handeln auf den Ruf der Familie haben könnte.

»Warum haben Sie ihn an dem Sonntagabend angerufen?«

Sie öffnete die Augen ein klein wenig weiter, als sie ihn über den Rand ihrer Kaffeetasse hinweg beobachtete. Ebenso gut könnte sie ihn gleich einen Idioten nennen, denn ihr Blick sagte es laut und deutlich. »Wie Ihnen jetzt bewusst sein dürfte, hatten wir gehört, dass er ...«, sie stockte, »sich mit Julie Cooper getroffen hatte. Dann erfuhr ich von ihrem Tod. Ich stellte mir vor, dass der arme Narr verzweifelt war, und wollte mit ihm sprechen, ungeachtet unserer Probleme. Schließlich ist Blut dicker als Wasser, und ich habe gehofft, ihn zu Reden zu bringen. Ich habe ihn gebeten, her zu kommen und bei uns zu bleiben. Unter den gegebenen Umständen war es nicht gut für ihn, allein zu sein.« Wieder sah sie Blake direkt an. »In dem Punkt habe ich recht behalten. Er hat sich natürlich geweigert zu kommen.«

»Sie erwähnten, dass Sie nicht aufgehört hatten, ihn beeinflussen zu wollen, nachdem er volljährig war. Dann sorgen Sie sich schon seit Jahren wegen seines Verhaltens?«

»Ja«, antwortete sie knapp und presste die Lippen zusammen.

»Wann hat es angefangen?«

Plötzlich runzelte Veronica Lockwood die Stirn. »Ich wüsste nicht, inwiefern das relevant ist.«

»Lady Lockwood, Ihr Sohn scheint eine Affäre mit einer seiner Studentinnen gehabt zu haben. Einer Studentin, die am Wochenende ermordet wurde. Tut mir leid, wenn es schmerzlich für Sie ist, aber wir müssen wissen, welche Probleme John hatte, um die Zusammenhänge zu erkennen.« Er wusste nicht, wie Lockwood überhaupt abgestürzt war. Es gab keine Polizeiakte, das hatten die Background-Checks ergeben, aber hin und wieder konnten junge Menschen vermeiden, mit der Polizei in Berührung zu kommen. Vergehen konnten unter den Teppich gekehrt werden. Sollte der Mann jemals aggressiv oder gewalttätig gewesen sein, wollte Blake es wissen.

Nach einer Weile nickte Lady Lockwood. »Seine Probleme fingen an, als er zwölf oder dreizehn war. Ich erinnere mich nicht mehr genau. Es begann schleichend.«

»Und was ging schief?«

»Ich fürchte, er hat sich mit den falschen Leuten eingelassen, üblen Typen.« Ihr Stirnrunzeln wurde intensiver. »Man sollte meinen, dass es an den Schulen, die er besucht hat, keine ›üblen Typen‹ gibt, aber dem ist nicht so. Und nachdem der schlechte Einfluss erst einmal da war, schien es unmöglich, ihn zu kurieren. Alkohol und Drogen. Bekannte Probleme, aber mit solch weitreichenden Folgen. Sowohl seine Mittel- als auch seine Oberschule haben es intern geregelt – oder glaubten es zumindest. Aber sie hatten versagt.« Wieder trank sie von ihrem Kaffee. »Und da standen wir, etwas über zwanzig Jahre später, doch nichts hatte sich geändert.«

»Hatte John andere Beziehungen vor Julie?«

»Ein paar. Sie hielten nicht.«

»Waren es Frauen in seinem Alter?«

»Julie war mit großem Abstand die jüngste, soweit ich weiß.«

Was hatte John veranlasst, seine Gewohnheiten zu ändern? Hatte am Ende doch Julie sich in der Hoffnung an ihn herangemacht, durch ihn Zugang zu Lockwood's zu bekommen? »Wann haben Sie erfahren, dass Ihr Sohn und Julie Cooper zusammen waren?«

Die Frau zuckte mit den hageren Schultern. »Es war Lucien – Julies Tutor –, der es Alistair gegenüber erwähnte. Ich glaube, es ist mindestens ein Jahr her.«

»Es klingt allerdings, als hätten Sie die Sache ernster genommen als Ihr Ehemann.«

»Er neigt dazu, entspannter zu sein als ich. Und er hat die Gerüchte nie ganz geglaubt.«

Demnach wurden die Lockwoods ungefähr zu Beginn von Julies zweitem Studienjahr auf sie aufmerksam – als sie die

Katze fotografiert hatte. Aber die Verbindung zwischen den beiden könnte schon auf das erste Jahr der toten Studentin an der Universität zurückgehen. Hatte ihre Affäre mit Lockwood vor so langer Zeit angefangen? Falls ja, könnte sie sich mit der Beziehung mit Stuart überschnitten haben. Blake musste das Timing herausbekommen.

»Lady Lockwood, Sie haben gesagt, dass Sie Ihren Sohn angerufen haben, weil Sie wussten, dass er verzweifelt war. Tut mir leid, dass ich das fragen muss, aber haben Sie befürchtet, John könnte mit Julies Tod zu tun haben?«

Ihre Gastgeberin sah ihn lange streng an. »Nein, nicht eine Sekunde.«

Welche Mutter würde etwas anderes sagen? Falls Pausen etwas bedeuteten, fiel es ihr schwer zu lügen. Einen Moment lang schweiften Blakes Gedanken zu Tara und ihrer Verabredung mit dem Journalisten ab. Er fragte sich, was sie herausbekommen hatte.

Könnte Veronica Lockwood neben ihrem toten Sohn auch ihren Mann verdächtigen?

KAPITEL VIERUNDVIERZIG

Bella sollte eigentlich in einer Supervision sein, aber Dr Reynolds würde nachsichtig mit ihr sein, nach der Nachricht, die sie alle bekommen hatten. Und sie könnte jederzeit sagen, sie wäre beim psychologischen Dienst gewesen und hätte versucht, einen Termin zu bekommen.

Sie hatte nicht vorgehabt zu schwänzen, aber ihre Gedanken waren schon den ganzen Vormittag bei Stuart. Sie hatte ihm vorhin eine Textnachricht geschrieben und ihn wieder gefragt, ob sie bei der Protestvorbereitung helfen könne, aber er hatte Nein gesagt, und mehr konnte sie nicht tun.

Was hatte er wirklich vor? Er hielt sie auf Distanz, und sie wollte – musste – wissen, warum. Was hatte sie falsch gemacht?

Nun wartete sie gegenüber von seinem College, versteckt in einer Toreinfahrt. Sie hielt es für unwahrscheinlich, dass sie hier gestört würde. All die Male, die sie schon hier gewesen war, war das Tor nie geschlossen gewesen. Es gehörte zum Garten eines großen alten Hauses mit hohen, dunklen Fenstern. Hier war es immer totenstill, als wäre niemand zu Hause. All diese Fakten wiederholte sie im Geiste, während sie dort stand, trotzdem war sie angespannter denn je. Nie wieder würde sie sich sicher fühlen, das wusste sie, doch es dürfte lange dauern, bis sie das akzeptierte.

Sie stand schon eine Stunde in der Einfahrt, bis sie Stuart sah. Er war auf dem Weg nach draußen. Sie beobachtete, wie er in dem Torbogen erschien, der von St Bede's Pförtnerloge wegführte, und nach links in Richtung Innenstadt bog. Sein Kragen war hochgeklappt gegen den Regen, aber er hatte keine Kapuze. Typisch Stuart. Er hatte gegen Großunternehmen zu kämpfen, da kümmerte ihn nicht, ob sein Haar nass wurde. Bella blickte ihm nach. An seinem Gang erkannte man, was für ein Mensch er war. Selbstbewusst, ein bisschen angeberisch und eindeutig voller Missachtung für jeden, der nicht seiner Meinung war. Bella war immer noch in ihn verliebt; sie konnte es nicht abstellen.

Das Wetter ermöglichte ihr, einen Regenschirm zu benutzen, und von diesem Vorteil würde sie Gebrauch machen. Und sie hatte ausnahmsweise seinen Rat befolgt und aufgehört, sich wie Julie zu kleiden. Sie trug eine schicke Kaschmirbeanie und eine Wildlederjacke. Eine Sekunde lang dachte sie an ihre tote Freundin und holte ihr Handy hervor, um Julies Foto aufzurufen. Das fast schwarze Haar, die leuchtend blauen Augen. Bella schaltete es wieder aus und unterdrückte mühsam ihre Gefühle. Sie hielt ihren Regenschirm höher, sodass sie Stuarts Beine sehen konnte, und passte ihr Tempo seinem an. Er hatte dienstags frei, das wusste sie, also konnte er nicht zu einer Vorlesung unterwegs sein.

Sie passierten die elegante, cremefarbene Fassade des Royal Cambridge Hotels. Bella blieb ein gutes Stück zurück und hielt sich weg vom Straßenrand, wo Autos durch die Pfützen pflügten, sodass Wasser auf den Gehweg sprühte. Da sie eine der Hosen trug, die ihre Mutter ihr zum letzten Geburtstag geschenkt hatte – ein cremeweißes Designerstück –, musste sie vorsichtig sein.

Als sie aufblickte, sah sie, dass Stuart die Straße in Richtung des Postamts in der Trumpington Street überquerte. Würde sie ihm folgen, nur um dann festzustellen, dass er eine Briefmarke kaufte und ins Wohnheim zurückkehrte? Sie blieb stehen und fingerte an ihrem Mobiltelefon, um die Unterbrechung natürlicher wirken zu lassen. Wieder erschien Julies Gesicht. *Was hattest du zu Stuart gesagt?* Den Gedanken verdrängte sie gleich wieder. Ihr Zielobjekt war inzwischen an der Post und der Zahnarztpraxis nebenan vorbeigegangen. Das Take Five war sein Ziel. Er blieb kurz vor der schicken rotgrauen Front stehen, bevor er hineinging. Stuart war kein Typ, der sich allein in ein Café setzte und aus dem Fenster schaute. Dazu war er zu rastlos, immer auf die nächste Aktion konzentriert. Er traf sich mit jemanden. Wie könnte sie herausfinden, mit wem?

Wenn sie Glück hatte, setzte er sich nahe ans Fenster, sodass sie seine Begleitung erkennen könnte. Sie überquerte die Straße und näherte sich dem Café von der Seite, doch es nützte nichts. An einem der Fenstertische saß bereits eine Frau in einem roten Pullover, der andere war von einem Mann mit grauem Bart und einer Frau in Grün besetzt.

Bella trat von einem Bein aufs andere. Wenn sie wissen wollte, was er vorhatte, musste sie handeln, doch wenn sie ihm folgte, würde er sie garantiert sehen.

Sie bewegte sich vorsichtig ein kleines Stück vorwärts und beobachtete Stuart durchs Fenster. Er war jetzt fast am Tresen.

Ehe sie Zeit zum Nachdenken hatte, klappte Bella ihren Schirm zu und schob die Cafétür auf. Stuart wollte bestellen. Sie musste an ihm vorbei und in der Toilette sein, bevor er fertig war. Und was dann? Was zur Hölle glaubte sie, was sie danach tun würde?

Sie ignorierte die Frage. Jetzt war es ohnehin zu spät. Wie ferngesteuert bewegte sie sich vorwärts. Wenn er sich umdrehte, müsste sie so tun, als ob es ein Zufall war. *Das bist du ja wirklich! Ich dachte doch, ich hätte dich gesehen. Ich wollte mich hier nur aufwärmen ...*

Sie hielt den Atem an. Als sie beinahe neben ihm war, schaute er nach links zur Karte. Bella blieb stehen und mied den Blick der zweiten Kellnerin, die frei war und sie fragen könnte, was sie wünsche.

»Das Hummus und Röstgemüse, bitte.« Bella stellte sich den Blick vor, mit dem er seine Bedienung zweifellos bedachte: Das verstohlene Lächeln, das er einst ihr geschenkt hatte. Sie hatte zu sehr geklammert, deshalb waren diese Tage vorbei.

Er blickte wieder geradeaus, flirtete und scherzte.

Bella ging vorbei und zu den Toiletten. Drinnen schloss sie sich in einer Kabine ein. Es schenkte ihr einen Moment Sicherheit – abgeriegelt von der Welt. Doch es brachte nichts, mit klopfendem Herzen hier zu stehen. Sie musste sehen, mit wem Stuart zusammen war. Es könnte jemand sein, den sie auch kannte. Wenn sie nachschauen wollte, musste sie darauf achten, dass sie seiner Verabredung nicht am Tresen begegnete. Sie stellte fünf Minuten auf ihrer Uhr ein, dann wartete sie vor den Toiletten. Dort befand sich ein kurzer Korridor, von dessen Ecke sie ins Café sehen konnte, ohne die Aufmerksamkeit von Personal oder Gästen zu erregen.

Es dauerte einen Augenblick, bis sie Stuart entdeckt hatte. Er saß nahe der hinteren Wand, seitlich vor Bella, sodass sie sein Gesicht von hinten sah. Und seine Begleitung war ein Mann. Bella kannte ihn irgendwoher. Er war keiner von den Aktivisten. Sie zog sich weiter in die Ecke zurück und ging alle Möglichkeiten durch, woher sie ihn kennen könnte. Das College? Eher nicht. Über Stuart? Nein. Durch Julie? Ja, das war es. Sie hatte gesehen, wie der Typ, mit dem Stuart redete, Julie in ihrem Wohnheimzimmer besuchte. Er hatte etwas mit der Studentenzeitung zu tun, für die sie geschrieben hatte. Und natürlich stand auch Stuart auf Journalismus. Wahrscheinlich besprach er gerade irgendeine Story. Und sie steckte grundlos hier in dem Café fest. Wie sollte sie denn jetzt an ihnen vorbeikommen? Könnte sie warten, bis sie gingen?

Die Frau, die vor Minuten die Damentoilette betreten hatte, kam wieder heraus und sah Bella an. Sie musste sich fragen, was mit ihr war. Würde sie es gegenüber dem Personal erwähnen? Dieser Tage war ja jeder wachsam. Benahm sich jemand verdächtig, wurde er wahrscheinlich früher oder später darauf angesprochen.

Stuart beugte sich nach vorn. Er war nicht besonders groß und breit, besaß aber Präsenz. Und seine Haltung war aggressiv. Sie konnte seinem Gegenüber ansehen, dass er es auch so empfand. Zunächst hatte er nur mit den Schultern gezuckt, doch jetzt runzelte er die Stirn und schüttelte den Kopf. Er wirkte aufgebracht und wurde plötzlich lauter.

»Tja, hat sie nicht, also lass mich in Ruhe!"

Von wem sprachen sie? Julie? Vielleicht war dies hier doch wichtig. Der Zeitungstyp bewegte sich auf seinem Stuhl, und einen Moment lang dachte Bella, er würde aufstehen und gehen. Sie hoffte es. Dann ginge Stuart auch, und könnte sie entkommen.

Aber Stuart schien ihn beschwichtigt haben. Der andere ließ die Schultern ein wenig sinken und lehnte sich zurück.

Dann unterhielten sie sich leiser weiter und tranken ihre Kaffees. Es war unmöglich, etwas zu verstehen.

Und in diesem Moment wurde Bella bewusst, dass sie die Frau, die sie auf dem Weg zur Toilette angesehen hatte, wieder beobachtete. Bella beobachtete, die Stuart und den Zeitungstypen beobachtete. Wenig später stand sie auf und kam durch den Korridor zu Bella. »Ist alles in Ordnung?«

Bella nickte. »Ich muss gehen, aber da drüben ist mein Freund, und wir haben uns gestritten. Ich hatte nicht erwartet, dass er hier ist, und ich will nicht, dass er mich sieht.«

Die Frau sah sie verständnisvoll an. »Okay, wie wäre es, wenn ich Sie zur Tür bringe und wir beide die Köpfe gesenkt halten? Ich bleibe zwischen Ihnen und ihm. Er sieht sehr ins Gespräch vertieft aus, da wird er Sie gewiss nicht entdecken.«

Bella zögerte, aber es klang nach einem vernünftigen Plan. »Okay, danke.«

Sie schafften es zur Tür, und die Frau folgte ihr nach draußen. »Hören Sie, es geht mich nichts an, doch wenn Sie solche Angst haben, dass er Sie sieht, tippe ich, dass er Sie nicht gut behandelt. Vielleicht sollten Sie ihn lieber zu einem Exfreund machen.« Sie lächelte verlegen. »Falls Sie Unterstützung brauchen, habe ich eine Nummer, die Sie anrufen können. Ich hatte mal ähnliche Probleme.«

Bella wollte dringend weg von der Tür. »Mir geht es gut, aber danke. Sie haben recht. Ich regle das.«

Die Frau blickte ihr besorgt nach, doch Bella überquerte die Straße zurück in Richtung St Oswald's. Sie klappte ihren Schirm wieder auf und zog die Mütze tiefer in ihre Stirn.

Sie war auf der Fen Causeway, als sie Schritte hinter sich hörte. Schwere Laufschritte. Instinktiv ging sie schneller, doch nur eine Sekunde später fühlte sie eine Hand auf ihrer Schulter.

»Was zur Hölle soll das? Denkst du, ich habe dich in dem Café nicht gesehen?«

Sie blickte Stuart in die Augen. Sie blitzten wie die einer Schlange, und seine Pupillen zogen sich zusammen. Jetzt hatte er Bella zu sich gedreht und beide Hände auf ihren Schultern. Sie sah ihm an, dass er sie schütteln wollte. Oder Schlimmeres.

»Kannst du ernsthaft nicht mal fünf Minuten alleine klarkommen? Ach, vergiss es – okay? Mir reicht's.«

Und nun schüttelte er sie, nur einmal. Es jagte einen stechenden Schmerz durch ihren Nacken.

Sie hatte ihn da gehabt, wo sie ihn wollte, und alles weggeworfen. Würde er seine Meinung in wenigen Tagen ändern, sobald er sich beruhigt hatte?

Das musste er doch. Sie konnte es nur hoffen.

KAPITEL FÜNFUNDVIERZIG

Tara war im Old Hall Café, einem Studententreff von St Oswald's. Blake hatte sie gebeten, herzukommen, nachdem er eine neue Zeugenaussage bekommen hatte. Eine von Lucian Balfours Studentinnen, Louise Fellows, war aufs Revier gekommen und hatte von einem Gespräch zwischen dem Tutor und Julie Cooper berichtet, das sie zufällig mitangehört hatte.

»Am besten gehst du allein hin«, hatte Blake zu ihr gesagt. »Dann werden sie eher reden.«

So war sie von der Hintergrundrecherche zu John Lockwood abgezogen, aber es war gut, einen zweiten Soloauftrag zu haben. Manchmal vermisste sie die alten Zeiten, als sie als Journalistin unabhängig operierte. Spontan ihre eigene Taktik entwickeln zu können, bescherte ihr ein wohliges Kribbeln.

Sie musste die Pförtner fragen, um die Leute aufzuspüren, die sie sprechen wollte. Wie sich herausstellte, waren sie alle bereits in dem Café und unterhielten sich über ein Treffen mit Balfour früher an dem Tag.

Ein Junge mit strähnigem braunem Haar fläzte sich auf einem ausgeblichenen blauen Sofa, vor sich einen Kaffee. Neben ihm saß ein Mädchen mit einem blonden Bob, und es waren auch noch andere um den Tisch versammelt. Alle wirkten blass und müde. Tara hatte sich bereits vorgestellt, folglich waren sie in Gedanken bei Julies Tod.

»Es ist so schwer zu begreifen«, sagte der braunhaarige Junge. »Ich meine, man sieht solche furchtbaren Sachen ziemlich häufig in den Nachrichten, aber man rechnet nie damit, dass sie jemandem passieren, den man kennt.«

Tara hatte einen Teller Brownies geholt und ihn auf den Couchtisch gestellt. »Ich dachte, dass Sie alle vielleicht nicht gut schlafen. Wie ich höre, wurde Ihnen psychologische Beratung angeboten?« Louise Fellows hatte es in ihrer Aussage angegeben.

Das blonde Mädchen nickte, während sich der Junge mit dem strähnigen Haar einen Brownie nahm. »Es ist jemand da, mit dem wir sofort reden können, wenn wir wollen. Normalerweise muss man ein bisschen auf einen Termin warten. Aber ich weiß nicht, was ich davon halte.«

Tara hakte nach: »Warum nicht?«

»Ich habe Julie ja gar nicht so gut gekannt. Und ich fand, dass es manchmal anstrengend war, mit ihr zu reden. Ich hatte immer das Gefühl ... ich weiß nicht ... nicht trendig oder radikal genug zu sein, schätze ich. Trotzdem heule ich fast ununterbrochen, seit ich von ihrem Tod gehört habe. Ich komme mir wie eine Heuchlerin vor.«

Tara schüttelte den Kopf. »Das sollten Sie nicht. Gewiss ist es noch schlimmer für diejenigen, die ihr wirklich nahestanden, aber ein entsetzlicher Schock ist es für alle. Darauf reagieren die Menschen sehr unterschiedlich, aber keine ihrer Reaktionen ist falsch.« Sie erinnerte sich, wie Beas Mann Greg gestorben war. Beas Welt war zusammengebrochen, und Tara hatte es den Atem verschlagen. Sie hatte ihn sehr gemocht. Doch geweint hatte sie nicht. Vielmehr war sie wie benommen gewesen. Die Tränen kamen erst sehr viel später, als sie sah, wie sehr Bea litt. »Wenn Sie weinen und

Ihre Gefühle herauslassen können, dann ist das nicht schlecht.«

Das Mädchen nickte und nahm den Kaffeebecher auf.

»Dann hat Dr Balfour vorgeschlagen, dass Sie alle Termine beim psychologischen Dienst vereinbaren?« Sie beobachtete die Gesichter, als sie den Namen des Tutors nannte, doch keiner von ihnen sah sie direkt an.

»Stimmt«, sagte der Junge mit dem braunen Haar. Er hatte seinen Brownie aufgegessen.

Tara beschloss, weiterhin behutsam vorzugehen und abzuwarten, ob sie einen Hinweis bekam, was sie von ihm hielten. »Es ist großartig, dass es jemanden gibt, dessen Aufgabe es ist, auf Sie achtzugeben.«

Da war es: ein kurzer Blickwechsel zwischen der Studentin mit dem blonden Bob und einer anderen auf einem Stuhl ihr schräg gegenüber.

»Obwohl ich zugeben muss, dass es mir schwerfällt, mich jemandem anzuvertrauen, wenn ich die Person nicht richtig gut kenne«, fuhr Tara fort. »Aber ich nehme an, dass Dr Balfour sich bemüht, Kontakt zu Ihnen allen zu halten, damit Sie das Gefühl haben, zu ihm gehen zu können?«

Nun war es der Junge mit den braunen Strähnen, der antwortete, wobei er kurz zu der Studentin neben sich schaute. »Oh ja, er hält gerne Kontakt, unser Dr Balfour.«

Es entstand eine Pause, und Tara blickte ihn direkt an. »Übertreibt er es?«

Die Studentin mit dem blonden Bob schürzte ihre Lippen. »Sagen wir, der Mann genießt seine Arbeit.«

»Meinen Sie, er fördert den Kontakt nicht nur zum Wohl der Studierenden?«

Die junge Frau setzte sich gerader hin. »Ehrlich gesagt ist er ein bisschen widerlich.«

»Hat er bei Ihnen Annäherungsversuche unternommen?« Tara sprach leise, und die jungen Leute blickten sich um, obwohl Tara im Café niemanden sehen konnte, der wie ein Mitarbeiter wirkte ... oder wie jemand aus dem Lehrkörper ...

Zunächst waren alle still, dann sagte eine andere Studentin: »So würde ich es nicht nennen. Ein Annäherungsversuch impliziert, dass man sein Glück versucht und abwartet, ob man eine positive Reaktion bekommt. Was immer noch nicht toll wäre, aber ...« Sie beendete den Satz nicht.

»Übt er Druck aus?«, fragte Tara.

Die Studentin mit dem blonden Bob antwortete: »Er ist ziemlich bestimmt.« Sie senkte den Blick zu ihrem Schoß.

»Hat er Sie bedrängt, ihm näherzukommen, als Sie wollten?« Tara hielt den Atem an.

Die Studentin zögerte, doch schließlich nickte sie. »Ich habe ihm klar gemacht, dass ich nicht interessiert bin, und seitdem hat er es auf mich abgesehen.«

Tara sah die anderen Studentinnen an. »Hat eine von Ihnen ähnliche Erfahrungen gemacht?«

Nach und nach nickten sie. Alle.

»Und Sie haben sich nie bei jemandem beschwert?«

»Es stünde unser Wort gegen seines«, antwortete die blonde Studentin. »Und ich habe den Eindruck, dass er einen guten Draht zum Master hat, warum auch immer. Ich sehe die beiden oft zusammen. Mir kommt es immer so vor, als würden wir uns bloß Ärger einhandeln, sollten wir versuchen, uns zu wehren.«

Tara fühlte Wut in sich aufsteigen. Wie konnten sie so gefangen sein? Und warum standen sich Balfour und Sir Alistair Lockwood nahe?

»Ich fürchte auch, dass Balfours Bemühungen sich hin und wieder auszahlen«, sagte die andere Studentin.

Noch mehr Blicke wurden gewechselt.

»Denkst du an Bella Chadwick?«, fragte das blonde Mädchen.

Ihre Kommilitonin nickte. »Ja, ich bin mir ziemlich sicher, dass Bella mit Balfour geschlafen hat.« Sie erschauderte.

»Selbst wenn sie willens schien, ist es nicht okay für jemanden mit einer Fürsorgepflicht, solch eine Beziehung mit einer Studentin zu initiieren«, sagte Tara. »Das Machtungleichgewicht allein sollte es absolut tabu machen.«

Sie wollte die Botschaft unbedingt klar und deutlich rüberbringen. Gleichzeitig verarbeitete sie die Information über Bella. Sie hatte – möglicherweise? Vielleicht? – eine Affäre mit Lucien Balfour gehabt, und Blake vermutete, dass sie auch mit Stuart Gilmour schlief. Was bedeuteten diese Verbindungen?

Die blonde Studentin sprach weiter: »Ich kann Ihnen jedenfalls sagen, dass ich *verdammt* aufpasse, mir ja keine Patzer zu leisten. Sollte ich jemals Schwierigkeiten bekommen, glaube ich, dass er es als Druckmittel nutzen wird.«

Tara merkte, wie sich die Härchen auf ihren Armen aufrichteten. Balfour hatte gewusst, dass Julie bei einem Protestmarsch gegen Lockwood's ein Messer bei sich gehabt hatte, es jedoch der Polizei gegenüber nicht zugegeben. Und er hatte sie auch nicht gemaßregelt. Dann dachte Tara an das, was Blake ihr von Louise Fellows' Aussage erzählt hatte. Sie hatte gehört, wie Balfour zu Julie gesagt hatte, eine Hand wasche die andere. Und Louise hatte gesehen, wie Julie sich sichtlich wütend von ihm losgerissen hatte. Sie hatte sich nicht einschüchtern lassen. Hatte Balfour da beschlossen, sich zu rächen?

»Also, nach dem, was die Studentinnen dir erzählt haben, können wir davon ausgehen, dass Balfour ein Sexualstraftäter ist, der es bei so ziemlich jeder jungen Studentin versucht, mit der er zu tun hat.«

Tara saß in Blakes Büro und berichtete von ihrem Treffen. Sie nickte. »Sieht so aus.«

Blake fluchte. »Wären wir da doch nur früher drauf gestoßen. Du und Max hattet von Anfang an eure Zweifel an ihm.

Dieses zusätzliche Detail seiner Affäre mit Bella Chadwick ist interessant.«

Das versuchte Tara auch immer noch zu verstehen. Anscheinend wollte Bella wie Julie sein, nur hätte Julie Balfours Avancen niemals nachgegeben, nicht einmal unter Druck. Hatte Balfour etwas gegen Bella in der Hand? Irgendeine Information, mit der er sie zu einer Beziehung nötigen konnte? Ihre heimliche Affäre mit Stuart Gilmour vielleicht? Hätte das genügt?

Blake sah sie an. »Und wir wissen, dass Balfour die Gerüchte über John Lockwood und Julie kannte. Er könnte eifersüchtig gewesen sein, weil er abgewiesen wurde, ein anderer Dozent aber nicht ... vermuten wir zumindest.«

»Könnte sein.«

»Wir müssen herausfinden, wo er in der Nacht gewesen ist, in der Julie ermordet wurde. Und was ist mit dieser Geschichte, dass er und Sir Alistair dicke Freunde sind?«

»Sicher bin ich mir nicht, aber dazu habe ich eine Theorie. Laut LinkedIn waren sie auf derselben vornehmen Schule – die in dem Ruf steht, alte Seilschaften zu festigen. Es könnte ausgereicht haben, dass Sir Alistair ihn anders behandelt. Ich glaube kaum, dass er echte Beweise für Balfours Fehlverhalten ignorieren würde, aber es würde ihm eventuell wenig Kopfschmerzen bereiten, ein Auge zuzudrücken.« Was für Tara die schlimmste Herangehensweise war: feige und faul obendrein.

Blake streckte sich auf seinem Bürosessel. Er sah erschöpft aus, doch Tara kannte niemanden, dessen Attraktivität es so wenig beeinträchtigte. Sie versuchte, an Jez' Lächeln zu denken, als sie hereinkam, nicht an Blakes Bartstoppeln und das zerknautschte Hemd, gepaart mit dem außergewöhnlich gut geschnittenen Anzug, den er heute trug. Es musste einer von seiner Designerschwester sein. Sie nahm an, dass er ihn niemals selbst ausgesucht hatte, sondern ihn eher so pflichtbewusst trug wie ein Kind einen Weihnachtspullover, den die Eltern ihm geschenkt hatten. Blake hatte seine Schwester ein paarmal erwähnt, und es war offensichtlich, dass sie sich nahestanden.

»Es muss schwer sein, an diesem Fall zu arbeiten und ein Baby zu Hause zu haben.« Unbeabsichtigt hörte sich ihre Stimme tief und rauchig an.

Im ersten Moment antwortete Blake nicht. Doch als er ihr in die Augen sah, war da eine solch starke Anziehung, dass es sie alle Mühe kostete, ruhig sitzen zu bleiben. »Wenn du wüsstest.«

Das wäre wohl nie der Fall, da für sie die Würfel anders gefallen waren.

»Ich fahre zu Balfour«, sagte Blake. »Forschst du noch zu Lockwood nach?«

Er wusste, was sie von Josh gehört hatte, doch obwohl ihr Ex nicht glaubte, dass Julies Recherche sie zu einem Ziel gemacht hätte, galt es immer noch John zu bedenken. Man durfte keinen Mann ignorieren, der anscheinend Sex mit einer von ihm betreuten Studentin gehabt hatte und nach deren Ermordung eine Überdosis genommen zu haben schien.

Sie nickte. »Ich versuche, Johns Kontakte anhand der Aufzeichnungen auf seinem Handy aufzuspüren. Es sieht nicht aus, als wäre er besonders kontaktfreudig gewesen. Aber ich habe ein paar Ansätze gefunden, einschließlich eines Typen, den er schon seit der Schulzeit gekannt hatte. Ich dachte, mit ihm fange ich an und finde heraus, wie seine Teenagerbeziehungen waren.« Der Mann könnte auch wissen, wann genau John das erste Mal abgestürzt war.

Blake nickte. »Hört sich gut an.«

»Und heute Abend sind Max und ich zur Veranstaltung des Masters für die Studenten in St Oswald's eingeladen.«

»Die findet immer noch statt, nach Johns Tod?«

Seinen entsetzten Blick fand Tara sehr verständlich. »Ich war auch überrascht, und ich habe lieber noch einmal nachgefragt. Sir Alistairs Assistentin hat mir erzählt, die Lockwoods wollen sie um der Studenten willen trotzdem abhalten. Sie wollen alle zusammenbringen und beruhigen – nicht absagen, weil es noch einen Todesfall gegeben hat. Nicht einmal, weil es ihr Sohn war.« Sie konnte sich nicht vorstellen, auch nur eine Minute wie geplant weiterzumachen, wäre sie an ihrer Stelle. Aber anscheinend konnten sie ihre Gefühle für das große Ganze im Zaum halten.

Als Tara an der Tür war, sagte Blake: »Pass auf dich auf.«

KAPITEL SECHSUNDVIERZIG

Blake wollte nicht, dass Louise Fellows Nachteile davontrug, weil sie der Polizei Informationen gegeben hatte. Und er musste ohnedies nicht mit dem anfangen, was sie ihnen über das Gespräch zwischen Lucien Balfour und Julie erzählte. Er hatte einen anderen Plan. Und sie hatten abgesprochen, dass Megan anfangen würde.

»Erzählen Sie uns von Ihrem Verhältnis zu Bella Chadwick, Dr Balfour.«

Der Mann zuckte zusammen, und Blake empfand einen winzigen Hauch von Befriedigung, zumal der Tutor mehrere Sekunden brauchte, um zu antworten.

»Ich habe ein sehr gutes Verhältnis zu Bella Chadwick, wie hoffentlich zu all meinen Studenten.«

»Ja, wir haben gehört, dass es gut ist.« Blake lächelte und war entzückt zu sehen, wie Balfour sich wand.

»Ich kann mir nicht vorstellen, mit wem Sie gesprochen haben«, spie Balfour aus.

Blake schaute automatisch zu Balfours Hemdkragen, ob dort Speicheltropfen gelandet waren. Erstaunlicherweise nicht. »Tatsächlich mit mehreren Leuten.«

Der Mann setzte sich in seinem Sessel aufrechter hin, und tiefe Furchen gruben sich in seine Stirn. Blake nahm an, dass er zu erraten versuchte, welche Beweise sie hatten. Das Gespräch könnte auf zweierlei Art verlaufen.

»Nun, sollte jemand von diesen Leuten seine Anschuldigungen mit Beweisen untermauern können, würde es mich sehr wundern.«

Innerlich fluchte Blake. Aber sie könnten immer noch erneut mit Bella Chadwick reden – die ihnen möglicherweise gab, was sie brauchten.

Megan übernahm wieder. »Wie wir gehört haben, hatten Sie Sir Alistair erzählt, dass sein Sohn John in einer Beziehung mit Julie Cooper war.« Sie hatten vereinbart, einen neuen Ansatz zu wählen, sollte der vorherige im Sande verlaufen. Auf die Weise wollten sie verhindern, dass er ihre Fragen vorausahnte.

»Ich habe ihm erzählt, dass es *Gerüchte* gab«, korrigierte Balfour. »Mehr nicht. Aber es stimmt, dass er davon wissen sollte.«

»Weil sein Sohn involviert war oder seine Reputation gefährdet?«, fragte Blake.

»Weil es eine ernste Anschuldigung war und es um das Wohlergehen einer Studentin ging.«

Auf diese Frage war er vorbereitet gewesen. Was seine Antwort um nichts glaubwürdiger machte. Dieses Spiel beherrschten sie auch. »Sie müssen besonders aufgebracht gewesen sein, das ›Gerücht‹ über Julie und John Lockwood zu hören.«

Balfour verengte die Augen. »Was wollen Sie damit andeuten?«

Eine erfreulich verräterische Reaktion. Blake zog unschuldig eine Braue nach oben. »Weil sie Ihrer Fürsorge unterstellt war. Ihr Wohl muss Ihnen wichtig gewesen sein.«

Nun war der Mann wütend, genau wie Blake beabsichtigt hatte. »In der Tat.«

»Wie war es für Sie, etwas so Persönliches mit Julie zu besprechen? Müssen Sie oft mit Ihren Studenten über sexuelle Beziehungen reden?«

Balfour errötete. »Ich musste nicht explizit werden.«

»Aber Sie haben sie offensichtlich darauf angesprochen. War sie wütend?«

»Waren *Sie* wütend?«, ergänzte Megan.

»Nein, natürlich nicht.«

»Haben Sie sie unterstützt? Ihr gesagt, dass es okay ist, wenn sie solch eine Beziehung hat?« Blake neigte den Kopf zur Seite.

»Das ist eine absurde Behauptung, und das wissen Sie. Die Beziehung hat ihr absolut nicht gut getan.«

»Folglich haben Sie geglaubt, dass die Gerüchte stimmen«, sagte Blake. »Ich würde Ihnen unbedingt zustimmen. Es ist grundfalsch, eine sexuelle Beziehung zu jemandem aufzunehmen, den man betreut.« Er blickte Balfour in die Augen.

»Wie sind Sie die Sache angegangen?«, fragte Megan.

»Ich habe ihr gesagt, dass ihr Verhalten gefährlich ist.«

Megan stockte.

Auch Blake brauchte einen Moment, um sich von seiner Sprachlosigkeit zu erholen. »Dass *ihr* Verhalten gefährlich ist?«

Balfour blickte zu seinen Händen, die er fest auf die Schreibtischplatte gestemmt hatte. »Dass sie beide ihre Karriere und ihren Ruf aufs Spiel setzen.«

Blake atmete tief durch. »Als meine Kollegen Sie befragt haben, sagten Sie aus, Julie wäre zu klug gewesen, sich auf etwas einzulassen, das ihre Zukunftsaussichten beeinträchtigen könnte. Komisch, denn Ihnen war bekannt, dass Sie mit einem Messer durch die Stadt gezogen war und mit einem Mitglied des Lehrkörpers schlief.«

»Es gibt so etwas wie Vertraulichkeit.« Der Mann blies die

Wangen auf, was indes wenig überzeugend war.

»Und es gibt so etwas wie Unterschlagung von Beweisen. Ich würde gern wissen, warum Sie das College nicht um eine Maßregelung Julie Coopers wegen des Messers gebeten hatten – oder sich näher nach John Lockwoods Verhalten erkundigten.« Blake sah Balfour direkt an, als der Mann aufblickte.

»Ich wollte ihr eine Chance geben.«

»Eine Chance, was zu tun?« Auch Megan ließ den Mann nicht aus den Augen. Ihr Tonfall war genau richtig, fiel Blake auf – er verriet Balfour sehr deutlich, was sie von seinen Ausflüchten hielten.

Balfour schwieg.

»Ich werde den Dekan fragen, wie Sie Disziplinarangelegenheiten für gewöhnlich handhaben«, sagte Blake. »Es wäre nur interessant zu erfahren, ob die Vorgehensweise von Student zu Student variiert.« Und von Geschlecht zu Geschlecht. »Für die Unterlagen: Wo waren Sie zwischen neunzehn Uhr am Samstag und sieben Uhr am Sonntag?«

Balfour öffnete den Mund und schloss ihn wieder. Einen Moment später unternahm er einen neuen Versuch. »Ich war zum Dinner mit einem Freund im Chop House in der King's Parade. Gegen zehn bin ich wieder nach Hause gegangen.«

»Wir hätten dann gern den Namen und die Kontaktdaten dieses Freundes, bitte.« Blake wartete, während der Mann alles notierte. »Und danach?«

Nun wirkte der Mann verängstigt. »Ich war zu Hause. Und ich lebe allein.«

Was Blake nicht wunderte. Eine Sekunde lang schweiften Blakes Gedanken von Balfours gegenwärtigen Studentinnen zu seinen eigenen Töchtern ab, die es eines Tages mit einem Widerling wie dem ihm gegenüber zu tun bekommen könnten. Ob Balfour in Julie Coopers Tod verstrickt war oder nicht, Blake würde verdammt noch mal dafür sorgen, dass er nie wieder als Tutor arbeitete.

KAPITEL SIEBENUNDVIERZIG

Stuarts Herzschlag beschleunigte, als er an Bella dachte. Eine Stunde, nachdem er ihr auf der Straße nachgelaufen war, hatte sie ihm eine Textnachricht geschickt. Sie drohte, später bei ihm vorbeizukommen. Mann, warum begriff sie nicht, wann Schluss war? Kurz hatte er sich gefragt, ob sie gehört haben könnte, was er im Café gesagt hatte, aber das glaubte er nicht. Er hatte sie erst bemerkt, als sie gegangen war, und auch wenn er nicht gesehen hatte, wo sie vorher gesessen hatte, war an den Tischen um ihn herum niemand gewesen, den er kannte. Er hatte sich vorher umgeschaut.

Wieder blickte er zu Julies Notizblock. Welche Ironie. Hätte sie ihn nicht beschuldigt, sie zu bestehlen, wäre er vielleicht nie auf die Idee gekommen. Ihre Paranoia hatte ihn so erbost, dass er bereit gewesen war, weiter zu gehen als beabsichtigt, um zu bekommen, was er wollte.

Er dachte an das erste Mal, als sie ihn beschuldigte, in ihren Papieren gewühlt zu haben. Sie war ausgeflippt, vor seiner Tür aufgetaucht und hatte ihm wilde Beschimpfungen entgegengeschleudert. *Blöde Kuh.*

Jetzt sah er zu dem Block. Er hatte sich solche Umstände

gemacht, ihn zu bekommen – im festen Glauben, dass er verborgene Schätze enthielt –, doch tatsächlich hatte er nichts gefunden, das ihre Heimlichtuerei rechtfertigte. Sie hatte sich selbst etwas vorgemacht, wenn sie glaubte, sie hätte irgendetwas Brauchbares. Dann stutzte er. Sie hatte »Schottland?« in Großbuchstaben auf einem der Blätter notiert und drei Kreise drum herum gemalt, wobei sie den Stift fest aufgedrückt haben musste. Es war das Einzige, was keinen Sinn ergab. Und er konnte nicht herausbekommen, ob es wichtig war.

Er müsste ganz von vorn anfangen, die ganze Recherche selbst machen – und würde es besser machen. Der mögliche Gewinn, jetzt, da Julie tot war, wäre noch viel größer als vorher. Bekam er es richtig hin, wäre er ein gemachter Mann.

Er könnte dem Dekan ins Gesicht lachen, der ihn vom College suspendiert hatte. Und es wäre jedes Risiko wert.

KAPITEL ACHTUNDVIERZIG

»Sie sehen nicht aus wie ein Detective.«

John Lockwoods alter Schulfreund Edward Morpeth saß Tara gegenüber an einem hinteren Tisch im Cambridge Blue. Draußen schüttete es immer noch, und Regenwasser tropfte aus Taras Haar. Sie war nicht sicher, ob es ihre durchnässte Erscheinung war, die Edward zu dieser Bemerkung verleitete, oder nur das Übliche – ihre relative Jugend und möglichweise die Tatsache, dass sie eine Frau war. *Komm in die Gegenwart, Edward ...*

»Es ist hilfreich, wenn ich undercover arbeite.«

Er lachte. Sie wusste, dass er in Johns Alter war, allerdings früh ergraut, wie es bei dieser Kombination von schwarzem Haar und blauen Augen häufig vorkam. Es war attraktiv, genau wie sein Lächeln, das jedoch schnell erstarb.

»Ich kann es immer noch nicht fassen, dass John tot ist.«

Sie nickte. »Tut mir sehr leid. Und dass Sie es auch noch von mir erfahren mussten.« Sie hatte ihm die Nachricht mitteilen müssen, als sie ihn aus heiterem Himmel kontaktierte. »Ich nehme an, dass Sir Alistair und Lady Lockwood noch alle

Freunde von John persönlich informieren werden, aber das wird seine Zeit dauern.«

Edward zuckte mit den Schultern. »Kann sein, dass ich von ihnen höre. Ich war früher oft bei ihnen zu Hause hier in Cambridge, als John und ich noch zur Schule gingen – zumindest in der ersten Zeit. Aber das Verhältnis zu seinen Eltern hatte sich bald sehr verschlechtert. Ich nehme an, das wissen Sie?«

Tara nickte, obwohl sie so gut wie keine Einzelheiten kannte. Doch sie hoffte, dass er mehr verriet, wenn er glaubte, sie kenne die ganze Geschichte bereits.

»Ich denke nicht, dass sie die Freunde kontaktieren werden, die er als Erwachsener gefunden hatte. Wahrscheinlich wüssten sie nicht, wo sie anfangen sollen. Das kann ich machen, bis zu einem gewissen Grad. Und ich kann Ihnen eine Liste zusammenstellen von denen, die mir bekannt sind.« Traurig schüttelte er den Kopf. »Lang wird sie nicht.«

»Soweit ich gehört habe, ist er sehr für sich geblieben.« Das hatten ihr allein seine Telefondaten gesagt.

Edward bejahte. »Also, wobei brauchen Sie meine Hilfe?«

Tara müsste aufpassen, was sie sagte, wollte aber genug preisgeben, um ihn zum Reden zu bringen. »Es gibt noch ein kleines Fragezeichen bezüglich seines Tods«, antwortete sie schließlich. »Uns ist bekannt, dass es ihm gesundheitlich schon länger schlecht ging, aber wir möchten wissen, ob noch andere Faktoren zu dem beigetragen haben, was passiert ist. Etwas, das ihn depressiv gemacht oder sein Verhalten beeinflusst haben könnte.« Er schaute sie mit einem traurigen, wissenden Blick an. »Lesen Sie da bitte nicht zu viel hinein. Wir fragen das als reine Vorsichtsmaßnahme, und ich dachte, Sie, als ein alter Freund, verstehen vielleicht, warum sein Leben sich so entwickelt hat.«

»Okay.« Edward trank von seinem Pint Woodforde's.

»Wann haben Sie John zuletzt gesehen?«

Er verzog das Gesicht. »Das muss drei oder vier Monate her sein. Sie wissen ja, wie das ist, das Leben kommt immer dazwischen. Kurz vor den Sommerferien hatten wir uns auf einen Drink getroffen.«

»Wie war er da?«

Edward überlegte. »Besorgt. Er hatte große Geldsorgen, aber ich denke, es stimmte auch etwas bei der Arbeit nicht.«

»Hat er Näheres erzählt?«

Nun runzelte Edward die Stirn. »Er hat irgendetwas von irgendeiner Forschung oder so gemurmelt. Etwas, das jemand von seinen Studenten gemacht hat vielleicht?« Er schüttelte den Kopf. »Ich konnte mir nicht vorstellen, warum es wichtig sein sollte, doch er war sehr aufgebracht deswegen. Und er wollte nicht, dass diejenigen es fortsetzten.«

Tara kroch ein kalter Schauer über den Rücken, als sie an das Transkript von Blakes und Megans Gespräch mit Sandra Cooper dachte. *Sie hat erzählt, dass sie irgendwelche Forschung für den Mann macht. John heißt er, glaube ich.*

War es das, was Edward mitbekommen hatte? Etwas, das Julie weiterverfolgen wollte, John aber nicht? Hatte John sie umgebracht, um sie aufzuhalten? Tara versuchte, sich wieder auf ihre Befragung zu konzentrieren. »Ich habe gehört, dass Johns Probleme schon in früher Jugend angefangen hatten«, sagte sie. »Erinnern Sie sich daran?«

Edward nickte. »Die Veränderung war sehr auffällig und plötzlich. Zu der Zeit hat er viele Freunde verloren und zog sich ganz zurück.«

»Wissen Sie noch, in welchem Jahr das war?«

»Nein, tut mir leid. Wir waren noch in der Grundschule, aber fast durch. Ich würde sagen, er muss ungefähr zwölf gewesen sein. Es ging das Gerücht um, dass er Drogen nahm, und ich hatte den Eindruck, dass einige Eltern ihren Jungs sagten, sie sollen einen großen Bogen um ihn machen.«

»Waren Drogen verbreitet an der Schule?«

Eine Sekunde lang lachte Edward. »Wie gut, dass deren PR-Abteilung unser Gespräch nicht hört! Denen würden sämtliche Haare ausfallen. Aber im letzten Jahr dort war es nichts Neues. Und noch gängiger war es an der Oberschule. Die waren knallhart zu jedem, bei dem etwas gefunden wurde, aber Kids sind gerissen. Ich glaube allerdings nicht, dass das Johns Problem war – jedenfalls anfangs nicht. Ich denke, das Trinken und die Drogen kamen erst später, als eine Folge dessen, was ihn belastete.«

»Er muss froh gewesen sein, dass Sie zu ihm gehalten haben.« Sie wartete ab, was er sagen würde, und fragte sich, weshalb sie in Kontakt geblieben waren.

»Ehrlich gesagt hatte ich damals auch eine heftige Zeit. Mein Dad hatte gerade meine Mum verlassen, und es war ungewiss, ob ich an der Schule bleiben konnte.«

»Und da haben Sie und John sich gegenseitig von Ihren Problemen erzählt?«

Wieder verzog Edward das Gesicht. »Ich ihm von meinen. Und John mir von den Folgen, die seine hatten ... seine düsteren Stimmungen, sein dringender Wunsch auszubrechen – aber nicht, was die verursacht hatte.«

»Ihrer Theorie zufolge wurde er wegen seiner Probleme drogen- und alkoholabhängig. Denken Sie, dass er noch auf andere Weise aus der Spur geriet? Riskante Beziehungen? Aggression? Etwas in der Art?« Bella hatte gesagt, dass Julie erlebt hatte, wie er die Beherrschung verlor.

»Nein.« Edward runzelte die Stirn. »Überhaupt nicht. Das richtete sich alles gegen ihn selbst, und es war, als hätte er keine Kraft mehr. Er ist nicht durchgedreht, sondern zu Boden gegangen.«

Tara nickte. »Haben Sie eine Ahnung, was die plötzliche Veränderung hervorgerufen haben könnte? Könnten seine Eltern Eheprobleme gehabt haben?« Es musste etwas Großes gewesen sein, das ihn derart aus der Bahn geworfen hat, und solche Dinge konnten einen enormen Effekt auf Kinder haben.

»Falls ja, habe ich nie davon gehört, aber jetzt, da Sie es erwähnen, könnte es einleuchten. Es war zu der Zeit, als ich aufhörte, ihn zu Hause zu besuchen. Und ich erinnere mich, dass die Veränderung mit dem Beginn eines neuen Schuljahrs zusammenfiel. Er kam sehr beunruhigt aus den Ferien zurück. Wenn er sechs Wochen lang miterlebt hatte, wie sich seine Eltern stritten, könnte es das erklären.«

Auf einmal verdunkelten sich seine Augen, und sein Blick wurde versonnen. Dann bewegte er sich auf seinem Stuhl und runzelte die Stirn.

»Erinnern Sie sich an etwas?« Tara saß vollkommen still da und wartete gespannt.

Edward nickte nachdenklich. »Nichts Wichtiges. Ich habe nur plötzlich dieses Bild von John vor mir. Am ersten Tag nach den Ferien hatte er eine Lehrerin ignoriert. Das war seltsam, weil er bis dahin eigentlich immer gut im Unterricht mitgemacht hatte. Deshalb kam es mir so eigenartig vor. Und sie hat sich nur mit uns unterhalten, nicht einmal nach den Hausaufgaben gefragt, die wir über die Ferien erledigen sollten.«

»Worüber hat sie gesprochen?«

»Bloß über die Ferien. Sie ist in der Klasse herumgegangen und hat jeden gefragt, wo er gewesen ist. John musste sie dreimal fragen, bevor er antwortete, und als er tat, als hätte sie ihn aufgefordert, den Beweis für Fermats letzten Satz zu wiederholen. Er hat richtig langsam gesprochen, als würde er träumen.« Er sah Tara traurig an. »Und er hat nur gesagt, dass er seine Großmutter besucht hatte. In Schottland.«

Tara spürte ein Kribbeln im Bauch. Sie dachte an die komische Notiz, die das Technikteam auf Julies Handy gefunden hatte: nur das eine Wort – »Schottland« – und ein Fragezeichen. Und da waren noch die Internetrecherchen der toten

Studentin auf ihrem Laptop mit den Worten Lockwood's und Schottland als Suchbegriffen.

Schottland, wo es keine Niederlassung des Unternehmens gab, aber wo entweder Sir Alistairs oder Lady Lockwoods Mutter gelebt hatte.

Sobald Edward Morpeth gegangen war, rief sie Blake an.

KAPITEL NEUNUNDVIERZIG

Tara sollte Max in der Master's Lodge treffen. Sie betrat das Zuhause der Lockwoods mit einer Gruppe von Studenten. Eine von ihnen war heute auch in dem Café gewesen, als Tara sie befragte. Das Mädchen sah sie über die Köpfe der anderen hinweg nervös an, und Tara nickte ihr kaum merklich zu. Ein bisschen weiter vorn entdeckte sie auch Bella Chadwick in ihrer Julie-Cooper-Uniform.

Als sie in die imposante Diele kam – lang, breit und mit dunklen Gemälden geschmückt, die allem einen düsteren Ernst verliehen –, konnte sie eine Harfe hören. Es musste Veronica Lockwood sein, die spielte.

Normalerweise könnte Tara sich vielleicht entspannen und es genießen, aber nach ihrer Unterhaltung mit Edward Morpeth war sie unruhig. Blake hatte Jez darauf angesetzt, die Verbindungen der Lockwoods-Großeltern nach Schottland zu ergründen. War in jenen Ferien etwas geschehen, das John aus der Bahn geworfen hatte? Es war ein Schuss ins Blaue, doch dass Julie sich für Schottland interessiert hatte, musste etwas bedeuten. Zu gern wäre sie auf dem Revier und würde selbst nachforschen, konnte sich jedoch lebhaft vorstellen, wie DCI

Fleming darauf reagieren würde: *Im Team gibt es keine Solisten, Tara.* Wie sich herausstellte, sagten Menschen wie sie wirklich solche Sätze.

Trotzdem nahm sich diese Veranstaltung im Vergleich unwichtig aus. Tara war nur hier um einzuschätzen, wie leicht es für Julie im letzten Jahr gewesen wäre, unbemerkt im Haus herumzuschleichen. Wüsste sie doch, was das Mädchen zu finden gehofft hatte! Es sei denn, John hatte ihr von dem Familienerbstück erzählt. Was möglich wäre. Tara konnte sich vorstellen, wie verärgert Julie gewesen war, dass die Lockwoods solch ein wertvolles Deko-Objekt besaßen. Sie könnte es aus dem Grund gesucht haben, den Josh genannt hatte, falls sie von seiner Existenz wusste. Taras Ex hatte recht: Es wäre ein sehr beeindruckendes Bild zu einem Artikel über Lockwood's.

Tara machte sich auf den Weg durch die Diele zur Tür des prächtigen Salons für formelle Empfänge. An einem Ende spielte Lady Lockwood Harfe, umgeben von einer Gruppe Studenten.

Während Tara zuschaute, schritt ein Mann, den sie als Douglas Lockwood wiedererkannte, auf die Zuschauergruppe zu. »Kommen Sie doch bitte, und unterhalten Sie sich mit den anderen«, sagte er. »Sie müssen nicht das Gefühl haben, unhöflich zu sein. Meine Mutter geht morgen auf Konzertreise, und dies ist ihre letzte Gelegenheit zu üben, bevor ihr Instrument verpackt wird.«

Wie musste sie sich fühlen, nach dem Trauma der letzten Tage wegzufahren?

Douglas Lockwoods Aufmunterung zeigte Wirkung, und die Studenten begaben sich zum Sherry-Ausschank.

Auf der anderen Seite des großen Raums konnte Tara Max sehen, der mit Sir Alistair sprach. Er schien alles richtig zu machen, denn der Master nickte und lächelte. Und Tara entdeckte auch Selina Lockwood. Sie zögerte. Halb wollte sie die Frau begrüßen – und sie waren sich ja vorgestellt worden, als Tara wegen der Katze hier gewesen war. Doch sie wollte die Frau nicht beunruhigen. In diesem Moment schaute Selina auf, als hätte sie Taras Blick gespürt, und sofort verschlossen sich ihre Züge.

Tara drehte sich weg und ging zu Sir Alistair, da Max inzwischen eine Runde drehte.

»Es muss schwer für Sie sein, solch eine Veranstaltung durchzuführen«, sagte sie nach der Begrüßung, »aber ich sehe, wie sehr die Studenten die Party genießen. Und es ist fantastisch für sie, eine Weltklassemusikerin spielen zu hören.«

Er nickte lächelnd. »Es ist mir gelungen, Veronica zu überreden, in jedem Jahr hier zu spielen, seit ich Master bin. Ich glaube, es ermuntert die Leute zu kommen – sie müssten hundert Pfund oder mehr bezahlen, um meine Frau in einem richtigen Konzertsaal zu erleben.« Er blickte hinüber zu Lady Lockwood. »Sie wollte es dieses Jahr ausfallen lassen, denn sie muss morgen sehr früh los, und ihre Harfe wird noch heute Abend abgeholt, aber ich halte es für das Beste, wenn wir alle momentan vollauf beschäftigt sind. Wenn etwas Furchtbares geschieht, bringt es nichts dazusitzen und Trübsal zu blasen. Die Familie und ihre Pflichten kommen an erster Stelle.«

Familie über alles. Das Lockwood-Motto ging Tara durch den Kopf.

»Wie ich sehe, sind Douglas und Selina derselben Meinung«, sagte sie. »Es ist sicher hilfreich, sie als Unterstützung hier zu haben.«

Wieder nickte er. »Sie kommen immer. Wie gesagt, alles, was ich tue, hat mögliche Auswirkungen auf das Familienunternehmen. Wer weiß? Einige der Studenten hier könnten nach ihrem Abschluss bei Lockwood's arbeiten. In meinem Geschäft muss man dafür sorgen, dass die Show weitergeht und das öffentliche Gesicht gewahrt bleibt.«

Tara bejahte stumm. Sie war daran gewöhnt, eine tapfere Miene aufzusetzen, würde jedoch einen Teufel auf den schönen Schein geben, wenn sie gerade einen geliebten Menschen verloren hatte.

»Zu einer anderen Sache«, sagte Sir Alistair, wobei er die Stimme leicht senkte, »ich wollte noch erwähnen, dass ich Ihnen jetzt einen Zeugen nennen kann, der weiß, dass ich die Nacht von Samstag auf Sonntag in London gewesen bin. Es ist ein wenig peinlich.« Er hob eine Hand. »Ich weiß, dass Sie nur pro forma gefragt haben, um alle Punkte abzudecken, aber dennoch sollten Sie es ruhig wissen.«

Hatte er allen Ernstes geglaubt, dass es sie eigentlich nicht interessierte?

»Tatsache ist, dass jemand mit mir zu unserer Londoner Wohnung gekommen war. Doch in meinem Alter und bei der Menge, die ich getrunken hatte«, für einen Moment war da ein Zwinkern, »muss ich gestehen, dass ich keinerlei Erinnerung daran hatte. Es ist ein alter Freund, Marcus Thompson, und ich habe es erst erfahren, als er mich anrief und sagte, er könnte einen Schal in der Wohnung vergessen haben. Anscheinend sind wir bis vier Uhr morgens auf gewesen und haben getrunken.« Er schüttelte den Kopf. »Ich werde mich künftig besser zügeln müssen. Jedenfalls schicke ich Ihnen später seine Kontaktdaten ins Büro.«

Es schien praktisch, dass er diesen Mann aus dem Hut zaubern konnte. Nicht, dass Tara einen bestimmten Grund hätte, ihn zu verdächtigen. Julie mochte ihm ein Dorn im Auge gewesen sein, aber mehr auch nicht, soweit Tara es gegenwärtig erkannte.

Als der Master zu einer Studentengruppe ging, bahnte Tara sich ihren Weg zurück in Richtung Diele. Noch hatte sie ihre Mission nicht erfüllt.

Draußen waren die Lichter gedimmt, und oben war alles dunkel. Ein deutliches Signal, dass die Partygäste unten bleiben sollten. Dies war nur eine Übung – sie könnte alles erklären, sollte sie ertappt werden –, aber sie wollte denken wie Julie.

Sie horchte. Veronica Lockwood spielte noch Harfe. Unten wanderten einige Studenten zwischen der Küche und dem großen Empfangssalon hin und her, doch sie waren ins Gespräch vertieft; manche lachten, ein paar sahen ernst aus, und alle waren ganz auf sich konzentriert.

Tara begann, die geschwungene Treppe hinaufzusteigen. Der edle Teppich war gut. Selbst wenn es unten still gewesen wäre, würde sie bezweifeln, dass jemand ihre Schritte hören könnte. Sie blickte sich immer wieder um, während sie sich vorsichtig, aber schnell bewegte. Das Adrenalin jagte durch ihren Körper, obwohl dies hier im Grunde nur Theater war.

Oben an der Treppe horchte sie. Nur weil das obere Stockwerk verlassen schien, musste es nicht heißen, dass nirgends ein Lockwood-Bediensteter war, der im Schein einer einzelnen Lampe irgendwelche administrativen Aufgaben erledigte. Doch hier war alles ruhig, und als Tara zu den unteren Rändern der geschlossenen Türen blickte, drang nirgends Licht nach außen.

Sie ging durch den Korridor. Bei wie vielen Türen hatte Julie es versucht? Es könnte nur eine gewesen sein, falls John ihr von der Katze erzählt hatte und wo sie zu finden war. Doch wenn sie auf Erkundungstour war und irgendetwas über das Familienunternehmen herausfinden wollte, könnte sie in mehrere Räume gesehen haben.

Tara dachte daran, was ihr Ex gesagt hatte. Dass ein gewiefter Geschäftsmann wie Sir Alistair auf keinen Fall Beweise für dunkle Geheimnisse herumliegen lassen würde, wenn das Haus voller Fremder war. Was Julie gewiss nicht davon abgehalten hätte, auf einen Zufallsfund zu hoffen. Und vielleicht war das Geheimnis, auf das sie es abgesehen hatte, Johns gewesen und keines der Firma.

Tara zog einen Handschuh aus ihrer Tasche, streifte ihn über und legte die Hand an den Knauf der ersten Tür, von der sie wusste, dass sie in Sir Alistairs Arbeitszimmer führte. Sie hatte nicht vor hineinzugehen; sie wollte nur sehen, ob sie sich die Mühe gemacht hatten, das Zimmer zu sichern. Hatten sie. Was Tara nicht überraschte. Doch daraus folgte nicht zwangsläufig, dass es auch letztes Jahr verschlossen war. Wahrscheinlich waren sie vorsichtiger, seit sie das Foto gesehen hatten, das Julie von der Katze aufgenommen hatte.

Sie ging weiter zu der Tür, hinter der die Figur aufbewahrt wurde. Auch die war abgeschlossen. Eine Sekunde lang fühlte sich der lange dunkle Korridor erdrückend an. Von unten konnte sie noch die Musik und das Stimmengemurmel hören, aber auch deutlichere Stimmen. Jemand kam die Treppe herauf.

Sie wünschte, sie wüsste, wo das Badezimmer war. Plötzlich kam es ihr komisch vor zu erklären, was sie hier tat. Es war nicht so, als hätte sie keinen guten Grund nachzusehen. Und man brauchte keinen Durchsuchungsbeschluss, um sich im oberen Stockwerk bei jemandem zu bewegen, wenn man von demjenigen eingeladen war.

Es war Sir Alistair, der erschien, lächelnd wie immer. »Sie versuchen, Julie Coopers Bewegungen nachzuvollziehen, nehme ich an?«

Sie nickte. »Tut mir leid. Ich hätte Sie vorwarnen sollen, doch es wäre kein richtiger Test gewesen, solange ich nicht auf die gleiche Weise vorgehe.«

»Ja, das verstehe ich. Und in diesem Jahr sind wir ohne Zweifel wachsamer. Ein kleines Vögelchen hat mir gezwitschert, aus dem Augenwinkel gesehen zu haben, wie Sie hier raufgegangen sind.«

Wer konnte das gewesen sein? Als sie wieder nach unten zur Party zurückkehrte, begegnet Taras Blick dem von Douglas Lockwood unten in der Halle. Seine Miene war vollkommen ausdruckslos.

Max kehrte aufs Revier zurück, doch Tara blieb noch. Sie war beunruhigt, als würde sie hier etwas übersehen. Schließlich waren außer ihr nur noch wenige Studenten übrig, und sie verabschiedete sich von den Lockwoods.

Draußen stand ein Lastwagen von einer Spedition, und als Tara durch die Diele ging, brachten zwei Männer, gebaut wie Kleiderschränke, Veronica Lockwoods Harfenkoffer aus dem Keller der Master's Lodge nach oben und in den großen Salon. Die Musik war verstummt. Das nächste Mal würde das Instrument wohl an einem Ort wie Mailand oder Paris gespielt.

Tara trat hinaus auf die mit Kies ausgestreute Auffahrt. Durchs Fenster konnte sie sehen, wie die kräftigen Männer die kostbare Harfe in den Kasten hoben, wo sie sich in die grüne Filzauskleidung fügte. Veronica Lockwood stand neben ihnen und überwachte alles. In diesem Moment schaute sie auf und schien direkt zu Tara zu blicken. War sie hier draußen im Dunkeln überhaupt zu sehen?

Tara hörte den Kies hinter sich knirschen und drehte sich um. Douglas Lockwood war ebenfalls draußen vor dem Haus. Vielleicht hatte Veronica in die Dunkelheit geblickt, um zu sehen, wo er hingegangen war. Er kam auf Tara zu. »Alles in Ordnung?«

Sie dachte an die grüne Filzauskleidung des Harfenkoffers. Woraus war sie? Aus Wolle?

Sie schluckte. »Ja, ich habe nur noch nie gesehen, wie eine Harfe verpackt wird. Die ist riesig, oder? Was für eine Aufgabe. Ein Glück, dass die Männer von der Spedition so kräftig sind.«

Eine Person allein wäre wahrhaft gefordert, müsste sie den Koffer allein transportieren. Aber wäre Julie zum Sterben darin eingesperrt gewesen, hätte der Mörder ihre Leiche natürlich wieder herausnehmen können, bevor er sie zum Wandlebury Ring brachte ...

KAPITEL FÜNFZIG

Über eine Rasenfläche hinweg konnte Blake in der Ferne die Lichter von St Oswald's Master's Lodge sehen. Sir Alistairs Party dürfte inzwischen zu Ende sein. Wahrscheinlich hatte er es genossen, den Gastgeber zu spielen, Drinks herumzureichen und ermutigende Worte zu sprechen. Er würde stets das Richtige sagen.

Blake hatte gerade an Bella Chadwicks Tür geklopft, aber es öffnete niemand. Nun war sein Plan, sie abzufangen, sobald sie die Party verließ. Nach dem Gespräch mit Lucien Balfour wollte er dringend mit ihr reden. Die Reaktion des Tutors machte Blake ziemlich sicher, dass die Gerüchte über seine und Bellas Affäre zutrafen, doch eine Ahnung allein brächte ihn nicht weit. Er musste Bellas Blockade durchbrechen, sie zum Reden bringen, damit nicht noch mehr Studentinnen Balfours unerwünschte Avancen ertragen mussten.

Während er wartete, beobachtete er, wie kleine Gruppen die ferne Lodge verließen. Er konnte im Licht, das durch die Fenster nach draußen fiel, ausmachen, wie sie zusammenstanden – wahrscheinlich, um sich zu verabschieden – bevor sie in kleineren Gruppen davongingen. Blake würde nahe Bellas Zimmer warten, bis sie kam.

Er wandte sich zurück zum Eingang ihres Wohnheims. Drei Leute liefen schnell hintereinander an ihm vorbei, und Blake rief nach der letzten Person, einer Studentin.

»Verzeihung, waren Sie auf dem Treffen in der Master's Lodge?«

Sie nickte und wirkte ein wenig misstrauisch, was verständlich war.

»Ich bin auf der Suche nach Bella Chadwick.« Er zog seinen Dienstausweis aus der Jackentasche. »Wissen Sie, ob sie auf der Veranstaltung gewesen ist? Ich hatte gehofft, sie heute Abend noch sprechen zu können.«

Die Studentin runzelte die Stirn, und Blake war unsicher, ob sein Ausweis positiv gewirkt hatte oder nicht. »Sie ist da gewesen«, antwortete sie schließlich. »Aber ich glaube, dass sie schon vor einer ganzen Weile weg ist.«

Warum ging sie dann nicht an ihr Handy? »Und Sie wissen nicht zufällig, wohin sie gegangen sein könnte?«

Bellas Kommilitonin zuckte mit den Schultern. »Ich habe sie in den letzten Tagen oft mit diesem Typen von St Bede's gesehen.« Sie senkte kurz den Blick. »Dem, der mit Julie zusammen gewesen ist – Stuart Gilmour. Ich glaube, sie trösten sich vielleicht gegenseitig.« Sie verzog das Gesicht. »Kennen Sie ihn?«

Blake bejahte stumm.

»Um ehrlich zu sein, Stuart ist sehr ... na ja, er ist knallhart ... sehr ehrgeizig. Ich glaube nicht, dass ihn all die Ziele, für die er angeblich kämpft, halb so sehr interessieren wie seine eigene Zukunft.«

»Er will Journalist werden, nicht wahr?«

Sie nickte. »Genau wie Julie«, antwortete sie und seufzte. »Was Bella angeht«, sie schaute sich kurz um, als wolle sie sich vergewissern, dass niemand sie belauschte, »die hat einen ziemlich miesen Männergeschmack.«

Blake vermutete, dass die Studentin einige Sherrys bei Sir Alistair getrunken hatte und ihre Offenheit vor allem denen zu verdanken war. »Dann gibt es noch andere Beispiele, abgesehen von Stuart?«

Nun wurde die Studentin leiser. »Um ehrlich zu sein, einige meiner Freunde haben erzählt, dass jemand von Ihnen heute mit ihnen über Lucien geredet hat. Lucien Balfour, meine ich, einen der Tutoren. Haben sie erwähnt, dass Bella und Lucien was miteinander hatten?«

Blake zögerte. »Wir haben diverse Gerüchte gehört.«

Die junge Frau nickte. »Tja, an diesem ist was dran, glauben Sie mir. Ich bin auch eine von Luciens Studentinnen, und ich habe gesehen, wie er Bella bearbeitet hat. Ich wusste, was er vorhatte; er hatte dasselbe bei mir probiert.«

»Und woher wissen Sie, dass es weiter ging?«

Sie lehnte sich an die Mauer neben ihrem Eingang. »Na, ich habe sie nicht in flagranti ertappt oder so. Aber ich habe mit Bella geredet, um sie zu warnen und ihr zu sagen, dass ich sie unterstütze, wenn sie sich beschweren will. Aber das wollte sie nicht. Sie kam mir irgendwie resigniert vor und hat gesagt, ›Schon gut, ich weiß, was ich tue.‹ Danach ist mir aufgefallen, dass sie nach unseren Treffen mit Lucien noch länger blieb, ›um Fragen zu stellen‹. Die Körpersprache der beiden hat mir verraten, was los war.«

»Danke, dass Sie mir das erzählt haben. Eventuell kommen wir noch einmal wegen einer offiziellen Aussage auf Sie zurück. Wäre das okay?« Sie hatte keinen Beweis, doch ihre Worte könnten immer noch Gewicht haben, wenn sie Teil eines überzeugenden Faktenmaterials waren.

Zunächst trat eine Pause ein, doch dann nickte die junge Frau. »Ja. Als mir die anderen erzählt haben, dass sie befragt wurden, habe ich beschlossen, dass ich zur Polizei gehe.«

Blake ließ sich ihre Kontaktdaten geben und überquerte den Innenhof, ohne die Rasenregeln zu beachten. Dabei wählte er wieder Bellas Nummer und überlegte. Eine Affäre mit Balfour könnte ihr eine Menge Macht über den Tutor geben, falls sie konkrete Beweise dafür hatte, was vor sich ging. *Ich weiß, was ich tue ...*

Wo zum Teufel steckte Bella jetzt?

Er verließ das College-Gelände, ohne seine Umgebung wahrzunehmen. Es wurde Zeit, zur Wache zurückzukehren.

KAPITEL EINUNDFÜNFZIG

Tara war bereits aus der Einfahrt der Master's Lodge und halb über das Grundstück gegangen, als sie Schritte hinter sich hörte.

Wieder war es Douglas Lockwood. »Entschuldigen Sie, ich möchte Sie nicht aufhalten«, sagte er, »aber wir haben nichts darüber gehört, was vor sich geht. Wir legen Wert darauf, in jeder Lage unsere Pflicht weiter zu erfüllen, aber das heißt nicht, dass es uns innerlich nicht sehr beschäftigt, was geschieht. Ich frage mich, ob Sie mir irgendwelche Neuigkeiten verraten können. Direkt vor dem Haus wollte ich es nicht ansprechen. Dort wären wir zu leicht zu belauschen gewesen.«

Tara sah den Mann an. Versuchte er einzuschätzen, was ihr durch den Kopf ging? Oder war die Frage so aufrichtig, wie sie schien? Sie erklärte ihm kurz so viel, wie sie konnte, war jedoch nicht richtig auf das Gespräch konzentriert.

Schließlich ließ er sie zufrieden, und sie ging weiter. Dabei blickte sie sich hin und wieder um, ob sie wirklich allein war. Sie googelte »Filz« auf ihrem Handy. Laut Wikipedia ließ er sich sowohl aus natürlichen als auch aus Kunstfasern herstellen. Für Erstere wurden Wolle oder Tierfell als Beispiele genannt …

Wieder dachte sie an die grüne Wolle unter Julie Coopers Fingernägeln. Die konnte auf unterschiedlichste Weise dorthin gelangt sein. Die Theorie, dass sie in einem Koffer mit Kleidung oder einer Decke gefangen gewesen war, würde auch passen. Und viele Studenten besaßen Truhen oder große Koffer. Dennoch wollte Tara der Harfenkasten nicht aus dem Kopf – erst recht nicht, wenn sie Julies Verbindung zu den Lockwoods bedachte.

Veronica sagte, sie wäre in der Nacht, in der Julie starb, im Haus gewesen und hätte vorm Schlafengehen eine Tablette genommen. Tara dachte an ihre zarte Statur – sie war schätzungsweise einen Meter sechzig groß. Ähnlich wie Julie. Und ein totes Gewicht zu heben, das dem eigenen entsprach, war kein leichtes Unterfangen. Sir Alistair behauptete, in London gewesen sein, und hatte nun auch noch einen Freund als Alibi. Gab es tatsächlich eine harmlose Erklärung dafür, dass er in letzter Minute einen Zeugen auftrieb?

Dann war da Douglas, dessen Alibi Selina war, und sie war von sich aus zu ihnen gekommen, um der Polizei zu helfen ...

Tara hatte nun den dunklen Weg erreicht, der zur Seitenstraße neben dem College verlief. Die Studenten waren ihr schon ein gutes Stück in entgegengesetzter Richtung voraus, unterwegs zu ihren Zimmern auf dem Campus.

Wieder schaute Tara sich um. Alles war still. In der Ferne konnte sie noch die Männer von der Spedition sehen, die den Harfenkasten hinten in den Lastwagen luden. Der Wind pfiff durch die Bäume, und Tara fröstelte.

Der Ruf kam von irgendwo nahe der Straße, und als Tara ihren Namen hörte, zuckte sie zusammen. Sie wandte sich um und sah einen Schattenumriss auf sich zukommen – rennend. Bella Chadwick.

»Detective Thorpe! Oh Gott, jemand hat mir gesagt, dass hier Polizei ist.«

»Was ist? Was ist passiert?«

»Weiß ich nicht.« Bellas Augen wirkten riesig. »Ich bin vorhin bei Stuart gewesen – vor dem Umtrunk in der Master's Lodge.« Sie rang nach Luft. »Er hat sich komisch verhalten. Seit wir von Julies Tod gehört haben, ist er schrecklich reizbar. Was ich ja verstehe. Es wundert mich nicht, denn wir sind alle angespannt. Aber heute, ich weiß nicht, da hat er mich so seltsam angesehen. Und dann hat er mir merkwürdige Fragen gestellt. Er wollte wissen, ob ich an dem Tag, an dem Julie gestorben ist, mit ihr gesprochen habe. Das hatte ich, nur kurz am Telefon. Da ging es um nichts Wichtiges, aber sein Blick hat mir Angst gemacht, und dann habe ich gesagt, dass ich nicht mit ihr geredet hatte. Aber er hat immer wieder gefragt. Und jetzt ...«

»Jetzt?«

»Jetzt will er, dass ich ihn am Wandlebury Ring treffe. An der Stelle, an der Julie gefunden wurde.« Sie stockte. »Er hat mir genau erklärt, wie ich die finde.«

Tara hielt den Atem an. Aber er konnte die Stelle auch aus den Zeitungsberichten kennen. Es waren Karten von der Fundstelle des Rings veröffentlicht worden. »Ist er schon dort?«

Die Studentin schüttelte den Kopf. »Er muss erst noch etwas erledigen, aber danach holt er den Wagen von seinem Bruder bei dem Haus ab, in dem er den Sommer über gewohnt hat. An seinem College kann man nirgends parken. Er wollte mich mitnehmen, aber ich habe Angst bekommen, mir eine Ausrede einfallen lassen und gesagt, dass ich ihn dort treffe.« Sie sah Tara an. »Er weiß, dass ich Geld habe, deshalb denke ich nicht, dass er misstrauisch geworden ist, als ich gesagt habe, ich nehme ein Taxi. Aber ich habe Angst, allein hin zu fahren.«

»Ich habe meinen Wagen hier und fahre Sie hin. Und ich rufe auch mein Team an. Wir können es ganz ruhig handhaben, nur mit ihm sprechen.«

»Aber was, wenn es gar nichts Schlimmes ist? Vielleicht hat er etwas herausgefunden. Er könnte eine Theorie oder einen Hinweis oder so haben.« Sie begann zu weinen. »Er würde nichts tun. Ehrlich nicht.« Und dann wurde sie leise. »Ich liebe ihn. Und er wird mir niemals verzeihen, wenn er denkt, ich bin auf dem Weg zu ihm, und stattdessen ein Haufen Polizisten auftaucht.« Sie holte tief Luft. »Darf ich mit Ihnen kommen? Nur wir beide, dann können wir sehen, was los ist und immer noch entscheiden, was wir als Nächstes tun?«

Tara überlegte. »Ich schlage Ihnen einen Deal vor. Sie können mit mir kommen, aber nur, wenn Sie mir versprechen, dass Sie nicht aussteigen, bis ich Ihnen das Okay gebe.«

»Na gut. Ich schreibe ihm, dass ich unterwegs bin.«

Und Tara rief definitiv Verstärkung – ganz gleich, was Bella sagte. Sie hatte ihre Lektion gelernt. Manchmal lohnte es sich, daran zu denken, dass man Teil eines Teams war.

Als sie und Bella die Autotüren hinter sich schlossen, tätigte sie den Anruf. Wieder dachte sie an den grünen Filz, aber der müsste warten, zumindest kurz. Der Harfenkoffer wäre noch nicht über den Kanal, ehe sie Gilmour eingeholt hatten.

KAPITEL ZWEIUNDFÜNFZIG

Blake sah Jez nach, der sein Büro verließ. Die Information des DCs über Taras Aufenthaltsort – und dem von Bella Chadwick – beschäftigte ihn. Einen Moment zuvor noch hatte er darüber nachgedacht, bald nach Hause zu fahren und das Gespräch mit Babette zu führen. Er hatte sich erlaubt, eine Minute lang zu überlegen, welche Worte er verwenden sollte und wie seine Chancen am besten stünden, endlich die Wahrheit über ihre Beziehung mit Matt Smith zu erfahren. Jez' Neuigkeiten verbannten all diese Gedanken. Warum zur Hölle war Bella nicht an ihr Telefon gegangen?

Er schnappte sich seinen Mantel. Fleming würde nicht wollen, dass er die Verstärkung übernahm. Und es wäre angemessen, Max und Jez zu schicken, da Megan anderweitig beschäftigt war. Einer ihrer Kontakte war gerade hier und hatte entscheidende Informationen über einen Fall von Totschlag.

Er ging nach draußen, doch leider war es schlechtes Timing. Die DCI stand nur ein Stück weiter mit einem Kaffee auf dem Korridor . »Blake? Was ist los? Ich habe gehört, dass Tara Verstärkung als Vorsichtsmaßnahme angefordert hat.« Dann fiel ihr Blick auf seinen Mantel. »Sie fahren nicht, nehme ich an. Ich weiß, dass sie Leute braucht, die mit dem Fall vertraut sind, aber Sie können Max und Jez schicken, mit ein paar Uniformierten, falls Sie es für nötig halten. Das dürfte für einen aufgeblasenen kleinen Idioten reichen, meinen Sie nicht?«

Sie hatte die Transkripte der Befragungen von Gilmour gelesen. Wenn sie eines war, dann sorgfältig. Sie passte auf – doch vor allem war es ihrer Meinung nach unerlässlich, stets auf dem aktuellen Stand zu sein, was ihr Team und dessen Tun anging, egal wie nebensächlich es im Einzelnen sein mochte.

»Ich hätte gern ein Update. Wir scheinen mehrere Spuren zu verfolgen, die alle in unterschiedliche Richtungen weisen. Wenn diese Sache mit Gilmour falscher Alarm ist, müssen wir überlegen, worauf wir unsere Bemühungen konzentrieren. Warum hat Jez die Eltern von Alistair Lockwood gegoogelt?«

Blake seufzte. Sie *müsste* ein Update bekommen, aber herumzusitzen und zu reden, während alle anderen nach Wandlebury fuhren, war nicht das, was ihm vorgeschwebt hatte.

Max erschien mit Jez auf dem Flur. »Fahren wir rüber zu Gilmours Sommerquartier. Falls der Wagen seines Bruders noch dort ist, können wir ihm folgen. Falls nicht, geht es direkt nach Wandlebury.«

Blake musste zusehen, wie sie aufbrachen. »Haltet mich auf dem Laufenden.«

Jez sah ihn mit einem wissenden Blick an. »Chef.«

KAPITEL DREIUNDFÜNFZIG

Tara fuhr mit Bella die Babraham Road hinauf. Es war ein dunkler Abend, und die Bäume zu beiden Seiten der Fahrbahn verbargen, dass sie sich auf einer zweispuren Straße mit Mittelstreifen befanden.

Als sie nach der Abbiegung zum Wandlebury Ring Ausschau hielt, klingelte ihr Handy. Jez.

»Das Auto von Gilmours Bruder steht noch in der Straße nahe seiner Sommerunterkunft. Gilmour selbst haben wir bisher nicht gesehen. Wir warten noch ein bisschen, aber es könnte sein, dass er sich umentschieden hat. Oder irgendwie anders zu dem Treffpunkt kommt. Sei vorsichtig. Wir kommen bald nach, nur um sicher zu sein. Wir haben auch sein Handy angerufen, aber er geht nicht ran.«

Tara hörte, wie Bella neben ihr nach Luft rang, und blickte kurz zu ihr, als sie in den Waldweg einbog.

»Vielleicht war es nur ein Trick«, sagte die Studentin. »Kann sein, dass er mir Angst machen wollte, indem er mich allein hier rauslockt.«

»Wir werden sehen.« Der Sandweg, den der Mörder benutzt haben musste, war voller Reifenfurchen und rutschig nach dem vielen Regen. »Ich will nicht zu weit fahren. Wenn er schon hier ist, könnte er den Motor hören. Im Wald ist es sehr still.« Sie fand eine Stelle, an der sie neben einer kleinen Lichtung seitlich vom Weg halten konnte. Es war relativ eng, und am Ende musste sie den Wagen rückwärts hineinsteuern, damit sie falls nötig schnell wieder wegfahren könnten. »Ich steige aus und horche. Und ich möchte, dass Sie bleiben, wo Sie sind.«

Kurz sah es aus, als wolle Bella widersprechen, doch dann nickte sie. »Okay.«

»Ich nehme an, Stuart hat nicht auf Ihre Textnachricht geantwortet.«

Bella brauchte einen Moment, um zu antworten: »Nein.«

Leise öffnete Tara ihre Fahrertür. Was war hier los? Sie hatte gesehen, wie sehr Bella klammerte und Julie wie auch Stuart gefolgt war. Vielleicht *war* er wütend auf sie geworden, aber Bellas Theorie, dass er sie allein herbestellte, um sie aufzuziehen, passte nicht. Immerhin hatte er ihr angeboten, sie mitzunehmen, und hätte sie es angenommen, wären sie zusammen.

Tara ging einige Schritte in Richtung der Stelle, an der Julie Cooper gefunden wurde, und spähte in die Dunkelheit zwischen den Bäumen. Der Abend war nicht so still, wie sie gedacht hatte. Der Wind zurrte an den Bäumen um sie herum und brachte das Laub zum Rascheln. Die toten Blätter wehten zu Boden und legten sich auf jene, die schon früher gefallen waren.

Sie legte eine verhüllte Hand auf den Stamm des Baums neben sich. Hatte sie noch etwas anderes gehört – außer dem Wind und den Bäumen? Sie hielt den Atem an.

Da war das Geräusch wieder. Hinter ihr. »Bella«, sagte sie und drehte sich um. »Sie müssen im ...«

Weiter kam sie nicht. Der bewölkte Himmel machte es sehr dunkel, und ihr blieb nur ein Sekundenbruchteil zum Reagieren. Der nicht reichte. Was immer Bella in der Hand hielt krachte ihr seitlich an den Kopf. Der Schmerz war überwältigend, doch es war die Wucht des Schlags, die Tara umwarf.

Sie lag auf dem Boden, und die Studentin stand über ihr, das Objekt noch hocherhoben. Tara versuchte zu fokussieren. Die große Maglite-Taschenlampe aus dem Wagen. Sie hatte das schwere Ding von je her als potenzielle Waffe im Hinterkopf gehabt, denn es war so lang wie ein Schlagstock. Allerdings hatte sie sich nie vorgestellt, dass es gegen sie eingesetzt würde.

Bella zögerte. Sie schien hin und her gerissen. Unterdessen versuchte Tara, sich aufzurappeln, aber ihr war übel. Als sie sich bewegte, hieb die Studentin erneut zu. In letzter Sekunde drehte Tara sich weg, was bedeutete, dass ihre Schulter den Schlag kassierte. Hätte er ihren Kopf getroffen ...

Doch es war noch nicht das Ende. Abermals schnellte die Taschenlampe nach unten. Sie würde ihren Job so gut wie jede perfekte Waffe erledigen – erst recht nun, da Tara am Boden war. Diesmal erwischte sie Tara wieder seitlich am Kopf, und ihr verschwamm die Sicht. Sie schloss die Augen und rührte sich nicht. Würde die Studentin aufgeben?

Tara fühlte Bellas Finger an ihrem Hals. Sie wusste also, wie sie nach einem Puls fühlte. Folglich würde sie Tara auf keinen Fall irrtümlich für tot halten. Durch den Schmerz und die Angst strengte Tara sich an zu lauschen, um eine Vorstellung davon zu bekommen, was Bella tat. Kurz darauf fühlte sie, wie die junge Frau in ihre Manteltasche griff und ihr Handy hervorholte. Dann war ein Schritt zu hören, der im Laub raschelte. War sie ein Stück zurückgetreten? Tara riskierte, die Augen einen winzigen Spalt zu öffnen.

Die Studentin stieg in den Wagen. Sie setzte sich hinter Taras Steuer. Die Schlüssel, die Tara benutzt hatte, waren noch in ihrer Tasche – unter ihrer Hüfte. Doch in ihrer Handtasche waren Ersatzschlüssel, und die hatte Tara im Auto gelassen. Würde Bella sie finden und fliehen? Weit käme sie nicht. Tara erlaubte sich zu atmen und schloss die Augen wieder.

Doch dann nahm sie plötzlich weißes Licht durch die Lider wahr. Obwohl der Wagen mit dem Heck zu ihr stand. Der Motorenlärm ertönte in derselben Millisekunde, in der sie die Augen öffnete.

Doch der Wagen fuhr bereits auf sie zu. Bella setzte zurück.

KAPITEL VIERUNDFÜNFZIG

»Verzeihung, Ma'am.« Blake nahm den Anruf auf seinem Handy an. Es war Jez.

»Wir sind jetzt unterwegs nach Wandlebury. Keine Spur von Gilmour. Wir haben die Pförtner gebeten, in seinem Zimmer nachzusehen, weil er immer noch nicht an sein Telefon geht.«

»Okay, danke für das Update.«

»Wir sind ein bisschen besorgt, denn wir können Tara nicht erreichen.«

»Was?« Blake sprang auf. Warum zur Hölle hatte der DC den Teil bis zum Schluss aufgespart?

»Sie geht nicht an ihr Handy. Falls Gilmour dort ist, könnte sie mit ihm beschäftigt sein – oder ihr Telefon stummgeschaltet haben, damit das Klingeln sie nicht verrät.«

Darauf war Blake auch schon gekommen. Der Mann musste ihn für einen Trottel halten. Inzwischen war er an der Tür. »Ich treffe euch dort.«

Fleming sah ihn fragend an.

»Ich denke, es könnte ein Problem in Wandlebury geben.«

KAPITEL FÜNFUNDFÜNFZIG

Bella Chadwick hatte ihnen erzählt, sie könne nicht Auto fahren; doch sie wusste, wie man den Rückwärtsgang einlegte und Gas gab. Tara blieb keine Sekunde. Hinter die Bäume zu gelangen, würde zu viel Zeit kosten.

Sie blickte zur Seite und sah eine Wurzel, die weit aus dem Boden ragte. Dorthin rollte sie sich, sodass ihr Oberkörper geschützt war. Gleichzeitig riss sie die Beine so weit aus dem Weg, wie sie konnte. Dabei rutschte ein Fuß halb aus dem Stiefel. Der Autoreifen erwischte die Stiefelsohle als Erstes. Dann spürte Tara Schmerzen in ihren Zehen. Führe der Wagen noch ein kleines Stück weiter, würde er ihren Knöchel zerquetschen. Sie versuchte, den Fuß wegzuziehen, aber Bella hatte angehalten. Von ihrer Position aus konnte Tara nichts sehen, denn sie war schräg hinter dem Auto. Was hatte Bella vor? Sie musste gefühlt haben, dass der Reifen etwas kontaktiert hatte. Wie viel Zeit blieb ihr, bis Bella klar wurde, dass sie den Job noch nicht erledigt hatte?

Bella hatte den Motor ausgestellt, aber Tara hatte nicht gehört, dass sie die Fahrertür öffnete. Plötzlich erinnerte sie sich wieder an die Schlüssel in ihrer Tasche. Ihre Hände zitterten so sehr, dass sie kaum richtig zugreifen konnte. Trotz aller Panik und der rasenden Schmerzen in ihrem Fuß und ihrem Kopf, versuchte sie, auf ihr Muskelgedächtnis zu schalten. Ein Klick unten links auf die Fernbedienung aktivierte die Zentralverriegelung. Einer oben rechts den Alarm.

Es verging nur eine Sekunde, bis ihr Vorgehen Wirkung zeigte. Bella musste die Verriegelung gehört haben und panisch geworden sein. Es wäre eine instinktive Reaktion, am Türhebel zu ziehen, und sobald sie das tat, griffe die Diebstahlsicherung.

Plötzlich war der Wald von Lärm und Licht erfüllt. Die Blinker leuchteten schnell und rhythmisch auf, und die Hupe ertönte laut und beharrlich.

Bella war aus dem Wagen. Durch den Nebel der schmerzbedingten Übelkeit konnte Tara nur den oberen Teil ihres Kopfes sehen. Zunächst stand die Studentin stocksteif neben dem Wagen. Tara war nicht sicher, ob irgendjemand kam. Autoalarmanlagen gingen dauernd los, und sie befanden sich nicht mal in der Nähe eines Hauses. Sie konnte nur hoffen, dass es genügte, damit die Studentin weglief, anstatt ihren Angriff fortzusetzen. Wenn sie keine geübte Fahrerin war, wusste sie eventuell nicht, wie man das Sicherheitssystem deaktivierte.

Taras Schädel hämmerte, und ihr Fuß schmerzte unglaublich, als sie zwischen die Bäume krabbelte, unerreichbar für das Auto, sollte Bella es wieder als Waffe einsetzen wollen.

Kurz darauf folgte die junge Frau ihr. Die Taschenlampe musste sie zurückgelassen haben. Bella hatte sie eingetauscht gegen etwas, das noch tödlicher aussah. Ein Holzpfahl mit einem angespitzten Ende. Tara schluckte. Er sah aus wie etwas, das mal einen Zaun gehalten hatte – mit Kaninchendraht vielleicht, um Wanderer von Privatgrund fernzuhalten.

Der Pfahl musste so geformt sein, damit es leichter war, ihn in die Erde zu rammen. Durch menschliches Fleisch ginge er beinahe mühelos ...

KAPITEL SECHSUNDFÜNFZIG

Blake erreichte den Ring fast zeitgleich mit Jez und Max. Jez'
Fahrkünste ließen wahrlich zu wünschen übrig. Der Mann
hielt an, als er Blake kommen sah – war ihm nicht klar, dass es
dringend war? Blake fuhr an ihnen vorbei und stoppte erst, als
er sah, dass Max das Seitenfenster runtergedreht hatte.

»Die Pförtner von St Bede's konnten Gilmour aufspüren.
Er war in der College-Bar. Er leugnet, sich hier mit Bella Chadwick verabredet zu haben. Und er sagt, dass sein Handy
gestohlen wurde.«

Blake fluchte. Er *könnte* lügen, falls er alles als Streich
inszeniert hatte. Aber wenn nicht ... dann hatte Bella selbst
Tara an diesen verlassenen Ort gelockt, während sein Team in
den Seitenstraßen von Cambridge saß und Däumchen drehte.

Die Verzögerung war beträchtlich. Warum ging sie nicht an
ihr Telefon?

»Kommt!" Er trat aufs Gas, und Zweige schabten über seine
Autoseiten, als die Bäume immer näher rückten.

Im selben Moment sah er weiter vorn rechts Licht blitzen.
Wiederholt. Eine Sekunde darauf hörte er lautes Hupen.

Er folgte dem Lärm.

KAPITEL SIEBENUNDFÜNFZIG

»Bella, denken Sie nach!« Reden war das Einzige, was Tara noch blieb. Sie wusste, dass sie mit ihrem verletzten Fuß nicht laufen konnte, geschweige denn schneller als ihre Gegnerin. »Was auch geschehen ist, warum auch immer, Sie können Ihre Lage weniger schlimm machen. Wenn Sie Reue zeigen und mich gehen lassen, wird Ihr Anwalt es zu Ihrer Verteidigung nutzen können.«

Sie rang nach Luft, und die Worte wollten ihr nicht so schnell einfallen, wie sie sollten. Ihr war schwindlig, und alles tat weh. Einen furchtbaren Moment lang dachte sie, sie würde ohnmächtig und Bella den Job sogar noch erleichtern.

Blinzelnd bemühte sie sich, an der Realität festzuhalten. »Ich habe den Eindruck – *wir* haben den Eindruck –, dass Ihre Beziehung zu Julie schwierig war. Sie wollten ihre Freundin sein, und vielleicht hatten Sie das Gefühl, dass Julie nicht für Sie da war. Womöglich haben Sie deshalb zugeschlagen. Und dann«, sie schluckte und riss sich mühsam zusammen; ihr Mund war so trocken, dass sie kaum sprechen konnte, »vielleicht haben Sie Panik bekommen. Vielleicht haben Sie gedacht, Sie hätten sie versehentlich umgebracht, und wussten nicht, was Sie tun sollen.«

Eine Wolke hatte sich verzogen, und Mondlicht fiel auf Bellas Gesicht. Sie sah kreidebleich aus, verzog keine Miene, doch auf einmal lachte sie. Unaufhörlich, die Augen weit offen.

Tara wagte nicht, sich zu rühren. Bella war jetzt besonders schwach, weil sie von Hysterie überwältigt wurde, doch sollte Tara anfangen, weiter zu kriechen, könnte sie die unerwartete Bewegung jäh in die Realität zurückholen. Sie fragte sich, ob sie genug Kraft hatte, der jungen Frau die Beine wegzureißen, da bemerkte sie etwas anderes.

Eine winzige Veränderung in den Schatten hinter Bella. Sie widerstand dem Impuls zu reagieren. Wenn es Stuart war, der seine Freundin suchte, könnte sie geliefert sein, doch sie brauchte einen Moment zum Nachdenken, bevor sie auch Bella in Alarmbereitschaft versetzte.

Plötzlich passierte alles gleichzeitig. Blake schien im ersten Augenblick gut sechs Schritte hinter Bella zu sein, einen Wimpernschlag später bei ihr. Er packte den Pfahl in ihren Händen und verdrehte ihn scharf, bevor die Studentin auch nur begriff, was geschah.

Sie geriet aus dem Gleichgewicht, und das verschaffte Tara den Vorteil, den sie brauchte. Sie umschlang Bellas Beine mit den Armen und riss sie zu Boden.

KAPITEL ACHTUNDFÜNFZIG

Die Stunde, nachdem Blake Tara gefunden hatte, verging wie im Rausch. Sie hatte nicht einmal widersprochen, als er ihr sagte, sie solle liegen bleiben – er sah ihr an, dass sie unter Schock stand. Ihre Hände waren klamm und ihre Haut aschgrau. Er hatte ihr seine Jacke übergeworfen, und Max und Jez hatten ihre ebenfalls über sie gelegt. Erst als er versuchte, ihre Beine anzuheben, um ihre Durchblutung zu unterstützen, hatte er ihre Fußverletzung bemerkt. Er hatte sie wachgehalten, indem er ihr erzählte, was sie bisher wussten – und wie sorgfältig Bella alles arrangiert hatte, damit sie Stuart nicht kontaktieren konnten. Sein gestohlenes Handy hatten sie gefunden, als sie Bella durchsuchten.

Der Krankenwagen kam schnell – Gott sei Dank, dass das Addenbrooke's so nahe war – genauso wie weitere Polizeiverstärkung. Als er schließlich den Schauplatz verließ, war er zu Taras Verwandter Bea gefahren, um ihr zu erklären, was geschehen war. Er wusste, wie nahe sie und Tara sich standen, und wollte den Job niemand anderem überlassen. In der Pension, die sie betrieb, stellte er fest, dass sie nicht allein war. Es war der Expolizist Paul Kemp, der Blake auf sein Klingeln öffnete. Und auf einmal sah Blake die Dinge in einem anderen Licht. Er hatte sich oft gefragt, ob etwas zwischen Kemp und Tara lief, aber der Mann wirkte irgendwie, als gehörte er in Beas Haus. Vielleicht hatte Blake die Situation falsch interpretiert.

Er war nur eine Minute lang dort – eben lange genug, um ihnen zu versichern, dass mit Tara alles okay war, und sich zu vergewissern, dass Bea den Beistand hatte, den sie brauchte. Die Warmherzigkeit der beiden und wie sie offensichtlich für Tara empfanden machten Blake emotional.

Als er zurück zur Wache fuhr, konnte er seine Erleichterung nicht leugnen, weil Kemp und Tara kein Paar waren. Was natürlich Jez Fallon freie Bahn ließ. Müsste Blake zwischen den beiden wählen, würde er eindeutig den Expolizisten für Tara vorziehen, was nicht einer gewissen Ironie entbehrte. Der Mann hatte eine unrühmliche Vergangenheit, dennoch traute Blake ihm eher als seinem neuen DC. Einen flüchtigen Moment lang wanderten seine Gedanken zu Babette. Plötzlich schien ihm dringender denn je, seine eigene kaputte Beziehung zu regeln. Doch dazu war jetzt keine Zeit.

Auf der Wache bereitete er sich auf das Verhör von Bella Chadwick vor.

Er hatte schon eine Hand auf der Türklinke zum Verhörraum, als sein Handy klingelte. Tara.

Es war jedoch nicht Tara, die sich meldete, als er das Gespräch annahm. »Hier ist Schwester Perez vom Addenbrooke's.« Blakes Herz raste los. Er wusste, dass ein Schock gefährlich sein konnte, und Tara hatte ihm erzählt, dass Bella ihr auf den Kopf geschlagen hatte. Zweimal. Doch er hatte Bea gesagt, sie wäre außer Gefahr. Es kostete ihn einige Kraft, einen ruhigen Tonfall anzuschlagen.

»DI Blake am Apparat.«

»Tara geht es sehr schlecht.« Sie machte eine Pause. »Ich habe ihr gesagt, sie sollte sich nicht mit Arbeitsproblemen befassen, bis sie richtig genesen ist, aber sie ist extrem unruhig und besteht darauf, mit Ihnen zu sprechen. Können Sie es bitte kurz machen? Ich übergebe Sie jetzt.«

Blake lehnte sich an die Korridorwand. Ihm war, als wäre sämtliche Luft aus seinem Körper gewichen.

»Ja?« Er klang schroff und gereizt vor Sorge. Innerlich fluchte er.

»Ich finde es auch ganz reizend, von dir zu hören.« Sie klang beruhigend Tara-typisch. »Dem Himmel sei Dank, dass sie mich endlich anrufen lassen. Als ich auf dem Boden lag, hast du mir gesagt, dass Bella Stuarts Handy gestohlen hatte, oder?«

»Ja.«

»Es ist mir eben wieder eingefallen. Auf der Fahrt nach Wandlebury hat Bella gesagt, sie würde ihm eine Textnachricht schicken, dass sie unterwegs ist. Und dann hat sie ihr Handy hervorgenommen und eine Nachricht getippt.«

Blake stutzte. Sie musste geblufft haben, aber wozu die Mühe? Es war ja nicht so, als hätte sie ohne das verdächtig gewirkt. »Denkst du, in Wahrheit hat sie jemand anderen kontaktiert? Ein Kribbeln jagte ihm über den Rücken.

»Eine andere Erklärung fällt mir nicht ein. Und da ist noch etwas, Blake.«

»Was?«

»Die grüne Wolle, die Agneta unter Julies Fingernägeln gefunden hatte. Könnte das Filz gewesen sein?«

Blake lauschte, während Tara ihm erzählte, wie sie bei der Verladung der Harfe zugesehen hatte, die zu Veronica Lockwoods nächstem Konzert transportiert werden sollte.

»Ich habe Harfen gegoogelt«, sagte Tara. »Zwischen vierunddreißig und zweiundvierzig Kilo schwer und einen Meter fünfundsiebzig bis einen Meter neunzig groß.« Er hörte sie schlucken. »Ich weiß nicht, aber sie – eine von ihnen – könnte Julies Leiche in den Kasten gelegt haben. Heute Abend war es seltsam, Blake.«

Was ihm wie eine absurde Untertreibung vorkam, bedachte er die Umstände.

»Ich glaube nicht, dass Bella mich wirklich umbringen wollte, jedenfalls anfänglich nicht. Ich bin es alles im Kopf noch mal durchgegangen. Hätte sie es ernsthaft gewollt, wäre ich jetzt tot.«

Auf einmal wurde der Ton in der Leitung gedämpft. »Das reicht jetzt.« Schwester Perez war wieder dran. Ihre Worte waren scharf, ihr Tonfall hingegen war es nicht. Blake hatte Tara nie weinen gesehen, glaubte aber, es im Hintergrund zu hören. Er wollte die Schwester bitten, ihr etwas auszurichten, doch seine Gefühle waren nichts, was er auf diesem Wege ausdrücken könnte. Und Megan stand neben ihm und wartete. »Sagen Sie DC Thorpe bitte, ich komme sie besuchen.«

»Was Sie auch sehr gern dürfen ... während der Besuchszeiten und nachdem sie sich erholen konnte.«

Blake war bereit, mit seinem Dienstgrad zu winken, um diese Einschränkung kurzerhand wegzuwischen. Aber nicht jetzt, denn er musste arbeiten. Er holte Bellas Handy. Durch die Beweismitteltüte drückte er die Home-Taste.

Sofort leuchtete eine Maske auf, die eine PIN verlangte. Das war nicht überraschend.

Einen Moment später war er mit Megan, Bella und deren Anwältin im Verhörraum.

»Bella, bevor wir anfangen, möchte ich, dass Sie Ihr Handy für mich entriegeln.«

Die junge Studentin schien sich kleiner zu machen.

»Wenn Sie es nicht tun, erledigen das unsere Techniker. Sie ersparen uns nur wenige Minuten, mehr nicht. Und Sie haben nichts zu gewinnen, wenn Sie uns behindern.« Tatsächlich variierte der Schwierigkeitsgrad je nach Gerät. Bei manchen musste man die Nummernkombination erraten, die sie benutzt hatte, doch mit ein bisschen Glück wusste sie das nicht. Die

Modelle mit Fingerabdruck-ID konnten noch problematischer sein, wenn der Besitzer flüchtig war.

Schließlich nahm Bella das Gerät und entsperrte es.

Blake nahm ihr das Telefon ab und griff auf ihre Textnachrichten zu. Die, die sie auf der Fahrt mit Tara geschrieben hatte, lautete: *Ich weiß nicht, was ich tun soll.* Sie war unbeantwortet.

Während Bella, Megan und die Anwältin zuschauten, wählte Blake die Nummer, an die Bella die Nachricht geschickt hatte. Es läutete dreimal, dann wurde das Gespräch angenommen.

»Wie ist die Lage?«

Blake erkannte die vornehme, kurz angebundene Stimme. Es war Veronica Lockwood.

KAPITEL NEUNUNDFÜNFZIG

Eine Stunde später saß Blake auf der Wache Lady Lockwood gegenüber. Der Anwalt neben ihr sah sehr betucht aus. Er machte eindeutig zu viel Geld mit seinen privilegierten Mandanten.

Chadwick hatte dichtgemacht, nachdem Blake den Kontakt zu Veronica hergestellt hatte. Sie weigerte sich zu bestätigen, dass die Frau involviert war, konnte ihnen aber nicht sagen, wie sie Julies Leiche ohne eigenes Transportmittel nach Wandlebury bekommen hatte.

Blake ließ sie schmoren, während er herausfand, was die Harfenistin zu sagen hatte. Die Harfe selbst wurde nach Cambridge zurückgeholt. Es gäbe höllischen Ärger, sollte dies hier schiefgehen, wie Blake wohl bewusst war.

»Würden Sie mir bitte erklären, warum Bella Chadwick Ihnen heute Abend eine Nachricht geschickt hat? Was hat sie mit ›Ich weiß nicht, was ich tun soll‹ gemeint?«

Lady Lockwood zog eine Augenbraue hoch. »Ich hatte mich mit ihr unterhalten, als sie auf der Studentenparty in der Lodge gewesen ist. Und ich hatte gespürt, dass sie etwas bedrückte. Als ich sie fragte, wurde klar, dass sie Probleme mit ihrem Freund hatte. Ich habe ihr geraten, die Beziehung zu beenden. Also wird sie vermutlich auf Rat gehofft haben, wie sie es angeht.«

»Kennen Sie Bella gut, Lady Lockwood?«

Ihr Blick war eiskalt. »Ich bemühe mich, so viel wie möglich vom Leben der Studenten mitzubekommen. Wenn sie ein offenes Ohr oder eine Schulter zum Ausweinen brauchen, betrachte ich es als ein Privileg, ihnen die anbieten zu dürfen.«

Das zu glauben, fiel Blake sehr schwer; er nahm die Frau nicht als zugänglich oder gar sensibel wahr. »Da müssen Sie hervorragende Arbeit geleistet haben, wenn die Studenten und Studentinnen das Gefühl haben, Sie um Beziehungsratschläge bitten zu können, zumal Sie für eine Konzertreise nach Italien packen.«

Das kommentierte sie nicht.

»Die Nummer, an die Bella Ihnen die Textnachricht geschickt hat, ist nicht dieselbe wie die, die Sie uns gegeben haben. Wie kommt's?«

Sie sah ihn verwundert an. »Sie glauben doch sicher nicht, dass ich meine Privatnummer an Studenten verteile, oder? Ich unterstütze ihr Wohlergehen, aber ich muss auch eine gewisse Distanz wahren. Wenn ich arbeite, lasse ich mein normales Mobiltelefon eingeschaltet, stelle aber das stumm, dessen Nummer Bella hat.«

»Ich wäre Ihnen dankbar, wenn Sie uns das Handy untersuchen lassen, das Sie für die Studierenden vorgesehen haben.«

»Das kann ich unmöglich erlauben. Wie Sie sich vorstellen können, enthält es vertrauliche Nachrichten.«

»Dann werde ich einen Durchsuchungsbeschluss beantragen. Ebenso wie einen für eine Probenentnahme von der Auskleidung Ihres Harfenkoffers.«

Er beobachtete, wie sie blass wurde. Sie wusste nichts von

der Wolle unter Julie Coopers Fingernägeln, aber wenn sie darin verstrickt und die Studentin in dem Koffer gestorben war, musste ihr klar sein, dass dort beinahe sicher DNA gefunden würde.

»Am besten setzen wir auch gleich den Kofferraum Ihres Wagens mit auf die Liste. Ich bin überzeugt, dass Sie uns bei unserer Ermittlung helfen möchten.« Er sah sie direkt an.

»Es ist das Prinzip, gegen das ich mich sträube. Sie haben keinen Grund, mich irgendeiner Straftat zu verdächtigen.«

Blake lehnte sich zurück. Am liebsten würde er sich weiter vorbeugen, wusste aber, dass der Anwalt sich dann über »einschüchternde Körpersprache« beschweren würde. »Lady Lockwood, Sie scheinen Bella Chadwick ziemlich gut zu kennen, und der Textnachricht zufolge, die sie Ihnen schickte, als sie sich aufmachte, einen meiner Officers zu ermorden, hat sie sich ratsuchend an Sie gewandt. Das war kurz nachdem mein weiblicher Officer Ihr Haus verlassen und eine Bemerkung zur Größe des Harfenkoffers gemacht hatte. Sie hat eins und eins zusammengezählt, und ich denke, Sie – oder jemand aus Ihrer Familie – hat es erkannt.«

Nun neigte er sich doch ein klein wenig vor. »Ich glaube, Sie und Bella Chadwick haben eilig einen Plan geschmiedet, dass sie Tara Thorpe abfängt, bevor sie eine Chance hatte, hier anzurufen und uns auf den neuesten Stand zu bringen.«

Er lehnte sich wieder zurück. »Sollte ich hier den falschen Baum ankläffen, lassen Sie es mich wissen, und ermöglichen Sie mir Zugriff auf die Bereiche, die ich durchsuchen möchte. Aber eines ist sicher: Es ist ausgeschlossen, dass Bella Chadwick eine Trennung von ihrem Freund geplant hat, als sie Ihnen heute Abend die Textnachricht schrieb. Da hatte sie anderes im Kopf. Und wir haben Aufzeichnungen anderer Anrufe bei Ihnen – vor heute Abend, als Sie Ihnen angeblich von dem Problem mit ihrem Freund erzählt hat.« Gott sei Dank hatte Bella ihr Handy entsperrt. Es hatte ihnen eine Menge Zeit erspart. »Ich gehe davon aus, dass sie uns bald mehr erzählen wird. Falls Sie Ihre Version zuerst schildern möchten, schlage ich vor, dass Sie jetzt damit anfangen.«

KAPITEL SECHZIG

Veronica Lockwoods Anwalt hatte um einige Minuten allein mit seiner Mandantin gebeten, nachdem Blake seine Gedanken zusammengefasst hatte.

Eine Viertelstunde später waren sie wieder versammelt. Sobald das Band lief, wandte Blake sich an die Frau.

»Haben Sie uns mehr zu sagen?« Er sah ihr an, dass sie sich wappnete.

Dann holte sie tief Luft. »Ich sehe schon, dass ich Ihnen die ganze Geschichte erzählen muss. Ich bin eine Närrin gewesen, und jetzt werden die Behörden entscheiden müssen, was zu tun ist.« Sie schürzte die Lippen. »Bella Chadwick scheint ein seltsames Verhältnis zu Julie Cooper gehabt zu haben. Wie ich bereits sagte, bemühe ich mich um guten Kontakt zu den Studenten, und ich konnte nicht umhin, die beiden in St Oswald's zu bemerken. Bella ist Julie überallhin gefolgt, hat sich gekleidet wie sie und vorgegeben, sich für dieselben Belange zu interessieren, für die Julie sich engagiert hat. Jeder wird Ihnen das bestätigen. Ich denke, sie wollte Julie *sein* – und es war offensichtlich, dass sie hinter Julies Exfreund Stuart her war. Von dieser Dreiecksgeschichte habe ich erst erfahren, als ich mit Bellas und Julies Tutor gesprochen habe, Lucien. Er hat stets die Ohren gespitzt.«

Wie hatte er über Bella und Stuart gedacht, fragte Blake sich, wenn er selbst mit Bella geschlafen hatte? Wie passte das ins Bild? »Fahren Sie fort.«

Lockwood senkte den Kopf. »Ich konnte Bella zum Reden bringen – ich dachte, sie braucht vielleicht Hilfe. Deshalb die vielen Anrufe von ihrem Handy bei meiner ›Studentennummer‹. Nachdem sie Vertrauen gefasst hatte, wurde ich sie nicht mehr los.«

Blake sah sie ruhig an, wartete und ließ sie wissen, dass er jedes Wort prüfen würde. »Erzählen Sie uns, was am Samstag geschehen ist«, forderte er sie auf.

Lockwood seufzte. »Ich wünschte bei Gott, ich wäre mit Alistair nach London gefahren. Doch ich bin hier geblieben, und nach ein paar Stunden Üben habe ich einen Spaziergang über das College-Gelände gemacht. Ich habe frische Luft gebraucht. Da traf ich zufällig Julie und Bella. Ich nahm an, dass sie sich ihre neuen Unterkünfte ansehen wollten, bevor sie ihre Sachen hinbrachten. Jedenfalls konnte ich schon aus einiger Entfernung hören, dass sie stritten. Etwas daran fand ich alarmierend. Ich spürte, dass Bella kurz davor war, die Nerven zu verlieren, und am Ende beschloss ich einzuschreiten. Es war das Letzte, was ich wollte, denn ich musste noch mehr üben, aber ich lud sie in die Master's Lodge ein, um über ihre Differenzen zu reden.« Sie schüttelte den Kopf. »Es ging natürlich um diesen Jungen, Stuart. Ich konnte keine von ihnen beruhigen. Es war Abend, und ich dachte, ich biete ihnen beiden einen starken Drink an, vielleicht würde der helfen. Doch als ich ihnen den Rücken zukehrte, nahm Bella eine schwere Karaffe und schlug sie gegen Julies Kopf.«

Im Geiste fügte Blake sie der Liste zu, die sich die Spurensicherung vornehmen müsste.

»Ich war so geschockt, dass ich nur dastand. Julie war zu

Boden gegangen, blutete aus dem Kopf, und sie war totenstill.«

Sie vergrub das Gesicht in den Händen.

»Ich wusste, dass Bella Probleme hatte, und hätte die Polizei rufen müssen, aber sie tat mir leid. Sie hatte Julie in meinem Haus umgebracht, weil sie die Kontrolle verloren hatte. Hätte ich sie nicht eingeladen, wäre es nie passiert. Bella hatte etwas, das mir gehörte, als Waffe benutzt. In dem Moment wurden mir zwei Dinge klar. Wenn ich die Polizei rief, würde es Julie nicht retten, aber es würde Bellas Leben ruinieren. Half ich Bella hingegen, ihre Tat zu vertuschen, könnte ich sicherzustellen, dass sie die Hilfe bekam, die sie brauchte. Dann hätte wenigstens eine von den beiden eine Zukunft.«

Sie sah Blake an. »Jetzt erkenne ich, dass es falsch war, aber zu der Zeit schien es mir logisch. Ich glaube, ich stand unter Schock. Und natürlich war es, nachdem die Entscheidung gefallen war, zu spät zur Umkehr.«

»Also dachten Sie, Julie wäre tot?«

Veronica Lockwood blinzelte. »Was meinen Sie?«

Unter den Umständen musste sie doch nach einem Puls gefühlt haben, oder nicht? »Haben Sie nicht überprüft, ob ihr Herz noch schlug, oder bemerkt, dass Julie noch atmete?«

»Hat sie nicht.« Lockwood stockte der Atem. »Ich meine, ich bin mir sicher, dass es so war. Man musste sie nur ansehen.«

Blake fragte: »Was haben Sie als Nächstes getan?«

Er sah, dass sie angestrengt schluckte. »Wir haben sie nach unten in den Keller getragen und in meinen Harfenkoffer gelegt. Ich wollte sie nur aus den Augen haben, bis wir entschieden hatten, was zu tun war. Es war zu früh, um sie zu bewegen – das Risiko wäre zu groß gewesen, dass wir gesehen würden. Und sollte jemand kommen ... Deshalb haben wir sie nach unten gebracht und sind zurück nach oben gegangen. Bella ist zu dem Haus zurückgekehrt, in dem sie und Julie wohnten, aber wir hatten verabredet, uns später zu treffen, um Julies Leiche aus der Lodge zu entfernen.«

»Um welche Zeit sollte Bella wieder bei Ihnen sein?«

»Um zwei Uhr nachts. Es hat eine Weile gedauert, Julies Leiche wieder nach oben und hinaus zum Wagen zu bekommen.« Sie blickte zu ihrem Schoß. »Da wusste ich schon, dass es ein entsetzlicher Fehler war, Bella zu schützen. Julie zu sehen, als wir sie trugen, ihr totes Gewicht zu fühlen, hat es klar gezeigt. Aber bis dahin war es zu spät.«

»Wessen Idee war es, die Blumen in die Tasche zu stecken und ihr Stuarts Ring abzunehmen? Es lenkte den Verdacht direkt auf Gilmour.«

Lockwood schüttelte langsam den Kopf. »Bellas. Sie war immer noch eifersüchtig. Ich habe versucht, sie aufzuhalten, als ich begriff, was sie vorhatte, aber sie war wahnsinnig. Sie musste die Blumen auf dem Weg zur Lodge gepflückt haben. Da war mir klar, dass sie immer noch über die beste Möglichkeit nachdachte, ihre Spuren zu verwischen und zugleich Rache zu nehmen, indem sie die Aufmerksamkeit der Polizei auf Stuart lenkte. Das machte mir, neben anderen Dingen, bewusst, dass Bella zu retten sehr viel komplizierter würde, als ich gedacht hatte. Julie tödlich zu verletzen, ist kein einmaliger Vorfall oder tragischer Schicksalsschlag gewesen. Bella ist labil.«

»Was ist mit den Blumen, die Bella vor Julies Ermordung in deren Fahrradkorb gesehen hatte? Und dem Herzen, das ihr vor ihrem Tod geschickt wurde?«

»Davon weiß ich nichts. Könnte Bella die erfunden haben?«

Blake antwortete nicht. Er dachte an die Textnachricht, die Bella an Veronica Lockwood geschickt hatte, als sie neben Tara im Wagen saß. »Falls Ihre Geschichte wahr ist, möchten Sie mir dann vielleicht erklären, was Bella mit der Nachricht ›Ich weiß nicht, was ich tun soll‹ gemeint hat?«

Lady Lockwood setzte sich steif auf. In ihren Augen war keine Spur von Emotion zu erkennen. »Bella war von Schuldgefühlen zerfressen, und mir ging es nicht anders. Ich dachte bereits, dass sich das ganze Theater nie und nimmer durchhalten ließe. Der Gedanke, meine Rolle dabei zu gestehen, war entsetzlich, aber mit der Schuld zu leben war schlimmer. Ich konnte auf der Party kurz mit Bella reden. Sie erwähnte, sie hätte Ihren weiblichen Detective kennengelernt, würde die Frau mögen und hätte das Gefühl, mit ihr reden zu können. Ich habe gesagt ...« Sie stockte und schloss die Augen. »Ich habe ihr gesagt, vielleicht könnte sie ihr die Wahrheit sagen. Davon war ich bereits überzeugt, aber Bella sollte ihre Schuld gestehen. Ich fürchte, ihre Textnachricht war ein Hilferuf. Sie wusste nicht, wie sie gestehen sollte. Mir fiel keine Antwort ein, also habe ich nicht reagiert. Und anstatt ehrlich zu sein, hat Bella Ihre Mitarbeiterin angegriffen. Ich weiß nicht, warum sie das getan hat.«

»Wenn Sie bereit waren, alles ans Licht kommen zu lassen, warum haben Sie es mir nicht in dem Moment erzählt, in dem wir Sie hergeholt haben?«

»Ich war in Sorge, dass Sie glauben, ich hätte mit dem Angriff auf Tara Thorpe zu tun. Alles war plötzlich außer Kontrolle. Ich hätte auf das Gesetz vertrauen und alles erklären sollen. Tatsächlich hätte ich das von Anfang an tun müssen.«

Noble Worte. Blake könnte sie sogar glauben, hätte er keinen Zugriff auf Julie Coopers Handy und Laptop gehabt und von der Reise gehört, die die Lockwoods unternommen hatten, kurz bevor ihr jüngerer Sohn sich auffallend veränderte. Die Frau ihm gegenüber war intelligent und rational. Und kalt. Niemand, der die eigene Zukunft und den Namen der Familie aufs Spiel setzte, um eine problembelastete junge Studentin zu schützen.

Er dachte an ihren Anruf bei ihrem Sohn John, nach dem er die Tabletten genommen und sich in ewiges Vergessen getrunken hatte.

»Das ist alles sehr interessant.« Er lehnte sich auf seinem Stuhl zurück. »Und jetzt möchten Sie mir vielleicht von Schottland erzählen.«

KAPITEL EINUNDSECHZIG

Tara lag in einem Krankenhausbett. Es stellte sich heraus, dass ihre Verletzungen nicht so schlimm waren, wie es zunächst schien. Brüche, die mit der Zeit verheilen würden. Die Schmerzmittel, die sie bekam, waren nicht perfekt, aber sie fühlte sich schon erheblich besser als vorher. Da war allerdings immer noch ein dumpfer Kopfschmerz, und das Pflegepersonal beobachtete sie trotz der beruhigenden Scans mit Argusaugen.

Es war spät, aber Kemp und Bea war als nahen Angehörigen erlaubt worden, sie zu sehen, auch wenn die Besuchszeit längst vorbei war. Bea hatte bereits berichtet, dass ihre Mutter kurz davor gewesen, auch herzukommen, wozu sie quer durch die Fens fahren müsste. Wie aufs Stichwort stieg Taras Blutdruck. Aber Lydia war gesagt worden, morgen wäre es günstiger. Also müsste Tara sie erst am nächsten Tag ertragen.

»Brauchst du irgendetwas von zu Hause?«, fragte Bea.

»Wechselunterwäsche und ein paar Bücher wären wunderbar, falls es nicht zu viele Umstände macht.«

Die Cousine ihrer Mutter nickte. »Hole ich dir.«

Kemp kratzte sich am Kinn. »Zu schade, dass ich nie ›was

tun, wenn eine Irre dich überfahren will‹ mit ins Selbstverteidigungsrepertoire aufgenommen habe.«

Tara brachte ein halbes Lächeln zustande. »Du hast mir meinen Kampfgeist zurückgegeben, und den habe ich heute Abend wirklich dringend gebraucht.« Sie fühlte sich zittrig. Jedes Mal, wenn sie die Augen schloss, sah sie Bella mit dem Pfahl über ihr. Sie musste sich auf etwas anderes konzentrieren. »Ich kann nicht glauben, dass ich hier festhänge, während die anderen versuchen, den Fall abzuschließen.«

Bea neigte sich vor. »Die machen das. Du musst dich ausruhen. Du nützt ihnen in Zukunft nichts, wenn du dir jetzt deine Gesundheit ruinierst.«

Tara drückte ihre Hand. »Keine Sorge. Ich werde wieder.«

»Klar.« Kemp beugte sich zu ihr. »Alles wird gut.« Er sah Bea an. »Und du musst Tara verstehen. Steckt man im Zuge einer Ermittlung heftig ein, will man nicht ausgeschlossen sein, wenn alles zum Abschluss kommt.«

Bea bedachte ihn mit einem strengen Blick. »Du bist keine Hilfe!«

Doch Kemp grinste. »Allzeit gern bereit zu behindern! Also, was würdest du ermitteln, lägst du nicht hier fest?«

»Die Schottland-Verbindung. John geriet als Junge nach einem Familienurlaub dort aus der Bahn, und Julie schien ihn zu mögen – und es auf die Firma seines Vaters abgesehen zu haben. Ich weiß nicht, was vor all den Jahren passiert ist, aber ich glaube, sie ist an etwas dran gewesen. Sie hatte nach Informationen gegoogelt und sich ›Schottland‹ als einen Punkt auf ihrem Handy notiert, dem sie nachgehen wollte.«

Tara dachte an das, was ihr Ex Josh gesagt hatte. *Sofern Julie keinen Beweis hatte, dass Sir Alistair jemanden mit bloßen Händen erwürgt hat, sehe ich ihn nicht als euren Mann.*

»Ich frage mich, ob den Lockwoods irgendwie zu Ohren gekommen war, dass ein sehr altes Geheimnis gelüftet werden könnte. Vielleicht war es das, was Julie zu einer tödlichen

Bedrohung gemacht hatte.« Ihre Kopfschmerzen wurden schlimmer, und sie runzelte die Stirn. »Aber dann verstehe ich nicht, wie Bella ins Spiel kommt. Jez hatte die Schottland-Geschichte verfolgt – vorerst nur um herauszufinden, ob Veronicas oder Alistairs Mutter dort lebte. Aber ich glaube nicht, dass er weit gekommen war. Er und Max waren stattdessen damit beschäftigt, als meine Verstärkung einzuspringen.«

Bea sah wütend aus, und sie richtete ihren Zorn gegen Kemp. »Das macht sie nur kränker.« Sie nickte zu Tara.

»Ich würde mich schlechter fühlen, würde ich es nicht los, ehrlich.« Aber nun kam eine Schwester zu ihnen und sah gleichfalls streng aus.

»Keine Sorge, ich sehe mir das mal an«, versprach Kemp.

Tara hatte schon überlegt, wie viel sie allein mit ihrem Handy herausfinden könnte, doch nun sank sie zurück in die Kissen und hörte ausnahmsweise auf, ein Kontrollfreak zu sein. »Danke, Kemp. Ich weiß nicht einmal, in welchem Jahr das war. Vielleicht der Sommer, als John zwölf war? Ungefähr um die Zeit. Sag mir Bescheid, was du findest, aber halte vor allem Blake auf dem Laufenden. Wenn es ein Vorfall im Haus der Familie war, erfahren wir es eventuell nie. Aber sollte es auch nur für ein wenig Wirbel gesorgt haben, besteht eine Chance.«

Bea beugte sich vor und umarmte Tara sehr vorsichtig. Weit musste sie sich nicht neigen, weil sie so winzig war. Als Nächstes tat Kemp es ihr gleich, wenn auch linkischer. Tara bemühte sich, nicht vor Schmerz das Gesicht zu verziehen.

Als sie zur Tür gingen, fühlte Tara, wie ihr die Tränen kamen. Sie waren beide für sie da – jeder auf gänzlich andere Art, aber beide spendeten ihr Trost. Was die Schottland-Verbindung anging, hoffte Tara, dass Blake nichts dagegen hätte, dass sie Kemp ins Vertrauen gezogen hatte. Sie benutzte ihn quasi als Verlängerung ihrer selbst.

Doch würde er nach so vielen Jahren etwas finden? Die Chancen schienen verschwindend gering.

KAPITEL ZWEIUNDSECHZIG

Nun hatten sie zwei Zeuginnen, die nicht redeten. Blake war mit Megan in Flemings Büro.

»Was meinen Sie?«, fragte sein DCI.

Blake rollte die Schultern, die so verspannt waren, dass er kaum klar denken konnte. »Veronica Lockwoods Geschichte klingt wenig glaubwürdig. Wir müssen Bella Chadwicks Version der Ereignisse hören, dann können wir anfangen, die Beweise zu zerpflücken.«

»Denken Sie, Lady Lockwood übt sich in persönlicher und familiärer Schadensbegrenzung?«

Blake bejahte stumm.

»Warum sollte Chadwick dichtmachen? Und wenn Sie denken, Lady Lockwood lügt, was ist Ihre Theorie, wie es abgelaufen ist?«

Das war das Problem. Blake war sich nicht sicher. »Bella könnte schweigen, weil sie aus irgendeinem Grund die Lockwoods schützt. Oder weil die etwas gegen sie in der Hand haben, das schlimmer als alles ist, was bisher rausgekommen ist.« Schwer vorstellbar. »Oder ...« Er runzelte die Stirn, als er seine Gedanken sortierte. »Sie könnten ihr etwas im Tausch dagegen versprochen haben, dass sie alles ausbadet. Sir Alistair ist ein Vermögen wert. Vielleicht haben sie die Studentin überzeugt, dass sie milde davonkommt, wenn sie Julie im Affekt tötet und auf verminderte Zurechnungsfähigkeit plädiert.«

»Unmöglich ist es nicht.« Fleming grübelte. »Genauso wenig unmöglich ist, dass Lady Lockwood die Wahrheit sagt. Vieles an ihrer Aussage passt zu dem, was wir über Bella und deren Beziehung zu Julie und Stuart wissen.« Sie hob eine Hand. »Ich weiß, was Sie sagen wollen. Da ist noch diese Schottland-Geschichte, aber die ist dünn, Blake. Und wir haben keine richtigen Beweise.«

Allerdings hatte Blake Veronica Lockwoods Reaktion auf das Wort gesehen. Da war etwas.

»Nehmen Sie sich Chadwick noch einmal vor«, sagte Fleming. »Machen Sie ihr deutlich, dass keiner sie schützen kann und ihre beste Verteidigung die Wahrheit ist. Nutzen Sie Ihr Wissen. Falls Tara recht hat und Bella sie wirklich umbringen wollte, könnte es funktionieren, sich ihre Gefühle zunutze zu machen.«

Sie waren wieder im Verhörraum. Das Aufnahmegerät lief, und Chadwicks Anwältin war dabei. Ihre Mandantin wirkte auf jeden Fall sehr viel emotionaler als Veronica Lockwood.

»Wir haben eben vom Krankenhaus gehört, Bella.« Wie abgesprochen, begann Megan. Blakes Eindruck war, dass Bella sich für sie erwärmt hatte, als sie sich alle zum ersten Mal begegnet waren. Seine DS machte sich besser, als er ihr zugetraut hatte. »Tara geht es schlecht. Sie haben eine Menge Tests gemacht, um zu sehen, welchen Schaden Sie mit Ihrem Angriff angerichtet haben.«

Schweigen.

»Sie verliert immer wieder das Bewusstsein«, ergänzte Blake. *Nun ja, sie war ein paarmal eingenickt, seit sie eingelie-*

fert wurde. »Und sie war auch so geschockt. Ehrlich gesagt glaube ich, sie hatte das Gefühl, dass Sie beide beinahe Freundinnen geworden waren. Ich weiß, dass sie sich wegen allem sorgte, was Sie durchmachen.«

Weiterhin schwieg Chadwick, doch ihr lief eine Träne über die Wange.

»Und sie ist überzeugt, dass Sie aufrichtig erschüttert von Julies Tod waren.«

»War ich!«

Es kam sehr schnell, und Chadwick wirkte geschockt vom Klang ihrer bebenden Stimme. Aber selbst wenn Lockwoods Geschichte stimmte, würde es Chadwick nicht davon abhalten, Reue darüber zu empfinden. Ihre nächsten Worte musste sie sehr vorsichtig wählen.

Er nickte. »Tara wird froh sein zu hören, dass sie recht hatte. Falls wir es ihr erzählen können.«

Die Studentin sah ihn an, und ihre Augen waren voller Tränen. »Denken Sie, sie stirbt?«

»Sie ist schwer verletzt. Wir zählen darauf, dass uns die Ärzte über ihre Prognose auf dem Laufenden halten. Sie war bei Bewusstsein, als ich im Wald ankam.« Und auch danach, um genau zu sein. »Sie hat mir erzählt, dass sie nicht glaubt, dass Sie sie umbringen wollten.«

Chadwick machte sich auf ihrem Stuhl gerade. »Wollte ich nicht.«

»Bella«, sagte Megan sanft, »was auch immer Ihnen jemand erzählt haben mag, Ihre beste Option ist, uns Ihre Motive zu erklären. Sie sind traurig, dass Julie tot ist, und Sie wollten unsere Kollegin Tara nicht verletzen – das sehen wir. Deshalb habe ich das Gefühl, dass Sie in diese Situation gezwungen wurden. Egal, was Sie über die Zukunft denken, was Sie womöglich für Ihre beste Chance halten, Sie müssen mir glauben, dass Ihnen jetzt die Wahrheit tatsächlich am meisten helfen wird.« Sie unterbrach kurz. »Und nicht nur das, sondern es ist auch das Richtige. Für mich sehen Sie aus, als würden Sie das Richtige tun wollen.«

Megans Ton traf ins Schwarze. Blake konnte nichts an ihren Worten aussetzen. Innerlich applaudierte er. Er durfte hinterher nicht vergessen, ihr zu sagen, wie gut sie war.

»Sie wollen das Richtige tun, Bella, nicht wahr?«

Endlich nickte die Studentin.

»Wie wäre es, wenn Sie von vorn anfangen? Erzählen Sie uns, was am Samstag passiert ist?«

Doch Bella schüttelte den Kopf. »Es hat lange vorher angefangen.« Eine Sekunde lang vergrub sie das Gesicht in den Händen. »Alles hat angefangen, als Lucien Balfour sich nach einem seiner Studententreffen an mich rangemacht hat.«

KAPITEL DREIUNDSECHZIG

Bea war zu Bett gegangen, obwohl Kemp wetten wollte, dass sie nicht schlief. Für sie war es der blanke Horror. Für ihn war es anders. Auch Kemp war Taras Sicherheit überaus wichtig, doch er sah sie als Gleichgestellte. Bea mochte nur fünf Jahre älter sein als er, behandelte Tara jedoch, als sei sie ihr Kind.

Kemp schuldete es Tara nachzuforschen, was in Schottland vorgefallen war. Außerdem war er genauso neugierig und genoss den Kitzel der Jagd wie sie. Einen Moment lang dachte er daran, wie sie schwach und verwundet in dem Krankenhausbett lag. Die Tatsache, dass sie ihm diese Aufgabe übertragen hatte, machte ihn emotional – sowohl, weil es zeigte, wie geschwächt sie war, als auch, weil es bewies, wie sehr sie ihm vertraute.

Dennoch rechnete er sich keine großen Chancen aus. Was da oben auch geschehen war, es war inzwischen Jahre her. Und es könnte im Privaten stattgefunden haben. Wahrscheinlich war es nur Julie Coopers Beziehung zu John zu verdanken, dass sie davon gehört hatte.

Doch wenn es solche Angst in der Familie auslöste, musste es etwas Ernstes sein, was wiederum bedeutete, dass es noch

Beweise geben könnte, sollte der Vorfall unter Verschluss gehalten worden sein. Kemp hatte den Namen des Dorfs herausgefunden, in dem Veronica Lockwoods Mutter gelebt hatte: ein abgelegener Ort in den Highlands. Es war pures Glück, dass er auf Veronicas Wikipedia-Seite erwähnt wurde – weil sie einen Teil ihrer Kindheit dort verbracht hatte.

Nun begann Kemp mit der Suche in den Online-Archiven, doch es war schwer zu erraten, welche Stichworte die richtigen waren. Am Ende entschied er sich für »ungelöst«, »Verbrechen« und »Skandal« zusammen mit dem Namen des Dorfs. Es war ein Anfang. Ein Jammer, dass er das genaue Jahr nicht hatte. Und damals wurde das Internet auch noch weit weniger benutzt.

Er holte sich ein Bier aus dem Kühlschrank, setzte sich wieder hin und blickte stirnrunzelnd auf die Liste der Suchergebnisse, die unter anderem eine Lokalgeschichte über einen verschwundenen Schäferhund enthielten.

Keiner hatte behauptet, dass es leicht würde.

KAPITEL VIERUNDSECHZIG

»Das war nicht nur ich«, sagte Bella Chadwick. »Lucien Balfour versucht es bei allen seinen Studentinnen.«

»Ja, ähnliche Berichte haben wir bei unserer Ermittlung in diesem Fall gehört«, antwortete Megan.

»Die meisten meiner Freundinnen sind wütend geworden, aber sie haben sich nicht getraut, sich zu beschweren. Hätten wir uns alle zusammengetan, hätte es vielleicht funktioniert, aber jede hatte nur Angst, welchen Einfluss Lucien auf ihr Leben am College haben könnte.«

Blake fühlte, wie sein Blutdruck wieder in die Höhe ging.

»Als Lucien anfing, mich zu bearbeiten, hat er Andeutungen gemacht, er könnte dafür sorgen, dass ich bessere Noten bekomme, wenn wir ›ein bisschen Zeit zusammen‹ verbringen, damit er mir ›intensiver helfen‹ kann.« Einen Moment lang senkte sie den Blick. »Er hat es ausgenutzt, dass ich nicht so gut in meinen Kursen war. Er hat gesagt, er könnte mit meinen Betreuern reden, ihnen erklären, dass ich emotionale Probleme habe und sie nachsichtig beim Benoten meiner Arbeiten sein sollen.« Sie ließ den Kopf hängen. »Ich hatte mir solche Sorgen gemacht, wie meine Eltern reagieren, wenn sie herausfinden, wie schlecht ich mich im Studium mache. Ich wusste, dass er bloß Sex wollte. Und was seine Hilfeversprechen anging – das könnte bei dem einen oder anderen Essay geklappt haben, aber meine jährlichen Klausuren sind ja an einen Außenkorrektor gegangen.«

»Trotzdem haben Sie zugestimmt, mit ihm ins Bett zu gehen«, sagte Blake.

Sie nickte, und eine Träne kullerte über ihre Wange. »Es bedeutete, dass ich das Gespräch mit meinen Eltern aufschieben konnte, wenn auch nur für wenige Monate. Ich hatte gehofft, dass ich mich irgendwie verbessern kann, bevor es kritisch wurde.«

Gefangen zwischen drei Autoritätspersonen, von denen jede einen äußerst ungesunden Effekt auf Bellas Entscheidungen hatte. Blake war selbst zum Heulen. »Was ist dann passiert?«

»Lucien hat seinen Teil eingehalten, denn einige von meinen Betreuern nahmen mich wegen meiner Probleme beiseite, und hin und wieder bekam ich einen Vermerk unter meinen Arbeiten, dass meine Noten wegen meiner Umstände ›angepasst‹ wurden. Das wurde alles ganz diskret erledigt. Eines Tages war ich in Luciens Zimmer und völlig angewidert von mir. Er hat neben mir geschlafen, und auf einmal dachte ich, dass ich ein Foto von uns zusammen machen könnte. Ich hatte Angst, aber der Ekel übernahm und machte mich mutiger, als ich normalerweise bin. Es war nicht richtig, dass er damit davonkam.«

Sie erschauderte. »Danach habe ich geplant. Ich habe nicht geglaubt, dass das Foto reicht – ich hätte ja freiwillig mitmachen können. Also habe ich beim nächsten Treffen meinen Mut zusammengerafft und unser Gespräch mit meinem Handy aufgenommen. Ich ließ es einfach eingeschaltet in meiner Jackentasche mit geschlossenem Reißverschluss, aber das Ergebnis war deutlich genug. Man hört, dass er mich genötigt hat. Ich hatte vor, alles der Polizei zu übergeben, denn ich war unsicher, ob ich der Collegeleitung vertrauen konnte.«

»Was ist dann passiert?«

»Lucien wollte wieder, dass ich mit ihm schlafe, bevor ich meine Beweise offenlegen konnte. Ich habe ihm gesagt, er soll mich in Ruhe lassen, und als er mich gedrängt hat, habe ich durchblicken lassen, dass ich Beweise für sein Verhalten habe.«

»Sie müssen Angst gehabt haben«, sagte Megan.

Sie nickte. »In dem Augenblick, in dem ich es gesagt habe, habe ich mich gefragt, was er tut. Ich dachte, er geht an die Decke, aber ich glaube, er hat tatsächlich Angst bekommen. Er hat mich gebeten, ihm vierundzwanzig Stunden zu geben, bevor ich ihn melde. Er würde dafür sorgen, dass es sich für mich auszahlt.«

»Was war dann?«

Sie presste die Fäuste an ihre Stirn. »Ich habe gewartet, wie er es gesagt hat. Meine Eltern erwarten Großes von mir, dabei bin ich nur ganz knapp überhaupt nach Cambridge gekommen. Und seitdem kämpfe ich. Vermutlich werde ich durchfallen. Meine Eltern werden stinksauer. Wer bekommt denn einen Job ohne Abschluss? Lucien ist fies, aber er ist nicht blöd. Er hat gewusst, was mir wichtig war. Ehe der Tag um war, hat er mir erzählt, er hätte eine Lösung, die mir all meine Sorgen nimmt, und wenn ich ihm die Beweise gegen ihn gebe, würde er mich zu Alistair Lockwood bringen, der mir alles erklärt.«

»Was haben Sie gedacht, würde passieren?«

Sie schluckte und schüttelte den Kopf. »Weiß ich nicht. Aber ich hatte schon mitbekommen, dass Lucien und Sir Alistair sich nahestanden – sie waren auf derselben Schule, und unser Tutor hat immer wieder klar und deutlich gesagt, wem der Master glauben würde, sollten wir uns mit Beschwerden an ihn wenden.« Sie klang verbittert. »Ich hätte nie mit ihm verhandeln dürfen. Das war falsch.«

»Was ist als Nächstes geschehen?«

Chadwick benetzte ihre Lippen, und Megan schob das Glas Wasser, das sie ihr eingeschenkt hatten, näher zu ihr.

Nachdem sie einen Schluck getrunken hatte, fuhr die Studentin fort: »Wie sich herausstellte, war noch Raum für eine Art Dreier-Deal. Wir alle hatten etwas, das ein anderer wollte. Ich wollte Sicherheit – irgendwie sicher sein, dass ich nicht scheitere. Lucien wollte mein Schweigen; und der Master wollte meine Hilfe.«

Blake stutzte. »Was konnten Sie für ihn tun?«

»Ich stand Julie nahe, und sie war eine Bedrohung für ihn. Zuerst wollte er bloß die Informationen, die ich schon über sie hatte. Sie war ihm aufgefallen, als sie bei diversen Protestmärschen gegen Lockwood's gewesen war, und dann hatte er von der illegalen Beziehung mit seinem Sohn John gehört. Er dachte jedenfalls, dass es so herum war, und dass sie sich vielleicht an ihn herangemacht hat, um mehr über die Familie zu erfahren. Aber ich sagte ihm, dass es anders herum gewesen ist. Julies Protest gegen seine Firma war extremer geworden, *seit* sie John kennengelernt hatte. Ich erinnere mich, dass ich es Sir Alistair an dem Tag erzählt habe, als ich ihn in der Master's Lodge getroffen habe. Und es schien ihm Sorgen zu machen. Ich glaube, dass er John verdächtigte, Julie private Details zu erzählen, damit sie Mitleid mit ihm hatte. Sie schien an seiner Seite gegen seine Eltern kämpfen zu wollen.«

Bella trank noch einen Schluck Wasser und blinzelte. Ihre Augen waren nun trocken, aber weit aufgerissen, und sie erzählte alles wie in Trance.

»Er hat mir ein Angebot gemacht. Ich sollte Julie beobachten: Wie eine Klette an ihr kleben, mich in denselben Freundesgruppen bewegen wie sie, auf dieselben Demos gehen. Er wollte, dass ich in ihrem Zimmer ihre Papiere durchsehe und über ihre Schulter sehe, welche Websites sie aufruft. Und ich sollte ihm Bericht erstatten – regelmäßig, heimlich. Wenn ich all das machen würde, sodass er weiß, wie weit sie mit ihrer

Recherche zu seiner Firma und Familie kommt, hat er mir einen Job bei Lockwood's versprochen. Nicht irgendeinen, sondern eine richtig gut bezahlte Führungsposition. Ich müsste mir keine Gedanken über meine Abschlussprüfungen oder irgendetwas machen. Das Einzige, was er von mir im Gegenzug wollte, war, dass ich die Beschwerde gegen Lucien vergesse. Kann sein, dass Lucien gewusst hat, was für den Master bei dem Deal heraussprang, und Sir Alistair hat sein Schweigen erkauft, indem er mich dazu gebracht hat, auch still zu sein.«

Die Theorie, die Blake entwickelt hatte, als er Bellas Charakter und Motive einschätzte, geriet ins Wanken, als sie sprach, und ließ sich nicht mehr halten. »Sie haben sich wie Julie angezogen, um zu ihren Leuten zu passen?«

Die Studentin nickte. »Es kam falsch rüber. Ich hatte es übertrieben, aber ich hatte ja keine Erfahrung mit solchen Sachen. Es war wie undercover zu arbeiten oder zu spionieren.«

»Hatten Sie kein schlechtes Gewissen, weil Sie Ihre Freundin verraten haben?«, fragte Megan.

Bella verzog das Gesicht. »Es ist mir nicht so schlimm vorgekommen. Und ehrlich gesagt fand ich immer, dass sie es mit ihren Protesten und ihren Projekten total übertrieben hat. Deshalb konnte ich verstehen, dass ihre Aktionen Sir Alistair wütend gemacht haben. Ich bin nie auf die Idee gekommen, dass sich irgendetwas, das ich tue, auf ihre Zukunft auswirken würde. Aber Sir Alistairs Wünsche zu erfüllen, sicherte mir meine – und das war ein Riesending für mich. Julie würde ihre Bestnoten bekommen. Sie musste nie Angst haben. Oder zumindest«, ihre Stimme brach, »habe ich das geglaubt.«

Bei ihren Prioritäten zog sich alles in Blake zusammen. Er wartete einen Moment. »Bezog sich Ihr Auftrag von Sir Alistair auch auf Stuart Gilmour?«

Die Studentin nickte. »Der Master war unsicher, wie viel Julie ihm erzählt hatte. Oder wie viele Informationen er sich beschaffen konnte.«

Blake sah sie fragend an. »Was meinen Sie?«

»Das war der Grund für ihre Trennung. Sie beide wollten Karriere als Journalisten machen.« Sie schluckte, und ein Schluchzen entfuhr ihr. »Julie wollte Gutes tun – Fehlverhalten demaskieren – all solche Sachen. Manchmal hatte ich das Gefühl, ich könnte nie politisch korrekt genug für sie sein. Aber es war ihr wichtig, und ich hätte mich nicht über sie lustig machen dürfen.«

»Doch Stuart ist anders?«

Sie erschauderte und nickte. »Ihn treibt nur sein Ehrgeiz. Er hat sich gedacht, wenn er bloß eine richtig riesige Story bringt, ist er gemacht. Bekommt wahrscheinlich einen Job bei einer der großen überregionalen Zeitungen. All das. Und er hat geahnt, dass Julie an etwas Großem über Lockwood's dran war. Zuerst hat er versucht, sie zu überreden, dass sie seine Recherche mit ihm teilt. Als sie sich geweigert hat, hat er angefangen, sie zu schikanieren.«

»Und trotzdem hat sie im Sommer erlaubt, dass er sie besucht.«

Bella nickte. »Ich wusste, dass er sie besucht hat. Und hinterher hat Julie gesagt, sie glaubt, dass er einige von ihren Notizen mitgenommen hat. Da dachte ich, er wollte sich deswegen wieder einschleichen. Ich habe versucht herauszubekommen, was los war, als Teil meiner Arbeit für den Master, aber ich konnte dem nie auf den Grund gehen.«

Blake erinnerte sich an den Text, den Gilmour an Julie geschickt hatte. *Lies das! Ich weiß von John. Und ich habe Beweise. Jetzt sag mir, dass du nicht reden willst.* Hatte er Beweise für ihre Beziehung gemeint? Oder hatte er ihr zu sagen versucht, dass er die Informationen hatte, nach denen sie suchte? Falls ja, war es ein Bluff gewesen? So oder so hatte er gewusst, wie er sich in Julies Zimmer schwindelte.

»Gilmour ist bei unseren Befragungen ziemlich ausweichend gewesen«, sagte Blake. »Hat er damit zu tun, was mit Julie passiert ist?«

Bellas Blick wirkte leer, als sie den Kopf schüttelte. »Ich bin ihm vor Kurzem gefolgt – für meinen Bericht an Sir Alistair. Da habe ich gesehen, wie er mit dem Chefredakteur von *Uncovered* geredet hat, der Studentenzeitung, für die Julie gearbeitet hat. Sie haben sich gestritten. Ich schätze, dass er immer noch nach der Story sucht, von der er glaubt, dass Julie an ihr dran war. Und vielleicht will er auch selbst herausbekommen, wer sie umgebracht hat. Er könnte es an eine der Überregionalen verkaufen.«

Einen Moment lang schwiegen alle.

»Also, bringen Sie uns auf den aktuellen Stand«, sagte Blake. »Es ist schwierig, aber bisher machen Sie das richtig gut. Was war unmittelbar vor dem Samstag? War etwas geschehen, das Sir Alistair in Alarmbereitschaft versetzt hatte?«

Bella schüttelte den Kopf und mied ihre Blicke. »So war das nicht. Ich war zu Julie in ihr Zimmer gegangen, und sie hatte auf ihrem Block gekritzelt. Sie hatte Schottland und noch einen anderen Namen geschrieben – einen Ortsnamen, wie es aussah. Ich habe sie gefragt, worum es da geht. Sie hat bloß den Kopf geschüttelt und nichts gesagt, aber mir ist aufgefallen, dass sie den Block danach mit einem Bücherstapel verdeckt hat und ihren Laptop zuklappte. Sie hat richtig heimlichgetan, und ich hatte den Eindruck, dass es alles andere als nichts war.« Beim Sprechen wurde sie kleiner auf ihrem Stuhl. »Als sie zum Klo ging, habe ich mit dem Handy ein Foto von dem Block gemacht. Ich sollte den Master an dem Tag nicht sehen, aber er hatte mich gedrängt, mehr herauszufinden. Er hat nicht geglaubt, dass ich tief genug grabe. Und plötzlich war hier etwas Neues.« Wieder kamen ihr die Tränen. »Zu der Zeit habe ich längst Angst vor ihm gehabt, nicht vor meinen Eltern. Also bin ich zur Lodge, aber er war weg. Lady Lockwood bat mich rein, und ich habe gemerkt, dass sie genau gewusst hat, was ich machen sollte. Sie wollte meine Neuigkeiten weitergeben, falls es dringend war.«

»Und Sie haben ihr das Foto gezeigt?«, fragte Megan.

Es folgte eine lange Pause, bevor sie bejahte. »In dem Moment, in dem ich ihr Gesicht gesehen habe, wusste ich, dass ich recht hatte – ich hatte etwas Entscheidendes entdeckt. Sie ist sehr blass geworden, und ich konnte sehen, wie fest sie mein Telefon umklammerte. Sie hat mich gefragt, ob ich wüsste, warum Julie die Worte geschrieben hatte, aber ich hatte keine Ahnung.«

Blake schätzte, das hatte Bella das Leben gerettet.

»Sie hat mir gesagt, dass ich Julie noch den Abend anrufen soll. Ich sollte ihr sagen, dass Lady Lockwood sich ihr anvertrauen wollte, und wenn sie die Wahrheit erfuhr, würde sie alles verstehen. Ich sollte nicht zurück zu unserer Unterkunft gehen, sondern anbieten, Julie vor der Lodge zu treffen, damit wir zusammen Lady Lockwood besuchen, zur Sicherheit und als moralische Unterstützung.« Bella unterdrückte kopfschüttelnd ein Schluchzen. »Ich habe wirklich gedacht, Julie würde sich freuen – dass Lady Lockwood ihr irgendein Geheimnis verriet.«

Blake wurde übel.

»Ich habe Julie angerufen, und sie ist sofort gekommen. Jetzt verstehe ich, warum Lady Lockwood alles so arrangiert hat. Falls jemand gesehen hatte, wie Julie unsere Unterkunft verließ, wollte sie sicher sein, dass sie nur allein gesehen wurde. Und sie sollte eilig zur Lodge kommen, damit sie keine Zeit hatte, jemand anderem zu erzählen, was sie vorhatte.« Bella schüttelte den Kopf. »Hätte sie sowieso nicht. Sie hat immer selbstständig gearbeitet.«

»Und Sie sind zusammen in die Lodge gegangen?« Nun fühlte sich Blakes Kehle trocken an.

Bella bejahte. »Lady Lockwood hat uns Gin-Tonics gemacht und ist zurück zu dem Getränketisch. Ich dachte, sie will sich selbst ein Glas einschenken. Aber stattdessen hat sie die Karaffe gegen Julies Kopf geknallt.«

Bella vergrub das Gesicht in den auf dem Tisch verschränkten Armen. »Ich kann es immer noch nicht glauben! Eben hatte ich noch eine Art Auftrag und eine Zukunft gehabt, dann sehe ich, wie meine Freundin umgebracht wird. Ich hatte keinen Schimmer gehabt, was sie vorhatte.«

»Julie war nicht tot. Da noch nicht. Warum haben Sie nicht Alarm geschlagen?«

»Ich konnte nicht sprechen.« Sie hob den Kopf leicht. »Ich habe am ganzen Leib gezittert, und Lady Lockwood hatte noch die Karaffe in der Hand. Sie sah wahnsinnig aus. Sie hat mir gesagt, mir hätte klar sein müssen, dass das passieren würde, wenn Julie etwas Wichtiges herausfand. Und dass ich eine Komplizin sei. Sie hätte auf meinen Beweis hin gehandelt, und ich hatte Julie zu ihr gebracht. Keiner würde glauben, dass ich unschuldig bin, wenn ihr Wort gegen meines steht. Jeder wusste, dass ich von Julie besessen sei und ihren Freund wollte.« Ihre Stimme wurde von ihren Armen gedämpft. »Sie hatte ihre Hausaufgaben gemacht. So sah es aus. Und ich war wirklich in Stuart verliebt. Wir hatten schon eine Weile lang Sex.«

»So konnte sie Sie überreden, ihr zu helfen?«

Bella nickte. »Julie war bewusstlos. Wir haben sie nach unten in den Keller getragen, sie in Lady Lockwoods Harfenkoffer gelegt und den Deckel fest zugemacht.« Sie setzte sich wieder auf, die Augen weit aufgerissen vor Entsetzen. »Wir sind wieder nach oben gegangen, aber nach einer Minute konnten wir sie hören, wie sie unten gekämpft hat. Lady Lockwood hat gesagt, ich soll gehen. Es wäre jetzt zu spät. Sie machte mir klar, wenn ich nichts sagte, würde sich die Lockwood-Familie immer um mich kümmern, aber wenn ich was sage, wird sie alles anders hindrehen, was passiert ist.«

Und das hatte sie, doch Bella hätte trotzdem das Richtige

tun können. Hätte sie doch nur sofort Hilfe geholt. Die Situation hätte sich so anders entwickelt …

»Ich hatte die Schlüssel zu Julies Zimmer und habe die Seite aus dem Notizblock mit dem Ortsnamen drauf ausgerissen. Lady Lockwood rang mir das Versprechen ab, ihr die Notiz in der Nacht zu bringen, damit sie sehen konnte, wie das Blatt vernichtet wurde. Sie hatte verschiedene Ideen, wie der Mord nach einem Verbrechen aus Leidenschaft aussehen könnte. Sie hatte alles geplant. Anscheinend hatte sie sehr schnell gearbeitet, nachdem ich ihr das Foto von Julies Notizen gezeigt hatte.« Bellas Hände zitterten.

»Dann haben Sie sich ausgedacht, dass Julie vorher das Herz geschickt bekam und jemand Blumen in ihren Fahrradkorb gelegt hatte?«

Sie nickte, und abermals sah sie niemanden an. »Lady Lockwood dachte an einige … Details, die ins Bild passen würden. Sie war es auch, die vorgeschlagen hat, dass ich Tara Thorpe erzähle, ich würde ihren Sohn John verdächtigen, den Mord begangen zu haben. In der Nacht, in der Julie starb, bin ich in den frühen Morgenstunden zurück zur Master's Lodge gegangen. Da war es still im Keller. Ich habe Lady Lockwood geholfen, Julies Leiche zu ihrem Auto zu tragen. Wir hatten den Kofferraum mit Müllsäcken ausgelegt, bevor wir sie reingelegt haben.« Blake konnte sich die Erinnerungen in Bellas Kopf nicht vorstellen. »Wir sind zum Wandlebury Ring gefahren und haben ihre Leiche auf die Lichtung getragen. Die sah wie eine Stelle aus, an der sich Liebespaare heimlich treffen würden. Lady Lockwood hatte einige Blumen aus dem College-Garten gesammelt. Die hat sie in Bellas Tasche gesteckt und ihr Stuarts Ring abgenommen. Sie hat das ziemlich grob gemacht, sogar an ihrer Unterwäsche gerissen.« Nun schüttelte Bella energisch den Kopf, als könnte sie so die Bilder loswerden, die in ihrem Gedächtnis festsaßen.

»Sie hat gemeint, es solle so aussehen, als wäre das ihr

Freund in einem Wutausbruch gewesen, aber sie war die Zornige. Sie hat Julie die Schuld gegeben, weil sie ihre Nase in Sachen gesteckt hat, die sie nichts angingen. So schien es jedenfalls. Auf der Fahrt zurück in die Stadt hat sie gesagt, sie hätte eigentlich den ganzen Abend üben müssen.«

»Und Sie haben Sir Alistair die ganze Nacht nicht gesehen oder ihn kontaktiert?«

Sie verneinte. »Lady Lockwood hat ihn erwartet, aber letztlich ist er nicht nach Hause gekommen. Sie war deswegen die ganze Zeit nervös, weil sie gedacht hat, er könnte jeden Moment erscheinen – oder zurückkommen, solange wir noch beim Ring waren. Sie muss sich Sorgen gemacht haben, weil sie einfach handelte, ohne ihn fragen zu können.«

Dem Anschein nach hatte er wie behauptet in London übernachtet.

»Weiß er inzwischen, was los war?«

»Nein, ich glaube nicht.«

»Und was ist mit heute Abend?«

»Lady Lockwood hat gedacht, dass Tara geschaltet hat. Anscheinend hatte sie etwas über den Harfenkoffer zu Douglas Lockwood gesagt. Seine Mutter hat gesehen, wie die beiden geredet haben, und gefragt. Sobald sie es gehört hat, hat sie mich angerufen und gesagt, wir sind in Gefahr. Sie meinte, ich müsste Tara Thorpe an einen abgelegenen Ort locken und sie loswerden. Ich konnte nicht glauben, was sie von mir verlangt, aber ich fühlte mich wie in der Falle und vollkommen allein. Ich hatte keine Ahnung, was ich tun sollte, aber mir fiel Wandlebury ein. Ich hatte die Party in der Lodge früh verlassen und war bei Stuart, als sie angerufen hat. Da habe ich mir eine Geschichte ausgedacht und sein Handy geklaut, damit ihn niemand erreichen und überprüfen konnte, was ich gesagt habe. Mir blieb nur sehr wenig Zeit, aber Lady Lockwood sagte, sie hätte Douglas hinter Detective Thorpe hergeschickt, damit er sie aufhielt.«

»War er eingeweiht?«

Wieder schüttelte sie den Kopf. »Das glaube ich nicht. Sie hat ihn nur gebeten zu fragen, ob es neue Entwicklungen gibt. Ich bin höllisch gerannt, um rechtzeitig nach St Oswald's zu kommen und Detective Thorpe abzufangen. Ich war echt in Panik – konnte kaum atmen. Also war meine Angst echt, als ich meine Geschichte erzählt habe. Aber es war nicht Stuart, vor dem ich Angst hatte, sondern Lady Lockwood und meine eigene Situation. Ich musste in Sekundenbruchteilen Entscheidungen treffen, und ich habe versucht, Lady Lockwoods Anweisungen zu befolgen. Aber mich hat das total überfordert, und ich wollte doch nie jemanden umbringen! Es wäre möglich gewesen. Ich hatte die Chance, vor allem, als ich mit dem Pfahl dastand. Aber die Wahrheit ist, auch wenn Sie nicht gekommen wären, hätte ich das nicht durchziehen können.«

Ihre Prinzipien hatten Julie indes nicht gerettet – und Taras Kopfverletzungen allein hätten sie töten können. Noch bevor der ganze Plan in Gewalt ausuferte, war sie bereit gewesen, ihre Freundin für das Versprechen eines gutbezahlten Jobs zu verkaufen. Aber vielleicht war ihr Verstand von den Eltern verkorkst, die Resultate und Status mehr interessierten als ihre Tochter. Blake verkniff sich alles, was er sagen wollte, und blickte zu Megan, die sofort einsprang.

»Und Sie wissen nach wie vor nicht, welche Bedeutung die Worte auf Julies Notizblock hatten?«

»Schottland? Und dieser andere Ortsname?« Bella sackte auf ihrem Stuhl zusammen. »Nein. Ich habe den Tod meiner Freundin verursacht, und ich habe immer noch keinen Schimmer, warum.«

Und angesichts der ergebnislosen Internetsuche von Julie hatte Blake das Gefühl, ihr war es ebenso gegangen. Was besonders bitter war.

KAPITEL FÜNFUNDSECHZIG

Blake stand in seiner Küche in Fen Ditton und näherte sich dem Grund eines recht hoch eingeschenkten Whiskyglases. Es war nach drei Uhr morgens, aber er konnte sich nicht dazu aufraffen, sich hinzusetzen, geschweige denn ins Bett zu gehen. Der Fall ließ ihm keine Ruhe. Dieser Ort in Schottland, was hatte er für eine Bedeutung? Und zwischen den Fragen, die ihm durch den Kopf wirbelten, drängten sich immer wieder Gedanken an Tara im Krankenhaus auf, an Babette oben im Schlafzimmer und an all das Unausgesprochene zwischen ihm und seiner Frau.

Seine unterdrückten Gefühle und der Wunsch, seine Frau über ihre Beziehung zu Matt Smith zu befragen, hatten bewirkt, dass sich in ihm richtig viel Wut aufstaute. Wie konnte sie ihm solch eine fundamentale Lüge erzählen? Ihn in dem Glauben zu lassen, dass Kittys Vater eine flüchtige Bekanntschaft war – eine Affäre, die nicht ihren Erwartungen gerecht wurde, als sie mit ihm weggelaufen war?

Jetzt, mit dem Whisky, der ihn innerlich wärmte, kam der ganze Frust an die Oberfläche.

Und in diesem Moment hörte er die Treppe knarzen.

Eine Sekunde später stand Babette in der Küchentür. Ihr Haar war zerzaust, ihre Augen wirkten schläfrig, und sie zog einen Schmollmund.

»Ich dachte, ich hätte Licht von hier unten gesehen. Du könntest wenigstens ins Bett kommen und dich neben mich legen, wo du schon im Haus bist. Es würde nicht wettmachen, dich tagsüber nie zu sehen, aber es wäre ein Anfang.«

Wären der Whisky, der Fall und die späte Stunde nicht – oder ihre Lügen, ihre Selbstsucht und ihre Feigheit –, hätte er das Glas vielleicht nicht auf die Fliesen geschmettert, um zuzuschauen, wie es in gefühlt hundert Teile zersprang.

Er hörte Babette nach Luft ringen, als sie einen Schritt zurückwich. »Garstin! Was zur Hölle soll das?«

Doch sie hatte ihm das Ventil geliefert, das er brauchte, und ihn zurück in die Realität geholt. Einen Moment lang lauschte er beunruhigt nach den Kindern, aber oben war alles still.

Er ging an Babette vorbei, wobei Scherben unter seinen Schritten knirschten, und schloss die Küchentür. »Wir müssen reden.«

»Wie sollen wir denn reden? Ich kann mich nicht einmal an den Tisch setzen, nachdem du den Fußboden mit Scherben bedeckt hast.«

»Du musst nicht sitzen, um zu reden. Ich bin mit deiner Mutter über Matt Smith ins Gespräch gekommen.« Er beobachtete ihre Augen, sah Babettes Unsicherheit. Sie hatte keine Ahnung, was gesagt worden war, also wusste sie auch nicht, wie sie ihre Lügen formulieren sollte.

»Also weißt du ...«

Er nickte. »Ich weiß.« Er würde nicht anfangen.

»Garstin.« Sie ging auf Zehenspitzen um die Scherben herum. »Ich habe dich denken lassen, dass er eine kurze Affäre war, nicht viel mehr als ein One-Night-Stand, weil es so viel verletzender schien, die Wahrheit zu gestehen. Was nichts an den Fakten ändert. Als ich mit ihm weggegangen bin, wurde mir klar, dass es der größte Fehler meines Lebens war. Du warst es, den ich geliebt habe.«

Sie legte eine Hand an seine Wange. Er fasste sie und riss sie weg.

»Das ist nicht gut genug. Ich kann keine Ehe führen, die auf Lügen gründet. Es ist zu viel. Du kanntest ihn seit *Jahren*, Babette.« Er rang nach Atem und hielt inne, um sich vom Schreien abzuhalten. »Deine Mutter hat gesagt, die Beziehung war zu leidenschaftlich, um stabil zu sein – die ganze Zeit mal Ja, mal Nein. Also verzeih bitte, wenn ich dir deine Geschichte nicht glaube, warum du wieder zurückgekommen bist. Wenn du so lange in ihn verliebt gewesen bist, ist ausgeschlossen, dass du eure Beziehung nach zwei Wochen aufgegeben hast, weil er Kitty nicht genug Aufmerksamkeit geschenkt hat. Du bist nach Australien gegangen, verdammt! Du hättest ihm gesagt, wie es dir geht, und du hättest daran gearbeitet. Nein, du bist aus einem anderen Grund zurückgekommen. Und, ganz offen gesagt, mir ist der inzwischen egal. Es ist vorbei. Ich kann nicht mit jemandem zusammenleben, der mich so unbekümmert belügt.«

Babette sank auf einen der Stühle am Tisch, die Augen weit aufgerissen und kreidebleich. »Ich habe dir nicht alles gesagt, um dich zu schützen. Wir können glücklich sein.« Er hörte die Verzweiflung in ihrer Stimme. »Wir *waren* glücklich.«

Blakes Herz raste. »Das ist lange her. Es ist vorbei, Babette. Ich will immer Teil von Kittys und Jessicas Leben sein, aber wir können so nicht weiterleben, das wäre für sie jetzt das Schlimmste. Niemandem kommt es zugute, in so einer Atmosphäre groß zu werden.«

Babette sah zum Tisch. Es entstand eine lange Pause, bis sie den Kopf hob. »Du bist nie drüber weggekommen, dass Kitty von einem andern ist, oder?«

Dachte sie das allen Ernstes? Sie kannte ihn überhaupt nicht. Das war der unwichtigste Teil. Er war zu wütend, um zu sprechen. In der Küche war es still, abgesehen von seinem unregelmäßigen Atem. Dann wurde ihm ein anderes Geräusch bewusst: Babette weinte.

»Garstin, du hast recht. Ich habe es verkorkst. Ich hätte dir alles erzählen sollen, richtig, in dem Moment, in dem ich dich gebeten habe, mich zurückzunehmen. Ich ...« Sie rang nach Luft. »Ich wusste nur nicht, wie. Die Wahrheit ist ...« Wieder brach sie ab und vergrub das Gesicht in den Händen. »Die Wahrheit ist, dass Kitty von dir ist.«

Im ersten Moment raubte es ihm den Atem. Es war, als sei die Zeit stehen geblieben, und alles, was er fühlen konnte, war eine Art Druck, der sein Denken und seinen Körper von jeder Bewegung abhielt.

»Wie bitte?« Die Wirkung hielt nur einen Moment. Natürlich, es war nur eine weitere Lüge; eine mehr, als letzter Versuch, ihn zum Bleiben zu überreden; und eine irrwitzige noch dazu.

Babette holte tief Luft. »Erinnerst du dich an den DNA-Test, den ich machen ließ? Matt war eine Weile weg, auf Reisen, aber als er wieder zurück war, hat er sich für Kitty interessiert. Er hat gesagt, wenn sie von ihm ist, soll ich dich verlassen. Wir könnten uns zusammen ein neues Leben aufbauen. Er ist immer schon sehr ... sprunghaft gewesen, würde man wohl sagen. Auf einmal wollte er unbedingt, dass wir ein festes Paar sind, und er fand die Vorstellung klasse, Vater zu sein. Vorher wollte er sich nie binden ... und ich dachte, das würde er auch nie.«

Vermutlich hatte sie deshalb entschieden, Blake zu heiraten. Die zweitbeste Option.

»Ich habe eine Haarprobe von Matt genommen, aber ich ließ zwei Tests machen: einen mit deinem Haar, das ich aus deiner Bürste hatte, und einen mit seinem. Deiner war positiv. Matt hat nicht gewusst, was ich gemacht habe, und da stehen natürlich keine Namen auf den Tests, also habe ich ihm einfach das positive Ergebnis gezeigt – genau wie dir. Und ihr habt mir beide geglaubt.«

Blakes Augen fühlten sich groß und trocken an. Die Atemnot wurde schlimmer. »Und du hast mir gesagt, ich soll mich aus Kittys Leben fernhalten und sie bei ihrem leiblichen Vater leben lassen. Du hast gesagt, es wäre egoistisch, sollte ich versuchen, euch zu folgen oder Kontakt zu ihr aufzunehmen. Du hast mich glauben lassen, dass ich keinen Platz in ihrer Zukunft hätte und es meine Pflicht wäre – um ihretwillen – sie mich vergessen zu lassen.« Er konnte den Raum um sich herum kaum noch sehen. Alles verschwamm vor Anstrengung, seine Wut zu bändigen.

»Ich war sagenhaft blöd – ein schrecklicher Fehler. Und ich war egoistisch. Das erkenne ich jetzt, Garstin. Ich war eine Idiotin. Das habe ich dir immer gesagt. Und ich habe es seitdem jede Minute bereut. Aber wenigstens weißt du jetzt, dass Kitty von dir ist.«

Ganz und gar nicht, denn sie würde alles sagen, aber das war irrelevant. Er musste alle Kraft aufbieten, sie nicht zu schütteln. »Das hat mich nie gekümmert! Ich habe sie immer geliebt und werde sie immer lieben, ob sie von mir, Matt Smith oder dem Milchmann ist!« Er hatte zugelassen, dass er lauter wurde, dämmte es jetzt aber wieder. »Babette, es ist deine Täuschung, die ich nicht ertrage. Deine Einstellung zu mir. Siehst du das nicht?« Er überlegte kurz. »Also lass mich raten. Hatte er es herausgefunden? Bist du deshalb nach Hause gekommen?« Es war der logische Schluss – und stark genug, um sie nach nur zwei kurzen Wochen in Australien in die Flucht zu treiben.

Sie ließ den Kopf hängen. »Du musst mir glauben, Garstin. Mir wurde schon auf dem Weg zum Flughafen klar, dass ich einen Fehler gemacht hatte, noch ehe wir gestartet sind. Ich musste immer wieder an dein Gesicht denken, als ich Kitty wegbrachte. Und auf dem Hinflug hatte Matt überhaupt keine

Geduld mit ihr. Es war schrecklich. Die Anziehung, die er immer auf mich ausgeübt hatte, so unerreichbar, immerzu begehrenswert, ist sehr schnell verblasst.«

Wie rührend.

»Kitty hat immer nach dir geweint. Jedes Mal, wenn sie nach ›Daddy‹ gefragt hat, hat Matt gesagt, ›Ich bin dein Daddy.‹ Sie war so verwirrt und traurig, und er hat es überhaupt nicht verstanden. Dann hat er eines Tages gehört, wie ich mit Kitty geredet habe. Sie hatte wieder nach dir gefragt, und ich habe ihr gesagt, ›Matt ist jetzt dein Daddy‹. Ich wusste nicht mal, dass er in der Wohnung war. Bei Kittys Weinen hatte ich nicht gehört, wie er die Tür aufgeschlossen hatte. Es war nicht viel, nur der eine kleine Satz, aber er hat es begriffen. Vielleicht hatte er schon gedacht, wie einfach es für mich gewesen wäre, wegen des DNA-Tests zu lügen. Er hat mich zur Rede gestellt, und ich war fertig, völlig erschöpft und habe geweint. Als er mir gedroht hat, wenn ich nicht die Wahrheit sage, habe ich alles zugegeben. Er hat mich geschlagen. Ich hatte solche Angst, Garstin, und zu der Zeit habe ich schon gewusst, dass ich mich völlig idiotisch verhalten habe.«

Nach seinem Streit mit Babette hatte Blake nur eine Stunde unruhig im Sessel geschlafen. Doch das viele Nachdenken hatte bewirkt, dass sich die Puzzleteile seines Privatlebens zu einem Ganzen fügten. Allerdings half es nicht, sich auf der Wache zu konzentrieren. Gegenwärtig versuchte er zu begreifen, was Paul Kemp in seinem Büro machte.

»Ich will ehrlich zu Ihnen sein«, sagte der Expolizist mit einem verwegenen Grinsen. »Tara hat mir nur ein winziges Bisschen über den Fall erzählt.« Er hielt eine Hand in die Höhe. »Tut sie normalerweise nie. Sie ist verschlossen wie ... egal, jedenfalls schätze ich, diesmal war sie ein wenig durcheinander. Sie wissen schon, nach dem Schlag auf den Kopf.«

Blake lachte verbittert. Tara konnte den Fall nicht aufgeben, und wenn sie schon nicht selbst ermitteln konnte, war Kemp die nächstbeste Lösung. Sie mochten kein Paar sein – zumindest jetzt gerade nicht –, aber sie waren sehr gut befreundet. Und Blake konnte nicht umhin, dem Mann Respekt zu zollen. Dass er wesentlich dabei geholfen hatte, Patrick Wilkins loszuwerden, zählte schließlich. Und Taras Urteil vertraute

Blake so oder so. Er war sich ihrer so sicher, wie er nur sein konnte.

»Vielleicht muss ich es ihr dies eine Mal durchgehen lassen«, sagt Blake. »Und jede Information ist willkommen.« In diesem Moment war ihm, als würde er durch Sirup waten. Seit dem Morgengrauen war er hier, und neben Bella Chadwick und Lady Lockwood hatte er nun auch Sir Alistair auf der Wache. Die letzten zwei Stunden hatte er versucht, den Mann dazu zu bringen, dass er sich verplapperte und gestand, mit welcher Aufgabe er Bella betraut hatte. Bisher ohne einen Funken Erfolg.

»Viel kann ich noch nicht sagen«, antwortete Kemp hastig. »Nur Indizien und so. Die nicht unbedingt hilfreich sind. Ich hatte ja lediglich Schottland und den Namen eines Weilers, in dem Lady Lockwoods Mutter lebte. Den hatte ich online gefunden – weil sie dort laut Wikipedia einen Teil ihrer Kindheit verbracht hatte. Der Hauptwohnsitz der Familie war allerdings in Surrey.«

Blake nickte.

»Ich konnte keinen Hinweis auf einen Skandal in dem Weiler selbst finden, aber dann habe ich mir angesehen, welche Strecke die Lockwoods von Cambridge aus dorthin gefahren sein müssten, und da fand ich ein ungeklärtes Verbrechen.«

Er nahm den Straßenatlas hervor, den er mitgebracht hatte, und zeigt auf ein winziges Dorf südlich von dem Ort, an dem Veronica Lockwoods Mutter wohnte. Blake hielt den Atem an. Lady Lockwood hatte das Foto vernichtet, das Bella von Julie Notizblock gemacht hatte, aber die Techniker konnten die Datei wiederherstellen. Und der Name des Dorfs auf Kemps Karte stimmte mit dem überein, den Julie notiert hatte.

»Was war da passiert?«, fragte er.

»Unfall mit Fahrerflucht – nicht in dem Dorf, sondern ein kleines Stück außerhalb. Ende Juli in dem Jahr, in dem John Lockwood gemäß seinen Schuldaten auf LinkedIn zwölf wurde. Spätabends, schätzen die Ermittler. Schlechtes Wetter. Zwei Leute tot, die in einem kleinen, rostigen Mini unterwegs waren.« Kemp sah ihn an. »Den Berichten nach wurde der Wagen von einem größeren Fahrzeug gerammt – da war eine Schramme an der Seite des Minis –, kam von der Straße ab und krachte frontal gegen einen Baum. Die Fahrerin war eine Mutter, die mit ihrer Tochter unterwegs war. Laut der Akte war die Mutter wohl sofort tot, aber das Mädchen – sie war erst acht – hat wahrscheinlich noch Stunden gelebt. Die Sanitäter sagten, sie hätte gerettet werden können, wäre umgehend Hilfe gerufen worden. Doch derjenige, der sie von der Straße rammte, hatte bewusst entschieden abzuhauen und sich selbst zu retten, anstatt Hilfe zu holen. Den Reifenspuren auf der Straße zufolge, kamen die Ermittler zu dem Schluss, dass der andere Wagen schlitternd angehalten hatte, bevor er wegge-fahren ist. Die Insassen wussten also, dass sie einen Unfall verursacht hatten. Nicht schön.«

»Nein.«

Kemp zuckte mit den breiten Schultern. »Ich weiß nicht, ob es hilft, und eventuell ist das gar nicht neu. Tara sagte, dass Jez sich die Schottland-Verbindung ansehen sollte, aber sie glaubt, er könnte abgelenkt worden sein.«

»Ja, wurde er.« Er war mit der Spedition befasst, die Lady Lockwoods Harfe transportierte, und mit der Koordinierung der Spurensicherung, die sich das Auto der Frau, die Treppe, das Wohnzimmer und die Karaffe vornehmen sollten.

Da war etwas in Kemps Blick, als er den neuen DC erwähnte. »Haben Sie Jez kennengelernt?« Falls ja, müsste es in der Nähe von Taras Haus gewesen sein, oder?

»Kurz.« Kemps Ton sagte alles.

»Aha.« Blake ließ sich seine Meinung ansehen.

Sie wechselten einen Blick.

Kemp reichte ihm einen Ausdruck der Artikel, die er gefunden hatte. »Da stehen auch die Internetadressen.«

»Danke, das weiß ich zu schätzen.«

»Glauben Sie, es nützt was?«

»Ich denke schon.«

Kemp stand auf. Als Blake ihn zur Tür begleitete, stellte er sich die Unfallszene vom Wagen der Lockwoods aus vor. Zwei Kinder auf der Rückbank – John und Douglas. Sie hatten das Geheimnis ihrer Eltern über Jahre gewahrt. Und sie mussten auch deren Schuldgefühle geteilt haben. Wie es ihnen damit ging, war kaum vorstellbar. Wenn sie auf dem Weg zu ihrer Großmutter gewesen waren, könnten sie wochenlang von ihren Kontakten und allem abgeschnitten gewesen sein. Zum Schweigen verpflichtet von zwei Erwachsenen, die ein Kind sterben ließen – und bei einer Großmutter, die eventuell von nichts wusste. Er stellte sich Sir Alistair und Lady Lockwood vor, die mit ihren Kindern sprachen. Hatte die familiäre Loyalität ausgereicht, damit sie still blieben? Oder hatten sie drohen müssen, um klar zu machen, wie dringend sie schweigen mussten? Falls die Jungen etwas gesagt hätten, könnte man ihnen erzählt haben, sie würden ihr Zuhause verlieren, ihren Platz an der Schule, ihre Freunde, ihre Zukunft.

Kein Wunder, dass es John aus der Bahn geworfen hatte. An ihn kam niemand mehr heran, aber Douglas – auch wenn er aus dem alten Holz schien – könnte bei einer Befragung einknicken, falls all diese Spekulationen stimmten.

Blake könnte ihn mit einem der Zeitungsartikel konfrontieren. Douglas wäre verwirrt, wenn sie auf der falschen Spur sein sollten; aber Blake war sich sicher, dass das nicht zutraf. Und sollte die Geschichte allzu vertraut sein, würde Douglas annehmen, dass die Polizei mehr wusste. Es wäre der Schlüssel zum Niedergang seiner Eltern.

KAPITEL SIEBENUNDSECHZIG

Blake war untypisch nervös, als er ein wenig später an dem Tag Taras Krankenhauszimmer betrat, in der Hand einen Strauß duftender Levkojen. Sie wuchsen in seinem Cottagegarten in Fen Ditton, doch diese stammten von einem Floristen. Es waren seine Lieblingsblumen, und er dachte, sie könnten den Geruch nach Desinfektionsmittel und Gummifußboden überdecken. Doch als er auf ihr Bett zuging, stellte er fest, dass sein Mitbringsel von einem protzigen Bouquet aus Rosen und Lilien ausgestochen würde.

»Da war jemand schneller als ich«, sagte er und nahm auf dem Stuhl nahe ihrem Bett Platz, von dem er wünschte, er wäre noch näher bei ihr.

Tara setzte sich ein wenig auf. »Jez.« Sie zog eine Augenbraue hoch. »Ich muss gestehen, dass er sich sehr ins Zeug gelegt hat.«

Blake wurde flau. »Eine große Geste?«

Ihre Wangen röteten sich ein wenig. »Die Levkojen sind sehr schön.« Sie nahm Blake den Strauß ab und schnupperte daran. Kurz darauf erschien eine Schwester mit einer Vase voller Wasser. Sie stellte die Blumen in den Schatten des Bouquets vom DC.

Verlegenes Schweigen trat ein. »Ein Glück, dass ich hier ein Bett bekommen habe«, sagte Tara schließlich. »Auf der Orthopädie sind Blumen verboten, aber die waren voll.«

Tara machte nie Smalltalk. Blake betrachtete sie aufmerksam. »Ist alles okay? Also abgesehen von dem gebrochenen Fuß und den Kopfverletzungen?«

Sie schien zu sich zu kommen und setzte ein Lächeln auf. »Glänzend, danke. Also, erzähl, was passiert ist.«

Er war nicht ganz überzeugt, trotzdem ging er die Ereignisse durch bis zu dem Punkt, als Kemp zu ihm gekommen war. Hier senkte Tara den Blick.

»Entschuldige. Ich hätte ihm nicht erzählen dürfen, was los ist, aber ich hatte die Schwestern im Nacken. Ich wusste, dass sie auf mich losgehen, wenn ich noch einmal versuche, bei der Arbeit anzurufen, und Kemp ist mit Bea hier gewesen, also ...«

Blake sah sie an. »Dein eigenes Gesetz – wie üblich.«

»Wenigstens hatte ich diesmal allen gesagt, wohin ich wollte, als ich mit Bella losgefahren bin.« Trotz ihrer unbeschwerten Worte und der ironisch hochgezogenen Augenbraue, zitterte ihre Stimme ein wenig.

»Das stimmt. Und ich muss zugeben, dass Kemps Information unschätzbar wertvoll war. Ich nehme an, er hat dir erzählt, was er entdeckt hat?«

Sie nickte. »Er war vorhin kurz hier, um mir einige Sachen von zu Hause zu bringen.«

»Dank seiner Recherche haben wir Douglas Lockwood zur Befragung geholt. Seine Eltern hatten wir schon da, sodass es sich allmählich wie ein Happy-Familys-Quartett anfühlt. Nur dass sie erheblich weniger munter sind als gestern um diese Zeit.«

Tara lehnte sich an ihr Kissen. »Das klingt vielversprechend. Dann lief die Befragung gut?«

»Wir haben Douglas gesagt, dass wir wissen, was auf der Fahrt zu seiner Großmutter in Schottland passiert war – und dann habe ich ihm den Zeitungsartikel gezeigt, den Kemp gefunden hat. Ich habe ihm erklärt, dass es unter den gegebenen Umständen sehr viel besser für ihn wäre, die Wahrheit zu sagen. Und ich habe betont, dass ihn persönlich keine Schuld trifft – und dass die Leute nachsichtig mit einem Schulkind wären, das in solch eine Lage gebracht wurde. Obwohl ich denke, dass er genauso knallhart ist wie seine Eltern. Anscheinend war es John, der wirklich gelitten hat. Jedenfalls hat es funktioniert. Er war sehr erpicht darauf, sich ins bestmögliche Licht zu rücken, sobald er geglaubt hat, die ganze Geschichte käme heraus.« Er sah Tara an. »Er sagt, an dem Abend saß sein Vater am Steuer. Sie waren später aufgebrochen als geplant, es war stürmisch, und Alistair Lockwood fuhr wie der Teufel. Er hat mit hoher Geschwindigkeit in seinem teuren Geländewagen eine Kurve geschnitten und einen entgegenkommenden Wagen seitlich gerammt. Der Aufprall hat das andere Fahrzeug von der Straße und geradewegs gegen einen Baum geschleudert. Lockwood konnte seinen Wagen unter Kontrolle bringen und stieg aus, um nachzusehen, was passiert war. Er hat anscheinend sogar die Tür des anderen Autos geöffnet – Douglas sagt, er hat immer Autofahrhandschuhe getragen. Sein Vater sagte ihnen, die Frau sei tot und das kleine Mädchen so gut wie. Dann drehte Veronica Lockwood sich zu ihren Kindern um und sagte, es wäre zu spät. Sie behauptete, sie könnten nichts tun, und wenn sie einen Krankenwagen riefen, würde das Kind immer noch sterben und ihr eigenes Leben wäre ruiniert. Douglas erinnert sich, dass sein Vater in einem Pub, bei dem sie abends gehalten hatten, mehrere Whiskys getrunken hatte. Als er heranwuchs, wurde Douglas klar, dass ihr Geheimnis heikel war. Es war bekannt, dass die Pubwirtin der Polizei von Sir Alistair erzählt hatte, als sie von dem Unfall hörte. Sie hatte keinen Namen und auch kein Kennzeichen, aber sie wusste, dass er mit seiner Familie unterwegs war und einen Oberschichtakzent hatte. Die Lockwoods waren sicher, solange die restlichen Puzzleteile fehlten. Aber sollte John reden, würden die Beweise in der Akte wohl ausreichen, um sie zu überführen.«

Tara war sehr still. »Sie haben ein Kind zu einem sicheren Tod verdammt, genau wie Veronica es mit Julie getan hat.«

Blake nickte. »Douglas sagt, Alistair ist wieder in den Wagen gestiegen und hat Gas gegeben. Der Schaden an ihrem Wagen war nicht weiter wild. Er ist zwei Wochen später damit zurück nach Cambridge gefahren und hat ihn in einer hiesigen Werkstatt reparieren lassen, damit niemand die Verbindung herstellte. Dem Mechaniker erzählte er, er hätte ein Reh angefahren.«

»Wirkte Douglas erschüttert?« Blake hörte das Entsetzen in ihrer Stimme.

»Wegen dem, was jetzt geschieht, ja. Aber wegen dem von damals?« Er schüttelte den Kopf. »Nicht glaubhaft, auch wenn er es vorgeben wollte. Er behauptet, er hätte seinen Eltern geglaubt, dass das Mädchen nicht zu retten gewesen wäre – als würde dadurch richtig, was sie getan hatten. Er sagte, John schien fassungslos. Er hat die ganze Zeit, die sie bei ihrer Großmutter waren, kaum gesprochen. Und seine Eltern konnten ihm einreden, dass er ein Komplize war – weil er nicht widersprochen hatte, als es darauf ankam, war er offensichtlich froh darüber, sich an den Plan zu halten. Sie steckten da alle zusammen drin. Es war ein furchtbarer Unfall, aber sie konnten nichts mehr ändern, nachdem die Dinge einmal in Gang gekommen waren.«

»Familie über alles«, sagte Tara.

»Ich fürchte ja. Und ich frage mich, wie viel Julie herausbekommen konnte.«

»Ich glaube nicht, dass sie so weit gekommen sein könnte

wie Kemp: das hätten wir in ihrem Suchverlauf gesehen. Ich schätze, sie wurde gebremst.«

»Dem stimme ich zu. Ich frage mich, woher sie den Namen des Dorfs in unmittelbarer Nähe des Unfallorts hatte.«

»Den hatte sie?«

Blake erzählte ihr von Bellas Foto, das sie von Julies Notizblock gemacht hatte.

»Wenn sie sich das an ihrem Todestag angesehen hat, klingt es nach einer neuen Entdeckung«, sagte Tara. »Vielleicht hatte John den Namen fallen gelassen, als er betrunken war – oder im Schlaf gesprochen. Er mag niemandem erzählt haben, was geschehen war, aber es hört sich an, als belastete es ihn sein ganzes Leben. Ich möchte wetten, dass er irgendwann die Pressemeldungen recherchiert hatte und alle Einzelheiten auswendig kannte.«

»Möglich wäre es. Und was hältst du für Julies Motiv?«

Tara nagte an ihrer Unterlippe. »Ich schätze, sie war in John verliebt und hat gesehen, wie sehr er litt. Vermutlich wusste sie nicht, warum, aber sie hat mitbekommen, dass er sich von seinen Eltern distanzierte, und gedacht, es wäre irgendwie deren Schuld. Sie wollte so oder so zu Lockwood's nachforschen – weil sie solche Unternehmen im Visier hatte. Und vielleicht hat sie dann, als sie mehr über Johns Geschichte und seine Sorgen erfuhr, nach und nach festgesellt, dass das, was ihn zerstörte, nichts mit dem Geschäft zu tun hatte.« Sie blickte zu Blake auf. »Ich würde annehmen, deshalb hatte sie in der Master's Lodge herumgeschnüffelt und stieß auf die Katze. Wahrscheinlich hatte sie gehofft, einen Hinweis darauf zu finden, was John so gebrochen hatte. Natürlich lieferte ihr die Katze keine Antwort, aber sie könnte die Figur aus dem Grund fotografiert haben, den mein Journalistenkontakt annahm. Sie wäre die ideale Illustration gewesen, um eine trockene Geschichte über Lockwood's lebendiger zu machen, hätte sie denn jemals den Artikel über sie beendet. Also, was passiert jetzt?«

»Douglas' Aussage macht Bella Chadwicks Version der Geschichte sehr viel wahrscheinlicher als die seiner Mutter. Die beiden Frauen und Sir Alistair sind alle verhaftet. Wir sind an der Werkstatt dran, die vor Jahren den Geländewagen repariert hatte, ebenso wie an der Wirtin des Pubs, in dem Sir Alistair seine Whiskys getrunken hatte. Zu Julies Ermordung: Die Filzauskleidung von Lady Lockwoods Harfenkoffer stimmt mit der Wolle überein, die wir unter den Fingernägeln gefunden haben. Der DNA-Abgleich läuft, und die Beweise mehren sich. Oh, und wir haben herausgefunden, dass das Sedativum, das John Lockwood an dem Abend genommen hat, an dem er starb, dasselbe war, das seiner Mutter verschrieben wurde.« Ihm war immer noch schlecht, wenn er sich vorstellte, was die Frau an dem Abend seines Todes zu ihrem Sohn gesagt haben könnte. Wollte sie ihn wirklich trösten? Oder hatte sie ihm alles, was er für den Selbstmord brauchte, ins Haus gebracht und ihn dann angerufen, damit er sich so down wie möglich fühlte? Vielleicht hatte sie ihn überzeugt, dass jeder glauben würde, er hätte Julie ermordet. Oder sie hatte ihm suggeriert, ihr Tod sei tatsächlich seine Schuld. Sie könnte angedeutet haben, dass Stuart Gilmour von seiner Beziehung mit Julie erfahren hatte und die Studentin aus Rache getötet. Sicher würden sie es nie wissen, aber John war das Familienmitglied gewesen, bei dem die größte Gefahr bestand, dass er das Geheimnis seiner Eltern verriet. Was ihnen ein Motiv gab, ihn aus dem Weg zu räumen.

Tara fröstelte, obwohl es auf der Station sehr warm war.

»Alles in Ordnung?« Blake schaute sich nach einer Schwester um, aber Tara legte eine Hand auf seinen Arm.

Bei der Berührung lehnte er sich unwillkürlich näher zu ihr. Wieder wurden ihm Jez' Blumen bewusst.

»Alles okay. Es ist nur der Fall.«

Er atmete tief durch. »Hast du Albträume?«

Da war ein leichtes Beben in ihrer Stimme – was er sonst gar nicht von ihr kannte. »Den einen oder anderen. Ich habe letzte Nacht nicht meine acht Stunden Schlaf bekommen.«

»Wir können natürlich eine psychologische Beratung arrangieren. Aber wenn du jemals mit einem nicht ausgebildeten Idioten reden willst, weißt du ja, wo ich bin.«

Ihre Augen wirkten feucht. »Danke, Blake. Das weiß ich zu schätzen.«

Aber gewiss würde sie lieber mit Jez Fallon reden wollen. Was verständlich war. Kein Ballast, keine Kinder, charmant, sorglos ... Er dachte an die Entscheidung, die er letzte Nacht um drei getroffen hatte. Doch es machte keinen Unterschied. Er war endlich zur Vernunft gekommen, aber es war zu spät, und damit musste er leben.

»Pass auf dich auf, Tara.« Er drückte kurz ihre Hand.

»Du auch auf dich.«

Als er sich abwandte, sah sie nach unten, sodass ihr das Haar vors Gesicht fiel.

KAPITEL ACHTUNDSECHZIG

Patrick Wilkins saß im Mitre Giles Troy gegenüber, dem Herausgeber der Zeitschrift *Not Now*, und genoss ein Mittagspint IPA.

»Du siehst sehr selbstzufrieden aus«, sagte Troy.

Patrick wäre sauer geworden, aber seine Laune war zu glänzend, um sich von dem Mann aufziehen zu lassen. Ihm war durchaus klar, dass der Redakteur ihn abgeschrieben hatte, doch schon bald würde er alles zurücknehmen. Das war Lohn genug.

»Ich habe Tara Thorpes Stalker identifiziert.«

Troy runzelte sehr ungläubig die Stirn. »Wie hast du das denn angestellt?«

Sämtliche Einzelheiten würde Patrick ihm nicht verraten. Er hatte nicht vor, seinen gescheiterten Versuch zu Jahresanfang zu schildern oder wie er ihn *zufällig* zur richtigen Antwort geführt hatte. Und was Shonas Rolle bei seinem Erfolg anging ... Nein, von alle dem musste Troy nichts wissen.

»Mit harter Arbeit und Beharrlichkeit«, antwortete Wilkins stattdessen mit einem trägen Lächeln. »Ich habe einen alten Freund von Tara aufgetrieben, Peter Devlin, der mir einige brauchbare Informationen gegeben hat. Danach bin ich zu dem Verdächtigen und habe ihn damit konfrontiert, was ich wusste. Ich konnte unser Gespräch heimlich aufnehmen, also ist alles in trockenen Tüchern.«

Troy hielt sein Pint auf halbem Weg zu seinem Mund, und nun machte er große Augen. »Willst du mir allen Ernstes erzählen, wir können den Schuldigen entlarven?«

»*Ich* kann«, korrigierte Patrick, »und ich gebe dir die ganze Geschichte – für das vereinbarte Honorar, versteht sich.«

»Versteht sich.« Troy schüttelte den Kopf. »Dann hast du Hinweise entdeckt, die ein Team von Police Officers – und zweifellos dieser Mistkerl Paul Kemp – übersehen hatten, als sie den Fall das erste Mal untersuchten ...«

Patrick merkte, wie sein Puls schneller wurde, weil der Redakteur immer noch ungläubig klang. Was war schon dabei, wenn ihn besondere Umstände auf die richtige Spur geführt hatten, die damals nie hätten eintreten können? Ermittler verließen sich dauernd auf glückliche Zufälle. Ausschlaggebend war, was man aus seinem Glück machte.

Troy benetzte sich die Lippen. »Was ist die Wahrheit? Und wie sehr wird sie Thorpe wehtun?«

Wilkins‘ Stimmung besserte sich wieder. »Oh, sie wird ordentlich wehtun – und der Skandal wird riesig sein. Wie sich herausstellt, ist der Schuldige ihr Vater, Robin.«

Troy grinste breit. »Das ist eine der besten Neuigkeiten, die ich seit Langem gehört habe. Sie hatte ihn ein paarmal erwähnt, als sie noch für mich gearbeitet hat. Ein Architekt, oder? Ich hatte immer den Eindruck, dass er sie verachtet hat, aber ich hätte nie gedacht, dass sein Hass so weit geht.«

»Es ist komplizierter, als du dir vorstellen kannst.« Patrick war erstaunt gewesen, als die Geschichte herausgekommen war. »Und wenn ich sage, dass er schuldig war, muss ich einschränken. Er war für alle Sendungen nach der ersten verantwortlich. Und auch für das Töten ihrer Katze.«

Troy runzelte die Stirn. Patrick selbst war nicht froh, dass er nach wie vor keine Ahnung hatte, wer Tara die erste Hasspost geschickt hatte. Und da er nun wusste, dass es ein einzelnes Vorkommnis gewesen war, bezweifelte er, dem jemals auf den Grund gehen zu können. Es könnte ein Schulfreund gewesen sein, den sie verärgert hatte, oder vielleicht ein Exfreund. Irgendein Irrer. Tara Thorpe war genau der Typ, der die anzog.

Der Blick des Redakteurs wurde frostig. »Erklär.«

»Die Nachricht von Taras erster Schmähpost, die toten Bienen zu ihrem sechzehnten Geburtstag, schaffte es ziemlich schnell in die Presse. Lydia Thorpe war auf dem Höhepunkt ihrer Karriere, und mehrere überregionale Zeitungen griffen sie auf, wie auch einige der Hochglanzmagazine.«

»Kann ich mir vorstellen. Hätte es damals schon *Not Now* gegeben, wären wir da auch dran gewesen.« Troy trank von seinem Bier. »›Tochter von Filmstar erhält bizarre Hasspost‹ wäre ein schöner Leserköder.«

Wilkins nickte. »Wie sich nun herausstellt, ging es Robins Architekturbüro nicht gut. Er hatte zu kämpfen und überlegte, ob er dichtmachen müsste. Es war schlechtes Timing, denn er und seine Frau wollten eine Familie gründen, also brauchte er Geld.«

Troy gähnte. »Komm um Himmels willen zur Sache!«

»Robin wurde zu fast jedem Artikel interviewt. Sein Name und das eine oder andere Foto von seiner Arbeit wurden abgedruckt, weil die Schreiberlinge Taras schillernde Herkunft illustrieren wollten. Und ehe Robin es sich versah, bekam er mehr Kunden.«

Troy sackte die Kinnlade nach unten. »Ich glaub's nicht! Er hat das nächste Päckchen geschickt, um die Publicity zu verlängern?«

Patrick nickte. Er hatte Glück, dass er Taras Dad diese Information entlocken konnte. Er hatte sich Zugang zum Haus des Mannes erschwindelt und ihn vor seiner jetzigen Frau

Melissa beschuldigt, Taras Stalker zu sein. Die Frau war so entsetzt gewesen, weil ihr geliebter Mann aus Hass seine eigene Tochter schikaniert hatte, dass Robin sich am Ende verteidigte, indem er die eher »praktischen« Gründe für sein Handeln ausführte. Melissa hatte um nichts weniger abgestoßen gewirkt, nachdem ihr Mann die Katze aus dem Sack gelassen hatte. Was Wilkins betraf, ließ der sich nicht zum Narren halten. Ja, der Mann mochte es wegen des materiellen Gewinns getan haben, aber er hatte seine Augen gesehen. Er hasste seine Tochter wirklich. Und niemand, der wusste, was er getan hatte, würde daran zweifeln.

Patrick grinste. »Ich habe mir einige der Zeitungsausschnitte aus der Zeit angesehen. Die Sendungen wurden immer kreativer, damit die Fantasie der Zeitungen weitergefüttert wurde. Maden, ein Schweineherz, Federn. Alles verrückter, dramatischer, Aufmerksamkeit erregender Kram. Als die Presse über Taras ermordete Katze berichtete, wurde Robin bereits als »Stararchitekt« beschrieben, und es gab Zitate von seiner großen Sorge um die gepeinigte Tochter, sowie Verweise auf die Kontaktdaten seiner Firma und seine neuesten hochkarätigen Aufträge. Natürlich taten sie dasselbe für Lydia – kleine Kästen mit ihrem Foto und Details zu ihrem jüngsten Film. Nur dass sie die Publicity nicht brauchte, wohingegen die Gratiswerbung in einer Reihe von gehobenen Blättern für ihn ein massiver Bonus war. Er hat mir erzählt, er hätte aufgehört, als er sicher war, dass sein Büro gut lief.« Patrick schüttelte den Kopf; das Letzte hatte Robin in einem defensiven Ton vorgebracht, als sollte es beweisen, dass er gewisse Grundsätze hatte.

»Beachtlich. In vielerlei Hinsicht ein Mann nach meinem Geschmack.« Troy lachte. »Sicher wird er verstehen, dass wir Publicity brauchen, um unsere Taschen zu füllen, genau wie er damals. Wie hat dich eigentlich Taras Ex auf Robin gebracht?«

»Er wurde zu einem Freund der Familie – auch ein Architekt, der einmal eine Weile für ihren Dad gearbeitet hat.«

»Hervorragend.« Troy prostete Patrick zu. »Ich sehe zu, dass die Story so bald wie möglich entworfen wird. Komm in die Redaktion, wenn du so weit bist, und bring die Bandaufzeichnung mit.«

»Die werde ich auch der Polizei übergeben.« Dann würden sie sehen, was er wert war. Sie würden sich in den Hintern treten, dass sie ihn zur Kündigung gezwungen hatten.

»Sicher, aber erst, wenn wir mit dem in den Druck gehen, was wir bisher wissen. Wahrscheinlich werden sie uns sonst lauter Einschränkungen aufdrücken.«

Patrick nickte. Er hatte vor, auch Tara die Neuigkeit direkt zu schreiben. Er *könnte* den Bericht von *Not Now* als Überraschung kommen lassen, aber das wäre wirklich abgeschmackt. Und außerdem machte es ihm Spaß, über den Wortlaut seines Briefs nachzudenken ...

»Oh», wieder erhob Troy sein Glas, »und sei vorsichtig. Sollte es auch nur die leiseste Andeutung geben, dass du auf unehrliche Weise an deine Informationen gelangt bist, wird es mir nichts anhaben, aber ich denke, man kann davon ausgehen, dass Tara und ihre Verbündeten es herausfinden. Solltest du dir ein Fehlverhalten zu Schulden kommen lassen – beispielsweise, indem du deine ›Quelle‹ glauben ließest, du würdest für Tara arbeiten –, blüht dir Ärger. Es wäre ein Jammer, wenn deine Privatdetektei so schnell den Bach runtergeht.«

Als sie das Mitre verließen, lächelte Troy. Patrick nicht.

KAPITEL NEUNUNDSECHZIG

Blake hatte einen Moment lang Frieden empfunden, nachdem er Babette die Wahrheit entlockt hatte. Endlich hatte er eingesehen, dass die Trennung von ihr richtig war. In der Ehe zu bleiben, würde die Kinder nicht schützen, sondern sie dauerhaft einer vergifteten Atmosphäre aussetzen. Nach einigem Googeln nachts war er zuversichtlich, dass ein Gericht geteiltes Sorgerecht befürworten würde.

Drei Tage später, an einem Samstag, saß er in seiner Küche in Fen Ditton. Er hatte Babette schon erklärt, wie es weiterging, und angefangen, seine Sachen zu sortieren, bereit für den Umzug. Seine größte Sorge war gewesen, eine Wohnung in der Nähe zu finden, weshalb er umso froher war, dass er sich etwas zur Miete nur ein Stück die Straße hinauf von hier sichern konnte. Kitty und Jessica könnten problemlos zwischen den beiden Häusern hin und her laufen.

Er hatte damit gerechnet, dass Babette in dieselbe Routine verfallen würde wie früher, als er ihr seine Pläne mitteilte – schluchzen, flehen, Ausreden vorbringen. Doch etwas in ihren Augen sagte ihm, dass sie wusste, diesmal gäbe es kein Zurück. Sie war zu ihrer Mutter gegangen, aber die Kinder waren hier bei ihm: Kitty backte kleine Kuchen – mit etwas Hilfe – und Jessica war in ihrer Babywippe und griff nach den pinken und blauen Plastikhäschen des Mobiles, das Blake an dem Rahmen befestigt hatte.

Er hatte frische DNA-Proben eingeschickt, um beide mit seinen abzugleichen. Nicht, dass es ihn interessierte, aber er wollte, dass sie wussten, wer ihr leiblicher Vater war. Und er musste auch vorbereitet sein, falls die Wahrheit irgendeinen Einfluss auf die Sorgerechtsentscheidung des Familiengerichts hätte. Doch er hoffte bei Gott, es wäre nicht so, sollte sich herausstellen, dass Babette wieder gelogen hatte. Er war für die beiden Mädchen da, und er würde notfalls bis zum Äußersten kämpfen, um sie zu schützen.

Alles in allem waren die Dinge sehr viel sicherer als vorher, und er fühlte sich so geerdet wie seit Jahren nicht mehr.

Aber egal wie wichtig all das war, konnte er nicht ganz verhindern, dass seine Gedanken zu Tara und Jez abschweiften. Er schob die Bilder von sich, doch sie sprangen ihn mit besorgniserregender Regelmäßigkeit wieder an.

Tara war noch im Addenbrooke's, wo sie beschlossen hatten, ihren gebrochenen Fuß zu operieren. Und kurz vor Beginn der abendlichen Besuchszeit wurde Blake klar, dass er handeln musste. Babette war wieder zu Hause, also entschuldigte er sich und verließ das Haus.

Tara war auf eine andere Station verlegt worden. Eine halbe Stunde später näherte Blake sich wieder ihrem Bett. Er hatte ihr Pralinen mitgebracht. Es dauerte einen Moment, bis sie bemerkte, dass er da war, denn sie hatte stirnrunzelnd einen Umschlag betrachtet.

»Alles in Ordnung?« Er nickte zu dem Brief.

»Ich bin mir nicht sicher. Der hier wurde vorhin für mich

abgegeben.« Sie hielt den Brief in die Höhe, und Blake erkannte Patrick Wilkins' Handschrift.

»Es sollte gesetzlich verboten sein, dass Wilkins Leuten schreibt, die gesundheitlich angegriffen sind. Willst du ihn jetzt aufmachen?«

Sie schüttelte den Kopf. »Wenn ich ehrlich bin, will ich ihn gar nicht öffnen. Später vielleicht. Oder ich werfe ihn weg. Mal sehen.« Sie setzte sich im Bett auf und blickte zu den Pralinen in seiner Hand. »Was ist das? Versuchst du, mich aus irgendeinem Grund weichzustimmen?«

Er schaffte es, ihr ein hoffentlich lässiges Grinsen zuzuwerfen. »Die sollen nur Körper und Seele zusammenhalten, falls das Krankenhausessen nicht viel taugt.«

Sie zog eine Augenbraue hoch. »Rein zufällig bin ich ein echter Fan von roter Bete, mysteriösem Fleisch und welkem Salat. Aber ich bin bereit, deine freundliche Gabe trotzdem anzunehmen.« Sie nahm die Schachtel, öffnete sie und hielt sie ihm hin. »Und, was gibt es Neues? Löst ihr den Fall?«

Er nickte, während er eine Praline mit weißem Schokoladenüberzug aß und sich auf den Besucherstuhl setzte. »Wir haben jetzt Zeugenaussagen zu Alistair Lockwoods Fahrerflucht. Die Frau aus dem Pub konnte die Familie anhand eines Fotos aus der Zeit damals identifizieren. Sie erinnert sich auch noch, dass Sir Alistair mehr getrunken hatte, als er sollte. Auch der Automechaniker war hilfreich; wir hatten gehofft, dass er sich vage entsinnt, Sir Alistair oder jemandem von Lockwood's begegnet zu sein, aber er hatte noch die Unterlagen zu dem Auftrag. Über zwanzig Jahre an Rechnungen, alle säuberlich abgeheftet. Die Beweise gegen beide ältere Lockwoods werden eine ganze Aktentasche füllen.«

Tara erschauderte. »Was ist mit Bella?«

»Sie wird sich dafür verantworten müssen, was sie getan hat. Egal wie sehr Veronica sie manipuliert oder welchen Druck ihre Eltern auf sie ausgeübt haben, bleibt sie eine Komplizin bei dem furchtbarsten Verbrechen. Sie hätte Julie retten können. Allerdings wird sie noch psychologisch begutachtet, und die Geschworenen werden sehen, dass sie benutzt wurde.«

Tara nickte. »Und wie geht es dem Team?«

»Max und Megan haben sich wie liebeskranke Teenager benommen, als ich das letzte Mal hinsah. Die ganze Wache genießt ihre Romanze. Sogar Fleming bekommt feuchte Augen.«

»Es ist auch Zeit, dass Max ein bisschen Freude im Leben hat.«

Nun war es an Blake zu nicken. »Ich weiß, dass du nicht immer einer Meinung mit Megan bist.«

»Wahrscheinlich war ich zu voreilig.« Sie sah ihn an. »Wenn Max sich in sie verliebt hat, bin ich überzeugt. Er ist nicht auf den Kopf gefallen.«

Das Team nahm allmählich Gestalt an, stellte Blake fest. Megan hatte sich ein wenig entspannt, und Tara begann zu erkennen, dass es Vorteile hatte, Verstärkung bekommen und leisten zu können. Fleming hatte ungefähr dasselbe gesagt, als sie sich zur Besprechung der Mordermittlung zu Julie getroffen hatten.

»Und ich nehme an, zu Jez brauchst du kein Update.« Auf Taras jetziger Station waren keine Blumen erlaubt, was ihm ersparte, wieder das protzige Bouquet des DC ansehen zu müssen. Es war ihm ohnehin noch frisch im Gedächtnis. »Seid ihr beide zusammen?«

Sie verengte die Augen und formte den Mund zu einer schmalen Linie, die so viel heißen sollte wie, *was interessiert dich das?* »Er hat gefragt, ob ich mal mit ihm ausgehe, wenn ich wieder laufen kann. Momentan wäre ich nicht sehr heiß auf einer Tanzfläche. Warum?«

Er holte tief Luft. »Ich bin nicht bloß gekommen, um Tratsch aus der Wache zu bringen. Ich wollte sagen, wenn du und Jez je getrennte Wege geht ... stehe ich auf Abruf bereit.«

Er fühlte, wie sein Gesicht heiß wurde. »Mir ist klar, dass du mich nicht zu nahe haben willst, aber ... na ja ... ich wollte nur, dass du es weißt.«

Sie runzelte die Stirn. »Und wie kommst du darauf, dass ich mit einem verheirateten Mann ausgehen würde?«

»Zwischen Babette und mir ist es endgültig vorbei.« Er wusste kaum, wo er anfangen sollte. Tara – wie die meisten auf der Wache – wusste, dass es in Blakes Ehe einiges Auf und Ab gab, doch die meisten Einzelheiten waren bis heute nicht bekannt. »Ich liebe sie schon seit Jahren nicht mehr. Dennoch hatte ich gehofft, unsere Ehe um der Kinder willen retten zu können, aber es hat nicht funktioniert. Wir haben ihnen eher mehr geschadet.« Er seufzte. »Im Moment sind die Dinge richtig kompliziert, doch ich wollte dich für alle Fälle wissen lassen, wie ich empfinde. Wenn ich erst ausgezogen bin ...« Sie war still, und Blakes Mund wurde trocken. »Ich habe endlich begriffen, was zählt, und dass das Leben keine Generalprobe ist. Offensichtlich müsstest du, solltest du jemals mit mir ausgehen, meinen Schmalz und meine Plattitüden aushalten ... Aber«, er wagte kaum, ihr in die Augen zu sehen, »vielleicht könntest du irgendwann mal drüber nachdenken?«

Sie neigte den Kopf zur Seite. »Okay.«

Es trat eine unangenehme Pause ein.

»Gut. Tja, wir sehen uns.« Er stand auf, um zu gehen. Zumindest war er die Worte losgeworden.

Er schloss gerade seinen Wagen auf, als eine Textnachricht kam.

Nach gründlicher Überlegung habe ich vor, Jez zu sagen, dass ich keine Zeit habe. Eine Verabredung mit ihm wäre witzig gewesen, aber mit dir wird es kompliziert, chaotisch und voller Drama, und das ist eher Meins ...

Er stand auf dem kühlen Estrich des mehrgeschossigen

Parkhauses und grinste dämlich vor sich hin. Eine Minute verging, dann kam eine zweite Textnachricht von ihr.

Verdammt, ich werde flapsig, weil ich Emotionen schwierig finde. Aber du bist es immer gewesen, Blake; das weißt du, oder? x

Innerhalb von drei Minuten war Blake zurück auf Taras Station, wo er sich einer Krankenschwester gegenüberfand, die ihm mitteilte, dass die Besuchszeit nun vorbei sei. Er zeigte seinen Dienstausweis und bat um eine Minute, was mit einem Augenverdrehen quittiert wurde. Doch immerhin bekam er die kostbare Minute mit Tara an diesem Abend.

Als sie zu ihm aufschaute, glänzten ihre Augen. Seine fühlten sich ebenfalls wässrig an. Er nahm Taras Hand und hielt sie fest. Dann hob er sie an seine Lippen und küsste sie: ein Versprechen, bis er endlich frei war.

MEHR VON BOOKOUTURE
DEUTSCHLAND

Für mehr Infos rund um Bookouture Deutschland und unsere Bücher melde dich für unseren Newsletter an:

deutschland.bookouture.com/subscribe/

Oder folge uns auf Social Media:

 facebook.com/bookouturedeutschland

 twitter.com/bookouturede

 instagram.com/bookouturedeutschland

EIN BRIEF VON CLARE

Habt vielen Dank, dass ihr *Das Grab im Sumpf* gelesen habt. Ich hoffe, ihr habt das Lesen so sehr genossen wie ich das Schreiben! Falls ihr auf dem Laufenden bleiben möchtet, was meine jüngsten Veröffentlichungen angeht, könnt ihr euch auf dem Link unten registrieren. Eure E-Mail-Adresse wird nicht weitergegeben, und ihr könnte euch jederzeit abmelden.

deutschland.bookouture.com/subscribe/

Die Idee zu diesem Buch kam mir, als ich über das menschliche Gespür für Richtig und Falsch nachdachte und wie es mit Prioritäten und Herkunft variieren kann. Für meine Geschichte stellte ich mir vor, dass eine meiner Figuren nach und nach in eine Situation gesogen wird, in der sie sich unmoralisch verhält, es aber unter gewissen Umständen gerade noch verzeihlich – oder zumindest verständlich – sein könnte. Und dann stellte ich mir vor, wie sich diese Situation entwickeln könnte, sodass für dieselbe Figur die Grenzen zwischen Richtig und Falsch immer mehr verschwimmen, bis sie letztlich auf entsetzliche Weise eine Linie übertritt, von der es kein Zurück mehr gibt. Natürlich wisst ihr, wenn ihr dieses Buch gelesen habt, dass die Figur von anderen umgeben ist, denen es vollkommen an Moral mangelt, was sich auch auf sie auswirkt.

Falls ihr die Zeit findet, würde ich mich sehr freuen, wenn ihr eine Rezension zu *Das Grab im Sumpf* schreibt. Feedback ist ungeheuer wertvoll, und es hilft neuen Leser:innen, meine Bücher für sich zu entdecken.

Falls ihr mich persönlich kontaktieren möchtet, erreicht ihr mich über meine Website, meine Facebook-Seite, Twitter oder Instagram. Es ist immer großartig, von euch zu hören!

Nochmals vielen Dank, dass ihr Zeit mit *Das Grab im Sumpf* verbracht habt. Ich freue mich schon darauf, sehr bald mein nächstes Buch mit euch zu teilen.

Mit den besten Wünschen,

Clare x.

www.clarechase.com

 facebook.com/ClareChaseAuthor

 twitter.com/ClareChase_

 instagram.com/clarechaseauthor

DANKSAGUNG

Wie immer gehen meine Liebe und mein Dank an meine Familie: An Charlie für sein sehr aufmerksames Korrekturlesen, an George für die Mut machenden, witzigen Wortgefechte, wenn ich das Bibbern bekam, und an Ros für das fabelhafte Feedback und die späteren Korrekturen. (Ich hoffe, dir gefällt das Ende für Tara und Blake!) Ebenfalls von Herzen danke ich meinen Eltern für ihren wundervollen Ansporn, und dasselbe gilt für Phil und Jenny, David und Pat, Warty, Andrea, die Westfield-Gang, Margaret, Shelly, Mark, Helen, Lorna und all meine Angehörigen und Freunde.

Dank auch an die fabelhaften Bookouture-Autor:innen und anderen Schriftstellerkolleg:innen online und im realen Leben für ihre freundliche Unterstützung und ihre Ideen. Sie machen so viel aus. Und großen Dank schulde ich den Buchblogger:innen und Rezensent:innen, die sich die Zeit genommen haben, ihre Gedanken zu meiner Arbeit weiterzugeben.

Und natürlich Dank an meine fantastische Lektorin Kathryn Taussig, die mich mit inspirierendem Feedback, exzellenten Ideen und freundlicher Unterstützung durch meine erste Reihe für Bookouture geführt hat. Es war ein äußerst vergnügliches Erlebnis, und ich bin so froh über die Chance, an einer neuen Reihe arbeiten zu dürfen. Mein großer Dank geht an Maisie Lawrence, Peta Nightingale, Alexandra Holmes, Fraser, Liz und alle im Lektorat, in der Herstellung und im Marketing von Bookouture. Und wie immer danke ich Noelle Holmes sehr für ihre phänomenale Werbung – die weit über das hinausgeht, was man erwarten würde – zusammen mit Kim Nash. Ich fühle mich unsagbar glücklich, von solch einem wunderbaren Team verlegt und vermarktet zu werden.

Und schließlich danke ich euch, meinen Leser:innen, dass ihr dieses Buch gekauft oder ausgeliehen habt!